МАРИНИНА
АЛЕКСАНДРА

P9-AOY-525

Читайте все романы Александры МАРИНИНОЙ:

Адрес официального сайта Александры Марининой
в Интернете http://www.marinina.ru

АЛЕКСАНДРА МАРИНИНА

ЧУЖАЯ МАСКА

Москва 2006

УДК 882
ББК 84(2Рос-Рус)6-4
М 26

Оформление художников
С. Курбатова, А. Старикова и А. Рыбакова

Маринина А. Б.
М 26   Чужая маска: Роман. — М.: Изд-во Эксмо,
2006. — 400 с.

ISBN 5-04-000387-0
ISBN 5-699-06111-8

УДК 882
ББК 84(2Рос-Рус)6-4

ISBN 5-04-000387-0
ISBN 5-699-06111-8
© ООО «Издательство «Эксмо», 2005

Глава 1

Настя Каменская ушла в работу с головой и недовольно поморщилась, услышав телефонный звонок.

— Ася, у тебя телевизор включен? — послышался в трубке голос мужа.

Алексей всю неделю жил у родителей в Жуковском. В институте, где он работал, начался отчетный период, и он целыми днями пропадал в своей лаборатории, а от дома родителей до института было не больше десяти минут средним шагом.

— Нет, я работаю, — ответила Настя. — А что в телевизоре?

— По РТР идет очень забавная передача про то, как у вас в милиции права граждан нарушаются. Посмотри, получишь удовольствие.

— Какое уж тут удовольствие, — вздохнула она. — Опять небось пинают нас грязными сапогами.

— Пинают, — со смехом согласился Алексей, — но ваши сопротивляются изо всех сил. Ты включи, не пожалеешь. Там приятель твой, генерал Заточный, с ними сражается.

Настя метнулась к телевизору. Да, действительно, на экране возникло знакомое худое лицо Ивана Алексеевича Заточного, одного из руководителей главка по борьбе с организованной преступностью. Впервые она увидела генерала в форме и не могла не признать, что в кителе, отлично сидящем на сухощавом поджаром теле, Заточный смотрелся намного эффектнее, чем в куртке или спортивном костюме — как Настя привыкла видеть его во время их постоянных прогулок.

Противником генерала в этих теледебатах был какой-то плюгавый мужичонка в огромных очках, то и дело сползающих по тонкой переносице на самый кончик длинного носа.

— Ко мне постоянно обращаются граждане, — вещал мужичонка, — с жалобами на то, что в милиции грубо нарушались их права, в том числе и право на телесную неприкосновенность.

В это время на экране появились титры: «Николай Поташов, правозащитник».

— Переводя на русский язык, — продолжал Поташов, — эти люди жалуются на то, что в милиции их избивают и пытаются обманом вынудить признать себя виновными в том, чего они не совершали. Вам, Иван Алексеевич, известны такие факты, или то, что я рассказываю, является для вас откровением?

— Мне, положим, известны и не такие факты, — усмехнулся Заточный. — А вам, уважаемый господин Поташов, известно, что работники милиции иногда оказываются ворами, грабителями, насильниками и убийцами? Мы, если помните, однажды уже пережили эпоху министра внутренних дел, который считал, что коль в милиции попадаются негодяи и сволочи, то она вся насквозь плохая и нужно ее немедленно всю поголовно обновить. А что из этого получилось, тоже помните? В нашу систему пришли партийные и комсомольские работники, которые вообще ничего в нашем деле не понимали, зато, как предполагала тогдашняя идеологическая доктрина, были все до одного честные и порядочные. Правда, очень скоро оказалось, что они в плане честности ничуть не отличаются от всех остальных милиционеров, а работать не умеют, и в результате работа по раскрытию преступлений и их предупреждению оказалась разваленной. Я это к тому говорю, что работники милиции в своей массе точно такие же, каково население в целом. В нашу систему сотрудники не с неба падают, их не в инкубаторах выводят. Они родились и выросли в нашей среде, так почему они должны быть лучше, чем мы все?

— Ну, уж это ваше заявление не выдерживает никакой критики! — всплеснул руками правозащитник Поташов. — Зачем государству такая милиция, которая ничем не отличается от основной массы населения? Весь смысл вашей системы в том, что в нее должны приходить лучшие, чтобы бороться с худшими. Это принцип построения любой правоохранительной системы в любой стране.

— А как вы собираетесь отличать лучших от худших? — иронично поинтересовался генерал. — У них что, на лбу написано?

— Должен быть строгий отбор и полная непримиримость к малейшим проступкам, не говоря уже о служебных нарушениях, — твердо заявил Поташов. — Только так вы сможете очистить свои ряды от тех негодяев, которые издеваются над гражданами.

— Хорошо, Николай Григорьевич, мы так и сделаем. Завтра вашу квартиру обворуют, вы позвоните в службу «ноль два», а там вам никто не ответит: мы всех девушек уволили, потому что они или на работу опаздывают, или с гражданами недостаточно вежливо разговаривают, или совершают административные проступки, например, нарушают правила дорожного движения. Тогда вы позвоните в свое отделение милиции, и там вам скажут, что всех сыщиков поувольняли и ехать к вам некому. Один дежурный остался, потому что должен же кто-то на телефоне сидеть. И что ж вы думаете, нам так легко будет новых сотрудников набрать? Умных, образованных, вежливых, профессионально грамотных и неподкупных. Умные и образованные юристы уже давно по фирмам да службам безопасности разбежались, им наша милицейская зарплата — тьфу, даже сказать стыдно.

— Что же, по-вашему, выходит, лучше плохие милиционеры, чем совсем никаких? — взвился Поташов. — Это уж, знаете ли, вообще ни в какие рамки...

— Не передергивайте, Николай Григорьевич, — едва заметно поморщился Заточный. — Я так не говорил. Я пытался объяснить вам, что ту элиту, о которой вы мечтаете, взять негде. Нечем нам их привлечь к себе, понимаете? И потом, есть еще один немаловажный аспект — а где их готовить? Сыщиков и следователей учить нужно, а где? Вы хотя бы приблизительно представляете себе, какие здесь существуют проблемы?

— Насколько я знаю, только в одной Москве существует целых три высших учебных заведения МВД. Неужели этого мало?

— Увы, — развел руками Заточный, — мало. Я вам приведу только один пример — Московский юридический институт. Площадей не хватает, прием слушателей на первый курс ежегодно увеличивается, институт вынужден арендовать учебные помещения по всей округе, занятия идут в три смены в четырех разных зданиях. А сколько за эту сумасшедшую работу получают преподаватели? В переводе на общепонятный коэффициент — около трехсот долларов, это вместе с доплатами за офицерское звание, за выслугу лет и за ученую степень. Так скажите мне, уважаемый Николай Григорьевич, кто в таких условиях будет учить будущих работников милиции? Да пусть у нас в Москве будет не три, а десять высших учебных заведений, где ж мы наберем преподавателей для этой адской работы? Опять-таки, я говорю все это не для того, чтобы вас разжалобить, а для того, чтобы вы поняли, что в нынешних условиях милиция — это то же самое население, не хуже, но и не лучше. А для того, чтобы заниматься отбором элиты, нужно, чтобы к нам на работу стояла очередь...

Насте стало скучно. Все это она слышала неоднократно, да и не только слышала, а сама много раз говорила.

— И все-таки все эти ваши трудности не оправдывают фактов нарушения прав граждан работниками милиции. Никакими трудностями нельзя оправдать нарушения закона. Люди идут в милицию со своей бедой, надеются на помощь и сострадание, а что они видят?

— Минуточку, — поднял ладонь Заточный. — Мы о чем с вами говорим? О том, что в милиции плохо обращаются с потерпевшими или все-таки с преступниками? То, что с потерпевшими бывают недостаточно вежливы и терпеливы, нас не украшает, но нарушения гражданских прав здесь нет, поэтому давайте не будем уходить от темы нашей дискуссии...

Настя ушла на кухню и поставила чайник на огонь. Раз уж она все равно оторвалась от работы, так хоть поест заодно. Плохо, когда Лешки нет, готовить для себя она ленится, приходится перебиваться бутербродами и кофе. Отрезав два толстых ломтя буженины, Настя щедро полила их кетчупом, немного подумала и выложила из банки на тарелку несколько ложек консервированного зеленого горошка. Вполне приличная имитация мяса с овощами.

Когда чайник закипел, она налила себе огромную чашку крепкого кофе, поставила ее на поднос вместе с бужениной и горошком и устроилась в кресле перед телевизором.

— ...практикуются незаконные осуждения, в местах лишения свободы оказываются невиновные. Эти люди пишут мне из колонии, а после освобождения приходят сами и просят защитить их, добиться правды и реабилитации. Я допускаю, что нераскрытое преступление может оказаться следствием недостаточной квалификации следователя и оперативного работника, но когда преступление, с позволения сказать, раскрывается таким вот образом, то есть за счет невиновного, это уже может быть связано только со злым умыслом. И оправдания этому нет и быть не может! — горячо говорил Поташов.

— У вас есть конкретные факты? — вмешался ведущий. — Если вы представите нам документы по таким фактам, мы пригласим экспертов из числа наиболее компетентных сотрудников правоохранительной системы и попросим в нашей следующей передаче прокомментировать их. Наше время, к сожалению, подходит к концу. Я благодарю всех участников передачи и напоминаю, что спонсором нашей программы является...

Настя выключила телевизор и снова погрузилась в размышления об аналитической справке, которую готовила для своего начальника. Конец года — у всех отчетный период, не только у научных работников, таких, как ее муж Алексей Чистяков. Хорошо, что завтра воскресенье. Если ничего экстренного не произойдет, она, пожалуй, сумеет закончить справку и в понедельник отдаст полковнику Гордееву. Но от разноса на оперативном совещании это ее все равно не спасет: убийство модного молодого писателя Леонида Параскевича висит на ней мертвым грузом и вот уже две недели ни с места.

Поскольку в чашке еще оставался кофе, а вставать с уютного кресла ей не хотелось, она решила позвонить Заточному.

— Иван Алексеевич, вы стали телезвездой, — шутливо поприветствовала она генерала.

— Да ну вас, — отмахнулся тот. — Будете теперь издеваться. Вам только попади на язычок.

— А вы не попадайтесь. Нет, правда, вы выглядели очень уверенным, не то что ваш оппонент. Откуда он взялся?

— Понятия не имею. Меня с ним уже в студии познакомили. Должен вам сказать, он не такой уж противный, каким кажется на первый взгляд. Манеры, конечно, чудовищные, но мужик он толковый. Кстати, почему вы перестали гулять в парке? Мы с вами почти два месяца не встречались.

— Холодно, декабрь же.

— Не годится. Гулять надо обязательно, иначе потеряете работоспособность. Завтра жду вас в восемь утра там же, где обычно.

— Иван Алексеевич, спать хочется, рано уж очень. Может, хотя бы в десять?

— В восемь, — рассмеялся генерал. — Мир принадлежит тем, кто рано встает. И потом, не надо нарушать традиции.

— Ладно, — тяжело вздохнула Настя, — не будем нарушать.

* * *

Санаторий располагался в двадцати километрах от Кольцевой автодороги, добираться туда было удобно, и Сергей Николаевич Березин навещал Ирину ежедневно, а иногда и по два раза в день.

Они неторопливо прогуливались по заснеженным

аллеям, изредка кивая идущим навстречу людям. Ирина находилась здесь уже три недели и со многими была знакома.

— В понедельник я тебя заберу домой, — сказал Березин. — Два дня побудешь дома, а в среду у нас мероприятие. Ты готова?

— Я боюсь, — тихо сказала Ирина. — А вдруг у меня не получится?

— А ты настройся. Ты — моя жена, все время помни об этом и не теряй уверенности. Тогда все получится.

— Вдруг я что-нибудь ляпну? Я же ничего в ваших делах не понимаю.

— А ты и не должна понимать. Политика — это не женское дело, так всем и говори. Будь милой, приветливой, улыбайся, в дискуссии не вступай, и все будет в порядке. Ты несколько месяцев лежала в клинике, потом три недели провела в санатории, вполне естественно, что ты не в курсе последних событий. И самое главное — не стесняйся говорить, что ты чего-то не помнишь. Ты же попала в аварию, у тебя было сотрясение мозга, после этого вполне нормально, что начались проблемы с памятью. Все же люди, все это понимают. Если почувствуешь, что-то не так, у тебя начнет кружиться голова — разыщи меня в этой толпе. Не бойся, Ирочка, все будет хорошо.

— Знаешь, многие считают, что жена политика должна быть его соратницей и разбираться во всех его делах. Если я окажусь круглой дурой, меня просто не поймут.

— А мы с тобой считаем, что жена должна обеспечивать мужу крепкий тыл, оказывать ему моральную поддержку во всех начинаниях, быть хозяйкой и просто любимой женщиной. Потому что ни один мужчина не в состоянии заниматься своим делом, если у него за спиной не стоит любимая и любящая женщина, в которой он уверен. Запомнила?

— Запомнила, — слабо улыбнулась Ирина. — А вдруг меня начнут спрашивать про твою первую жену?

— А ты ничего не знаешь, это вообще не твое дело.

— Но ведь считается, что это я вас развела. Если я

начну напирать на крепкий тыл и любимую жену, разговор может выйти на нее. Как тогда быть?

— Мило улыбайся и отвечай, что эта тема тебе неприятна. Что может быть естественней? Ирочка, я еще раз повторяю, если ты сама не будешь бояться, все пройдет отлично. Пойдем, я провожу тебя до корпуса, ты, наверное, замерзла.

— Да, немного. — Она зябко повела плечами. — Эта шуба такая холодная, никак к ней не привыкну. Моя дубленка была теплее.

— Что поделать, привыкай. Жена политика не должна ходить в дубленке, это неприлично.

— Ты уже говорил, я не забыла.

Они молча дошли до ярко освещенного входа в корпус и вошли в холл. Березин нежно поцеловал ее в щеку, дождался, пока за Ириной закроются двери лифта, и вышел на улицу. Несмотря на все успокаивающие слова, которые он ей говорил, сам Сергей Николаевич нервничал ничуть не меньше. А может быть, и больше. Две Ирины в его жизни. Две Ирины. Одна оказалась сущим адом, проклятием. А чем окажется другая? Спасательным кругом или ловушкой, в которую он сам себя загоняет?

* * *

Тяжело переставляя ноги, Галина Ивановна Параскевич шла домой из магазина. Сумки с продуктами были неподъемными, и она все пыталась взять в толк, для чего она столько накупила. По привычке, наверное. Двадцать семь лет они в семье справляли Новый год торжественно, обязательно с елкой и подарками под ней, приглашали друзей и родственников. Потом, когда Ленечка подрос, на Новый год приходили его друзья, потом и девушки. А уж когда женился, то и Светочкины родители и подружки. В доме Параскевичей этот праздник любили, готовились к нему загодя и отмечали шумно и весело. А теперь Ленечки нет больше... Две недели как схоронили. И зачем она тащит домой все эти продукты? Какой теперь праздник? Горе, одно безысходное, нескончаемое горе.

В декабре темнеет рано, еще только семь часов, а кажется, будто ночь. Галина Ивановна свернула в проход между домами, там фонари не горели, но зато путь к дому был короче.

— Мама, — послышался тихий и какой-то неземной голос.

Галина Ивановна замерла, руки сами собой разжались, и сумки упали на снег.

— Ленечка, — прошептала она. — Ленечка, сынок.

— Мама... — Голос, казалось, куда-то удалялся, делался все тише и тише, но никому другому он принадлежать не мог. Только Леониду. — Мама, теперь ты довольна? Теперь все, как ты хотела.

— Леня!!! — закричала Галина Ивановна во весь голос и тут же опомнилась.

Какой Леня? Леня на кладбище, в колумбарии. А вот душа его, невинно загубленная, до сих пор успокоения не найдет, потому и мерещится ей его голос. В который раз уже мерещится. Никогда он ей не простит, что Светлану невзлюбила с первого дня. Хоть и делала вид, что хорошо относится к невестке, а все равно нет-нет да и проскользнет недовольство. Ленечка чуткий был, настроение матери понимал с полувздоха. Иногда в порыве говорил ей:

— Ты была бы счастлива, если бы Светка в твоем доме не появлялась. И почему ты ее так не любишь? Но имей в виду, пока она моя жена, она будет приходить сюда вместе со мной.

Конечно, он был прав, что и говорить. Галина Ивановна Светлану не просто не любила — видеть ее не могла. И дело здесь было не в Светлане как таковой, а в том, что она — жена сына, она теперь его хозяйка, она видит его чаще и проводит с ним больше времени, чем мать. И сын думает о ней больше, чем о матери. И скучает без нее сильнее, чем без матери. Что же, выходит, она его растила, одевала, кормила, учила, лечила, а все для того, чтобы потом этот сильный, красивый, образованный парень достался уже готовеньким какой-то там... И все, и мать побоку. Галина Ивановна изо всех сил старалась найти в невестке явные и тайные недостатки, чтобы оправдать свою ненависть к ней, и не понимала, что, будь она даже ангелом во плоти, ничего бы не изменилось. Все равно не любила бы, все равно ненавидела бы и со свету сживала. Как говорилось в старой шутке: кого бы там себе ни выбрал, она мне уже не нравится.

Вот теперь, после Ленечкиной смерти, и мерещится Галине Ивановне его голос. Упрекает ее сын, простить не может. Конечно, теперь Светлана вроде как уже и не член их семьи, живет отдельно, к ним в дом ходить не будет. Ну и ладно. Век бы ее не видеть.

Подняв валяющиеся в снегу сумки, Галина Ивановна поплелась домой.

* * *

Чтобы не замерзнуть, Настя надела на себя три свитера — один тонкий, типа водолазки, с высоким воротом, другой — потолще, а третий совсем свободный, толстой вязки и длиной до колен. Обмотав шею пушистым шарфом, она натянула сверху пуховик и подумала, что теперь, пожалуй, сможет выдержать ритуальную прогулку с Иваном Алексеевичем.

Заточный ждал ее, как обычно, на платформе метро «Измайловская», невысокий, худощавый, в куртке, накинутой поверх спортивного костюма, и с непокрытой головой.

— На вас смотреть холодно, — улыбнулась Настя, подходя к нему. — Как бы мне научиться не мерзнуть? А где Максим?

— Наверху, по киоскам бегает, ищет подарок для своей девушки к Новому году.

Сын генерала заканчивал школу и собирался поступать в тот самый Московский юридический институт, о бедах и проблемах которого так хорошо был осведомлен Заточный. Иван Алексеевич всерьез занялся спортивной подготовкой Максима, потому что нормативы для поступления в институт были довольно суровыми.

Они вышли на улицу и не спеша пошли в сторону парка. Вскоре их догнал запыхавшийся Максим.

— Здрасте, теть Насть, — бросил он на бегу и помчался вперед.

— Чудно как-то, когда меня называют тетей, — сказала Настя. — Сразу начинаю чувствовать себя старухой. Пусть ваш сын называет меня просто по имени, ладно?

— Нет, не ладно, вы — человек, с которым я дружу, стало быть, вы стоите на одной доске со мной. Между ним и вами дистанция должна быть такой же, как между ним и мной. Понятно?

— Понятно, — вздохнула она. — В угоду вашим педагогическим принципам я должна не только истязать себя ранним вставанием, но и постареть лет на пятнадцать. Кстати, Иван Алексеевич, хочу задать вам вопрос, который, наверное, надо было бы задать намного раньше. Вы живете вдвоем с сыном?

Генерал помолчал, потом посмотрел на Настю в упор и коротко ответил:

— Да.

Ей стало неудобно расспрашивать, но ведь ответа на свой вопрос она, по большому счету, так и не получила. С Иваном Алексеевичем Заточным Настя познакомилась меньше года назад, в марте, когда занималась убийством, совершенным в «Совинцентре». Одним из подозреваемых оказался подполковник Платонов, работавший в главке у Заточного. Подружились они как-то на удивление быстро, и Настя еще долго недоумевала: отчего ей так нравится этот невысокий лысеющий человек, причем нравится до такой степени, что это уже граничило с влюбленностью. Именно тогда, весной, они и стали два раза в месяц по воскресеньям гулять в Измайловском парке. Бродили по аллеям и разговаривали ни о чем или просто молчали, а Максим или бегал взад-вперед, готовясь к кроссу, или занимался на турнике. Иногда Насте приходилось звонить генералу домой, но ни разу к телефону не подошла женщина. Более того, за столько месяцев знакомства Заточный ни разу не упомянул ни о матери Максима, ни о своей жене, поэтому Насте оставалось только теряться в догадках: женат ли

Иван Алексеевич и если женат, то на ком — на матери своего сына или уже на другой женщине. Женат? Разведен? Вдовец? Холостяк, усыновивший чужого ребенка? Ей никогда не приходило в голову спросить об этом. А если судить по краткости ответа, то генерал не был расположен обсуждать тему.

— Анастасия, вас подключили к делу Параскевича? — спросил Заточный.

— Сразу же, — кивнула она. — Только я не понимаю зачем. По-моему, в округе прекрасно справились бы и без нас. Он же не банкир и не рэкетир. Организованная преступность, которую вы так любите, там не пляшет ни под какую музыку.

— Расскажите подробнее, — попросил генерал.

— Параскевич Леонид Владимирович, двадцати восьми лет от роду, был убит при выходе из лифта в своем собственном доме. Застрелен из пистолета с глушителем. Труп обнаружила жена Параскевича Светлана. Она ждала его, но не особенно волновалась, потому что Параскевич был в гостях у приятеля. Около часа ночи она подошла к окну, чтобы задернуть шторы, и увидела внизу, на улице, машину мужа. Машина стояла как раз под фонарем и была прекрасно видна. Светлана заметила, что машина странно поблескивает, а через секунду догадалась, что ее уже успел припорошить снежок, стало быть, стоит она здесь не пять минут. Она выскочила из квартиры и увидела мужа, лежащего у лифта. Вот, собственно, и вся прелюдия. С точки зрения криминалистики ситуация абсолютно дохлая.

— Почему?

— Дело в том, что Параскевичи незадолго до несчастья переехали в новый дом. Дом, конечно, роскошный, но пока еще не телефонизированный. Это первое. Второе — в этом доме, как и в очень многих других, квартиры, лифтовая шахта и лестница отделены друг от друга дверьми. Более того, лестница на уровне каждого этажа имеет выход на балкон. Третье: дом, как я уже сказала, только начал заселяться, жильцы друг друга совсем не знают и своего от чужого отличить не могут. И вот представьте себе, выходит Светлана Параскевич из своей квартиры, открывает дверь, отделяющую отсек с квартирами от коридора с лифтами, и видит лежащего на полу мужа, не подающего признаков жизни. Что она делает, как вы думаете?

— Кричит, наверное, — предположил Заточный. — Или падает без сознания.

— Кричит, — подтвердила Настя. — На ее крик долго никто не выходит, потому что на том этаже, где живут Параскевичи, заселено только три квартиры из десяти, соседи друг с другом еще незнакомы и, естественно, боятся. А на других этажах крик не слышен, хоть оборись. Наконец выполз сосед, увидел лежащего Параскевича и обезумевшую Светлану и сообразил, что нужно звонить в милицию. Он вообще оказался мужиком расторопным и неглупым, подумал даже о том, что Светлане самой нужно оказать медицинскую помощь. Короче говоря, побежал он по этажам и принялся звонить во все квартиры подряд с двумя вопросами: нет ли у хозяев сотового телефона и нет ли среди них врача? Дом, как я вам напоминаю, не телефонизированный. Врач, к счастью, нашелся, и телефон сотовой связи тоже, так что милицию хоть и не сразу, но вызвать удалось. Вы же понимаете, когда во втором часу ночи звонят в квартиру, должно пройти немало времени, пока с вами начнут хотя бы через запертую дверь разговаривать, не говоря уж о том, чтобы ее открыть. В доме двадцать два этажа, Параскевичи живут на третьем, а телефон нашелся только у жильцов семнадцатого этажа. Прикиньте, сколько времени наш расторопный сосед мотался по дому.

— Догадываюсь, чем дело кончилось, — усмехнулся Иван Алексеевич. — Вокруг потерпевшего и его жены собралась хорошенькая такая, маленькая толпа, площадку, лифты и лестничный балкон затоптали, и к приезду дежурной группы криминалистам можно было отдыхать. А что по выстрелу?

— Выстрел произведен от порога двери, отделяющей лестницу от площадки с лифтами. Балкон выходит на ту же сторону, что и окна квартиры Параскевичей. Видимо, убийца стоял себе на балкончике, покуривал, ждал Леонида Владимировича. Увидел, как тот подъехал на машине, дождался, когда жертва поднимется в лифте на свой этаж, и нажал на спусковой крючок. Просто, выгодно, удобно. Знаете, Иван Алексеевич, если бы я была мэром, я бы запретила утверждать архитектурные проекты без визы криминалистов. Уже лет двадцать пять в Москве строят эти идиотские дома, в которых лифты, квартиры и лестницы существуют отдельно, а на первых этажах никто не живет. Такое впечатление, что они специально разрабатывали проекты домов, в которых удобно совершать преступления. У меня родители как раз в таком доме живут, так в их подъезде в течение шести месяцев произошло два совершенно однотипных убийства с ограблением. И никто ничего не слышал, хотя жертвы орали как резаные, судебные медики в один голос утверждали, что об этом свидетельствует состояние голосовых связок. Короче говоря, Иван Алексеевич, никто не слышал, как стреляли в Параскевича, никто убийцу не видел и никто, как водится нынче, ничего не знает и даже не предполагает. По заключению судмедэксперта, смерть Параскевича наступила в промежутке от ноля до ноля тридцати, то есть к тому моменту, как его обнаружила жена, он уже не менее получаса лежал возле лифта мертвым. А если бы она случайно не выглянула в окно или если бы Параскевич поставил машину в другом месте, кто знает, когда его нашли бы. Так или иначе, у убийцы был вагон времени, чтобы убраться с места преступления подальше.

— Сочувствую вам, — очень серьезно сказал генерал. — Оружие нашли?

— А как же, — хмыкнула Настя. — Сейчас дураков нет, чтобы оружие с собой уносить и обратно в шкафчик на кухне прятать. Оружие лежало там же, рядом с трупом. Симпатичный такой пистолет с глушителем. И номера все спилены. Это тоже стало доброй традицией. По пулегильзотеке проверили — чистый, в деле не был.

— Совсем беда, — согласно кивнул Заточный. — Но это по убийству. А по потерпевшему что есть?

— Тоже немного. Но, в общем, кое-что можно выкрутить. Леонид Параскевич был весьма популярным писателем. И знаете, на чем он прославился? На женских романах. Не детективы, не фантастика, не звездные войны и киборги-убийцы, а женские любовные романы. Книги шли нарасхват. Он начал писать лет пять-шесть назад, и сразу получилось удачно. Первая же вещь, которую дамы и девицы, естественно, покупали «на пробу», завоевала сердца читательниц всерьез и надолго. Отныне они ждали его романы, спрашивали у продавцов, просили оставить, как только появится что-нибудь новенькое. К моменту гибели Параскевич написал двадцать шесть любовных историй, и все они вышли в разных издательствах довольно приличными тиражами. Все бы ничего, Иван Алексеевич, но меня в этой связи интересует вопрос: был ли Параскевич богат, и если да, то где его деньги, а если нет, то почему? Автору такого класса, каким был Леонид Владимирович, в издательствах должны платить самое меньшее — по двести долларов за авторский лист, а написал и издал он более пятисот листов. Подчеркиваю, двести долларов — это минимум. По-хорошему-то, должны платить четыреста. Он писал невероятно быстро. И вообще был очень талантливым. Я серьезно, Иван Алексеевич, — добавила Настя, заметив, что по лицу генерала скользнула усмешка. — Я ведь не поленилась, прочитала несколько его книг, выборочно, две первые, две — двухгодичной давности и три самые последние. Он действительно здорово пишет, соплей — минимум, и знание женской души — просто на удивление. Видно, его жена постоянно консультировала. Так вот, если ему платили по минимально приличной ставке, он должен был заработать за пять лет больше ста тысяч долларов. А где они? Машина у него старенькая, приобретена еще до того, как он начал столь успешно издаваться. Квартира досталась ему практически даром, потому что до этого они с женой жили в двухкомнатной, жутко запущенной, сто лет не ремонтированной квартире, но зато в пределах Садового кольца. Эту квартиру «новые русские» у него с руками оторвали, отвалили за нее столько, что ему вполне хватило на прекрасную трехкомнатную в новом доме, правда, у черта на куличках, куда еще и метро не ходит. Переехали они, как я уже сказала, дней за десять до убийства, мебель новую только-только начали приобретать, до этого все пять лет супружеской жизни жили скромно, за границу отдыхать не ездили, мехов и бриллиантов не покупали. Так вот, я, как говорят в Одессе, интересуюсь знать: где деньги? Неутешная вдова на мой нескромный вопрос о деньгах ответила, что у них имеется в наличии тысяч двадцать долларов, на которые они и планировали обставить квартиру и, может быть, если останется что-нибудь, поменять машину на более новую.

— Так где же деньги? — с неожиданным интересом спросил генерал. — Вы меня прямо заинтриговали, Анастасия. Вам удалось что-нибудь выяснить?

— Увы, Иван Алексеевич. Есть только одна версия, и та не моя, а принадлежит супруге покойного, Светлане Параскевич. Она утверждает, что Леонид был человеком невероятно мягким и интеллигентным, он никому не мог отказать, никому не мог сказать «нет». Его все обманывали, а он всем верил, и даже, может быть, не столько верил, сколько стеснялся продемонстрировать недоверие. Короче, Светлана Параскевич рассказала, что после удачного первого романа и после того, как второй разлетелся с прилавков в мгновение ока, к Леониду пришел его старый школьный приятель и, краснея и бледнея от смущения, признался, что занимается издательской деятельностью, но что-то дело у него не идет — то ли авторов хороших нет, то ли невезуха ему судьбой предназначена. И не будет ли старый школьный друг Леня так добр, не напишет ли для его издательства две-три новые вещи, чтобы фирма могла хоть чуть-чуть окрепнуть и на ноги встать. На Лениных новых книжках, изданных большими тиражами, издательство сможет хотя бы залатать основные дыры. Только уж извиняйте, господин хороший, большой гонорар мы вам заплатить не можем, потому как на мели сидим. Ну, выручи, Христом богом прошу, ну, что тебе стоит, ну, хоть одну книжку, а? Ты же так быстро пишешь, тебе же эту книжку написать — раз плюнуть, два месяца — и готово. В общем, уговорил. Написал Параскевич для него очередной бестселлер, издательство сделало на нем хорошие деньги, а гонорар автору выплатило в размере шестисот долларов, иными словами — по цене в сорок долларов за лист. Снова прибежали, слова благодарности говорили, очень просили написать еще, чтобы, значит, издательство уж совсем крепко на ногах стояло. И гонорар даже увеличили, предложили целых восемьсот долларов за книжку. Он снова согласился. А дальше так и пошло. Эти суки поняли, что разжалобить Параскевича легко, особенно если к нему приходит не совсем уж чужой человек, а хотя бы шапочно, но знакомый. И все по очереди стали ему петь песни про бедственное положение и про то, что он, написав для них всего одну книгу, осчастливит их и облагодетельствует. Но лучше, конечно, не одну, а две-три. И он ловился. Уж не знаю, то ли он действительно был таким супердоверчивым, то ли знал, что врут, да отказывать не умел, но он продавал свой труд за такие жалкие гроши, что даже сказать неприлично. Причем все издатели, которые приходили с подобными просьбами, использовали один и тот же трюк. У меня такое впечатление, что они все были в сговоре, делились опытом, а заодно и прибылью от продажи тиражей. Потому что вся эта история напоминает хорошо организованную кампанию.

— Вы начали про трюк, — напомнил Заточный.

— Да, про трюк. Так вот, каждый раз после того, как в очередном издательстве впервые выходила книга Леонида Параскевича, издатель с унылым видом говорил, что тираж «не пошел», что у каждого издательства есть свой круг читателей, что люди, которые читают, знают и любят Параскевича, покупали его книги, изданные другими издательствами, так что на продукцию данного конкретного издательства они внимания не обращают и не ожидают «встретить» здесь романы Параскевича. Очень жаль, но залатать финансовые дыры при помощи одного-единственного романа известного писателя не удалось. Вот если бы он написал еще одну вещь...

— И он, конечно, писал.

— Конечно. В итоге — двадцать шесть книг, а в кармане чуть больше двадцати тысяч долларов.

— И вы, конечно, ищете его убийцу среди книгоиздателей.

— Естественно, — подтвердила Настя. — Где же мне, горемычной, еще его искать?

— А Параскевич чем-нибудь занимался, кроме того, что романы писал?

— Насколько мне известно, ничем. Он уже заканчивал факультет журналистики, когда написал и опубликовал свой первый любовный роман. И после окончания университета уже не стал устраиваться ни на какую службу — ни на государственную, ни в частный сектор, а сел за письменный стол и занялся художественным творчеством. В коммерческих операциях участия не принимал, в вашей службе на него ничего нет.

— А ревность и прочая бытовуха? Не хотите там поискать?

— Хочу, но рук не хватает. Знаете, Иван Алексеевич, этот Параскевич был, по-моему, глубоко несчастен.

— Что, проблемы с женой?

— Скорее с матерью. Мать у него — такая, знаете ли, особа, которая искренне считает всех окружающих глупее себя. Вот, например, о своей невестке Светлане она отзывается следующим образом: я, дескать, не была в восторге от Лениного выбора, но, в конце концов, не мне с ней жить, а ему, поэтому я всегда была приветливой со Светочкой и всеми силами старалась ее полюбить как родную. У нас с невесткой были прекрасные отношения, мне очень скоро удалось преодолеть неприязнь к ней, ведь самое главное для меня — чтобы мой сын был счастлив. А сама Светлана и многие друзья Параскевичей, как старших, так и младших, в один голос утверждают, что Галина Ивановна так люто ненавидела невестку, что даже не умела этого скрывать, хотя, может быть, и старалась. Ненависть выплескивалась во всем, в каждом слове, в каждом взгляде, в жесте. В любой мелочи. А Галина Ивановна свято уверена, что она — великая актриса и о ее истинных чувствах никто не догадывается. Властная, нетерпимая к чужому мнению, если оно не совпадает с ее собственным, все за всех решает, всегда знает, кому как лучше поступить. В общем — чума. У таких матерей обычно вырастают очень несчастные дети, потому что эти дети с младенчества приучены беспрекословно слушаться, боятся делать наперекор и при этом тихо ненавидят мать. Ненависть с каждым днем, с каждым годом накапливается, но страх перед матерью не позволяет ей выплескиваться наружу криком или просто резким замечанием, поступком. Представляете, в каком аду живут эти несчастные дети? Им уже за пятьдесят, а матери продолжают их третировать, смотреть в рот и давать советы, что нужно есть, а что нельзя, критически оглядывать одежду и комментировать их стиль и манеру одеваться. Они суют нос во все семейные проблемы детей, осуждают их супругов, дают рекомендации по воспитанию внуков, командуют, распоряжаются, повышают голос, позволяют себе грубости и бестактные выходки.

— И что же, мать Параскевича именно такая?

— Один в один, — подтвердила Настя. — Даже хуже. А жена у него очень милая, мне она понравилась. По-моему, она по-настоящему любила своего мужа...

* * *

Светлана Параскевич повернулась на бок и стала осторожно вылезать из-под теплого пухового одеяла. Она старалась не потревожить лежащего рядом мужчину, но он все-таки открыл глаза, быстрым жестом обхватил ее за плечи и уложил обратно, крепко прижав к себе.

— Ты куда это собралась?

— Пойду чайник поставлю.

— А поцеловать? Как это можно — оставить любимого мужчину одного в комнате и уйти, не поцеловав его?

Светлана нежно поцеловала его в губы, в глаза, в щеки.

— Я тебя обожаю, — прошептала она. — Ты — невероятный. Лучше тебя никого нет.

— А твой покойный муж?

Она расхохоталась звонко и весело.

— Только мой покойный муж может сравниться с

тобой, — проговорила она, гладя мужчину по плечам и груди. — Но ты все равно лучше. Ты свободнее, а значит — сильнее. Ты независим. Ты можешь себе позволить, в отличие от него, быть гордым. Ведь у тебя нет такой матери, какой была моя свекровь.

— Но у меня нет и такого таланта, какой был у твоего мужа. Кто я в сравнении с ним? Жалкий учитель русского языка и литературы, получающий гроши.

— Это неважно, — тихонько сказала Светлана, обнимая его. — Ты мужчина, которого я люблю. А талант тебе и не нужен. Достаточно того, что он есть у меня.

Глава 2

По квартире разливался аромат крепкого, только что смолотого и сваренного кофе. Сергей Николаевич Березин сладко потянулся под одеялом и привычно протянул руку на другую половину огромной супружеской кровати. Протянул — и тут же отдернул. Все месяцы, пока Ирина была в клинике и в санатории, он знал, что дома ее нет, поэтому даже спросонок не забывал об этом. Но вчера он привез ее сюда, и подсознание дало команду: раз жена в квартире, она должна быть в супружеской постели.

А ее нет. Нет и быть не может. Ирина будет спать в маленькой комнате на диване. Она сама сделала выбор, хотя Березин предлагал ей занять спальню.

Сергей Николаевич легко выпрыгнул из-под одеяла, сделал несколько взмахов руками, чтобы разогнать кровь, натянул джинсы и отправился в ванную. Через десять минут, выбритый и благоухающий хорошей туалетной водой, он появился в кухне. Ирина сидела на стуле, некрасиво сгорбившись, непричесанная, в небрежно застегнутом халате и в тапочках со стоптанными задниками. Березин недовольно поморщился, не сумев скрыть неудовольствия.

— Доброе утро, — сдержанно сказал он.

— Здравствуй, — вяло откликнулась Ирина.

— Ты плохо себя чувствуешь? — вежливо поинтересовался он.

— Нормально.

Она пожала плечами и отпила кофе. Березин заметил, что чашка была не из сервиза, стоящего на кухне в застекленном шкафчике, а из тех разномастных, с отколотыми ручками и царапинами, которые использовались для отмеривания, например, сахара, или муки, или воды, или крупы. Та Ирина никогда не стала бы пить кофе из этих чашек.

— Тогда почему ты в таком виде?

— А что? Чем тебя мой вид не устраивает? Я же дома, а не на приеме в посольстве.

— Ира, ты не должна забывать — ты моя жена. Пожалуйста, веди себя соответственно.

— Но ведь здесь нет никого, — искренне удивилась она, и Березин понял, что Ирина действительно не понимает, чего он от нее хочет.

— Пойми, — мягко сказал он, наливая себе кофе в красивую чашку из тонкого фарфора, — ты не должна расслабляться даже дома. Ты должна все время вести себя так, как будто за тобой наблюдают десятки глаз. Только так ты сможешь обрести уверенность и стать настоящей женой политика. Если ты будешь делить свое поведение на две категории — «для дома» и «для людей», — ты обязательно допустишь грубую ошибку, причем публично. И первое, что ты должна сделать, — не ходить дома распустехой и не пить кофе из битых чашек, даже когда ты одна.

Ирина молча вышла из кухни, и Березин с досадой подумал, что она оказалась более обидчивой, чем он предполагал. Намучается он с ней. Ирина вернулась через несколько минут в длинной, до пола, вязаной юбке, узкой и прямой, и в трикотажной блузке с длинными рукавами, завязанной на животе в узел и открывающей маленький кусочек ослепительной кожи. Волосы ее были стянуты на затылке и закреплены в узел, губы слегка подкрашены. Теперь она, тонкая и изящная, напоминала натянутую струну, готовую при умелом прикосновении откликнуться мелодичным звуком.

Не говоря ни слова, Ирина вылила в раковину остатки кофе из своей чашки с щербатыми краями, достала чашку из сервиза, налила в нее кофе и уселась напротив Березина, закинув ногу на ногу. Он невольно залюбовался ее прямой спиной, длинной шеей и гордо вскинутым подбородком. Как похожа, боже мой, как она похожа на ту! Наваждение.

— Так хорошо? — спросила она очень серьезно, и Березин с облегчением понял, что Ирина не обиделась.

— Отлично. Только чуть-чуть помягче. Опусти немного голову, а то вид у тебя уж очень неприступный. Мы же решили, что ты — мой тыл, милая, заботливая, любящая. Между прочим, у тебя есть еще что-нибудь такое же длинное, до самого пола?

— Есть, — удивленно ответила она. — Два вечерних платья для ресторана.

— Это не годится. А попроще?

— Если попроще — только то, что на мне. А в чем дело?

— Это удивительно удачная находка, — объяснил Сергей Николаевич. — Когда женщина ходит в длинном платье дома, это напоминает девятнадцатый век, когда еще существовало понятие хранительницы очага. Нужно сделать это твоим стилем. Да-да, — оживился он, — именно так. Длинные платья всегда, в любой обстановке: дома, на приемах, в театре — всюду. И непременно прическа из длинных волос, вот как сейчас. Благородно и просто. И главное — тебе очень идет. Нужно немедленно заняться твоим гардеробом.

Он схватил телефонную трубку и начал накручивать диск.

— Алло! Татьяна Николаевна? Березин говорит. Машина пошла за мной? Очень хорошо. Татьяна Николаевна, моей жене срочно нужна портниха. Да, да. Нет, к завтрашнему дню, к нашему мероприятию. Нет, она еще не очень хорошо себя чувствует, мне не хотелось бы везти ее в центр, сейчас всюду такие пробки... Да, пусть приедет на дом. Да, разумеется, образцы тканей тоже нужны. Ну вот, — весело сказал он, повесив трубку, — через два часа сюда приедет портниха. Татьяна все организует. Закажешь ей несколько нарядов — для публичных выходов и для дома. Для дома даже важнее. И продумай наряд для завтрашнего мероприятия. Его сошьют в первую очередь, все остальные обговори, выбери ткань, все сделают в течение недели.

— Сережа... — робко сказала Ирина. — Я боюсь. Я что, должна буду остаться с ней один на один? Без тебя?

— Разумеется. Я через десять минут уеду и вернусь только вечером.

— Но как же... Что я буду ей говорить? Я же не знаю...

— Ира, возьми себя в руки, в конце концов, — жестко произнес Березин. — Нельзя бояться до бесконечности. Я не смогу водить тебя за ручку всю оставшуюся жизнь, привыкай действовать самостоятельно. В первый раз я совершил ошибку, женившись на девице из хорошей семьи, потому что девица оказалась блядью. Теперь я взял в жены тебя, — он сделал выразительную паузу, с удовлетворением наблюдая, как разливается румянец по нежному лицу Ирины, — и очень надеюсь, что ты сможешь стать похожей на девицу из хорошей семьи.

Она резко поднялась и отвернулась к окну, не ответив на его выпад. Сергей Николаевич допил кофе и быстро оделся. Уже стоя в прихожей, он заметил, что Ирина так и стоит на кухне возле окна. Ему стало не по себе, он не хотел уходить из дома с тяжелым сердцем, оставляя в квартире обиженную женщину.

— Ира, я пошел. Пожелай мне удачи. У меня будет трудный день.

Она медленно повернулась. Краска стыда и негодования уже сошла с ее лица, оно снова было бледно-розовым и очень нежным.

— Я желаю тебе, дорогой, чтобы ты не забывал, при каких обстоятельствах мы с тобой познакомились. Не исключено, что я от этого знакомства выиграла, хотя пока еще ничего не ясно. Но идея принадлежала тебе, и кровь — на твоих руках, а не на моих. Ты только что напомнил мне, что до знакомства с тобой я была проституткой. Теперь я напоминаю тебе о том, кто ты такой.

— Ира, не стоит... — начал было Березин, но она прервала его:

— Я даю тебе слово, что научусь быть достойной женой политика. Но я никогда не буду женой убийцы.

Она пересекла кухню, прошла мимо Сергея Николаевича и скрылась в маленькой комнате, ожесточенно хлопнув дверью.

* * *

Административный корпус отличался от всех остальных зданий и сооружений исправительно-трудовой колонии только тем, что находился «на воле», а не за забором и проволокой. Внутри царил тот же всепроникающий запах пропотевших сапог и немытых тел, стены были покрашены унылой масляной краской, и вообще вся атмосфера вызывала ассоциации не со служебным помещением, а именно с казенным домом.

Наталья терпеливо сидела в коридоре, в очереди таких же, как она, приехавших на свидания или привезших посылки: почта теперь работает так плохо, что посылка или не дойдет совсем, или ее по дороге разворуют. Хорошо, если не дойдет, тогда можно и новую послать. А если дойдет ящик наполовину пустым, то будет считаться, что осужденный посылку получил и другой в ближайшие полгода ему уже не полагается. Многие стали посылки привозить лично или с оказией передавать, так надежнее.

Наталья приехала на свидание, первое с тех пор, как Евгений оказался в колонии. Она так давно его не видела, что боялась даже представить себе, каким стал ее муж. По рассказам знакомых, по книгам и фильмам она уже имела кое-какое представление о том, что такое жизнь в колонии, и ожидала увидеть Евгения поникшим, с ранними морщинами, с почерневшими зубами и трясущимися руками.

Наконец подошла ее очередь. Она оглянулась на сидящих в тоскливой очереди женщин (мужчин здесь почему-то не было, видно, на свидания приезжали только матери и жены, а отцы и сыновья предпочита-

28

ли другие развлечения), незаметно перекрестилась и толкнула деревянную дверь кабинета.

— Я к осужденному Досюкову Евгению Михайловичу, статья сто три, срок восемь лет.

— Жена? — не поднимая головы, спросил хмурый капитан в зеленой форме офицера внутренней службы. — Документы, пожалуйста.

— Вот. — Наталья торопливо протянула ему паспорт, совсем новенький, полученный всего два месяца назад, когда она меняла фамилию.

Капитан аккуратно перелистал паспорт от первой до последней страницы, потом поднял голову и с любопытством уставился на нее.

— Тут отметочка о заключении брака. Вы поженились полгода назад?

— Совершенно верно.

— Досюков в это время был под следствием? — уточнил капитан.

— Да.

— И вы, значит, добровольно согласились стать женой убийцы? Почему, интересно? Вы его одобряли?

— Нет, вы не так поняли, — торопливо заговорила Наталья. — Я же нормальный человек, как я могу одобрять убийство? Но я хотела, чтобы он, отбывая наказание, знал, что я его жду, что он мне нужен, что он должен справиться со всем этим... У него ведь нет никого, кто ездил бы к нему на свидания, кто посылал бы ему продукты. Мать совсем старая и почти слепая, она из дома практически не выходит. Отца нет, он давно умер. Женя у нее единственный сын, ни братьев нет, ни сестер. И если бы мы не расписались, меня бы не пускали к нему на свидания. Пусть он убийца, но ведь должен у него быть кто-то, кому он верит и на кого может надеяться.

— Вы сейчас сказали интересную вещь, — заметил капитан. — Вы сказали: пусть он убийца. Так вы верите в то, что он совершил убийство?

— Я не понимаю, — вмиг пересохшими губами сказала Наталья.

— Я хочу сказать, что ваш муж ведь не признался в совершении убийства ни на следствии, ни на суде. И он до сих пор не признает себя виновным. Поэтому я и спросил вас: а вы как считаете? Вы тоже уверены, что он невиновен?

— Я... — растерялась она. — Я не знаю. Честное слово, я не знаю. Женя не такой человек, чтобы убить кого-то... Но ведь чужая душа — потемки, ни за кого нельзя ручаться, даже за себя самого. Нет, я не знаю. Но я знаю, в чем состоит мой долг. Если государство сочло необходимым наложить на него кару за что-то, то мой долг — помочь ему пережить это с достоинством, чтобы он не потерял человеческого облика, чтобы осознал ошибку, осознал свой грех, если он все-таки это совершил, и чтобы покаялся, исправился.

— Вы — верующая?

— Как вам сказать...

Она улыбнулась впервые с тех пор, как вошла в этот кабинет.

— Когда Женю арестовали, я стала ходить в церковь просто потому, что очень хотела хоть как-то ему помочь, а как — не знала. Познакомилась со священником, он и объяснил мне, что если я столько лет прожила рядом с Женей и не сумела отвратить его от греха, то мой долг теперь сделать все, чтобы помочь ему очиститься, обновиться и исправиться.

Капитан открыл несгораемый шкаф, за которым оказались картотечные ящики, выдвинул один из них, долго перебирал карточки, наконец вынул одну из них и внимательно изучил.

— У вас краткосрочное свидание, три часа.

— Так мало? — в отчаянии всплеснула руками Наталья. — А мне говорили...

— Вам говорили про долгосрочное, — сухо перебил ее капитан, — на трое суток. Это вам пока рано, срок еще не подошел.

— А когда же?

— Через три месяца, не раньше, да к тому же в зависимости от того, как ваш муж будет себя вести. Если нарушит режим, то в качестве наказания он может быть лишен посылки или свидания.

— А он что, нарушает? — робко спросила она.

— Пока нет, но все когда-то бывает в первый раз, — философски изрек капитан.

Он снял телефонную трубку на аппарате без диска.

— Седьмой отряд, Досюков Евгений Михайлович, сто третья, восемь лет. На краткосрочное.

Выслушав ответ, он снова повернулся к Наталье и усталым голосом объяснил ей, куда теперь идти, что сказать и какую бумажку показать.

— Вам там скажут, но я предупреждаю на всякий случай заранее: деньги, колющие и режущие предметы, алкогольные напитки, сигареты с фильтром...

Она на мгновение прикрыла глаза и отключилась. Целые сутки в плацкартном вагоне, продуваемом насквозь, где даже ночью не гасится свет и постоянно мимо тебя кто-то ходит. Она совсем не смогла заснуть, ей было очень холодно и очень страшно. И теперь в неуютном, вонючем, но таком теплом кабинете ее разморило. А о том, чего нельзя приносить с собой на свидание, она и так знала еще с тех пор, когда приходила в следственный изолятор на регистрацию брака.

— Гражданочка! — услышала Наталья голос над самым ухом. — Гражданка Досюкова!

— Ой, простите. — Она смущенно улыбнулась, поправила шапочку, шарф и встала. — Всю ночь в поезде. Спасибо вам. До свидания.

— До свидания. Ваш муж сейчас на работе, его смена закончится в восемнадцать ноль-ноль, тогда и встретитесь.

— Спасибо вам, — повторила Наталья, берясь за ручку двери.

До шести вечера была еще уйма времени, и его нужно было где-то провести. Она вышла из административного здания колонии и побрела к платформе пригородной электрички. Пожалуй, она вернется в город, а к шести часам снова приедет сюда. Наталья быстро окинула глазами висящее на платформе расписание — поезда ходят каждые полчаса, так что добраться вовремя она всегда сможет. А до города ехать минут сорок.

В электричке было грязно и холодно, вагоны не отапливались, но она мужественно терпела неудобства, понимая, что выхода все равно нет. Можно подумать, что ей предлагали отдохнуть в теплом гостиничном номере на мягкой чистой постели. Если бы не села в электричку, слонялась бы сейчас по поселку вокруг колонии или сидела бы в коридоре администативного здания, погрузившись в атмосферу горя, страдания, слез, отчаяния. Что одно, что другое — большая «радость».

Выйдя на вокзале в самом центре крупного промышленного города, Наталья Досюкова первым делом решила поесть. Энергично вскинув на плечо ремень большой дорожной сумки, в которой были только продукты и теплые вещи для Жени, она бодро зашагала по широкому проспекту, вглядываясь в витрины и вывески, ища глазами то, что ей нужно. Ее внимание привлек небольшой ресторанчик, расположенный в полуподвале. Она знала, что очень часто именно такие маленькие полуподвальные заведения оказываются самыми что ни на есть изысканными, с прекрасной кухней и первоклассным обслуживанием.

Едва толкнув дверь, Наталья поняла, что не ошиблась. К ней немедленно подскочил мужчина средних лет в идеально отглаженных брюках, черном жилете поверх белоснежной сорочки и галстуке-бабочке.

— Добрый день, — заговорил он хорошо поставленным голосом. — Добро пожаловать. Желаете пообедать или только слегка перекусить?

— Пообедать, — решительно ответила Наталья, царственным жестом, будто песцовую шубу, сбрасывая ему на руки тяжеленную сумку. — Вкусно, сытно и с хорошим сервисом. Это возможно?

— Нет ничего невозможного, если этого хочет красивая женщина, — сверкнул зубами швейцар, он же гардеробщик, он же, судя по мускулатуре, вышибала. — Уверен, что вы останетесь довольны. Позвольте вашу курточку и шапочку. Прошу в зал, будьте любезны.

Она оглядела себя в зеркале с ног до головы. Нет, еще вполне, вполне. Для поездки в «зону» она оделась, конечно, попроще, понимала, что придется ночь провести в холодном вагоне, потом разговаривать с начальством в колонии, потом встречаться с Женей. Глупо и неуместно одеваться в дорогие шмотки. Нужны вещи, которые не мнутся и не пачкаются. Черные джинсы и черный теплый свитер из ангоры — вот самый подходящий наряд для такой поездки. В самом деле, не на праздник же она собралась — на свидание с осужденным убийцей как-никак. Шубу надевать тоже не хотелось, хотя в поезде она ох как пригодилась бы — накрыться. Но нехорошо, шуба дорогая, красивая, в пол. Что ж, в такой шубе на свидание являться? Напоминать лишний раз Жене, какая жизнь за воротами осталась? Правильно она сделала, что надела куртку, длинную, темно-зеленую, с фиолетовой и бордовой отделкой. Эти цвета были в моде в год последней зимней Олимпиады, позапрошлой зимой, тогда Наталья и купила эту куртку, теплую и немаркую, специально чтобы на рынок ходить да на дачу ездить.

Она стояла перед зеркалом, вся в черном, и с удовольствием оглядывала красивую большую грудь, округлые бедра и тонкую талию. Она никогда не была худышкой, грудь и попка у нее всегда были заметными и притягивали мужской глаз, но зато талия была на удивление тонкой, и Наталья прикладывала немало усилий к тому, чтобы на ней не появлялись лишние сантиметры. И лицо у нее было яркое, с темными глазами и густыми, красиво очерченными бровями. Нет, вполне, очень даже вполне, подумала она, поправляя волосы.

Она вошла в зал царственной походкой красивой и уверенной в себе женщины и, не глядя по сторонам, направилась к свободному столику. Народу в зале было немало, видно, ресторанчик уже имел сложившуюся репутацию и постоянную клиентуру. Она едва успела сесть за столик и открыть лежащую перед ней карту вин, как подскочил официант.

— Добрый день, мы рады вас приветствовать в нашем ресторане. Я прошу прощения, но мне кажется, вам будет удобнее вот за тем столиком.

С этими словами он чуть повернулся и указал рукой на столик в противоположном конце зала. Тот столик был около окна, а этот у стены, неподалеку от зажженного камина.

— Почему вы считаете, что там мне будет лучше? — надменно спросила Наталья.

— Столик возле окна традиционно считается лучшим, — с ослепительной улыбкой пояснил официант.

— Я замерзла, — сердито ответила Наталья, — и хочу остаться здесь, поближе к огню. А из окна наверняка дует. Тема исчерпана, молодой человек, принесите мне кофе и меню.

На лице официанта отразилась такая растерянность, что ей стало смешно. Видно, она заняла чей-то постоянный столик, и бедняга теперь будет мучительно соображать, как выкручиваться, если его клиент явится раньше, чем она уйдет отсюда. Но она не уйдет еще долго, на вокзале нужно быть в пять часов, а сейчас только половина второго.

— Какой кофе желаете? «Нескафе», «Пеле», «Якобс», эспрессо, капуччино, по-турецки?

— Эспрессо и стакан минеральной без газа. И позовите мэтра.

Через полминуты перед ней возник представительный метрдотель в смокинге и с меню в руках. За его спиной робко маячил официант с подносом, на котором дымился кофе и сверкал стакан с минеральной водой.

— Слушаю вас, — важно заявил мэтр неожиданно высоким тенорком.

— Я, по-видимому, заняла чей-то постоянный столик, — сказала Наталья, открывая меню и начиная его изучать. — Прошу вас не беспокоиться, это не войдет в привычку, я приезжая, и сегодня вечером меня уже не будет в вашем городе. Но я не хочу никуда пересаживаться, я очень замерзла и предпочитаю сидеть поближе к огню. Если придет тот человек, который обычно здесь сидит, предоставьте мне самой извиниться перед ним. Я надеюсь, он не будет в претензии. С этим все. Теперь заказ. Коктейль из креветок, — продолжила она без паузы, по-прежнему не глядя ни на метрдотеля, ни на официанта, нимало не интересуясь, слушают ли они ее, записывают ли ее заказ и удовлетворены ли ее объяснениями. — Шашлык из осетрины, картофель фри, маринованная свекла, лук не класть, огурец не класть. Десерт «Мирабелла», кофе «Якобс» двойной и еще один стакан минеральной без газа, лед обязательно. После десерта и кофе примерно через полчаса принесете еще один кофе эспрессо. Не перепутайте.

Она давно уже разделила все человечество на господ, халдеев и динамичную прослойку, которая в конечном итоге разделяется на тех, кто приближен к господам, и тех, кто превращается в халдеев. Женя всегда был господином, с самого рождения. Он господствовал над своими родителями, над своими женщинами, над своими партнерами по бизнесу и над своими деньгами. Она, Наталья, двадцать три года бултыхалась в вонючей аморфной прослойке, пока не нашла Женю и не стала плавно подплывать к нему. Четыре года они прожили вместе, пока наконец не поженились. Теперь и она принадлежит к клану господ, а смотреть в лицо халдеям много чести.

Официант странно напряженным голосом повторил заказ, глядя в свой блокнот, она выслушала и отпустила его царственным кивком. Этим штучкам с тремя чашками кофе разного сорта она научилась у Жени.

— Если ты хочешь понять, в какое заведение попала, совсем не обязательно перепробовать все блюда. Достаточно сделать один сложный заказ, и тебе сразу станет понятно, как здесь с дисциплиной, кого набирают на работу — растяп и безмозглых дураков или людей профессионально пригодных. Достаточно определить, каковы официанты, чтобы догадаться, какова кухня, потому что подход к подбору кадров един. Он или правильный, или нет. И если официанты подобраны грамотно, то и повара в ресторане хорошие, а плохих работников здесь не держат.

Когда она приходила в ресторан без Жени, она всегда делала такие «сложные» заказы, даже если ресторан был знакомым и проверять его нужды не было. Ей нравилась эта игра, ей нравилось ощущение принадлежности к клану господ.

Она уже доела коктейль из креветок и потянулась к чашке, чтобы допить остывающий кофе номер один, как заметила на белой накрахмаленной скатерти нечто темное. В первый момент Наталья не поняла, что это такое. Но в следующую секунду сообразила, что это не что иное, как рука, принадлежащая чернокожему человеку. Она подняла глаза от тарелки и обворожительно улыбнулась.

— Я заняла ваш столик? Прошу извинить, но на улице так холодно, и я очень замерзла, а здесь огонь... Если вы настаиваете, я пересяду.

Она знала, что он не будет настаивать. И никто бы не стал. Не родился еще на свет тот мужчина, который смог бы прогнать ее из-за своего стола.

— The table was not reserved, it was the case of habit, — ответил мужчина и вдруг легко перешел на русский: — Вы позволите мне все-таки сесть там, где я привык? Или вы предпочитаете обедать в одиночестве?

— Я буду рада, если вы его разделите.

Наталья отметила, что говорил по-русски он бегло и правильно, но с сильным мягким акцентом. Она неплохо владела английским и поняла единственную сказанную не по-русски фразу: «Столик не был заказан, просто я привык к нему».

— Вы каждый день обедаете здесь? — спросила она.

— Да, почти каждый, — ответил чернокожий. — А вы здесь в первый раз?

— И, надеюсь, в последний. Я сегодня уезжаю домой, приехала на один день по делам. А вы? Работаете здесь?

— Да, я журналист, наша газета прислала в Россию большую группу журналистов освещать ход и итоги выборов. В нашей стране к вашим выборам проявляют интерес.

— И давно вы здесь?

— Почти месяц.

— Надоело? — улыбнулась Наталья. — Домой, наверное, хочется.

— Конечно. Уже недолго ждать, через две недели буду дома.

— Жена, дети, да?

— Да, у меня их пятеро.

— Пятеро! — ахнула она. — Какой вы молодец!

— При чем тут я? — засмеялся журналист. — Их рожает моя жена, это ее заслуга.

— Почему вы ничего не заказываете?

— Здесь знают мои вкусы, я всегда беру одно и то же, они уже не спрашивают. Если я специально ничего не сказал, значит, подавать нужно как обычно. Меня зовут Джеральд. А вас?

— Наталья. Натали, так проще.

Он протянул ей руку, и прикосновение к его бархатистой ладони обожгло ее. Почти год у нее не было мужчины, с того самого дня, как арестовали Женю. Этот год был так наполнен тревогами, заботами и хлопотами, что ей просто некогда было вспомнить о сексе. А теперь вдруг вспомнилось. Ну надо же, как некстати. Низ живота налился тяжестью, появилась ноющая боль.

— Чем вы занимаетесь, Натали? У вас свой бизнес?

— Ну что вы, — рассмеялась она через силу, от души надеясь, что ее глаза не начали похотливо блестеть. — Я не приспособлена к тому, чтобы самостоятельно заниматься бизнесом. Живу на деньги мужа.

— У вас есть дети?

— Нет. Но я надеюсь, что будут.

Ей принесли кофе с десертом «Мирабелла», а Джеральду — огромный бифштекс.

— Вы раньше бывали в этом городе? — спросил он.

— Нет, в первый раз приехала.

— У вас здесь друзья или дела?

— Скорее дела, — улыбнулась она.

— Но здесь есть кто-нибудь, кто занимался бы вами? Я имею в виду, показал бы вам город, исторические памятники, музеи. Здесь есть очень красивые места и музеи прекрасные, поверьте мне, я за месяц весь город наизусть изучил.

— Нет, мной никто не занимается, но мне это и не нужно. У меня здесь еще не решенное дело, но я его выполню обязательно и поздно ночью уеду обратно, в Москву. Так что мне развлекаться некогда. Да и не хочется, честно говоря. Настроения нет.

— У вас проблемы, Натали?

«О господи, — испугалась Наталья, — все-таки не уследила, дала прорваться настроению. Чего себя-то обманывать, настроение испортилось не оттого, что у меня муж сидит, а оттого, что я хочу этого чернокожего до обморока, до судорог, до истерики. Черт, до чего же он мне нравится!»

— Что вы, Джеральд, никаких проблем, я вообще на редкость благополучная особа. Просто этот город кажется мне неуютным, неухоженным, холодным, мне здесь не нравится и хочется побыстрее уехать.

Она умолкла и принялась ложкой ковырять желеобразный десерт, розовый с голубыми и зелеными цветочками из крема. Когда она снова подняла глаза, то по лицу журналиста было видно: он понял все. На губах его играла улыбка, одновременно мягкая и приглашающая и в то же время чуть ироничная. Белой русской женщине смерть как захотелось черного мужчину. Обыкновенный сексуальный голод плюс тяга к экзотике. Почему бы и нет, в конце концов. Тем более она сегодня ночью уедет, и никаких проблем.

* * *

Без пяти шесть Наталья Досюкова снова стояла перед административным зданием колонии, где ее муж отбывал наказание за умышленное убийство. После железных объятий Джеральда все тело болело и казалось ей одним сплошным синяком. Они занимались любовью в его гостиничном номере, не тратя времени на слова и обещания. У них было около полутора часов, и они провели их в страстном молчании, прерываемом только тяжелым дыханием и редкими стонами. В половине пятого Наталья выскочила из постели, забежала на несколько минут в ванную, оделась и умчалась на вокзал. Джеральд не задавал ей никаких вопросов, почему и куда ей нужно ехать на электричке, но уже у самой двери, когда Наталья выходила из номера, сказал:

— Если до отхода поезда в Москву у тебя останется свободное время — ты знаешь, где меня найти. Я буду рад тебя видеть.

Она только кивнула, в глубине души совершенно уверенная в том, что непременно прибежит к нему вечером, когда вернется в город из поселка со странным названием — Киркомбинат. Обзывая себя похотливой сукой, Наталья ехала в электричке и прикидывала, в котором часу может окончиться трехчасовое свидание с Женей, на платформе остановилась у расписания и посмотрела, когда идут поезда в город после двадцати двух часов...

Наконец ее привели в узкую неуютную, словно наполненную слезами и муками тысяч и тысяч матерей и жен, комнату для свиданий. С замиранием сердца прислушивалась Наталья к шагам за дверью, ожидая увидеть вместо своего мужа разбитого болезнями старика с почерневшими от чифиря зубами. Чтобы хоть чем-то занять дрожащие руки, она стала выкладывать из сумки продукты и аккуратно расставлять их на столе, а теплые вещи стопочкой сложила на стуле. Наконец дверь открылась.

Это был он, все тот же Евгений Досюков. На миг Наталье показалось, что она участвует в каком-то нелепом спектакле, где Женя по роли должен был побрить голову и напялить черную робу и черный ватник. Но это только на время спектакля, а потом он снимет все это, наденет свой обычный костюм из дорогого магазина и повезет ее, Наталью, ужинать в ресторан.

Он по-прежнему гордо держал голову, по-прежнему смотрел на нее ласково и чуть насмешливо, и глаза его были по-прежнему ясными, а зубы — белыми и ровными. Единственное, что отличало его от прежнего Жени, — голод и зверский аппетит. Ни разу за все четыре года, что они прожили вместе, не видела Наталья, чтобы он так безудержно запихивал в себя продукты.

Она терпеливо ждала, пока он насытится.

— Как ты, милый? — спросила она. — Тебе очень плохо здесь?

Он удивленно взглянул на нее.

— А кому же здесь может быть хорошо? Конечно, мне плохо. Но я не собираюсь ждать восемь лет, пока правосудие очухается. Я буду бороться за свою свободу и доказывать свою невиновность. И я очень рассчитываю на твою помощь. Деньги у нас, слава богу, есть, так что нанимай самых лучших адвокатов, пусть пишут жалобы, пусть поднимают журналистов, пусть обращаются в Комиссию по правам человека. Я не собираюсь тут сидеть за преступление, которого не совершал.

По ее лицу пробежала тень, и это не укрылось от Евгения.

— Ты что, не веришь мне? Ты думаешь, я убил Бориса? Ну скажи же, скажи мне, что ты считаешь меня убийцей, и я не стану приставать к тебе со своими просьбами. Как-нибудь обойдусь.

В эту секунду он был так похож на себя прежнего — резкого, жесткого, преуспевающего, безжалостного, что Наталье стало казаться, что она сходит с ума. Может быть, ничего не было? Может, ей все приснилось — и арест, и следствие, и суд, и даже сегодняшний день?

— Что ты, Женечка, я верю тебе. Если бы я считала тебя убийцей, я бы не вышла за тебя замуж, когда ты был под следствием. Я же сделала это, потому что верила в твою невиновность. И хотела, чтобы все вокруг знали: я не считаю тебя преступником. И я сделаю все, что нужно, чтобы тебя оправдали.

Три часа тянулись невыносимо долго, ей все время приходилось искать темы для разговора, и темы эти почему-то так быстро иссякали...

— Как у тебя со здоровьем? — заботливо спрашивала она.

— Порядок, делаю зарядку, поддерживаю форму. Не беспокойся, я глупостями не увлекаюсь.

— Ты не чифиришь?

— Я не сумасшедший, — усмехался он. — И себя не на помойке нашел.

— Тебя здесь не обижают? Знаешь, мне рассказывали, что в колониях есть паханы, мужики, шестерки, обиженные, в общем, целая иерархия. И не дай бог впасть в немилость у пахана, тогда совсем жизни не будет, а то и убить могут. Это правда, Женя? Я так боюсь за тебя.

— Правда, Ната, правда, но ты за меня не бойся. Главное в жизни деньги, у кого они есть, тот и пахан. У меня много денег, и не только в Москве, а по всей России и даже за рубежом. Это ни для кого не секрет, деньги у меня законные и конфискации не подлежат. Стало быть, обижать меня никто не станет. Ты у мамы бываешь?

— Конечно, Женечка, каждую неделю захожу и звоню через день. Ты за нее не беспокойся, у нее все в порядке, за тебя только очень переживает.

— Скажи, а там, в Москве, все поверили, что это именно я Бориса убил? Неужели ни одна живая душа не усомнилась?

— Нет, Женечка, никто, кроме меня, не верит, что ты этого не делал. Ну ты сам посуди, ведь тебя все видели, и даже Борис перед смертью сказал, что это ты в него стрелял. И на твоей одежде обнаружили частицы пороха, а на пистолете — микрочастицы твоих шерстяных перчаток, в которых ты обычно в гараже работаешь. Мне же следователь все документы показывал. Как тут не поверить? И я бы поверила, если бы не любила тебя так сильно. Пойми, Женя, я ведь не верю в твою виновность не потому, что улики слабые, а только лишь потому, что не хочу верить. А улики-то на самом деле...

— Я понял, — перебил ее муж. — Значит, ты тоже уверена, что это я убил Бориса. Ты тоже, как и все, считаешь меня убийцей. Ты готова отвернуться от меня. Что ж, валяй, не буду тебя удерживать, устраивай свою жизнь по своему разумению. Только объясни мне, зачем ты замуж за меня вышла в таком случае?

— Но я люблю тебя, неужели ты не понимаешь этого? Мне все равно, убийца ты или нет, виновен ты или нет. Да пусть ты десять раз виновен, пусть ты сто человек убил, ты все равно для меня лучше всех. Хочешь правду? Да, я не верю, что ты не убивал Бориса. Я знаю, что это сделал ты. Но мне это все равно, понимаешь? Мне это безразлично. Я люблю тебя и хочу быть твоей женой совершенно независимо от того, убийца ты или нет. И оттого, что ты сидишь в тюрьме, ты не стал для меня хуже. Я все равно буду тебя любить и буду тебя ждать столько, сколько нужно.

Она обняла мужа и прижалась лицом к его плечу. От черного ватника исходил неприятный запах, но

Наталья этого не замечала. Для нее главным сейчас было заставить Евгения поверить.

Он отстранил ее и отступил на шаг.

— Значит, ты тоже не веришь, — задумчиво произнес он. — Очень жаль. Выходит, за свою свободу мне придется сражаться одному. Ты мне не помощница. Что ж, придется биться в одиночку.

Наталья не выдержала напряжения и расплакалась.

— Женечка, я все сделаю, я найму самых лучших адвокатов, я заплачу им, они вытащат тебя...

— Не нужно, я не хочу, чтобы ты занималась моим освобождением, думая, что на самом деле я преступник. Или ты веришь мне и помогаешь, или я буду действовать сам.

— Но, Женя...

— Все, Натка, время кончается, давай прощаться.

Пришел угрюмый конвоир и увел Евгения. Наталья вытерла слезы, умыла лицо под краном, вытерла носовым платком, надела куртку и отправилась на платформу. В городе она будет часов в одиннадцать вечера, даже раньше, а поезд на Москву уходит в 1.45 ночи. Можно еще успеть...

Стоя на холодном ветру и жмурясь от колких крупинок снега, гонимых метелью, она снова и снова вызывала в памяти лицо мужа. Черт возьми, как приятно думать о Евгении Досюкове как о муже! Четыре года она жила с ним, засыпала и просыпалась рядом, кормила его обедами, стирала ему рубашки, ждала по вечерам, когда он уходил на приемы и банкеты без нее. И четыре года она мечтала о том, что в один прекрасный день он все-таки опомнится и сделает ей предложение. А он все не делал его и не делал... И нужно было случиться такой огромной беде, чтобы Евгений Досюков, миллионер, президент акционерного общества «Мегатон», женился на Наталье Гончаренко.

И вот теперь оказывается, что она совсем его не знает. Четыре года они провели бок о бок, а она так и не разглядела в нем ту невероятную силу, которую всегда принимала за удачливость. Наталья была уверена, что суровый приговор сломит Женю, а месяцы, проведенные сначала в следственном изоляторе, потом в колонии, очень быстро превратят его в нравственного калеку, морального урода, больного, слабого, утратившего способность сопротивляться и прочифирившего здоровье и интеллект. А все оказалось совсем не так. Потому что большей неудачи, чем случилась с Женей, нельзя даже придумать, а он собирается бороться за свою свободу, он не опустил рук. И, что самое ужасное, он требует от нее, своей жены, веры в собственную невиновность.

Четыре года Наталья Гончаренко любила в Евгении Досюкове две вещи: его властность и его деньги. И того и другого было так много, что остальное было уже просто невозможно разглядеть. Он был весьма посредственным любовником, он был не особенно красив, чтобы не сказать грубее, у него был порой невыносимый характер, вероятно, имелись и какие-то достоинства, но ничего этого Наталья не видела, потому что ее «угол обзора» охватывал только властность и богатство.

А сейчас, трясясь в холодной грязной электричке и вспоминая короткое трехчасовое свидание с мужем, она впервые почувствовала что-то вроде уважения к нему. К его несгибаемости, воле, мужеству. Ведь кто-кто, а она-то уж совершенно точно знала ответ на вопрос о его виновности.

И в этот момент Наталья вдруг поняла, что ни к какому чернокожему журналисту Джеральду она не пойдет.

Глава 3

В городской прокуратуре убийством писателя Леонида Параскевича занимался следователь Константин Михайлович Ольшанский, и это обстоятельство худо-бедно примиряло Настю с необходимостью заниматься делом автора любовных романов. А заниматься этим делом ей не хотелось по одной-единственной причине, и называлась эта причина — Галина Ивановна Параскевич. Случается, конечно, что у двух человек возникает острая взаимная непереносимость, но с этим вполне можно справиться, потому что коль непереносимость взаимная, то оба стараются максимально ограничить контакты, сделать их по возможности редкими и короткими. Здесь же случай был принципиально иной. Галине Ивановне очень нравилась майор милиции Анастасия Каменская. Впрочем, ей вообще нравились все люди, которым она может читать нотации и объяснять, что такое хорошо и что такое плохо, и которые безропотно это воспринимают. Настя в силу природной интеллигентности и хорошего воспитания делала вид, что внимательно слушает Галину Ивановну, а та при полном отсутствии критического взгляда на самое себя принимала все за чистую монету.

— Боже мой, как приятно, что в нашей милиции еще остались люди, которые понимают, как нужно...

«Если бы нынешняя молодежь была похожа на вас, мы не знали бы множества бед и проблем...»

«Вот о такой жене, как вы, мечтала я для своего сына...»

Настя впивалась ногтями в ладонь, закусывала губу и терпела. Терпела, потому что сразу поняла: никто не расскажет о Леониде Параскевиче больше, чем его родная мать. Такие матери, как Галина Ивановна, отравляют жизнь собственным детям и их семьям, но зато они, случись несчастье, становятся поистине незаменимыми для следствия, потому что всю жизнь лезут в дела своих детей, знают лично всех их знакомых, постоянно подслушивают телефонные разговоры, и не просто подслушивают, а еще и комментируют их, нимало не смущаясь бестактностью собственного поведения. Они все про всех знают и обо всем имеют абсолютно непререкаемое мнение. Мнением, конечно, можно пренебречь, зато фактуру такие свидетели дают богатую. Если, конечно, у оперативников и следователей хватает терпения и душевных сил подолгу разговаривать с ними. У Насти Каменской терпения было, как говорится, выше крыши, а вот следователь Ольшанский, по его собственному признанию, быстро сдавал позиции. Поэтому он уже несколько раз просил Настю приехать к нему в горпрокуратуру и присутствовать на допросах Галины Ивановны Параскевич.

Константин Михайлович сидел за своим столом, сгорбившись, и что-то быстро печатал на машинке. Бумаги вокруг него возвышались огромными кучами, которые он разбирал один раз в год перед отпуском. Настя заметила, что на носу следователя красуются новые очки, в которых он выглядел значительно лучше, чем в своих стареньких, в чиненой-перечиненой простенькой оправе. Но костюм был по-прежнему мятым, несмотря на все старания жены Нины выпускать Ольшанского по утрам из дому в приличном виде. В момент пересечения порога собственной квартиры вид ежедневно бывал отменным, а в тот момент, когда Константин Михайлович открывал дверь своего служебного кабинета, от этого отменного вида оставалось лишь смутное воспоминание. Природу такого феномена не мог объяснить никто, поэтому с ним просто смирились.

— Привет, красавица, — весело мотнул головой следователь. — Сейчас придет эта мымра, начнем работать над версией убийства из ревности. Так что готовься, Настасья, сил потребуется много. Учитывая патологическую нелюбовь Галины Ивановны к невестке, нам придется выслушать не только правду, но еще и вранье, и комментарии к ним. Кстати, пока не забыл, Нина тебе таблетки какие-то передала, вот, держи.

— Спасибо. — Настя радостно выхватила из его рук две упаковки с реланиумом и валиумом.

У нее вечно не хватало времени бегать по аптекам, а поскольку эти лекарства продавались только по рецептам, то нужно было еще предварительно идти к врачу в поликлинику. Это было уж и вовсе за пределами Настиных возможностей. Вечная нехватка времени, помноженная на фантастическую лень и пренебрежение к собственному здоровью, делали задачу приобретения успокоительных препаратов абсолютно нерешаемой. А лекарства порой бывали очень нужны. Хоть и нечасто, но позарез. Слава богу, палочка-выручалочка нашлась в лице Нины Ольшанской, врача-невропатолога. Нина столько лет прожила замужем за следователем, что Настины проблемы понимала очень хорошо и с готовностью пошла ей навстречу.

Константин Михайлович снова оторвался от машинки и поглядел на часы.

— Я вызвал Параскевич на десять тридцать. У тебя есть пятнадцать минут на то, чтобы выпить кофе в буфете, но, предупреждаю, он там невероятно поганый.

— Поганый не хочу, — улыбнулась Настя. — Я лучше здесь посижу. У вас план допроса есть?

— А ты на что? — резонно возразил следователь. — Вот и составь, пока все равно без дела сидишь.

Она послушно достала блокнот и стала вычерчивать схему разговора с Галиной Ивановной Параскевич. Понятно, что всякие гадости о горячо любимой невестке она будет рассказывать с удовольствием, привирая, преувеличивая и снабжая общую картину пикантными подробностями. И точно так же понятно, что сын в ее рассказе предстанет ангелом небесным. А ведь версия убийства из ревности подразумевает как то, что Леонида убил любовник Светланы, так и то, что его мог убить муж или любовник женщины, с которой модный писатель изменял собственной жене, или даже сама такая женщина. Нужно развязать Галине Ивановне язык и вынудить ее рассказывать о сыне так же подробно, как и о невестке.

В верхней части чистого листа Настя написала: «Как вы думаете, Галина Ивановна, не могло ли убийство вашего сына быть убийством из ревности?»

Обведя фразу прямоугольной рамочкой, она начертила от нее две стрелки вниз. В левой части страницы, там, где заканчивалась стрелка, появилась фраза: «Что вы, что вы, у Лени никогда не было». Снова стрелка вниз и приписка: «Жать до последнего: почему она в первую очередь подумала о сыне, а не о невестке? Давал повод? Были основания подозревать? И т.д.».

В правой части страницы, параллельно словам «Что вы, что вы...», Настя написала: «Ну, от Светланы всего можно было ожидать». Начертив еще одну стрелку вниз, она поместила краткий комментарий: «Пусть поливает грязью Светлану, не мешать ей, чем больше гадостей она скажет о ней, тем лучше».

Наконец, от фрагментов, написанных в левой и правой частях листа, Настя прорисовала жирные стрелки в центр нижней части странички и написала: «Спросить, откуда Параскевич так хорошо знает женскую психологию, так здорово разбирается в тонких движениях женской души. Высказать предположение, что его консультировала Светлана. Поскольку Г.И. только что поливала невестку грязью, она ни за что не согласится с тем, что С. была соратницей, помощницей и консультантом. Кто угодно, только не ненавистная невестка. Если у Л.П. были женщины, вот тут-то они непременно выплывут».

— Посмотрите, Константин Михайлович. — Настя протянула ему листок со схемой. — Внесите коррективы.

Следователь внимательно прочитал фразы, написанные очень мелким, но разборчивым почерком, и хмыкнул.

— Ну и стерва ты, Каменская.

— Я попрошу, — картинно надулась Настя. — Как сказал великий Чуковский, я не тебе плачу, а те-те Соне. Я не вам стерва, а Галине Ивановне. Я понимаю ее горе и от всей души сочувствую ей, но ее сыну, который погиб, прожив короткую и очень несчастливую жизнь под каблуком у тиранки матери, я сочувствую еще больше. Ему, в конце концов, гораздо хуже, чем ей. Кстати, мы с вами совсем забыли отца Леонида Владимировича. Может быть, имеет смысл с ним поработать?

— Можно попробовать, — неопределенно пожал плечами Константин Михайлович, — но вряд ли толк будет. Владимир Никитич Параскевич под пятой у жены пригрелся и пообвыкся. Он и разговаривать-то захочет только в ее присутствии. Я пару раз пытался найти с ним общий язык — да куда там, он всю шею себе провертел, все на жену оглядывался, боялся, как бы чего невпопад не ляпнуть.

— Да? — задумчиво протянула Настя. — Это любопытно. Я как-нибудь им займусь.

Галина Ивановна Параскевич явилась к следователю с опозданием на десять минут. Когда на часах было 10.34, Ольшанский поднялся из-за стола и пошел к двери.

— Ну все, Галина Ивановна, — злорадно сказал он, — не хотите приходить вовремя — будете ждать, пока я не вернусь. Начинай, Настасья, скажи ей, что я поручил тебе ее допросить. И напугай ее посильнее, скажи, дескать, Константин Михайлович гневаться изволили.

Галина Ивановна Параскевич, казалось, очень обрадовалась, увидев в кабинете Ольшанского Настю.

— Анастасия Павловна, как хорошо, что вы здесь! — воскликнула она, по-хозяйски пристраивая шубу на вешалку и усаживаясь за стол, не дожидаясь приглашения. — Мне так легко всегда с вами разговаривать, не то что с Константином Михайловичем. Вы знаете, мне иногда кажется, что он меня недолюбливает.

«Что же тебе про меня-то ничего не кажется, — с усмешкой подумала Настя. — Я ведь тебя не люблю еще сильнее, чем Костя».

— Ну что вы, Галина Ивановна, — вежливо сказала она вслух, — за что Константину Михайловичу вас не любить? Но ведь у него такая сложная и напряженная работа, вполне естественно, что он далеко не всегда пребывает в радужном расположении духа. Вы должны быть к нему снисходительны.

— Должна вам сказать, Анастасия Павловна, вы меня не убедили. Я догадываюсь, что у вас работа не менее сложная и напряженная, чем у Константина Михайловича, однако вы производите намного более приятное впечатление. Просто несравнимо более приятное. Человек, который в силу своих должностных обязанностей вынужден постоянно вступать в контакт с незнакомыми людьми, общаться с ними, должен, нет, просто обязан быть милым, уметь слушать собеседника, хотеть понять его...

Галина Ивановна оседлала очередного конька. Настя слушала ее вполуха, делая вежливое лицо и терпеливо дожидаясь, когда женщина увлечется настолько, что неожиданный вопрос «не по теме» застанет ее врасплох и вынудит дать неподготовленный и непродуманный ответ. Наконец ей показалось, что такой момент настал.

— Скажите, Галина Ивановна, а не могло убийство вашего сына оказаться убийством из ревности?

Параскевич оторопела от неожиданной смены предмета обсуждения, тем более что Настя довольно бестактно прервала ее прямо на середине фразы.

— Из ревности? — переспросила она. — Что ж, конечно, от этой... я хочу сказать, от Светы всего можно было ожидать. Мне всегда казалось, что она не любит Ленечку по-настоящему, а просто играет с ним. Вот захотелось ей поиграть в замужество, в семейную жизнь, она и выбрала Леню. Но ведь ей точно так же могло прийти в голову поиграть в распутницу, в роковую женщину. Я совершенно не исключаю, что у Светланы были любовники.

«Ладно, — подумала Настя, — разговор пошел по «правой» схеме, что ж, пусть охаивает Светлану и наивно полагает, что о Леониде разговор вообще не зайдет. Удивительное все-таки самомнение у этой женщины! Она полностью уверена, что владеет ситуацией и сама направляет беседу. Ей даже в голову не приходит, что может быть и по-другому».

Светлана Параскевич, если верить ее свекрови, была глупой и бездарной журналисткой, училась с Ленечкой на одном курсе и после того, как он написал свою первую книгу, решила округтить его. Почуяла, что это «золотая жила». Леня был таким чистым и доверчивым мальчиком, у него никогда не было не то что романов, даже легких увлечений, и конечно, Светлане он достался легко и без боя. Ему ведь было уже двадцать два, вы должны понимать, о чем идет речь...

После женитьбы молодые стали жить отдельно, у Светланы была комната в двухкомнатной коммуналке в центре Москвы, потом сосед-алкаш умер, и она отсудила вторую комнату, Ленечке пошли навстречу, он ведь к тому времени был уже известным писателем, ему нужно место, чтобы работать. Разумеется, влияния матери ничем не заменишь, гордо рассказывала Галина Ивановна, и первые годы после женитьбы Ленечка еще полностью принадлежал ей, был хорошим сыном, послушным, любящим. Но невестка, знаете ли, не отступилась, ей поперек горла стояло, что Ленечка прислушивается к матери больше, чем к жене, и постепенно она начала забирать мужа в свои руки. Он и одеваться стал по-другому, и прическу изменил, стал отращивать волосы так, как ей нравится, и усы с бородой отпустил, хотя раньше всегда ходил гладко выбритым. Конечно, Светлана отговаривалась тем, что у известного писателя должен быть свой образ, свой имидж, ведь его фотографии печатают на обложке каждой книги, его приглашают на телевидение, и он не может позволить себе выглядеть абы как. Но Галина Ивановна уверена, что все разговоры об имидже велись только для отвода глаз. На самом деле Светлане важно было заставить Ленечку сделать так, как ей хочется, а не так, как приучила его с детства мать. Она все делала назло свекрови, ну абсолютно все! А уж когда Галина Ивановна увидела ее в машине с каким-то мужчиной, то все хорошее отношение к невестке как рукой сняло. («Как будто оно вообще когда-нибудь было, это хорошее отношение», — прокомментировала про себя Настя.) Разумеется, ни ей, ни Ленечке Галина Ивановна ничего не сказала. Зачем расстраивать мальчика?

— Позвольте, Галина Ивановна, вы делаете выводы на основании того лишь факта, что ваша невестка ехала в машине, за рулем которой сидел неизвестный вам мужчина? Вы что, никогда в жизни не ездили в такси или на частнике? Вас никогда никуда не подвозили друзья или коллеги?

— Я знаю, о чем говорю, — поджала губы Параскевич, — и как-нибудь могу отличить случайного водителя от любовника. Случайного водителя не гладят по затылку и по щеке.

«Ну, про затылок и щеку ты, положим, могла прямо сейчас с ходу выдумать, когда поняла, что в обвинениях невестки хватила лишку. А вот про машину — это, наверное, правда. Если уж проверять версию, то как следует», — подумала Настя.

— Припомните, пожалуйста, когда это было.

— Летом. Дату я, конечно, не вспомню. Примерно в конце июня — начале июля.

— Опишите машину. Марка, цвет. Может быть, вы на номер посмотрели?

— Номер не видела. И вообще было уже темно. «Волга», темная такая.

— Ну как же так, Галина Ивановна, вы говорите, что было темно, ни номера машины, ни цвета вы не разглядели, а Светлану увидели и даже увидели, что она гладит мужчину по затылку и по щеке. Так не бывает.

— Очень даже бывает, — рассердилась Параскевич. — Светлану я вообще увидела на улице, она покупала сигареты в киоске. Я очень удивилась, ведь ни она, ни Леночка не курили, хотела было окликнуть ее, а она сигареты взяла и идет к машине. Я же вижу, что это не Леночкина машина, потому и окликать не стала. Нагнулась, чтобы посмотреть, кто за рулем, и увидела...

«Ничего ты не увидела, — зло сказала про себя Настя. — Сочиняешь на ходу, только чтобы Светлану подставить. Ну покупала она сигареты, ну садилась она в «Волгу», дальше что? Между прочим, Леночка твой курил с девятого класса, а в последние три года — по полторы пачки в день. Просто ты устраивала ему истерики и заклинала всеми святыми не поддаваться вредной привычке, а ему проще было скрывать, что он курит, чем выслушивать твои вопли. Он, может быть, и на Светлане-то женился не по страстной любви, а единственно для того, чтобы уйти из дома и не жить с тобой».

— Скажите, Галина Ивановна, как вам казалось, Светлана — умный человек?

— Да что вы! — пренебрежительно махнула рукой женщина. — Откуда там ум-то возьмется? Она, по-моему, за всю жизнь две с половиной книжки прочитала.

— Я спрашиваю не про образованность, а про ум, интеллект. Умение логично мыслить, обобщать, анализировать, формулировать выводы, связно излагать свои мысли.

— Ну я же вам сказала, она была бездарной журналисткой.

Галина Ивановна никак не хотела видеть разницу

между интеллектом, начитанностью и профессиональной пригодностью. Раз бездарная журналистка, значит — круглая дура. Интересно, что бы она сказала, если бы эта бездарная журналистка оказалась невероятно талантливым биологом?

— Значит, как человек она в целом не умна, — уточнила Настя не без задней мысли.

— Абсолютно, — горячо подтвердила мать писателя.

— А у вашего сына никогда не возникало неудовольствия по этому поводу? Ведь он, как натура творческая, тонкая, художественная, не мог не видеть, что его жена недостаточно умна и образованна.

В кабинет вернулся Ольшанский и сел на свое место, не прерывая их беседы. Однако Галина Ивановна сразу вся как-то подобралась, словно почуяв рядом врага и приготовившись к отпору.

— Мой сын был увлечен ею как женщиной, поскольку никаких других достоинств у Светланы нет, — сухо ответила она. — Я ведь уже объясняла вам, Ленечка был чистым и порядочным мальчиком, он никогда не позволял себе вступать в интимные отношения с девицами, если не имел серьезных намерений, поэтому, когда за дело взялась Светлана, он был покорен моментально. Он был нормальным молодым мужчиной, вы должны понимать...

— Хорошо, — вступил Ольшанский, — оставим эту тему. Вернемся к вашему сыну, Галина Ивановна. Скажите, пожалуйста, вы читали его произведения?

— Разумеется, — гордо ответила Параскевич. — Я читала их раньше всех, Ленечка всегда приносил мне рукописи, еще до того, как показывал их в издательство.

— В критических статьях о книгах вашего сына неоднократно отмечалось, что Леонид Параскевич — тонкий и глубокий знаток женской психологии, женской души. Вы согласны с этим утверждением?

— Безусловно, — твердо заявила она.

— Тогда расскажите нам, пожалуйста, откуда он получил все те знания, которые помогли ему стать автором женских романов. Он мужчина. Опыт общения с женщинами у него, если верить вашим словам, минимальный. Откуда же он все это знает? Когда и при каких обстоятельствах научился он так хорошо понимать женщину?

Галина Ивановна попалась в заранее расставленную ловушку. После всего, что она тут понарассказывала, уже нельзя было апеллировать ни к Светлане, ни к знакомым девушкам и женщинам, сказав, что у Ленечки их всегда было много, потому что он был красивым юношей и пользовался успехом. Этот номер уже не проходил, и Галине Ивановне скрепя сердце пришлось назвать двух женщин, которые были увлечены Леонидом и даже, похоже, сумели обратить на себя его внимание. Во всяком случае, приходя в гости к матери без жены, он неоднократно звонил им.

Настя была вполне удовлетворена результатами допроса и уже собралась было уходить, оставив Ольшанского наедине с Галиной Ивановной, как вдруг ее внимание привлекла одна фраза:

— Ленечка не простит мне, что я выдала его сердечную тайну. Он сурово накажет меня за это.

— Извините, я не поняла.

Настя вернулась к столу и снова села напротив Параскевич.

— Вы пользуетесь услугами медиумов?

— Нет. С чего вы взяли?

— Из ваших слов можно сделать вывод о том, что вы вступаете в контакт с покойным сыном. Я просто хотела уточнить.

— Нет-нет, что вы, — замахала руками Галина Ивановна. — Я не верю в загробный мир и всякие такие вещи. А насчет того, что Ленечка не простит, это так, образное выражение. С языка сорвалось.

Но от Насти не укрылось, что Галина Ивановна Параскевич стала мучнисто-бледной. И это ей совсем не понравилось.

* * *

Светлана Параскевич припарковала старенькие «Жигули» возле издательства и вошла в подъезд, неся в руках толстую папку. Теперь она сама будет вести все переговоры с издателями. У Лени никогда не хватало характера послать их всех подальше с их нытьем, жалобами на финансовые трудности и слезными мольбами отдать за смехотворный гонорар очередной роман, на котором издательство «наварит» не меньше восьмидесяти тысяч. Долларов, разумеется. Леня был добрым и мягким и никак не мог переступить через собственный характер, хотя и понимал, что давно пора это сделать. Что ж, теперь это за него сделает его жена, вернее, вдова.

— Света? — несказанно удивился директор издательства, увидев ее. — Какими судьбами? Разве мы остались должны вам за последнюю книгу? По-моему, мы полностью рассчитались, нет?

— Да, — кивнула она. — За ту книгу вы с нами полностью рассчитались. Но есть новая. Леня закончил ее в тот день, когда его убили. Могу предложить ее вашему издательству. Если хочешь, конечно.

— Боже мой! — взвился директор. — И ты еще спрашиваешь! Конечно, хочу. Мы будем счастливы издать еще один роман великого Параскевича. Ты только представь: роман, последнее слово в котором было написано за три часа до трагической гибели. В момент расхватают. Тысяча долларов тебя устроит? За предыдущую книгу мы заплатили Леониду девятьсот, но за эту, поскольку она все-таки последняя, — тысячу. Идет?

Светлана встала и взяла со стола папку с рукописью.

— Ты ничего не понял, Павлик, — ласково сказала она. — А раз ты ничего не понял, то и разговаривать нам с тобой не о чем. До свидания.

Она сделала шаг к двери, как вдруг Павел выскочил из-за стола и метнулся ей наперерез.

— Ну, подожди, Света, куда ты? Мы ж с Леней сто лет были знакомы, можно же как-то по дружески... Ну сколько ты хочешь? Тысячу двести? Тысячу триста?

— Я хочу двадцать пять тысяч долларов, Паша. И торговаться с тобой я не буду ни при каких условиях. Или ты берешь эту книгу за двадцать пять тысяч, или я отношу рукопись в другое издательство. И не

54

смей мне рассказывать о том, какой ты бедный. При тираже в сто пятьдесят тысяч экземпляров себестоимость одной книги не превышает восьмисот рублей, потому что вы нашли дешевую типографию где-то в Клинцах. Оптовикам вы отдаете их по две тысячи, таким образом, на каждой книжке вы получаете тысячу двести рублей прибыли. При тираже в сто пятьдесят тысяч — сто восемьдесят миллионов. А вы, насколько я знаю, с оптовиками не связываетесь, у вашего издательства есть собственная сеть реализации, вы ее сколотили на паях с четырьмя другими издательствами. И продаете вы каждую книжку по пять-семь тысяч рублей. Поскольку с арифметикой у меня в школе было все в порядке, то торговаться с тобой, Паша, я не буду. Или двадцать пять, или я ухожу.

— Хорошо, хорошо, не кипятись. — Павел успокаивающим жестом взял ее под руку и подвел к креслу. — Ты же понимаешь, сумма настолько велика, что я не могу решить вопрос в течение двух минут, ни с кем не посоветовавшись. Оставь рукопись, редактор ее посмотрит, и, если мы ее одобряем и принимаем, мы вернемся к обсуждению вопроса о гонораре. Зачем же сейчас копья ломать, если неизвестно, будем ли мы вообще издавать книгу. А вдруг она плохо написана и никуда не годится? Кота в мешке покупать?

Губы Светланы изогнулись в саркастической усмешке, небольшие глазки сощурились и стали казаться совсем маленькими.

— Паша, Паша, — укоризненно покачала она головой. — Ничему тебя жизнь не учит. Все, друг мой, разговор окончен. Рукописи Параскевича не нуждаются в одобрении и редактировании, это знает вся издательская Москва. Рукописи моего мужа принимают не глядя и тут же запускают в набор, а ровно через два месяца они выходят в свет. Может быть, ты не знаешь, что его книги лежат на прилавках не больше двух недель, а потом их днем с огнем не достать? Может быть, для тебя новость, что каждая его новая книжка раскупается мгновенно? И еще одно, Пашенька. Может быть, плохие мальчики, которые работают в твоем издательстве, скрыли от тебя, что делают «левые», неучтенные тиражи Лениных романов? В выходных данных книг стоит тираж сто пятьдесят тысяч экземпляров, а на самом деле напечатано триста тысяч. За сто пятьдесят, указанных в выходных данных, вы отчитываетесь перед налоговой инспекцией, а прибыль за остальные сто пятьдесят идет вам в карман. Господи, Паша, какие у тебя глазки-то круглые! Что, не знал, что ли? Ты воздух-то выдохни из живота, ведь лопнешь сейчас. Вы вместе с остальными четырьмя издательствами сосали из Лени кровь целых пять лет, пользовались тем, что он не мог вам отказать, прикидывались его друзьями, а друзьям принято помогать в беде. Теперь все, дружок, малина ваша кончилась. Леня молодой был совсем и безумно талантливый, и вы думали, что он еще много лет будет вас радовать сказочными прибылями, он ведь сочинял легко и быстро. Поэтому эксклюзивные права вы у него покупали только на шесть месяцев со дня сдачи рукописи. Зачем вам больше, думали вы, если он через шесть месяцев новую вещь напишет, так лучше же новую издать, чем переиздавать старую, тем более что вы тираж-то зафигачили будь здоров какой, что официальный, что левый, все женское население России отоварилось. А к сегодняшнему дню все эксклюзивные права у вас кончились. Осталось только право на последнюю книжку, которая вышла месяц назад, но и это право через три месяца кончится, а вам с него все равно никакого навару, у вас же тиражи огромные, так что затевать переиздание сразу же после первого издания бессмысленно. Все, пуфик ты плюшевый. Теперь ничего дешевого вы на Лене не сделаете, это я вам обещаю. У него вышло двадцать шесть книг, у меня в руках — двадцать седьмая, самая дорогая, потому что закончена, как ты справедливо заметил, ровно за три часа до трагической гибели. И не думай, котик жирный, что я тебе папку оставлю. Я заберу ее с собой и жду вашего решения до вечера. Телефона у меня пока нет, поэтому сегодня вечером я сама тебе позвоню, и если ты не скажешь, что готов заплатить за рукопись столько, сколько я сказала, то завтра я предложу ее Игорю, потом Нугзару, потом Левушке, потом Анне. Вас пятеро пауков, охвативших всю Москву, а может быть, и всю Россию. И кто-нибудь из вас непременно купит рукопись и станет еще богаче. А остальные будут палец сосать.

Она легко повернулась и вышла из кабинета директора издательства «Павлин», не дожидаясь прощальных слов.

Павел некоторое время сидел неподвижно, словно прислушиваясь к каким-то одному ему слышным голосам, потом нажал кнопку селектора и вызвал к себе коммерческого директора.

* * *

Наталья Досюкова едва успела открыть входную дверь, как раздался телефонный звонок. Она не сразу узнала Поташова, вероятно, оттого, что не ждала его звонка так скоро, ведь она вернулась в Москву только сегодня.

— Вы виделись с мужем? — требовательно спросил он.

— Да, Николай Григорьевич. Правда, свидание дали краткосрочное.

— Ну, это в порядке вещей. Трехсуточное он себе еще не высидел, — пошутил Поташов. — Вы узнали что-нибудь новое, важное для дела?

— Нет, к сожалению. Он только твердит, что не виноват, что не совершал убийства и будет бороться до конца.

— Это все прекрасно, — недовольно откликнулся правозащитник. — Но для того, чтобы бороться, нужны не слова и эмоции, а факты и доказательства. Он обратился ко мне за помощью, я взялся за то, чтобы помочь вашему мужу оправдаться, но сам он должен тоже хоть что-то предпринять. Все свидетельские показания против него, он же, со своей стороны, утверждает, что свидетели подкуплены и дают заведомо ложные показания. Я готов взяться за то, чтобы раскрутить это дело, но он же должен мне объяснить, кто и зачем мог попытаться посадить его на такой срок. Ведь если свидетели подкуплены, если сам потерпевший назвал его, значит, есть некая весьма могущественная сила, в интересах которой было засадить в тюрьму невиновного. И кто, кроме вашего мужа, может знать его врагов?

— Я все понимаю, Николай Григорьевич, но что же я могу сделать? Он ничего мне не сказал. Только твердит, что невиновен. Николай Григорьевич...

— Да-да? Что вы хотели сказать?

— А вдруг он все-таки совершил это убийство? Знаете, я очень его люблю, но... Я не знаю. Я же приняла ударную дозу снотворного и спала как убитая. Конечно, я всем говорила, что Женя был дома, спал, но положа руку на сердце... У меня над ухом можно было из пушки стрелять, я бы не проснулась.

— Наташенька, вы меня огорчаете. Ну что за настроения? Разумеется, ваш муж невиновен. Зачем бы он стал обращаться ко мне, если бы совершил убийство? Если бы он был действительно преступником, он бы знал, что нет шансов на оправдание, и не стал бы писать мне.

— Вы не знаете Женю, Николай Григорьевич. Он мыслит и рассуждает совсем не так, как вы. Он всегда уверен, что может обмануть кого угодно. Он сильный, властный, жесткий. Он особенный, понимаете? И мне не дает покоя мысль, что он всех нас водит за нос.

— Хорошо, Наташенька, оставим это. В конце концов, мой долг прийти на помощь человеку, который в этом нуждается. У вас есть деньги, чтобы нанять толкового частного детектива?

— Да, конечно. Женя разрешил тратить на его освобождение столько, сколько нужно.

— Отлично. Я поговорю со своими знакомыми в милицейских кругах, попрошу их рекомендовать хорошего специалиста. Как выглядит ваш муж? Как себя чувствует?

— Прекрасно, — усмехнулась Наталья. — Выглядит так, словно только что вышел из своего кабинета.

— Это хорошо. Значит, он готов бороться. Он не пал духом. Стойкости вашего мужа можно позавидовать. И вашей тоже, Наташенька. Крепитесь, будем делать все возможное, чтобы его оттуда вытащить.

Разговор с правозащитником расстроил ее. Впрочем, в последний год ее мало что могло обрадовать, поднять ей настроение. Разве что чернокожий Джеральд... В постели с ним она сумела забыть о том, что ее муж отбывает срок за убийство. И даже о том, какой грех она взяла на себя.

Нет, так не годится, нужно встряхнуться и подвести итоги. Вот документы, согласно которым она может распоряжаться всем имуществом Евгения. Он сам предложил ей подписать такие документы, потому что на адвокатов и частных детективов потребуются большие средства. Женя даже сказал, что, если нужно будет дать взятку, пусть Наталья сделает это, только бы освободиться из колонии.

Итак, чем она располагает? Огромная четырехкомнатная квартира в центре, недавно сделанный «европейский ремонт», дорогая и со вкусом подобранная мебель. Загородный дом, кирпич, три этажа, сауна, бассейн, гараж на четыре машины, с учетом приезда гостей. Два автомобиля — серебристый «Вольво» и темно-бордовый «СААБ». Счета в российских и европейских банках. Господи, и такой человек, обладатель всего этого, сидит в тюрьме? Помыслить невозможно. Наталья до сих пор не могла поверить в то, что это все-таки случилось.

Она разделась и пошла в ванную. Включив горячий душ, остановилась перед огромным, во всю стену, зеркалом и стала внимательно разглядывать свое тело. Кое-где проступили синяки от железных пальцев Джеральда. Наталья вспомнила его огромные черные глаза, будто прожигавшие ее насквозь, и поежилась. Ей никогда не нравились ласковые нежные мужчины, ее возбуждали натиск, мощь, демонстрация силы и превосходства, она любила, когда ее крутили, вертели, мяли, причиняли боль. Женя не был таким, он вообще был слабоват в постели, зато Джеральд — как раз то, что надо.

Она повернулась, чтобы рассмотреть в зеркале спину и ягодицы, порадовалась тому, что изящный изгиб от тонкой талии к пышным бедрам по-прежнему красив, и внезапно почувствовала острый приступ отвращения к самой себе и к своему случайному партнеру. Наталья быстро залезла в ванну, задернула яркую занавеску и встала под душ. Женя там, в зоне, в холоде, в общем бараке, где живут сто человек. Он вынужден есть отвратительную, несъедобную баланду, он видит вокруг себя тупые, безразличные лица, он двадцать четыре часа в сутки находится среди убийц, бандитов, насильников и прочих идиотов, у которых в голове ничего нет, одно дерьмо. Женя, гордый и независимый, который одним движением пальца, одним росчерком пера безжалостно расправлялся с теми, кто ему вредил, и щедро, не оглядываясь и ни с чем не считаясь, помогал тем, кто в этом нуждался. Теперь он сам нуждается в помощи, а она, его жена, в это время выкаблучивается в гостиничном номере чужого города в объятиях чужого мужика из далекой, чужой страны...

Горячая вода, стекая по ее лицу, смешивалась с солеными слезами. Впервые за все годы боязливое восхищение, с которым Наталья относилась к Евгению Досюкову, сменилось всепоглощающей жалостью и состраданием. Если бы еще два дня назад ее спросили, любит ли она мужа, ей пришлось бы солгать. Сегодня эта ложь была бы уже не такой абсолютной.

* * *

Намеченное на среду мероприятие, которое так беспокоило Сергея Николаевича Березина, состояло в том, что за несколько дней до выборов в Государственную Думу лидеры политических партий с супругами были приглашены на прием, который устраивала в виде «прощального банкета» нынешняя Дума перед тем, как сложить свои полномочия. За этой официальной личиной крылось на самом деле совсем другое. Многочисленные журналисты должны были посмотреть на политиков и их жен вблизи, заводить с ними «непротокольные» разговоры, наблюдать, кто что ест и кто сколько пьет, кто как одевается, как держится. Короче, предвыборные смотрины для прессы. Сегодня среда. Остаются четверг и пятница для того, чтобы во всех газетах появились злые, ехидные и желчные комментарии по поводу каждого присутствовавшего на приеме политика. В субботу уже предвыборная пропаганда будет запрещена, а в воскресенье — выборы. Так что если напортить сегодня, то поправлять будет некогда.

С утра Березин уехал по делам, оставив Ирину в одиночестве дожидаться портниху, которая должна будет привезти готовое платье для вечернего выхода. Вчерашний конфликт оставил у него в душе неприятный осадок, но, вернувшись вчера вечером домой, он заметил, что Ирина вроде бы и не сердится, не дуется, во всяком случае, ничем не напоминает, на какой скандальной ноте они расстались утром.

Вчера, вернувшись домой, Сергей Николаевич был приятно удивлен, что в квартире пахло тестом и ванилью и еще чем-то неуловимо знакомым, чему он не знал названия, но что прочно ассоциировалось у него с детством.

— Сережа! — раздался из кухни голос Ирины. — Как ты вовремя, у меня как раз все готово.

Березин вошел в кухню и увидел накрытые чистыми цветастыми полотенцами огромные плоские блюда, полные пирогов и булочек.

— Бог мой! — изумился он. — Что это, Ирочка? Ты пекла?

— Ты знаешь, я решила попробовать, — лучезарно улыбнулась она. — Я никогда в жизни не пекла сама, только в детстве смотрела, как бабушка это делает. Ну вот, открыла кулинарную книгу, купила продукты и стала делать все в точности так, как там написано. Ты знаешь, Сережа, оказывается, кулинарные книги — это просто замечательная вещь. Только не нужно заниматься самодеятельностью, ведь эти книги писали умные и опытные люди. Надо делать все именно так, как там сказано, и все получится. Раздевайся, будем ужинать.

Березин ушел в спальню, чтобы снять костюм и натянуть джинсы и джемпер. Проходя мимо гостиной, он заметил, что стол не накрыт к ужину. Странно. Она что же, собирается кормить его в кухне?

Переодевшись и вымыв руки, он снова заглянул на кухню и с неудовольствием отметил, что Ирина действительно ставит приборы, хлеб и специи на кухонный стол.

— Мы что, будем ужинать здесь? — сдержанно спросил он.

Ирина подняла на него удивленные глаза.

— А где же?

— Обычно мы... Я... — Березин смешался. — Всегда было принято накрывать стол в гостиной.

— Но зачем? — недоумевающе спросила Ирина.

— Ну не знаю, — раздраженно сказал он. — Принято, и все тут. Давай я помогу тебе отнести в комнату приборы.

— Хорошо. — Она пожала плечами.

Не обменявшись ни словом, они быстро накрыли стол. Березин сам вытащил из шкафа скатерть, а из застекленной секции мебельной стенки — высокие красивые стаканы.

— А вода? — нахмурился он, видя, что Ирина уже собирается сесть за стол.

— Вода? — не поняла она. — Какая вода?

— Минеральная вода или сок какой-нибудь. Что, у нас нет?

— Есть, я сейчас принесу. Я же не знала, что ты хочешь.

— Запомни, — сухо сказал Березин, — воду или сок нужно ставить на стол обязательно, не спрашивая, хочет кто-то или нет. Это как хлеб или солонка, должно быть на столе во всех случаях. И включи, пожалуйста, телевизор.

Ирина принесла воду, включила телевизор и села за стол. Ужин прошел в гробовом молчании, Ирина уткнулась в тарелку, а Березин смотрел информационную программу. Когда очередь дошла до чая с пирогами, он одобрительно кивнул:

— Очень вкусно, ты молодец.

И больше по поводу кулинарных упражнений не произнес ни слова.

После ужина Ирина ушла мыть посуду, а когда вернулась в комнату, по другой программе шла уже другая информационная программа, которую Березин смотрел с не меньшим интересом. Она посидела несколько минут на диване, разглядывая книги на полках, потом тихонько поднялась и ушла в маленькую комнату. До утра Березин ее не видел.

Утром она встала раньше его и приготовила завтрак. Березин с удовлетворением отметил, что сегодня она была причесана и одета в длинную юбку, как и вчера, но только без его напоминаний и замечаний. Он испытывал странную неловкость за вчерашний вечер и попытался сгладить ее за завтраком.

— Что вы решили с портнихой? — спросил он.

— Она привезет платье часов в одиннадцать, чтобы осталось время на всякий случай, если что-то придется переделывать.

— Что ты ей заказала?

— Знаешь, мне было трудно сразу решить, что мне нужно, поэтому вчера я заказала только платье для сегодняшнего вечера и один комплект для дома. Она как-нибудь на днях приедет еще раз, и я закажу ей все остальное.

— Я надеюсь, то, в чем ты появишься сегодня вечером, не будет слишком вызывающим? — осведомился Березин и тут же прикусил язык.

Но было поздно. Ирина намек поймала на лету.

— Ты хочешь сказать, что у проститутки непременно должен быть вульгарный вкус? — мягко произнесла она, и Березин удивился, что она, кажется, ничуть не рассердилась.

— Прости, Ира, я вовсе не хотел тебя обидеть, — покаянно сказал он. — Прости меня. Я дурак.

— Нет, Сережа, ты не дурак. Ты просто злой и очень несчастный. И не волнуйся насчет платья, оно будет дорогим и элегантным, но в то же время строгим и скромным. Я только хотела спросить насчет украшений...

— Все, что лежит в шкатулках, твое, я же говорил тебе.

— Нет, это все не годится, я уже посмотрела. Для того чтобы получилось то, что ты хочешь, нужен жемчуг. Только жемчуг. Никакие бриллианты с изумрудами для этого не подойдут.

— Да? — Он вопросительно вздернул брови.

У этой малышки есть собственное мнение? Очень любопытно.

— Хорошо, я привезу тебе жемчуг. Хотел бы надеяться, что вкус тебя не подведет.

В пять часов вечера Березин вошел в квартиру, внутренне содрогаясь. Сейчас выяснится, что платье, которое заказала без его пригляда Ирина, годится только для валютных диско-клубов, а деньги, потраченные на жемчужное колье и серьги, окажутся выброшенными псу под хвост.

Ирина встретила его все в той же длинной вязаной юбке, в которой была утром. Длинные светло-русые волосы забраны в небрежный узел на затылке, лицо не накрашено.

— Вот твой жемчуг. — Березин протянул ей футляр. — Сделай мне кофе и начинай собираться. В шесть пятнадцать придет машина.

Ирина прямо в прихожей открыла футляр, цепким взглядом оглядела украшения и кивнула.

— То, что нужно.

Березин про себя усмехнулся. Много она понимает! Конечно, она его жена и вообще, кажется, неплохая девка, но ведь за плечами у нее такой стаж проституции... Жемчуг ей, видите ли, понадобился для создания образа. Ну-ну, посмотрим.

Он не спеша пил кофе на кухне, снова и снова мысленно проговаривая ответы на самые разные вопросы, которые могут сегодня вечером задать ему пронырливые журналисты. Социологические опросы показывают, что его партия пользуется доверием у довольно большой части населения, и шансы стать депутатом у Березина неплохие, ведь он находится в первой пятерке партийного списка. Для того чтобы пройти в Думу, нужно, чтобы его партия получила больше пяти процентов голосов избирателей, а предварительные прикидки позволяют надеяться на то, что этот процент будет куда выше. Но сегодняшнее мероприятие может в один миг переставить акценты, если лидеры конкурирующих партий поведут себя неправильно, потеряют лицо в глазах электората. Нужно быть очень внимательным и собранным, следить за каждым своим словом, стараясь при любой возможности одерживать пусть и крошечные, но такие важные моральные победы над политическими противниками...

— Я готова.

Березин обернулся и обомлел. Перед ним стояла ожившая картина девятнадцатого века — женщина со строгим нежным лицом, прической-«улиткой», уложенной высоко на затылке, в длинном жемчужно-сером платье, спадавшем свободными складками на пол и плотно облегающем плечи, грудь и талию. Да, эта маленькая шлюшка оказалась права: никакие бриллианты и изумруды сюда не подходят, только жемчуг. Изящно, строго, просто. С ума сойти!

Подчиняясь внезапному порыву, Березин подошел к Ирине и обнял ее, прижав ее голову к своей груди и вдыхая запах духов, исходящий от ее волос.

— Ирочка, — прошептал он. — Ирочка. Красавица моя.

Она мягко отстранилась и подняла на Сергея Николаевича жемчужно-серые глаза, которые в этот миг показались ему холодными и напряженными.

— Это то, что ты хотел?

— Да, все именно так, как нужно.

Ему стало неловко, он уже корил себя за то, что поддался порыву, такому смешному и неуместному ни сейчас, ни вообще, и попытался скрыть смущение за небрежным и уверенным тоном:

— Ты не забыла, как нужно отвечать на вопросы?

— Нет, я помню. Я не вмешиваюсь в политические дела мужа, мое дело — хранить семейный очаг и быть крепким тылом, а твоя первая жена меня не интересует. Я прекрасно готовлю, умею принимать гостей, собираюсь родить тебе не меньше трех детишек, как только здоровье позволит...

— Да, кстати, — перебил ее Сергей Николаевич, — если почувствуешь, что к месту, можешь сказать, что в момент автокатастрофы ты была беременна и что, к сожалению, лечение после аварии не позволило сохранить беременность. Но ты надеешься, что в самом ближайшем будущем здоровье позволит тебе рожать. Но смотри не переборщи, это хорошо бьет на жалость, но самое главное не в этом. Твоя задача не в том, чтобы вызвать к себе сочувствие из-за произошедшего несчастья, а в том, чтобы вызвать восхищение твоим стойким желанием выполнить материнский долг. Ты поняла?

— Да. Я буду стараться, Сережа. Но все равно я очень боюсь.

Он подал ей шубу и только тут заметил, что на ногах у Ирины легкие темно-серые туфельки.

— Ты разве не наденешь другую обувь? — удивился Березин. — На улице снегу по колено.

— Разве можно надевать сапоги к такому платью?

— Я надеюсь, там будет комната, где можно переодеться и привести себя в порядок.

— А вдруг не будет? И я буду выглядеть смешно и нелепо.

Ирина стояла спиной к нему и, глядя в зеркало, укладывала на шее красивыми складками большой шелковый платок. Лицо ее было сосредоточенным и немного сердитым, и сейчас она напоминала Березину маленькую девочку, которая хмурится из-за того, что что-то не получается. Его снова охватила непонятная нежность к этой женщине. Он обнял ее за плечи и слегка прижал к себе, стараясь не испортить сложную прическу.

— Ты всегда такая боязливая и осторожная, обо всем беспокоишься заранее? — чуть насмешливо спросил он.

— На твоем месте я бы не стала задавать такие вопросы, — холодно ответила Ирина. — Потому что ответы на них ты прекрасно знаешь сам.

Его бросило в жар, он отпустил Ирину и стал надевать пальто. Никаких дубленок и кожи он не признавал, натуральный мех годился только для женщин, а пуховики — для молодежи. Березин зимой носил безумно дорогое темно-серое пальто со светлым шарфом из тончайшей шерсти и ходил в любой мороз без головного убора. У него были на редкость хорошие волосы — дар природы, который он берег, — очень густые, прямые, с обильной ранней сединой, идеально держащие форму стрижки. Прическа придавала Березину вид серьезный и вызывающий доверие, а как только он прикрывал ее шапкой или шляпой, сразу делался похожим на секретаря райкома из застойных времен.

Они спустились, машина уже стояла у подъезда, но нужно было пройти по меньшей мере десяток шагов по снегу. Березин колебался всего одно мгновение, решение, как, впрочем, все удачные решения, приходящие в голову Сергею Николаевичу, созрело внезапно. Он подхватил Ирину на руки и донес до машины. Водитель уже стоял у задней двери, предупредительно открыв ее.

— Спасибо, милый, — нежно сказала Ирина, достаточно громко, чтобы водитель это услышал.

Березин уселся рядом с ней на заднее сиденье и вполголоса сказал:

— Неплохая мысль, верно?

— Образ лепится прямо на ходу, — усмехнулась в ответ Ирина.

Березин придвинулся к ней совсем близко, его губы были уже у самого ее уха.

— Между прочим, водителя зовут Володей. В начале весны, незадолго до того, как ты попала в аварию, он возил тебя в аэропорт встречать твою тетку из Красноярска. Была нелетная погода, прибытие рейса задерживалось на четыре часа, и все эти четыре часа ты просидела с ним в машине и изводила его своими капризами. То тебе было жарко, то холодно, то ты пить хотела, то есть, то курить.

— Даже курить? — приподняла брови Ирина.

— Ну, иногда у тебя появлялось такое желание, хотя и нечасто. В общем, достала ты бедного парня.

— И больше я с ним не встречалась?

— Насколько я знаю, нет.

— Володя, — громко сказала она.

— Да, Ирина Андреевна?

— Вы до сих пор на меня сердитесь? Не стоит, голубчик, я знаю, что порой бываю ужасно несносна, но потом раскаиваюсь и корю себя. Если я вас обидела тогда, то приношу свои извинения.

— Ну что вы, Ирина Андреевна, не о чем говорить.

Березин на ощупь нашел ее руку и слегка пожал в знак одобрения. Ирина на пожатие не ответила, но руки не отняла. Так, взявшись за руки, они и ехали. До подъезда было метров двадцать, и репортеры восторженно защелкали камерами, увидев, как известный партийный лидер Сергей Березин несет на руках свою красавицу жену.

В первые полчаса все было спокойно, политики под руку со своими супругами прогуливались по огромному залу, где был накрыт фуршет, журналисты никого не дергали, пока присматривались, выбирая наиболее интересные и перспективные жертвы. Потом Сергей Николаевич увлекся беседой с известным киноактером, который проходил по спискам партии, очень близкой по своей политической платформе к партии Березина, а Ирину осторожно тронул за локоть журналист, известный своей зубастостью и недоброжелательностью.

— Скажите, Ирина Андреевна, трудно быть женой политика?

— Трудно быть женой, — ответила она очень серьезно. — А политика или циркового артиста — значения не имеет.

— Очень интересное заявление, — оживился журналист. — Пожалуйста, несколько слов о том, почему трудно бывает быть женой Березина.

— Мой муж — человек неординарный, и, хотя я знаю его достаточно давно, все равно он остается для меня не до конца прочитанной книгой. Мне очень хочется нравиться ему, но я не всегда могу точно угадать, что ему нравится, а что — нет. Поэтому я постоянно нахожусь в некотором напряжении.

— Вы хотите сказать, что ваш супруг часто и легко меняет свои вкусы и пристрастия?

— Ничего подобного. Совсем наоборот, он на редкость постоянен и в своих вкусах, и в своих убеждениях. Просто я еще не до конца его изучила.

— Сколько лет вы женаты?

— Шесть лет. В феврале будем отмечать седьмую годовщину.

— И семи лет вам не хватило для того, чтобы изучить вкусы вашего мужа?

— Человек, которого можно полностью изучить за семь лет, — это примитивное существо, согласитесь, — с улыбкой отпарировала Ирина. — Человеческая личность, индивидуальность настолько многогранна и глубока, что на постижение ее порой уходит вся жизнь. Чем сложнее человек, чем богаче его натура, тем больше времени требуется для того, чтобы его изучить.

— У вас есть дети?

— Пока нет, но обязательно будут...

Ирина и журналист стояли довольно близко от Березина, который разговаривал с киноактером, и Сергей Николаевич краем уха прислушивался к тому, что говорила его жена. Он остался очень доволен ее ответами. Сначала она сморозила явную глупость, из которой избиратели могли бы сделать вывод о непредсказуемости и непрогнозируемости Березина. Могли бы, конечно, при удачной подаче журналиста. Но Ирина вовремя спохватилась и вывернулась, да еще так ловко и красиво, что он зааплодировал бы ей, если бы было можно. А писака-то уже губенки раскатал, уже размечтался, как крупными буквами напишет: «Лидер одной из демократических партий настолько непредсказуем и так легко меняет убеждения и пристрастия, что даже его жена никогда не знает, что приготовить ему на обед». Фигушки, выкуси!

Извинившись перед актером, Березин ловко увел Ирину в сторонку и, наклонившись к ней, сказал тихонько:

— Ты умница, Ирочка, с журналистом ты разделалась просто блестяще. У тебя все отлично получается, поэтому ничего не бойся.

Поцеловав ей руку и краем глаза заметив, что в этот момент их сфотографировали, Сергей Николаевич Березин снова оставил жену в одиночестве и отошел поприветствовать знакомого бизнесмена.

Ирина огляделась по сторонам и случайно встретилась глазами с рослой нескладной женщиной с плохо покрашенными волосами и небрежным макияжем. Женщина тут же, поймав взгляд, ринулась к Ирине.

— Ирина Андреевна Березина, я не ошиблась? — спросила она низким звучным контральто, которое никак не вязалось с ее «охламонистой» внешностью.

— Нет, вы не ошиблись.

Ирина внутренне сжалась. Она сообразила, что это и есть та самая Олеся Мельниченко, журналистка, о которой ее особо предупреждал Березин. Мельниченко год назад брала интервью у первой жены Березина, и ничего хорошего от разговора с ней Ирина не ждала.

— Моя фамилия Мельниченко, я работаю...

Она назвала известный женский ежемесячный журнал, выходящий огромным тиражом.

— Вы не откажетесь дать интервью для нашего журнала?

«Откажусь! — хотелось закричать Ирине. — Убирайся отсюда вместе со своим журналом! Я не хочу с тобой разговаривать! Я не знаю, как с тобой разговаривать!»

— С удовольствием, — мягко улыбнулась она. — Мне приятно, что фигура моего мужа заинтересовала такой популярный журнал.

— Наша аудитория — женщины, — заявила Мельниченко, — а по результатам анкетирования наших читательниц ваш муж попал в число трех самых привлекательных мужчин-политиков. Поэтому нашим читательницам будет интересно прочесть о том, какая же у Березина жена. Итак...

Первые несколько вопросов были вполне безобидными, и Ирина ответила на них легко, почти не задумываясь. Дальше дело пошло хуже.

— Как вы полагаете, Ирина, муж вас любит?

— Он говорит, что любит, а у меня нет оснований ему не верить, — осторожно ответила она.

— Что вы подразумеваете, говоря: нет оснований?

— Я имею в виду, что мой муж ни разу меня не обманул ни в чем. Поэтому какое же я имею право сомневаться в этих его словах?

— А как вы считаете, как первая жена Сергея Николаевича ответила бы на этот вопрос?

— Для того чтобы что-то предполагать, нужно знать характер человека. К сожалению, я не была близко знакома с его первой женой, поэтому мне трудно судить.

— А вы хотели бы с ней познакомиться поближе?

— Я никогда не думала об этом. Разумеется, мне было бы не только интересно, но и полезно узнать человека, которого любил мой муж и с которым прожил бок о бок более десяти лет. Это позволило бы мне лучше понять характер Сергея.

— И вы не испытывали бы смущения от встречи с женщиной, чье семейное счастье вы же и разрушили?

— Вы не правы, — твердо ответила Ирина, понимая, что отступать некуда и то, чего она так боялась, все-таки случилось. — Более того, вы дважды не правы. Во-первых, союз Сергея и его первой жены начал распадаться задолго до того, как мы с ним познакомились. И факт нашей встречи уже ничего не изменил. Во-вторых, Сергей, как, впрочем, и любой другой мужчина, — не бессловесное животное, которое можно без малейших усилий вывести из стойла, взяв за поводок. Я вообще не понимаю, откуда взялся этот чудовищный глагол «увести». Увести жену, увести мужа. Они что, вещи, кошки, ослы? Как можно увести человека, если он сам этого не хочет? Уверяю вас, по земле ходят тысячи и миллионы женщин, которые годами не могут развести своих женатых партнеров. И не разводят. Потому что эти партнеры не хотят оставлять своих жен. А есть такие, которые расторгают браки. И в каждом случае решение принимает сам мужчина, а никак не его женщины.

— А какую роль вы отводите женщине? Покорного и безропотного подчинения?

Здесь Ирина перевела дыхание. Сложный поворот она прошла, а теперь разговор вышел на ту стезю, к которой она была готова.

Глава 4

Версия об убийстве Леонида Параскевича по мотивам ревности казалась Насте Каменской достаточно перспективной. Во-первых, выбирать приходилось только между двумя версиями — бизнес и любовь, но убивать Параскевича по мотивам, связанным с деньгами, вряд ли кому-то было нужно. Единственный бизнес, которым он занимался, — это литературное творчество, издатели грели на нем руки, и убивать курицу, несущую золотые яйца, было глупо и бессмысленно. Во-вторых, поскольку мать погибшего с пеной у рта утверждала, что Леночка был чистым и во всех отношениях приличным мальчиком, Настя была уверена, что на самом деле он был тем еще бабником. Уж больно хорошо он разбирался в женщинах, о чем свидетельствовали его книги.

Итак, необходимо было встретиться с женой Параскевича Светланой и с теми двумя женщинами, которых скрепя сердце назвала Насте Галина Ивановна. Светлану Настя оставила «на закуску», решив начать с женщин, которые в разное время увлекались Леонидом.

Одна из них, Ольга Рюхина, оказалась совсем не интересной в плане дальнейшей разработки — молоденькая девица, которой в период увлечения модным писателем было всего восемнадцать лет. Подруга Ольги работала корректором в одном из издательств, выпускавших романы Параскевича, и под большим секретом сообщила своей изнемогавшей от девичьей влюбленности подружке адрес и телефон писателя.

— Вы знаете, я ведь прямо умирала, — хохотала Рюхина, цветущая молодая женщина, недавно родившая в законном браке прелестного малыша. — Засыпала, положив его книгу под подушку, любовалась фотографиями, их же на каждой книжке печатали. С ума сходила. Знаете, раньше девушки в актеров и поэтов влюблялись, а теперь времена изменились, теперь влюбляются в писателей. Правда, раньше и женских романов не было.

— Как Леонид Владимирович отреагировал на ваш первый звонок?

— О, он был настоящим джентльменом. Сказал, что тронут вниманием, что ему очень приятно и так далее. Спросил, какие из его книг я читала и какие мне больше всех понравились. Потом извинился, сказал, что у него очень мало времени, записал мой телефон и спросил, когда он может мне позвонить, чтобы поговорить более подробно. Я прямо обалдела от счастья.

— И что дальше?

— Он позвонил мне через два или три дня, видно, ему было удобно разговаривать, потому что он никуда не торопился и очень подробно меня выспрашивал буквально по каждой книге: что понравилось, что не понравилось, на каком месте я догадалась, чем дело кончится, устроил ли меня финал или мне хотелось бы чего-то другого. Словом, разговаривал со мной как с большой, честное слово. Полный восторг!

— Вы с ним лично встречались или общались только по телефону?

— Встречались, конечно.

— Как часто?

— Да бог с вами, какое там часто! — снова расхохоталась Ольга. — Четыре раза всего встретились. В первый раз он мне цветы подарил и по парку со мной погулял часа два. Во второй раз ходил со мной по Ленинским горам, но уже без цветов. Тоже все про свои книги со мной разговаривал. В третий и четвертый раз приводил меня к себе, его жена как раз куда-то уезжала, в командировку, кажется. Полчаса секса и снова три часа разговоров. Я поняла, что он мной совсем не интересуется, что его интересуют только его книги. Он меня в качестве эксперта употреблял. Я хоть и молодая была, глупая, но не до такой уж степени, чтоб не сообразить. Я ему тогда и сказала, мол, Леня, не мучай себя, если тебе хочется со мной про книги разговаривать, то давай будем по телефону общаться. А то ты время стараешься выкроить, когда жены нет, сам нервничаешь, я боюсь — одним словом, сплошная нервотрепка и никакой радости. Вы бы видели, как он обрадовался! Как ребенок, когда ему говорят, что в школе карантин и можно сидеть дома и уроки не учить.

— И как развивались ваши отношения после этого?

— Да, в общем-то, никак. Из дому ему не всегда удобно было звонить, так он звонил мне, когда к матери приходил. Ох, и ненавидел он ее, я вам скажу!

— Как вы сказали? — насторожилась Настя.

— Я говорю, мать свою, Галину Ивановну, он не переносил.

— Откуда вы знаете? Леонид прямо говорил об этом?

— Нет, что вы, кто ж про такое прямо скажет. Но заметно было. Он ведь передо мной не стеснялся, я же ему чужая совсем была, да и договорились, что встречаться больше не будем. Так что не стыдно.

— Приведите пример, пожалуйста.

— Ну... — Она задумалась. — Вот, например, звонит он мне из автомата и говорит: «Оля, я сейчас еду в издательство, часа через два освобожусь и попрусь к этой кикиморе. Так что с шести до семи жди моего звонка». Или вот другой пример. Приходит он к родителям, звонит мне, разговариваем мы с ним, и вдруг он говорит: «Минуточку подожди, пожалуйста». И начинает с матерью разговаривать. Да, мамуля, нет, мамуля, ну что ты, мамуля, конечно, мамуля. Потом снова ко мне обращается: «Знаешь, Оль, для этой суки большая жизненная удача, что я с самого начала стал показывать ей рукописи. Меня так и подмывает вывести в книге персонаж, списанный с нее, и выплеснуть наконец открытым текстом все, что я о ней думаю. Взял бы псевдоним, она бы и не узнала никогда, что это я написал, а прочитала бы как о посторонней женщине и, может быть, хоть что-нибудь поняла бы. Ведь она меня поедом ест всю жизнь, а свято уверена, что делает мне во благо. Вот ты думаешь, она сейчас ко мне с чем-то срочным подходила, чего нельзя было бы потом обсудить? Да ничего подобного. Чушь какую-то спрашивала. А ей важен сам факт, что она подошла — и, с кем бы я ни разговаривал, я всех пущу побоку и на нее переключусь, потому что она — самый главный человек в моей жизни. Потешила свое самолюбие, крови напилась, как вампир, и, умиротворенная, пошла отца догрызать. Господи, Оля, если б я мог, я бы убил ее».

— Скажите, Оля, как долго длился этот ваш телефонный роман?

— Да месяцев шесть-семь, наверное.

— По чьей инициативе вы прекратили общение?

— По моей. Я встретила человека, за которого теперь замуж вышла, и переехала к нему. Сами понимаете, вести длинные телефонные переговоры стало сложно. Мы с моим женихом вместе учились, так что по вечерам и дома вместе были.

— И как давно это случилось?

— Ну как... Игорьку уже годик и три месяца, вот и считайте. Года два с половиной назад, наверное.

— А ваш муж не мог узнать о ваших отношениях с Параскевичем?

— От кого же? — искренне удивилась Ольга. — Я ему не говорила, Леня с ним незнаком, а больше никто и не знал.

— Вы ошибаетесь, знала еще Галина Ивановна.

— Господи, а ей-то зачем моему мужу об этом рассказывать? Тем более найти меня не так просто, я фамилию поменяла, да переезжали мы два раза после свадьбы. И потом, я своего мужа знаю, он бы обязательно у меня спросил, если бы узнал что-нибудь. Он совсем молчать не может, когда его что-то переполняет, знаете, характер такой бывает, когда из человека прямо выплескивается любая информация. Да он пяти минут не вытерпит. И вообще все это давно было, кого это волнует...

Настя не могла не согласиться с Ольгой Рюхиной. А что касается Галины Ивановны, то новой фамилии Ольги она действительно не знала, так что вряд ли могла связаться с ее мужем. Да и зачем? Собственному сыну напакостить? Бред.

* * *

Встреча со второй из названных Галиной Ивановной женщин заставила Настю крепко задуматься. Людмила Исиченко была очень странной особой. Настю она встретила в желтом. Желтыми были узкие обтягивающие брюки, короткая куртка на «молниях», длинный шарф из шифона и даже заколка в волосах. Цвет был интенсивным, напоминающим пуховую желтизну цыплят, и совершенно не шел Людмиле. Ее смугловатое лицо с ранними морщинами казалось от обилия желтого еще более смуглым и старым.

Поведение ее было столь же эксцентричным. Впустив Настю в квартиру, она тут же зажгла свечку, прошла в комнату первой и начертила перед собой в воздухе большой крест.

— Если вы пришли с недобрыми намерениями, крест защитит меня, — пояснила Исиченко, видя изумление на лице гостьи.

Настю кольнуло недоброе предчувствие. Сначала Галина Ивановна допускает случайные обмолвки о том, что, дескать, Леня ее не простит, теперь эта Исиченко явно демонстрирует приверженность разным мистическим учениям и обрядам.

Разговор шел трудно, Людмила Исиченко, в отличие от Ольги Рюхиной, была тяжелым собеседником. Она не отказывалась говорить о Параскевиче, но то и дело сбивалась и отвлекалась на всякую потустороннюю проблематику.

— Скажите, как давно вы были знакомы с Леонидом? — спрашивала Настя.

— Я и сейчас с ним знакома, — следовал ответ. — Это не может кончиться, пока я жива.

— Так все-таки когда вы познакомились?

— Мы были знакомы в своих прежних жизнях, так что наша встреча была предопределена судьбой.

— Когда произошла эта встреча?

— Год и пять месяцев назад.

— При каких обстоятельствах?

— Я прочла его книги и поняла, что это — ОН.

— Кто — ОН?

— Человек, который предназначен для меня и которому предназначена я сама. Это был знак свыше.

— И вас не смутило то обстоятельство, что Леонид был женат?

— Какие глупости! — фыркнула Исиченко. — Женат! Что значит «женат» перед лицом вечности? Просто ему не дано было слышать голос, поэтому он и не мог знать, что должен искать и ждать меня. А я знала, поэтому когда я его нашла, то прямо ему об этом сказала.

— И как он отреагировал?

— Ему было трудно это понять, это ведь не каждому дано. Я пыталась говорить с его женщиной...

— С его женой? — уточнила Настя.

— С его женщиной, — презрительно поправила

ее Людмила. — Потому что жена у него только одна — Я. А та была просто женщиной, которая временно удовлетворяла его земные потребности, пока меня не было рядом. Я так ей и сказала.

— И что же она? Поняла вас?

— Ей не дано. Она — существо низшего порядка, она не может понять высших идей.

— А Леонид мог?

— Он должен был умереть, чтобы понять их.

И так битых два часа. Разговор то и дело начинал пробуксовывать, превращаясь в бесформенное вязкое месиво, из которого Настя с огромным трудом выковыривала крупицы информации. И информация эта ставила ее в тупик.

Если отбросить мистический туман и потусторонние идеи, больше напоминавшие психопатический бред, то история, дополненная последующими объяснениями Светланы Параскевич, выглядела следующим образом. Людмила Исиченко решила, что писатель Леонид Параскевич — тот самый мужчина, которого она ждала всю жизнь, то есть без малого сорок лет. Ну совсем без малого. Так как никаких общих знакомых у нее с модным романистом не было и познакомить их было некому, она взяла дело своего счастья в собственные руки и заняла пост возле одного из издательств, в котором выходили его книги. Ожидание было долгим, но не бесплодным. Спустя почти месяц она увидела Леонида, выследила его до самого дома, вошла вместе с ним в лифт, узнала, на каком этаже он живет, и даже успела увидеть, к какой квартире он подошел. На следующий день она явилась к нему домой, нимало не смущаясь присутствием его жены (женщины, как выразилась Людмила), представилась пылкой почитательницей и попросила автограф. Книги числом восемь штук она предусмотрительно принесла с собой. Параскевич не скрывал своего неудовольствия, но книги подписал и вежливо предложил гостье чаю. Людмила от чая отказалась, чем моментально расположила к себе супругов, и гордо удалилась. Знакомство состоялось, остальное было делом техники. Случайная встреча в метро — что может быть естественнее? А когда выходит ваша новая книга? Ах, как долго еще ждать, целый месяц, я сгораю от нетерпения. А возможно ли прочесть в рукописи? Я вам буду так благодарна. Да, конечно, когда вам удобно, запишите мой телефон, как только у вас появится свободная минутка, я подъеду, куда вы скажете, и возьму рукопись. Обещаю прочесть ее за сутки. Ваши книги читаются так легко... Потом последовала встреча, во время которой Леонид Параскевич передал Людмиле рукопись своей новой книги. Огромное вам спасибо, я немедленно бегу домой читать... Куда вам позвонить, когда прочту? Сами позвоните? Конечно, конечно, я завтра целый день буду дома. Буду ждать.

На следующий день Леонид позвонил ей из квартиры родителей и начал подробно выспрашивать, что ей понравилось в романе, что не понравилось... Одним словом, та же история, что и с Рюхиной. Знакомство постепенно крепло, Леонид пару раз заезжал к Людмиле домой, но никаких сексуальных поползновений не делал, чем приводил ее в неописуемую ярость. Она предприняла попытку сломить его целомудрие, но в ответ услышала традиционное объяснение о том, что он любит свою жену и изменять ей не хочет, а Людмила — глубокий, интересный, неординарный человек и интересует его только в этом качестве, что, несомненно, намного более почетно, чем быть женщиной для плотских утех. Но Людмилу эти объяснения не удовлетворили, и она принялась развивать перед Параскевичем свою теорию о взаимном предназначении и знакомстве в прошлой жизни. Леонид сказал, что для него такой подход несколько, мягко говоря, странен и он должен подумать. На том они в тот раз и расстались.

После того как процесс обдумывания новой теории затянулся у Леонида на слишком длительное время, Людмила отправилась к нему домой, поскольку сам Параскевич почему-то перестал ей звонить, а своих телефонов предусмотрительно ей не оставлял. Дома его не оказалось, дверь ей открыла Светлана, и Людмила прямо с порога начала требовать, чтобы Светлана, эта случайная женщина, немедленно уступила свое место ей и вообще не смела удерживать то, что ей не принадлежит. Светлана сначала терпеливо слушала, потом указала гостье на дверь. Но справиться с одержимой Исиченко оказалось не так-то просто.

— Твой муж принадлежит мне! — орала та. — Он любит меня и доказывал это неоднократно. Ты не можешь быть рядом с ним, он тебя только терпит из жалости, потому что ты была рядом столько лет и он не может выгнать тебя на улицу, как жалеют и не могут выгнать ставшую ненужной состарившуюся собаку. Так прояви же благородство, уйди с его дороги. Дай нам соединиться и быть вместе.

— С чего ты взяла, что он меня всего лишь терпит? — спросила ошарашенная Светлана.

— Да он сам мне говорит об этом каждый раз, когда я довожу его до экстаза.

Терпение Светланы лопнуло, она схватила Людмилу за руку и попыталась вытолкнуть ее из квартиры. Но не тут-то было. В руках у Людмилы неизвестно откуда оказался огромный нож для разделки мяса. Светлана завизжала и потеряла сознание от ужаса, очнулась в больнице, в клинике нервных болезней, где пролежала после пережитого потрясения почти два месяца. Леонид ежедневно приходил к ней, клялся, что между ним и Людмилой никогда ничего не было, даже намека на близость, уверял, что Исиченко — обыкновенная сумасшедшая, которую нельзя принимать всерьез.

Постепенно состояние Светланы стабилизировалось, Леонид забрал ее домой, и они вместе выработали линию поведения, которая хоть в какой-то мере обезопасила бы их от сумасшедшей Исиченко. Суть нового курса была в том, что Леонид, как человек благородный, не может сейчас выгнать свою женщину, поскольку она тяжело больна. И больна, между прочим, по милости самой Людмилы. Поэтому должно пройти какое-то время, прежде чем Светлана достаточно окрепнет. Людмила же должна воздерживаться от общения с Леонидом и тем самым искупить свой грех перед ни в чем не повинной Светланой. Параскевич умел быть очень убедительным. И кроме того, он довольно искусно использовал овладевшие Людмилой бредовые идеи, чтобы внушить ей то, что

79

считал нужным. Одним словом, они договорились, что, пока идет процесс искупления греха, им нельзя быть вместе, нельзя видеться и даже разговаривать. Ровно через год, сказал Леонид, они встретятся на том же самом месте, где разговаривают сейчас, и в тот же самый час и дальше пойдут по жизни рука об руку. Людмиле ничего не оставалось, кроме как согласиться. Других-то предложений все равно не было.

— Она превратила нашу жизнь в ад, — говорила Насте Светлана Параскевич. — Мы не могли спокойно ходить по улице, все время ждали, что она нас где-нибудь подкарауливает. Мы боялись открывать дверь, если не были предупреждены о визите заранее. И потом, знаете, меня все время точил червь недоверия. А вдруг они меня обманули? Вдруг Леня изменял мне с Людмилой? В общем, нам обоим все время было тяжело и как-то... ну, неприятно, что ли. Это постоянно висело в воздухе, мешало жить, мешало верить друг другу. Тогда мы и начали искать возможность обмена нашей квартиры, хотели переехать.

— А что произошло, когда год прошел?

Светлана задумчиво посмотрела на Настю.

— Леня умер. Примерно в это время. Эта идиотка даже на похороны притащилась. Я все боялась, что она начнет публично вещать о том, что предназначена для Лени, скандал начнется и все такое. Но, слава богу, обошлось, она вела себя тихо.

— Скажите, Светлана, вам не приходило в голову подозревать ее в убийстве вашего мужа?

— Нет, честно признаться. Я как-то о ней не подумала. Зачем ей его убивать, если она хотела с ним жить?

— Ну, видите ли, обещанный год прошел, и она могла разгневаться, поняв, что ее обманули.

— Но год же еще не прошел. Он только исполнился в тот день, когда Леня погиб...

После разговора со Светланой Настя вынуждена была снова ехать к Исиченко и уточнять у нее некоторые детали.

— Это правда, что Леонид обещал вам через год все устроить?

Исиченко стала мертвенно-бледной, отчего морщины на лице обозначились резче.

— Откуда вы знаете? Я не стану с вами разговаривать, пока вы не скажете мне, откуда вы это узнали.

— Мне Леонид сказал, — не моргнув глазом, соврала Настя. В конце концов, чего мучиться, изобретая велосипед, когда на нем уже давно весь мир ездит.

— Леонид? Значит, вам тоже было видение?

— Было, — подтвердила Настя. — Он понял, что я хочу найти убийцу и помочь его мятущейся душе успокоиться, поэтому он пришел ко мне и рассказал про ваш договор.

— Он не велел мне ни с кем говорить об этом.

— Но это же было давно, — попыталась вывернуться Настя. — Ведь он не мог знать, что погибнет, иначе он снял бы свой запрет.

— Он запретил мне это уже после смерти.

— Значит, он вам является? — вырвалось у Насти прежде, чем она успела сообразить, что говорит очевидную глупость.

— Конечно, не вам же одной.

В голосе Исиченко снова зазвучали нотки высокомерного презрения.

— Людмила, почему вы не хотите помочь мне найти убийцу Леонида? — с упреком сказала Настя. — Вы — самый близкий ему человек, вы так много знаете о нем, он даже вступает с вами в контакт после смерти, значит, доверяет вам больше всех. Он не мог не сказать вам, кто и почему его убил. Я никогда не поверю, что вы этого не знаете.

Исиченко буквально позеленела, лицо ее перекосилось от ужаса и ненависти.

— Да, — гордо сказала она, — я знаю, кто его убил. Но вам я этого не скажу.

— Почему же?

— Потому.

— Людмила, не забывайте, мне тоже было видение. Леонид мне сказал, что говорил с вами о том, кто и почему его убил. Более того, он сказал мне, что велел вам ни в коем случае не скрывать этого, если кто-то спросит. Вы что же, собираетесь нарушить его волю?

Исиченко молчала, уставившись глазами в свои острые колени, туго обтянутые желтыми брюками.

— Я жду, Людмила. Что вам говорил Леонид?

Настя блефовала отчаянно и безоглядно, но в конце концов рисковала она не так уж сильно. Даже если ее догадки по поводу содержания психопатического бреда Исиченко неверны и Леонид Параскевич ничего подобного Людмиле не говорил, не велел и не запрещал, всегда можно отговориться тем, что уж ей-то, Насте Каменской, он на самом деле являлся. Проверить это невозможно. А тот факт, что сказанное Насте не совпадает со словами, сказанными Людмиле, — что ж, дело житейское, призраки тоже могут говорить неправду, мало ли по каким причинам. Особенно беспокоила Настю фраза, сказанная Исиченко в прошлый раз: «Леонид должен был умереть, чтобы понять это». Нехорошая, прямо скажем, фраза. Даже если разделить ее на степень психического нездоровья Людмилы, все равно от нее веет чем-то криминальным.

Наконец Исиченко подняла голову и уставилась на Настю темными глазами, в которых горел болезненный и яростный огонь.

— Он предупредил меня перед смертью, что должен умереть, иначе мы никогда не сможем соединиться. Только в смерти он будет принадлежать мне целиком и безраздельно. Поэтому в тот день, когда исполнится год с момента заключения нашего договора, он покинет этот мир.

«Ну, здрасьте, приехали, — в отчаянии подумала Настя. — Сейчас она начнет натягивать на самоубийство. Никаким суицидом там и не пахнет, оружие валялось слишком далеко от трупа и выстрел был произведен с расстояния больше двух метров».

— Каким образом он предупредил вас об этом? — терпеливо спросила она. — Он к вам приходил накануне гибели?

— Нет, это было бы нарушением договора. Он мне позвонил и сказал, что, пока принадлежит этому миру, мы не сможем быть вместе. У него слишком много земных долгов и обязательств, которые он должен отдавать и выполнять, а наш союз предначертан свыше и не может совмещаться с суетой земного бытия. Но после смерти мы будем вместе вечно.

— Он так и сказал — после смерти?

— Да, так и сказал.

— Может быть, он имел в виду не свою смерть?

— А чью же?

— Вашу, например. Или смерть Светланы.

— Если бы он хотел моей смерти, он бы сказал мне об этом. Если бы он хотел смерти этой женщины, он бы убил ее. Нет, он хотел смерти именно для себя. И он ее получил. Он говорил: очень важно, чтобы смерть настала до наступления полуночи в тот день, когда исполнился год. Если смерть запоздает хотя бы на минуту, мы не сможем соединиться.

— И что же? — Настя сделала глупое лицо. — Успел Леонид покинуть этот мир до наступления полуночи?

Исиченко медленно поднялась с дивана, на котором сидела, сгорбившись, распрямила спину, вздернула подбородок и окинула Настю сияющим взглядом.

— Вы же видите, мы вместе. Значит, все получилось, как он хотел.

— Скажите, Людмила, а вы не помогали ему осуществить этот замысел?

— Я всегда и во всем помогала Леониду.

— Значит, плохо помогали, — с внезапной злостью сказала Настя. — Потому что Леонид Параскевич ушел из жизни через тридцать минут после наступления полуночи. И я вынуждена сделать вывод, что или меня обманываете вы, Людмила, или вас саму обманывает кто-то еще. У вас есть близкие родственники?

— Какое это имеет отношение к Леониду?

— Никакого, поэтому я и спрашиваю. Есть или нет?

— Есть двоюродные сестры отца, но они уже старые.

— А ваши родители?

— Умерли. Давно уже.

— У этих двоюродных сестер есть семьи, дети?

— Да, конечно. Но я не понимаю...

— И не надо. Кем были ваши родители, чем занимались?

— Отец был искусствоведом и коллекционером, очень известным.

— Значит, вы — богатая наследница?

— Это все предназначалось Леониду.

— А если бы вы не встретили Параскевича?

— Я должна была его встретить, это было предначертано свыше.

«О боже, — взмолилась Настя, — дай мне силы это вынести. Если она еще раз вякнет про предназначение, я задушу ее собственными руками».

— Ваши родственники знали о наследстве?

— Разумеется. Они много раз заговаривали со мной об этом, но я им объяснила, что все это принадлежит тому единственному мужчине...

Из квартиры Исиченко Настя вышла обессиленная, словно только что разгрузила на овощебазе вагон картошки. По дороге в городскую прокуратуру она пыталась сложить из полубредовых высказываний Людмилы более или менее связный рассказ. Ей все время мешало желание отделить бред от реалий, но в конце концов Настя поняла, что занятие это пустое, поскольку пришла к твердому убеждению, что, кроме очевидного бреда и вполне реальных событий, здесь имел место какой-то ловкий обман, который и не позволяет четко отделить сумасшествие от действительности, цементирует их, сплетает в единое целое.

На следователя Ольшанского было жалко смотреть, его скрутил очередной приступ гастрита, который заставлял Константина Михайловича сидеть за столом, ссутулившись, и не давал ему расправить плечи.

— Ты не обращай на меня внимания, — проскрипел он несчастным голосом, когда Настя разохалась по поводу его болезненного вида. — Я уже съел все, что причитается — и аллохол, и смекту, и фосфалюгель, теперь остается ждать, когда подействует.

— А когда подействует? — с сочувствием спросила она.

— Минут через двадцать, если повезет.

— А если не повезет?

— Начну глотать по новой. Рассказывай, что нового узнала.

— Константин Михайлович, у нас в процессе отработки ревности выплыла одна странная особа — Исиченко Людмила Борисовна. Во-первых, она совершенно сумасшедшая, и это сильно нас с вами ограничивает. Верить ей нельзя, допрашивать ее нельзя, с ней вообще нельзя иметь дело. Во-вторых, если она не сумасшедшая, то она вполне могла убить Параскевича, ревность там, судя по всему, безразмерная и неконтролируемая. В-третьих, она могла убить Параскевича и в том случае, если она все-таки сумасшедшая, мотив у нее, как я уже сказала, был весьма мощный. И в-четвертых, Исиченко действительно больная женщина, но Параскевича убила не она, а ее родственники, которые позарились на наследство. Исиченко весьма, как выяснилось, богатая наследница, но имела намерение все же положить к ногам гениального романиста. Вот такой салат «оливье».

— Это не салат, это стрихнин какой-то, — поморщился Ольшанский. — Вот только сумасшедших нам с тобой и не хватает, давно что-то их не было. Слушай, а она что, совсем того? Или, может, только чуть-чуть?

— Константин Михайлович, я в психиатрии дилетант, но даже мне понятно, что Исиченко невменяема. Но это только в том случае, если она не врет. Она вполне может оказаться гениальной актрисой. Бред у нее систематизированный, то есть логичный, внутренне связанный, охватывающий целый ряд внешних событий и дающий им объяснение. При этом она хорошо ориентируется в окружающей действительности, так что все это вполне можно было бы причислить к бреду воображения, если бы не одно «но». У нее галлюцинации. Ей, видите ли, является призрак покойного Параскевича и ведет с ней долгие душещипательные беседы. Исиченко утверждает, что накануне гибели Параскевич позвонил ей и высказывал идеи необходимости собственной смерти, после которой он сможет соединиться с ней навечно. Теперь смотрите, какие картинки я вам буду рисовать.

— Страшные картинки-то? — поинтересовался Ольшанский, морщась от очередного приступа боли.

— Жуть. Значит, так. Явление первое. Родственники, раздосадованные тем, что богатейшая коллекция живописи и антиквариата уйдет какому-то писаке, принимают соответствующие меры. Поскольку Людмила ни от кого своих бредовых идей не скрывает, более того, она как бы даже гордится ими, то родственнички, естественно, полностью в курсе дела. Они звонят ей по телефону, имитируют голос Параскевича и просят помочь уйти из жизни. Текст может быть примерно таким: «Любимая, я должен соединиться с тобой, но это возможно только в том случае, если такого-то числа до наступления полуночи я умру. Помоги мне. Я не могу сам уйти из жизни, религия запрещает самоубийство и считает это грехом. Возьми оружие, оно будет лежать там-то и там-то, и жди меня на лестничном балконе в доме по такому-то адресу...» Ну и так далее. Если текст будет хорошо вписываться в бредовую систему Исиченко, она вполне может всему поверить. В крайнем случае, можно проконсультироваться у психиатра. Людмиле в любом случае ничего не грозит, судебно-психиатрическая экспертиза признает ее невменяемой, и суд отправит ее на принудительное лечение. После этого через определенное время оформляется опека над утратившей дееспособность Исиченко, и дело в шляпе. Все денежки плавно перетекают к родственникам.

— Все это отлично, но ведь те, кто позвонил Людмиле, должны были понимать, что она может перепроверить их слова. Представь себе, через полчаса после звонка она сама звонит Параскевичу и спрашивает: «Милый, я забыла, где должен лежать пистолет?» И все, обман раскрыт.

— Не-а. Параскевич за несколько дней до смерти переехал в новый дом на окраине Москвы, и там не было телефона. Так что Исиченко при всем желании не могла бы ему позвонить.

— Но она могла прийти к нему.

— Не могла. Я же сказала, он только что переехал. Причем нового адреса он ей не давал, поскольку вообще старался скрыться от нее.

— Ладно, твоя взяла. Рисуй следующий пейзаж.

— Следующий пейзаж у нас разворачивается на фоне безумной любви Исиченко к Леониду Параскевичу. Поняв, что он не собирается оставлять жену, она вполне самостоятельно приходит к выводу о том, что мерзавцу не место среди живых. Никто ее не подбивает и не обманывает, она приобретает оружие и подстерегает неверного на лестничной площадке возле лифта. Весь вопрос только в том, больна она или здорова. Ведь выдаваемый ею бред может оказаться симуляцией. Но тогда нужно признать, что возникает пейзаж номер три, совершенно кошмарный, на разгадывании которого мы с вами, Константин Михайлович, все мозги до дыр протрем.

— Ой, напугала, — замахал руками Ольшанский. — Мне, например, терять нечего, у меня и так в голове одни дыры остались.

— Видите ли, бред у Людмилы Исиченко появился не сегодня и не вчера. Идея овладела ею достаточно давно, во всяком случае, год назад она приходила домой к Параскевичу и рассказывала его жене о том, что Леонид предназначен ей свыше. Если допустить, что Людмила совершенно здорова, то придется признать, как это ни прискорбно, что мы имеем дело с тщательно срежиссированной мистификацией, которая началась чуть ли не полтора года назад. Кому это нужно? Какова цель? Кто получает от этого выгоду? У меня ум за разум заходит. Ведь жизнь Параскевича кажется абсолютно открытой, в ней нет ни тайн, ни темных пятен, ни подозрительных знакомых — ну совсем ничего. Безумно талантливый застенчивый мямля, который не умеет сказать «нет» и послать подальше, задавленный деспотичной матушкой и исподтишка ненавидящий ее, позволяющий себе робкие сексуальные излишества, в основном только для того, чтобы покопаться в душе очередной женщины и набраться новых знаний, которые он не без успеха потом использует в очередном романе. Кому нужно полтора года вести облаву на такого человека? Кому он мог помешать?

— Эка ты, Каменская, горазда вопросы-то задавать, — покачал головой следователь. — Вот иди домой, выспись и подумай как следует над ответами. А чего? Вопросы ты ставишь абсолютно правильные и грамотные, вот и попробуй на них ответить.

— Ну, Константин Михайлович... — Настя даже задохнулась от возмущения, потом от души рассмеялась. — Тогда разрешите Мише Доценко встретиться с женой Параскевича.

— Это еще зачем?

— Пусть он поговорит с ней на тему ревности. Понимаете, если Светлана изменяла мужу, то она скорее признается в этом мужчине, чем женщине.

— Да ну?

— Вот вам и «да ну», — передразнила она. — Мишаня — красавец, каких поискать, я его все время на таких мероприятиях использую. Замужние женщины очень часто признаются ему в супружеских изменах, потому что за этим кроется вполне очевидный подтекст: я не очень-то привязана к своему мужу, так что тебе, черноглазый котик, вполне может обломиться. Если Миша сумеет понравиться женщине, она ни за что не станет притворяться целомудренной, если таковой на самом деле не является, сто раз проверено.

— Слушай, Настасья, ты мне так голову заморочила, что даже гастрит испугался и отступил. Делай как знаешь.

* * *

Когда дверь за женщиной из милиции закрылась, Людмила Исиченко схватила веник и совок и принялась исступленно подметать в комнате и прихожей, потом схватила тряпку и тщательно вымыла полы, двигаясь от окна в комнате к входной двери.

— Чтобы ты никогда сюда не возвращалась, — бормотала она, — и пусть твой дух отвратит тебя от моего дома.

Закончив уборку, она сняла желтый костюм и надела точно такой же, но фиолетовый, который шел ей еще меньше. В фиолетовом она казалась совсем старухой. Леонид велел ей принимать чужих людей только в желтом, а с ним самим общаться только в фиолетовом. Людмила не смела ослушаться, она боготворила Параскевича и считала его своим повелителем. Вчера он обещал появиться между восемью и девятью вечера, но она начинала готовиться к его появлению заранее: переодевалась, ставила на стол семь свечей, которые следовало зажечь в первые же минуты после его прихода.

Она достала из коробки семь новеньких свечек, а из ящика старинного серванта — семь подсвечников, расставила их на столе в том порядке, которого требовал Леонид, и начала ждать. Уселась в кресло и погрузилась в тупое оцепенение. Ровно в восемь вечера раздался телефонный звонок.

— Я иду к тебе, — прошелестел далекий и неземной голос. — Готовься и жди меня, я иду к тебе...

Людмила вскочила с кресла и судорожно заметалась по квартире. Нужно выключить лампы и люстры, Леонид не переносит яркого света. Зато в момент его появления непременно должна звучать месса си минор Баха. В большой комнате стоит музыкальный центр с четырьмя колонками, колонки следует поставить особым образом, чтобы звук концентрировался в том месте, на которое указывал Леонид. Она быстро повернула акустические колонки так, как нужно, включила музыку на полную мощность, погасила свет и стала напряженно ждать.

Леонид возник, как всегда, неожиданно. Ни разу не удалось ей уловить момент, когда он возникал в ее комнате. Вот только что его не было, и вдруг — стоит по другую сторону стола. Людмила кинулась зажигать свечи, когда седьмая свеча загорелась, она повернула ручку и уменьшила громкость мессы.

— Сегодня ко мне еще раз приходили из милиции, — быстро сказала она, боясь, что Леонид может исчезнуть, а она не успеет посоветоваться с ним насчет самого главного.

Так уже бывало раньше, иногда он беседовал с ней минут по десять-пятнадцать, а иногда уходил почти сразу после появления.

— Зачем? Что они хотели?

Голос его был тихим и каким-то неземным, и Людмиле приходилось сильно напрягаться, чтобы слышать его. Леонид не разрешал выключать музыку, он только позволял делать ее совсем тихой, но церковная музыка все равно должна была звучать. И подойти поближе к нему Людмила не могла, хотя Леонид и предлагал ей это. Она боялась. Они всегда стояли по разные стороны стола, разделенные семью горящими свечами, и Людмила любовалась самым прекрасным на свете лицом. Она готова была все отдать за право смотреть на него двадцать четыре часа в сутки.

— Они спрашивали, не говорил ли ты мне, кто тебя убил.

— И что ты им ответила?

— Ничего. Я ничего им не сказала.

— Ты согрешила, — сурово и тихо произнес Леонид. — Не для того я ушел из жизни, чтобы идти по вечности рядом с лживой грешницей. Ты должна была признаться во всем.

— Но как я могла, — залепетала Людмила, не сводя глаз с обожаемого лица.

— Ты должна была признаться. И если ты не сделала этого сегодня, то сделаешь это завтра. На тебе лежит великая вина за болезнь Светланы и за то, что ты пыталась ее убить. Я пожалел тебя тогда и никому не сказал, из-за чего у нее случилось нервное расстройство, а ведь я мог бы все рассказать, что ты пыталась ее убить, что ты проникла в мой дом, принеся с собой огромный мясницкий нож. Но я пожалел тебя и предал Светлану, которая ни в чем не виновата. Врачи думали, что у нее были галлюцинации, что ей привиделась женщина с ножом, а я промолчал и не сказал, что это было в действительности. Она перенесла очень тяжелое лечение, она так страдала, бедная невинная жертва, и виноваты в этом мы. Ты и я. Эта вина лежала на нас тяжким бременем, и поэтому мы не могли быть вместе в земной жизни. Один из нас должен был уйти отсюда в лучший мир. И снова я пожертвовал собой, я оставил больную и беспомощную Светлану одну и ушел в мир мертвых. А ты? Что сделала ты, чтобы искупить свой грех?

— Я помогла тебе, — пробормотала Людмила. — Я сделала все, как ты велел. Разве этого недостаточно, чтобы заслужить право быть всегда рядом с тобой?

— Ты должна очиститься от скверны греха. — Голос призрака стал еще тише, и Людмила вся обратилась в слух. — Ты должна признаться во всем и покаяться. Иначе не будет покоя ни мне, ни тебе. Твоя расплата будет суровой, но ты должна быть к этому готова.

— Расплата? О чем ты говоришь?

— Ты признаешься в том, что помогла мне уйти, ты все расскажешь, тебя отправят в больницу и начнут лечить так больно и мучительно, что смерть покажется тебе избавлением. Но умереть тебе не дадут. Это и будет та кара, которая настигнет тебя за твой грех, за то, что ты сотворила со Светланой.

— Но я не хочу! — чуть не закричала Людмила. — Я не хочу! Я хочу быть с тобой!

— Тогда иди ко мне, — прошелестел голос Леонида. — Иди ко мне, любимая. Признайся во всем, покайся и иди ко мне. Тогда нас уже ничто не разлучит. Пусть музыка звучит громче, я ухожу...

Людмила покорно, как загипнотизированная, повернула ручку, и месса снова зазвучала на полную мощность. Она стала одну за другой гасить свечи, не сводя глаз с любимого лица, которое, казалось, постепенно растворялось в темноте. Как всегда после появления призрака, на нее нашел ступор. Она неподвижно стояла посреди комнаты возле стола, и ей казалось, что она спит. Людмила знала, что сама не сможет стряхнуть тяжелое оцепенение, оно пройдет, как только закончится музыка. Мысли текли вяло, руки и ноги были словно свинцом налиты.

Хорошо, она сделает все так, как он хочет. Он — ее повелитель, она — его покорная раба и подчинится его воле.

Глава 5

Нугзар Бокучава, генеральный директор издательства «Вирд», ждал прихода Светланы Параскевич с легким раздражением и большим любопытством. Он уже знал о том, что «Павлин» купил у нее за двадцать пять тысяч долларов последний бестселлер знаменитого романиста, и был обижен на вдову этого писателя. Почему она предложила рукопись этому жирному Пашке? Ведь Нугзар всегда платил Параскевичу гонорары выше, чем остальные четверо издателей. Они давали ему за каждую двенадцатилистовую рукопись по восемьсот-девятьсот долларов, а он, Нугзар, — по девятьсот пятьдесят и даже два раза по тысяче. Так почему она не пришла к нему?

Он то и дело нетерпеливо поглядывал в окно и наконец увидел, как подъехали старенькие «Жигули», на которых раньше ездил Леонид. Нугзар тут же нажал кнопку селектора.

— Рита, быстро кофе, коньяк, конфеты. И не забудь подарок к Новому году. Она идет.

Вскочив с кресла, Бокучава подошел к зеркалу, пригладил волосы, поправил галстук. Жирный Пашка в деталях пересказал ему эпопею с визитом Светланы, и Нугзар извлек для себя полезный урок. Он не станет вести себя так глупо.

Когда открылась дверь, он стремительно встал и сделал несколько шагов навстречу женщине.

— Светлана! Ты не представляешь, как я рад тебя видеть.

Поцеловав ей руку, он усадил вдову не на стул напротив своего стола, а подвел к мягким креслам в углу кабинета.

— Мы все скорбим вместе с тобой, дорогая, — начал он проникновенно. — Хотя я понимаю, что горечь твоей утраты несоизмеримо больше. У тебя какие-то трудности? Только скажи, я все сделаю, чтобы тебе помочь.

Лицо Светланы было серьезным и грустным, но глаз у Нугзара Бокучавы был наметанным. Уж больно хорошо она выглядит для неутешной вдовы. Наверное, уже нашла себе хахаля. А может, он у нее давно был, и теперь, после гибели Леонида, у нее руки развязаны. А вдруг это любовник Леньку... того?.. Да нет, одернул сам себя издатель, она же не сумасшедшая, чтобы своими руками убивать источник постоянного дохода. На что она жить-то будет без Лениных романов? На доходы от переизданий? Но это быстро кончится. Двадцать семь любовных романов, даже если каждый переиздать по два раза, — это не больше сорока тысяч долларов, ведь гонорар за переиздание намного меньше, чем за первую публикацию. Ну сколько она протянет на эти сорок тысяч? Должна же сама понимать, не маленькая.

— Спасибо, Нугзар, — сказала она. — Ты же знаешь, у меня только одна проблема, но в ее решении мне никто не поможет. Лени больше нет, и мне нужно научиться жить без него.

Хорошенькая Рита вкатила в кабинет столик с кофейником, чашками, конфетами, бутылкой хорошего коньяка и крохотными рюмочками. На нижней полке столика лежал большой, нарядно оформленный пакет. Бокучава слегка кивнул Рите.

— Светлана Игоревна, в нашем издательстве очень любили и ценили вашего мужа. Пожалуйста, примите наш новогодний подарок, это от всех нас, от всего коллектива, — сказала девушка, протягивая Светлане пакет.

— Спасибо, милая, — величественно кивнула Параскевич. — Я тронута. Я понимаю, что это подарок не мне, а Лене. Но я его приму в память о нем.

Рита вышла, плотно притворив за собой дверь. Нугзар подошел к сейфу и вынул из него небольшую коробочку.

— А это — лично от меня.

Он открыл футляр и протянул его Светлане. На темном бархате переливалась толстая золотая цепь «картье».

— Ну что ты! — Светлана отрицательно покачала головой. — За что? Я этого не заслужила. Не нужно, Нугзар, убери это.

— Нужно.

Он ласково, но настойчиво вложил футляр в ее руку.

— Ты была рядом с Леонидом все эти годы, ты была его верной помощницей и опорой. Без тебя он бы не стал тем, кем стал. Мы все это понимаем, и я — в первую очередь.

— Почему ты?

— Потому что Леонид много раз говорил мне об

этом. Говорил, как помогает твоя поддержка, твои советы, само твое существование. Он очень тебя любил, Света, и кто бы что ни говорил — никому не верь. Я знаю, что говорю. Он любил тебя, и эта любовь помогала ему писать свои великолепные книги.

Нугзар приготовил речь заранее, еще тогда, когда сам ездил по ювелирным магазинам выбирать цепь для Светланы. Когда она вчера позвонила и предупредила, что приедет сегодня, он сразу понял, что это неспроста. Ей что-то нужно. Но коль так, то и он, Бокучава, не должен упускать своего. Ему нужны права на переиздание всех романов Параскевича.

— Что ж... — Она помолчала, потом вздохнула. — Спасибо, Нугзар. Ты всегда был джентльменом. К сожалению, мне нечего подарить тебе к Новому году, разве что...

Она взяла стоящую на полу рядом с ней большую сумку и вынула папку. Обыкновенную папку, точь-в-точь такую, в каких обычно приносил свои рукописи Леонид.

— Это новый роман Лени. Он закончил его незадолго до убийства.

Бокучава похолодел. Ну и сука! Он-то к ней — как к человеку, на цепь потратился, хвост распустил, кофейку, коньячку, не надо ли помочь, а она... Надуть его хочет? Совсем за идиота принимает, думает, что Пашка ничего ему не сказал? Ну дрянь, ну мерзавка! Ничего, он ей покажет.

Взяв у нее из рук папку, Нугзар дрожащими от негодования пальцами развязал ленточки и взглянул на титульный лист. «Ненависть бывает розовой». Странно. А Пашка говорил, что та рукопись, которую ему продала Светлана, называется «Актриса для убийцы». Или что-то в этом роде... Но это, конечно, ерунда, титульный лист можно переделать и любое название напечатать. Главное — текст.

— Разве это не та рукопись, которую ты продала «Павлину»? — осторожно спросил он, не выпуская папки из рук.

— Нет, — коротко ответила Светлана, ничуть не удивившись, видно, ждала такого вопроса.

— Ты не будешь возражать, если я проверю?

94

— Конечно, Нугзар, проверяй. Но прямо сейчас, при мне, потому что рукопись я тебе не оставлю.

Он сел за стол и набрал номер телефона издательства «Павлин».

— Паша? Это я. У тебя новый роман Параскевича под рукой? Перешли мне по факсу начало первой, третьей и пятой глав. Нет, не конкретные страницы, а те, на которых начинаются эти главы. Потом объясню. Потом, Паша, потом, сделай, пожалуйста, что я прошу. Да, прямо сейчас.

С тех пор как многие авторы стали работать на компьютерах, Нугзар Бокучава научился распознавать множество маленьких хитростей, которые были невозможны в те времена, когда рукописи печатались в нескольких экземплярах на машинке под копирку. Отпечатанные на машинке экземпляры были совершенно идентичны, а распечатанные на принтере варианты могли очень сильно различаться. Все зависело от того, как расставить на компьютере страницы, какой сделать межстрочный интервал, сколько знаков в одной строке. И тогда в одном варианте какой-то эпизод мог, например, находиться на странице 45, а в другом на странице 37 или 59. Так что без толку просить у Паши конкретные номера страниц и сравнивать их с этими же страницами в той рукописи, которую принесла сейчас Светлана. На них может оказаться совсем разный текст, но это вовсе не означает, что речь идет о разных романах. Если эта особа намеревается провести его как мальчишку, то ничего у нее не выйдет. Не на такого нарвалась.

Светлана между тем не проявляла ни малейших признаков нервозности, спокойно налила себе кофе, плеснула туда коньяку и закурила.

— Я тебя не обманываю, Нугзар, — сказала она, — но ты в своем праве, так что я не обижаюсь. Проверяй. Все-таки речь пойдет о больших деньгах.

Он промолчал, боясь сказать лишнее или ненужное, такое, о чем сам потом пожалеет. Зажужжал факс, и на стол плавно выплыла длинная бумажная лента с текстом. Бокучава неторопливо, с трудом сдерживая нетерпение, открыл папку и вытащил три листа — начало первой, третьей и пятой глав. Тексты были абсолютно разными, разными были и имена персонажей. Бегло проглядев все страницы, Нугзар понял, что они действительно «не про то».

— Ну как? — подала голос Светлана. — Убедился?

— Не верю своим глазам, — развел руками издатель. — Когда же Леонид успел это написать? Два романа — это же не два дня работы.

— Леня работал очень быстро, вы все прекрасно это знаете. Его норма была — полтора авторских листа в день. Главное — замысел, интрига, характеры. Он мог неделями не работать, бродил по квартире, думал, выстраивал сюжет, придумывал персонажи. А когда все было придумано, садился и гнал текст. Он написал значительно больше, чем вы думаете.

— Почему же он все это не публиковал?

— Потому что не хотел получать за это те жалкие крохи, которые вы ему платили. Он работал на вас, потому что вы на коленях умоляли помочь издательству встать на ноги, залатать финансовые дыры. И не отказывал, потому что считал вас своими друзьями. С тобой, Нугзар, он учился в школе, с Анной — в университете. Пашу привел ты, и Леня посчитал, что твой друг — это и его друг и он обязан выполнить твою слезную просьбу и помочь ему. И с остальными было то же самое. Но в глубине души он надеялся, что найдется наконец честный издатель, который предложит ему человеческий гонорар. И вот для него он создавал резерв, чтобы сразу же продать ему несколько рукописей.

— И большой резерв? — осторожно спросил Нугзар, изо всех сил пытаясь не выдать охватившего его волнения.

— Большой, — усмехнулась Светлана. — На мой век хватит.

«А на мой?» — чуть было не сорвалось с языка у Нугзара, но он вовремя удержался.

Вот, значит, в чем дело. У нее есть рукописи новых романов Параскевича. Посмертные издания! Бог мой, какие деньги на этом можно сделать! Нужна хорошая, грамотная реклама, нужно подогреть интерес читателей, организовать несколько статей в самых читаемых газетах и обязательно передачу на телевидении, обыграть обстоятельства таинственной гибели, намекнуть на что-нибудь эдакое... И все, дело сделано. В России не будет ни одной женщины, которая не купит его книги. Это же миллионные тиражи! А уж прибыль... Даже подумать страшно.

Но ему придется, судя по всему, дорого заплатить за эти рукописи. Светлана — не Леонид, она стесняться не станет, потребует процент с реализации тиража. Можно, конечно, попытаться ее надуть, она не сможет выяснить в типографии, сколько книг отпечатано на самом деле. В выходных данных будет указано 100 тысяч экземпляров, и поди проверь, сколько их было. В типографии тоже не дураки сидят, они ей правды не скажут. Но вдруг? Вдруг дознается? Она ни за что не отдаст все рукописи сразу, будет продавать ему по одной, и если обнаружит обман, то дальнейшие отношения прервутся в один момент. Больше он ни одной рукописи не получит. Значит, с ней надо вести себя честно, но это означает, что платить ей придется очень большие деньги. А жалко. Ну прямо до смерти жалко.

Но выход есть, подумал Бокучава. Есть выход. Нужно только очень постараться. Окрутить Светлану, сделать своей любовницей, потом, может быть, женой, ради таких денег можно и развестись с Любой, все равно она ему уже надоела. Тогда все доходы — в общий котел, и никаких расходов. Да, это выход. Когда родничок иссякнет и с посмертных изданий Параскевича он снимет столько урожаев, сколько сможет, тогда можно будет и Светлану бросить, предварительно перекачав заработанные на ее покойном муженьке денежки в такие банки и на такие счета, где ей эти деньги ни за что не достать.

А может быть, и не придется ее бросать...

Он с новым интересом взглянул на сидящую в кресле женщину. Она никогда не казалась ему красивой. Если говорить честно, Светлана Параскевич была, на его вкус, просто страшненькой. Невысокая, ножки и ручки тоненькие, как у цыпленка, маленькие глазки, мелкие черты лица. Ему никогда не нравились такие женщины. Но он не мог не признать, что в ней было что-то невероятно привлекательное. Про таких женщин говорят, что в них есть изюминка, но, когда Господь создавал Светлану, он, видно, отсыпал ей этих изюминок щедрой рукой.

Нет, что ни говори, а идея вовсе не плоха.

Нугзар нажал кнопку на селекторе, бросил коротко: «Пусть Олег зайдет, срочно», потом подошел к Светлане, сел в соседнее кресло, разлил в рюмки коньяк и улыбнулся.

— Я не спрашиваю, сколько ты хочешь за эту рукопись. Я заплачу столько, сколько ты скажешь, и торговаться не собираюсь. Одну минуту.

В кабинет вошел рослый бородатый парень с папкой в руках.

— Вызывали, Нугзар Симеонович?

— Подготовь быстро договор на издание книги Параскевича «Ненависть бывает розовой», объем двенадцать печатных листов, эксклюзив на два года, гонорар... Светлана Игоревна, называйте сумму.

— Тридцать пять тысяч долларов, — спокойно ответила Светлана, не моргнув глазом.

— Тридцать пять тысяч, — повторил следом за ней Бокучава. — Выплата в момент представления рукописи. Рукопись представлена, она у меня на столе. Через двадцать минут жду тебя с договором и деньгами.

— Сделаю, Нугзар Симеонович.

Бородатый Олег вышел, унося на лице печать такого изумления, будто только что на его глазах ощенилась кошка. Нугзар точно знал, что в данный момент в кассе нет такой суммы, ее нужно было заказывать заранее, но это его не беспокоило. Раз он сказал — Олег сделает. Соберет наличные у всех сотрудников, вытрясет из сейфов все заначки и бог его знает что еще сделает, но через двадцать минут деньги — тридцать пять тысяч долларов — будут на столе. Тем и хорош Олег, что, дав ему поручение, можно было не беспокоиться о выполнении.

Когда за ним закрылась дверь, Бокучава поднял рюмку.

— Давай выпьем. Светлая память Леониду, пусть земля ему будет пухом.

Они выпили не чокаясь. Нугзар поставил рюмку на стол и потянулся к кофейнику.

— Паше ты продала рукопись за двадцать пять, — заметил он как бы между прочим.

— Он просил эксклюзив на шесть месяцев. Два года стоят дороже. Ту рукопись, которую я продала Паше, я через полгода продам еще кому-нибудь, а к твоей два года не смогу прикоснуться. По-моему, это справедливо.

— Разумеется, — поспешил согласиться Бокучава. — Я не знал про шесть месяцев.

Бог мой, какой же Пашка дурак! Он что, не понимает, что делает? Такую вещь купить всего на полгода! Совсем мозгов нет...

— Я могу задать тебе еще несколько вопросов?

— Задавай, — разрешила Светлана.

— Почему ты пришла в первую очередь к Паше, а не ко мне? Он тебе более симпатичен? Или тут что-то другое?

Она обворожительно улыбнулась и вдруг стала почти красивой.

— Паша был пробным шаром. Он из всех вас самый жадный, и я не могла отказать себе в удовольствии посмотреть на его рожу, когда назвала сумму. А кроме того, он из вас всех самый глупый и недальновидный, и я с самого начала была уверена, что он не допрет попросить эксклюзив больше чем на шесть месяцев. У него же договоры типовые, лежит на столе пачка бланков, только фамилии, названия, сроки и суммы вставляй. Они, видно, у всех авторов права только на полгода покупают, поэтому и в договор впечатали шесть месяцев, а переправить он забыл. Или ему это вообще в голову не пришло. Очень мне хотелось ободрать его на двадцать пять штук. А через полгода рукопись свободна. Если захочешь, будет твоя.

Черт возьми, да она просто красавица. Королева! Принцесса Греза! Нравится она ему или нет, но она будет для него самой красивой женщиной Москвы на ближайшее время. А если отдаст все новые рукописи — то и первой красавицей России. А уж если выпросить у нее права на переиздание всех романов, в том числе и предыдущих, то Светлана Параскевич станет для Нугзара просто-таки Мисс Мира. И пусть кто-нибудь только попробует удивиться, что Бокучава, давний ценитель пышных форм и любитель рубенсовских женщин, вдруг резко изменил своим вкусам.

— Светлана, знаешь, о чем я сейчас подумал? Если бы ты отдала мне все рукописи из Лениного резерва, я мог бы запустить серию. Художник разработает макет обложки, по которой посмертные романы великого Параскевича можно будет отличить с первого взгляда. Я уже и название для этой серии придумал: «Любовь и смерть». Полное собрание любовных романов писателя, увы, ушедшего от нас. Как тебе?

— Заманчиво. Ты соображаешь быстрее Паши, это верно. Мне нужно подумать над твоим предложением.

— Конечно, Света, конечно, — согласился Нугзар. — Подумай. Но довольно о делах. Давай теперь поговорим о тебе.

— Обо мне? — удивилась она. — А что обо мне говорить?

Нугзар внутренне собрался, как перед прыжком. Вот он, самый ответственный момент. Сейчас или никогда. Самое главное — не промахнуться.

— Я никогда не говорил тебе некоторых вещей, потому что ты была женой моего школьного товарища. Я понимаю, что после гибели Леонида прошло слишком мало времени, но я все-таки скажу. Светлана, я всегда относился к тебе не совсем так, как ты могла думать. И если ты этого не замечала, то, значит, мне удавалось это достаточно успешно скрывать. Поэтому я хочу, чтобы ты знала: что бы ни случилось, какие бы трудности в твоей жизни ни возникли, у тебя есть человек, которому ты дорога и который сделает для тебя все, даже то, что сделать невозможно. Я всегда буду твоей опорой, и на мою поддержку, помощь и любовь ты можешь рассчитывать безо всяких условий. Надеюсь, мои слова не обидели и не оскорбили тебя.

Она задумчиво посмотрела на него, отпила немного кофе и аккуратно поставила чашку на блюдце.

— Я ценю твой порыв, Нугзар, но сейчас рано го-

100

ворить об этом. Давай останемся в рамках деловых отношений.

— Но я могу надеяться, что со временем мы вернемся к этому разговору?

— Надеяться можешь. — Она слегка улыбнулась. — Но я, со своей стороны, никаких обещаний не даю.

«Не даешь ты обещаний, — хмыкнул про себя Бокучава. — А цепь взяла. И другие подарки возьмешь. А потом уже никуда не денешься, жилочка ты моя золотоносная».

* * *

Отъехав от здания, где располагалось издательство «Вирд», на несколько кварталов, Светлана Параскевич остановила машину возле телефона-автомата.

— Это я, — весело сказала она, услышав голос снявшего трубку мужчины. — Я еду от Нугзара.

— Как все прошло?

— Отлично! Тридцать пять тысяч и эксклюзив на два года.

— Значит, заглотнул наживку? Ты умница.

— Еще как заглотнул! Он хочет забрать все романы и сделать серию. Но ему ужасно не хочется делиться, и он начал звать меня в койку.

— Кто? Бокучава? Тебя? В койку?

— Ага.

— Вот сволочь!

— Да ладно тебе, ты что, ревнуешь? Никуда я от тебя не денусь.

— Все равно неприятно. Ты не сказала ему, сколько у тебя в резерве рукописей?

— Ну я же не маленькая! Хотя он ужасно хотел узнать. Весь извелся от любопытства. Ты ел что-нибудь?

— Я тебя жду. Не буду без тебя обедать.

— Не глупи, милый, мне нужно еще заехать на работу, так что я приеду не раньше пяти. Поешь, пожалуйста.

— Не буду. Мне без тебя все не в радость. Светка, если бы ты знала, как я тебя люблю!

— И я тебя люблю. С каждым днем все сильнее.

— Сильнее, чем покойного мужа?

— Ну перестань дурачиться.

— Нет, скажи.

— Конечно, сильнее. Все, милый, я поехала.

— Приезжай скорее, я скучаю по тебе.

— И я скучаю.

Она повесила трубку, счастливо улыбнулась и пошла к машине.

* * *

До Нового года Насте Каменской предстояло жить одной, муж честно предупредил, что, пока не будут подготовлены и утверждены все отчеты по темам, разрабатывающимся в его лаборатории, он в Москве не появится. С покупкой продуктов она тянула, сколько было возможно, доедала старые консервы, доваривала остатки гречки и размягчала засохший хлеб в духовке, но в конце концов ей пришлось взять себя в руки и отправиться в магазин. Нагрузив полную сумку продуктами, не требующими длительной готовки, она решила дойти до ближайшего кинотеатра, около которого с недавних пор раскинулся небольшой рынок, и побаловать себя фруктами, поскольку их-то уж точно готовить не надо.

Проходя между рядами, она высмотрела очень симпатичные бананы и совершенно роскошный золотистый виноград.

— Попробовать можно? — спросила она смуглого черноволосого продавца.

Тот моментально расплылся в золотозубой улыбке.

— Пробуй, красавица, виноград — объедение! Попробуешь — три кило возьмешь, не пожалеешь.

Настя отщипнула ягодку от большой тяжелой грозди, потерла ее пальцами и сунула в рот. Виноград действительно оказался отменным, но три килограмма она, конечно, не потянет. Цена была явно не по ее зарплате.

— Давай побольше, хозяин, — раздался у нее за спиной мужской голос. — Витамины нам нужны.

Она сердито обернулась и наткнулась взглядом на смеющееся лицо и знакомые зеленоватые глаза.

— Влад! Ты как здесь оказался?

— За тобой иду. Ты, хозяин, взвешивай пока, не теряй времени, — обратился он к продавцу.

— Ну ты нахал, Стасов, — улыбнулась Настя. — Прямо у меня из-под носа фрукт уводишь. А вдруг мне не хватит?

— Так это тебе. Считай, подарок.

— Ты с ума сошел! — возмутилась она. — Дорого же.

— Да ладно, перед Новым годом можно, не капризничай. Тем более что я тебя искал с корыстной целью. Давай сумку, ведь переломишься сейчас.

Настя с облегчением протянула ему набитую продуктами сумку, положив сверху пакет с виноградом. Они вышли с рынка и подошли к машине Стасова.

— Я тебя как раз на этом месте увидел, — объяснил он, заводя машину. — Куртка у тебя больно яркая.

— Ага, а рожица бесцветная. Стасов, тебя бабы никогда не били за твои изысканные комплименты?

— Ну Настя... — Владислав растерялся и даже слегка покраснел. — Я же совсем не это имел в виду. Не обижайся, пожалуйста.

— Да брось ты. — Она расхохоталась звонко и заразительно. — Я привыкла. И потом, у меня глаза есть, я же вижу себя в зеркале. Ну не Мэрилин Монро, так что — вешаться теперь от горя? У меня комплексов нет. Влад, ты меня домой отвезешь или катать будешь?

— Если пригласишь зайти — отвезу, я же сказал, у меня интерес корыстный.

— И в чем твоя корысть состоит? Поесть оплаченного тобой же винограда? Или ты претендуешь на знаменитые Лешкины телячьи отбивные? Должна тебя разочаровать, он в Жуковском, так что в меню еда попроще.

— Вообще-то мне совет нужен, но, если к нему в придачу поесть дадут, это будет неплохо. Мы здесь проедем?

— Если наглости хватит. Здесь «кирпич».

— У меня — хватит, — угрожающе прорычал Стасов.

Дома Настя выгрузила из сумки продукты, поставила на огонь чайник, приготовила на скорую руку бутерброды и порезала апельсиновый кекс.

— Все, Стасов, я готова к бесплатной раздаче советов. Кстати, я сказала, что ужасно рада тебя видеть?

— От тебя дождешься, — хмыкнул Владислав. — Как охаять — так ты первая, а доброго слова от тебя не допросишься.

— Попрошу не хамить, а то начну взимать плату по таксе. Говори, что у тебя стряслось.

— Пока ничего. У меня и ситуация-то какая-то... В общем, начну с начала. Мне вчера позвонил Иван...

— Какой Иван?

— Да Заточный, какой же еще. И попросил помочь какому-то правозащитнику Поташову. Не знаешь такого?

— По телевизору видела, они там вместе с Иваном дурака валяли, милиционеров на хороших и плохих поделить не могли.

— Да? — Стасов нахмурился. — А ты не знаешь, у них что, давняя дружба?

— Да нет, Иван сказал, что они только в студии перед записью познакомились.

— Не соврал?

— Откуда ж я знаю? — пожала плечами Настя. — Может, и соврал. Только зачем?

— А что он про этого Поташова говорил?

— Говорил, что манеры у него ужасные, но если этим пренебречь, то мужик он толковый и в целом неплохой. Ты можешь поближе к делу?

— Могу. Короче, сегодня ко мне пришел этот Поташов и предложил заключить с ним соглашение на проведение частного расследования обстоятельств осуждения некоего Евгения Досюкова.

— Господи, это «Мегатон», что ли?! — всплеснула руками Настя.

— Именно. Досюков осужден за убийство на восемь лет, вину свою не признал и, уже находясь в зоне, написал Поташову письмо с просьбой помочь реабилитироваться. Это дело у вас было?

— Нет, куда там, Досюков — такая фигура, что дело сразу в главк министерства забрали.

— И ваших никого не привлекали?

— А зачем им мы? Там же раскрывать нечего было, потерпевший умер не сразу, какое-то время был в сознании и сам сказал, кто в него стрелял.

— Оговор исключен?

— А смысл? Оговорить могут свидетели, а умирающий человек вряд ли будет склочничать и интриговать. Бывает, конечно, что родители, смертельно раненные своими идиотами детьми, пытаются и перед лицом смерти их спасти, но в этом случае они просто молчат, а не называют первого попавшегося невиновного. И что же, Досюков при такой фактуре на что-то надеется?

— Выходит, что так. Или он отчаянный лгун и проходимец, или его кто-то засадил. Но в первое мне верится больше, чем во второе.

— Мне тоже. Так в чем твоя проблема?

— В Иване. Видишь ли, я не понимаю, почему он порекомендовал Поташову именно меня. Он что, других частных детективов не знает?

— Ну, Влад, ну что ты, ей-богу. Ты же у него работал, он о тебе очень высокого мнения...

— Вот! — Стасов назидательно поднял вверх указательный палец. — Вот этого я и боюсь. Если Иван посоветовал обратиться ко мне, значит, он как-то заинтересован в этом деле. А как он может быть заинтересован? Либо Поташов — его друг, но ты говоришь, что это не так, либо его другом является сам Досюков. Так если Досюков — его друг, почему же Иван не спас его на стадии расследования? Не спас, потому что Досюков действительно виновен и сделать тогда ничего нельзя было. А сейчас, вероятно, появились какие-то возможности. Может быть, поработали со свидетелями и заручились тем, что они поменяют показания и скажут, что в милиции их принудили сказать то-то и то-то против Досюкова. Или еще что-нибудь. Может быть, купили какого-нибудь прокурора или судью и заручились их обещанием принести протест на приговор и рассмотреть дело еще раз. А что?

Очень даже возможно. Появятся новые факты, дело возобновят по вновь открывшимся обстоятельствам, и ку-ку, Маруся. Новый приговор будет уже совсем другим. Но эти обстоятельства нужно как бы «вновь открыть», и это собираются сделать моими руками под видом частного расследования, ведущегося по заказу известного правозащитника. Настасья, мне бы не хотелось участвовать в дерьмовых махинациях. Я работаю начальником управления безопасности крупного кинообъединения, у меня — тьфу-тьфу — все пока в порядке, а искать приключений на свою задницу я совершенно, как ты понимаешь, не стремлюсь.

— Понимаю, — кивнула Настя. — Твои соображения достойны внимания, но я не улавливаю, какой совет тебе от меня нужен. Подписывать соглашение с Поташовым или нет?

— Правильно. Но я тебя немножко знаю и знаю, что тебе для этого нужно чуть больше информации.

— Продолжай, — сказала она напряженным голосом, потому что уже почуяла, к чему ведет Стасов.

— И я хочу, чтобы ты эту информацию получила, прежде чем будешь мне советы давать.

— Надо полагать, ты намекаешь на мои дружеские отношения с Иваном? Ты хочешь, чтобы я у него спросила, зачем он лезет в это дело?

— Настасья Павловна, я тебя обожаю за твой острый ум.

— Лучше б ты любил меня за отвратительный характер. Почему ты ветчину не ешь? Невкусная?

— Вкусная, но сыр вкуснее. Я вообще сырная душа, мне нужно было мышью родиться.

— Крысой, — подсказала Настя.

— Не груби старшим. Зато ребенок у меня сыр не ест, ей бы копченой колбаски — и она счастлива. За возможность целыми днями читать книжки и жевать сырокопченую колбасу она душу продаст. И в кого она такая уродилась? Точно не в меня. Не в меру умная и не в меру толстенькая.

— Сколько ей?

— Восемь. В марте девять исполнится. Между прочим, можешь меня поздравить, я месяц назад женился.

— Да ну? Серьезно?

— Абсолютно.

— Ой, Владик, поздравляю. Я очень рада. На ком?

— На ком и собирался, на Тане Образцовой из Питерского УВД. Смех смехом, но, когда она с моим ребенком идет рядом, их все принимают за мать и дочь. Жутко похожи. Обе кругленькие, пухленькие, глазки серые, волосы светлые.

— А как твоя бывшая к этому отнеслась?

— Удивилась до смерти. По ее представлениям, я должен был до гробовой доски ее любить и по ней страдать. По-моему, она до сих пор в себя не пришла от изумления.

— А девочка? Как она с Татьяной?

— Великолепно. Лиля влюбилась в нее даже раньше меня. Она же первая с Таней познакомилась.

— Ну, дай тебе бог, Стасов. Я правда очень рада за тебя. И за Татьяну тоже.

— Разве вы знакомы? Что-то ты не говорила об этом.

— Лично незнакомы, но я ее статьи в бюллетене следственного комитета читала. Она у тебя умная — просто страх.

— Эй, ты, ладно пугать-то! — засмеялся Стасов. — Я и сам боюсь. Но ты меня от главного не отвлекай, тоже мне, хитрая нашлась. Будешь с Иваном разговаривать?

Настя помрачнела.

— Владик, не хочется мне. Как-то это все... Не знаю. Некрасиво, что ли. Пакостно, будто исподтишка. Не заставляй меня.

— Так не надо исподтишка, Настенька, разве я тебя об этом прошу? Поговори с ним открыто. Я же знаю, твой главный козырь — прямота, перед ней все пасуют.

— А сам не можешь?

— Не могу. Во-первых, я не умею так прямо действовать, как ты. Характер не тот. А во-вторых, у меня с Иваном отношения не те. Он был моим начальником, но и все. А с тобой он вроде как дружит.

— Стасов, ну ты сам подумай, какая может быть дружба у генерала из МВД и майора с Петровки?

— Но вы же ходите гулять по воскресеньям, это все знают.

— Да? И что говорят?

— Кто что. Одни говорят, что вы любовники, другие — что ты ему таскаешь информацию про муровские дела, наушничаешь, одним словом.

— А третьи? Или третьих нет? Фантазии не хватает?

— Настя, перестань. Да мало ли кто что говорит! Я же знаю, что вы не любовники и ты не сплетни ему пересказываешь во время этих прогулок. Значит, у вас нормальные человеческие отношения, проникнутые взаимным доверием и симпатией. Чувствуешь, как формулирую? Во мне погиб стилист.

— Ладно, стилист. Уговорил. Сколько времени ты можешь потянуть с ответом?

— Я сказал Поташову, что должен подумать несколько дней. Спешки ведь нет никакой, человек все равно уже сидит. А сегодня суббота...

— И ты что же, намекаешь, что завтра я должна ни свет ни заря продирать глаза и тащиться в Измайловский парк на свидание с Иваном? Мне завтра к десяти утра надо быть на работе, значит, по твоей милости я все утро должна провести бегом. Ну ты садюга, Стасов!

— Настенька, золотая, драгоценная! Ну хочешь, я тебя завтра утречком на машине до парка довезу? А потом от парка до Петровки. Проси что хочешь.

Настя прикинула, сколько минут сна она выиграет, если поедет на машине. Получилось не больше пятнадцати, но и это ценно, если учесть, как тяжело ей вставать, когда за окном еще совсем темно. Она тяжело вздохнула и стала звонить генералу Заточному. Конечно, идти на прогулку ей смертельно не хотелось. Но Стасову надо помочь. Для чего же существует милицейское братство, если не для того, чтобы выручать друг друга.

* * *

Наталья Досюкова еще раз тщательно пересчитала деньги. Пачка поменьше — Поташову для заключения контракта с частным детективом, пачка побольше — Виктору Федоровичу. Разложив деньги по конвертам, она подсела к телефону.

— Виктор Федорович, это Наташа.

— Рад слышать, голубушка, — пророкотал низкий бас в трубке. — Как вы съездили?

— Нормально.

— Как супруг? Держится?

— Не то слово, Виктор Федорович. Он готов бороться за свое освобождение. Как вы думаете...

— Спокойно, голубушка, не паникуйте. Это так быстро не делается. Вы все успеете, если поведете себя с умом. Вы должны быть только рады, если ваш любимый муж окажется на свободе. Разве нет?

— Конечно, но...

— Наташенька, ну что вы, ей-богу? Вы же теперь его жена, законная жена. Вы ведь именно этого хотели, если я не ошибаюсь? Нет никаких причин для беспокойства. Ни малейших. Возьмите себя в руки и радуйтесь жизни. У вас для меня есть что-нибудь?

— Да-да, я все приготовила. Когда вам удобно со мной встретиться?

— Давайте завтра, если нет возражений.

— В котором часу?

— Завтра воскресенье, не будем спешить, выспимся как следует и созвонимся. Буду ждать вашего звонка в районе двенадцати. Годится?

— Хорошо, Виктор Федорович. До завтра.

— Спокойной ночи, Наташенька, и не волнуйтесь ни о чем. Все будет в порядке, я вам обещаю.

Глава 6

В воскресенье, в день выборов в Государственную Думу, Сергей Николаевич Березин проснулся ни свет ни заря. Впервые за неделю, прошедшую с момента возвращения Ирины из санатория, он встал раньше ее.

Мероприятие в среду прошло прекрасно. Березин даже не предполагал, какой интерес проявят журналисты к нему и его жене, и с внутренней дрожью ждал в четверг и пятницу газеты. Разумеется, он спросил Ирину, сколько интервью она дала и что говорила, но рассказ Ирины — это одно, а подача необъективного журналиста — совсем другое.

— Как ты сама чувствуешь, лишнего не сказала? — допытывался Сергей Николаевич в машине, когда они возвращались домой. — Глупостей не наговорила?

— Не знаю, Сережа, — вздыхала Ирина. — Я очень следила за собой, старалась делать все как надо, но я ни в чем не уверена.

Дома они первым делом включили телевизор и стали ждать ночных выпусков новостей.

— Ира! — закричал Березин, когда стали показывать репортаж о приеме. — Иди скорее!

Ирина примчалась из ванной полуодетая. Видно, в этот момент она собиралась надеть халат, потому что стояла рядом с Сергеем Николаевичем босая и в коротенькой, умопомрачительно красивой комбинации, которую надевала под длинное платье.

— ...Самой эффектной парой, по признанию журналистов, были Сергей Березин и его жена Ирина...

На экране возник Сергей, без малейшего усилия несущий жену на руках вверх по ступенькам, ведущим к входу.

— Ирина Березина в интервью нашим корреспондентам сказала, что еще недостаточно окрепла после автомобильной катастрофы, в которую попала несколько месяцев назад, и то, что муж нес ее на руках, связано с тем, что ей пока еще трудно подниматься и спускаться по ступенькам. Свой долг жены политика Ирина видит в том, чтобы быть надежной моральной опорой мужа как в случае успешного развития его политической карьеры, так и в случае провала на выборах.

На экране Березин целовал руку Ирины, вел ее под руку через зал, подавал бокал шампанского. Что и говорить, смотрелись они действительно здорово.

— Супруга другого известного политического деятеля, Михаила Яцкина, придерживается другой точки зрения на свое место в политической карьере мужа.

Теперь на экране была сильно накрашенная красивая женщина лет тридцати пяти с короткой стильной стрижкой и в дорогом модном костюме с мини-юбкой, высоко открывающей действительно великолепные ноги. Рядом с ней стоял тележурналист и держал перед ней микрофон.

— Я постоянно обсуждаю с мужем его политическую платформу, и мы иногда даже ссоримся на этой почве.

— То есть вы не во всем разделяете политические взгляды вашего мужа? — тут же вцепился в нее журналист.

— Нет... — Женщина явно смешалась, хотя и быстро взяла себя в руки. — Я их разделяю, но уже после того, как мы все обсудим и придем к согласию.

Ответ был неудачным, Березин сразу это понял.

— Вы можете назвать те вопросы политики, по которым у вас возникали разногласия с мужем?

— Например, стратегия предвыборной кампании. Я считала, что телевизионная реклама нужна для его партии обязательно, и мне пришлось затратить немало усилий на то, чтобы настоять на своем. Он очень долго сопротивлялся, но я считаю, что телевидение — это самое главное средство массовой информации...

Женщина явно хотела сказать приятное тележурналисту и тем самым попасть на экран информационного выпуска, но Березин понял, что жена Яцкина все испортила. Телевизионная реклама его партии была самой безвкусной и самой неудачной из всех, и теперь избиратели будут знать, что Яцкин идет на поводу у жены, которая не отличается большим умом и дает ему глупые советы. Конечно, Березин понимал, что на самом деле все не так, телевизионная реклама, безусловно, нужна, а то, что рекламный клип делали безмозглые непрофессионалы, не знающие психологии людей, вовсе не вина этой яркой женщины в вызывающе короткой юбке и с убийственно красивыми ногами. Но в глазах миллионов телезрителей Яцкин проиграл. Неудачная реклама и дорого одетая советчица-жена стараниями недоброжелательного журналиста слились в единый образ, на разрушение которого времени уже не оставалось.

Бесспорно, Ирина выглядела намного лучше и вела себя намного умнее. Образ был подобран удачно, и воплощение замысла тоже было на уровне.

— Завтра в Москве и Подмосковье облачно, ветер северный, порывистый...

Березин выключил телевизор и повернулся к Ирине. Только сейчас оба они заметили, что она не одета.

— Прости, — спохватилась она, инстинктивно обхватывая себя за плечи и прикрывая локтями грудь. — Я бежала из ванной, собиралась встать под душ.

— Ну что ты, — великодушно махнул рукой Березин. — Ты не должна меня стесняться, мы же все-таки муж и жена. Ну, как тебе? Как ты себя находишь?

— Я не знаю, Сережа, это ты сам должен мне сказать, получилось ли так, как ты хотел.

Он встал с дивана и принялся в возбуждении шагать по комнате.

— По-моему, получилось просто отлично! Ты умница, Ирочка, ты все делаешь так, как нужно, и у тебя все получается. Ты совершенно напрасно боялась. И выглядишь ты на экране прекрасно, согласись, идея с длинным платьем оказалась очень плодотворной. Журналисты наверняка это оценили, не зря же они пустили Яцкину в мини-юбке сразу после тебя, они тоже поняли, что ты — лучше.

— Но ноги у нее красивее, чем у меня, — внезапно улыбнулась Ирина. — И глаза тоже.

Березин остановился рядом с ней, осторожно разжал сцепленные на плечах пальцы и взял ее за руки.

— Ира, тебе придется смириться с тем, что ты больше не будешь носить короткие юбки и ярко красить глаза. С этим покончено. Раз и навсегда. У тебя хорошие ноги, ничуть не хуже, чем у этой политической советницы, и тебе, как я понимаю, обидно, что никто теперь этой красоты не увидит. С этим тебе придется смириться. А что касается твоих глаз, то, когда ты их красишь, ты превращаешься в вульгарную дешевую потаскуху, а твое лицо должно быть нежным и домашним, каким его сделала природа. Ты что, уже начала скучать по своему блядскому прошлому?

Ирина резко вырвала руки и сделала шаг назад.

— Сергей, давай наконец договоримся. Если ты постоянно будешь мне напоминать, что я была шлюхой, я никогда не стану такой женой политика, о которой ты мечтаешь. Зато чем больше ты будешь напоминать мне о том, что я проститутка, тем чаще я буду вспоминать о том, что ты — убийца. Полагаю, эти воспоминания не будут радовать ни тебя, ни меня.

— Ты права, — глухо ответил Березин. — Эти воспоминания никому не нужны. Извини. Давай выпьем, помиримся и отметим удачу. Надень что-нибудь, ты замерзнешь. А я пока все приготовлю.

Ирина снова ушла в ванную, а Березин в который уже раз мысленно выругал себя за несдержанность. Господи, ну что он цепляется к ней? Неужели его так раздражает именно то, что она была проституткой? Да какое, в конце концов, имеет значение, кем она была? Значение имеет только то, кем будет он сам.

Он достал бутылку «Дом Периньон», которую купил недавно в баре ресторана за сто долларов как раз для такого вот тихого домашнего торжества. Он сам себе не признавался, по поводу чего может состояться это торжество, но в глубине души надеялся, что пройдет в Думу и на радостях выпьет дорогое шампанское вместе с Ириной. Ладно, до воскресенья он успеет купить еще бутылку, если будет нужно. А этой придется пожертвовать, чтобы разрядить конфликт, возникший по его, Березина, вине и глупости. Ирина ни в чем не виновата, она на приеме вела себя безупречно и старалась изо всех сил. Интересно, Диана видела информационный выпуск? А Виктор Федорович?

Воровато оглянувшись, Березин быстро схватил телефонную трубку и набрал номер.

— Виктор Федорович? Это Березин, добрый вечер.

— Добрый, добрый, — пророкотал в ответ добродушный бас. — Видел только что по телевизору. Молодцы.

— Вам правда понравилось? Вы считаете, что у нас все получилось?

— Даже и не сомневайся. Волнуешься перед выборами?

— Конечно. Значит, как мы с вами договариваемся? На понедельник?

— Да, пожалуй, в понедельник уже будет ясность, прошел ты в Думу или нет. Как Ира?

— Хорошо, спасибо.

— Притерлись друг к другу?

— Пытаемся. Всего доброго, Виктор Федорович, я позвоню в понедельник.

Березин положил трубку и только тут заметил, что Ирина стоит почти совсем рядом. Он и не услышал, как она вошла в комнату.

— Ты ЕМУ звонил? — спросила она.

— Да. Отчитался за сегодняшнее мероприятие. Он видел нас по телевизору.

— И что сказал?

— Похвалил, сказал, что мы молодцы.

— А что мы с тобой пытаемся делать?

— Я не понял, — вздернул брови Сергей Николаевич.

— Перед тем как попрощаться, ты сказал: «Пытаемся».

— Ах, это... Он спросил, притерлись ли мы друг к другу. Садись, Ирочка, бери бокал и давай выпьем.

Она послушно села на диван, взяв со стола бокал на длинной тонкой ножке. Березин уселся рядом с ней, почти вплотную. Он понимал, что с Ириной нужно мириться, нельзя ее обижать. Во-первых, она этого не заслужила. А во-вторых, просто нельзя. Иными словами, опасно. Ей ведь терять нечего, случись что. А ему, Березину, очень даже есть что терять.

— Ирочка, я хочу, чтобы мы с тобой выпили за тебя. Ты — удивительная женщина, редкая женщина, и мне сказочно повезло, что ты возникла на моем пути в самый трудный для меня момент, когда я уже не видел выхода из создавшегося положения. И я безмерно благодарен судьбе за то, что она создала тебя и подарила мне. У меня есть масса недостатков, ты это знаешь, и иногда я позволяю себе говорить лишнее, в чем потом страшно раскаиваюсь. Поэтому я прошу тебя, Ира, прости меня заранее и на всю оставшуюся жизнь. Так сказать, авансом. Я хочу, чтобы ты все время помнила, как высоко я ценю тебя, и если я с дурна ума говорю тебе что-то обидное, то это именно с дурна ума, а не из желания причинить тебе боль. Запомни, я никогда и ни при каких обстоятельствах не захочу сделать тебе больно. Ты мне веришь?

— Верю, — она усмехнулась. — Ты побоишься делать мне больно. Ты же не дурак. Но я с удовольствием выпью за то, о чем ты сейчас говорил. В конце концов, все уже случилось, пути назад у нас с тобой нет, и нам надо учиться как-то друг с другом сосуществовать. Верно?

«Вот чертова девка, — с раздражением подумал Березин. — Никак ее словами не улестить. Неужели так сильно обиделась? Наверное. Я тоже хорош, придурок слабоумный, знал же, как она переживала перед сегодняшним приемом, как готовилась, как боялась. Три часа она провела в огромном напряжении, мило улыбаясь и поддерживая светскую беседу с людьми, которых видела в первый раз в жизни и которые были уверены, что знают ее не один год. И в такой день я не смог удержаться, чтобы не сказать ей гадость. Ну не идиот ли?»

— Верно, — ответил он, придвигаясь к ней еще ближе. — Но есть и другое, то, о чем я хочу непременно сказать тебе сегодня. Ты для меня — больше чем просто партнер по игре. Я и сам об этом не догадывался вплоть до сегодняшнего вечера. А когда журналист назвал тебя моей женой, мне неожиданно стало чертовски приятно. Я смотрел на экран телевизора и думал: «Эта красивая умная женщина — моя жена. Эта восхитительная женщина — моя жена. И все это знают». И радовался. И гордился. И еще черт знает какие чувства испытывал. Но это было действительно неожиданно. Ты понимаешь, о чем я говорю? Мне сорок три года, Ира, у меня почти двадцать лет стажа жизни в браке, но со мной никогда такого не было. Ни разу не довелось мне испытать таких чувств, как сегодня, когда я нес тебя на руках, а на нас все глазели, и будь я проклят, если нашелся хоть один мужик, который в этот момент не позавидовал бы мне.

— Да, — засмеялась Ирина, — думаю, что и женщины не нашлось, которая не позавидовала бы мне. Мне кажется, я понимаю, что ты имеешь в виду. Я, конечно, ужасно трусила и нервничала, но знаешь, я несколько раз смотрела на тебя издалека, когда ты увлеченно беседовал с кем-то, и думала: «Надо же, какой интересный мужик. Господи, да что же это я, ведь это Сережа, это мой муж». И мне становилось приятно.

— Правда?

Он заглянул ей в глаза, которые оказались так близко от его собственных глаз, что он даже не сразу смог поймать их в фокус.

— Правда, — ответила она шепотом. — И я очень рада, что у нас все получилось.

«Надо ее поцеловать, — подумал Березин как-то отстраненно. — Сейчас обязательно нужно это сделать, чтобы закрепить успех. Ну же, Серега, поцелуй ее, давай, вперед...»

Он коснулся своим бокалом бокала Ирины и залпом выпил шампанское. Поцеловать ее он так и не смог. Они не спеша допили бутылку, посмотрели в полночь еще один информационный выпуск, где тоже говорили о них как о самой привлекательной паре сегодняшнего приема, пожелали друг другу спокойной ночи и разошлись по своим комнатам.

Четверг и пятница прошли как обычно. Березин с утра уезжал, возвращался к ужину, Ирина сидела дома и ждала его. Днем она выходила на улицу, покупала множество газет, внимательно их просматривала, выискивая репортажи и просто упоминания о приеме, и вечером, пока Березин ужинал, читала ему вслух отдельные выдержки. Их успех оказался намного больше, чем ожидалось. Журналисты, как обычно, начали резвиться и проводить внутри себя конкурсы и разные опросы, результаты которых публиковались практически во всех газетах. Березин и Ирина попали в первые тройки в номинациях «самая красивая пара», «самый элегантный политик», «самая привлекательная жена политика», «самая оригинальная жена политика», «самый нежный политик», «самая непьющая пара». Ирина радовалась, как ребенок, и Березин испытывал неведомое ранее чувство умиления, глядя на ее сияющие глаза.

— Что мы будем делать в субботу? — спросила она его. — Ты снова будешь работать?

— Нет. — Он с хрустом потянулся. — В субботу будем отдыхать. Чем бы ты хотела заняться? Может, по магазинам поездим?

— Зачем? — удивилась она. — За продуктами?

— Хотя бы. В воскресенье почти все закрыто, а на неделе я не смогу тебе помочь, остается только суббота. Поедем на оптовый рынок, накупим всего побольше, чтобы хватило надолго. И потом, нужно иметь в виду, что если мы победим на выборах, то всю следующую неделю, а то и две в доме каждый вечер будут гости. Множество народу сразу вспомнит, что они со мной знакомы, и прибегут поздравлять. Так что продуктов должно быть много. И, кстати, спиртного тоже.

— Но зачем же тебе ездить, Сережа? Дай мне машину, я сама все куплю.

— Ты не понимаешь. — Он улыбнулся ей терпеливой и мягкой улыбкой. — Тяжести тебе носить нельзя, ты после аварии еще не оправилась. Значит, сумки и коробки за тобой будет носить шофер. А это уже не годится. Наша партия будет бороться с привилегиями, в рамках разумного, конечно, но тем не менее я как один из ее лидеров не должен допускать, чтобы шофер на глазах у всех таскал для меня продукты. Мы должны с тобой поехать на моей машине и привезти все сами.

— Хорошо. — Она недоуменно пожала плечами. — Тебе виднее, как лучше сделать.

Полдня в субботу они потратили на поездки по магазинам и оптовым рынкам, загрузив продуктами вместительный багажник личной «Волги» Березина. Их узнавали, им вслед оборачивались, и Сергей Николаевич был от души рад, видя себя как бы со стороны: рослый, стройный, моложавый, в короткой, хорошо сшитой куртке, в джинсах, подчеркивающих мускулистые длинные ноги, без головного убора, смеющийся или весело болтающий с женой и без малейшего напряжения несущий ящики, коробки, пакеты, сумки. И рядом с ним — Ирина, тоже в куртке и джинсах (а как же иначе, ведь не на прием приехали, а в магазин за продуктами), длинные русые волосы скрыты ярко-красной вязаной шапочкой, вокруг шеи обмотан такой же ярко-красный длинный шарф. Он понимал, что каждый, кто узнал его сегодня, обязательно начнет об этом рассказывать, и нужно приложить максимум усилий к тому, чтобы извлечь из этого пользу. Он шел мимо прилавков и останавливался только возле тех продавцов, на лицах которых замечал проблеск узнавания. Зато он мог быть уверен, что сегодня же вечером друзья и знакомые этих продавцов узнают, какой славный мужик этот Березин, как он любит свою жену и заботится о ее здоровье, особенно после больницы, не разрешает ей покупать то, что запретил есть врач, даже если сам Березин ужасно этот продукт любит, но готов отказаться от него, чтобы не провоцировать Ирину. Березин сам таскает коробки с продуктами, мальчиков на побегушках у него нет, а жене он не позволяет тяжести поднимать. Да-да, сам таскает, ну и что, что тяжелые, он здоровый, как молодой лось, ноги длинные, плечи широкие. Березин ездит на собственной «Волге», ну что ты, какой там «Мерседес», обыкновенная «Волга», видно, не ворует, живет честно, но и не пентюх бездарный, иначе бы вообще на трамвае ездил, а так все-таки на «Волгу» заработать сумел.

Вернувшись домой, они пообедали, и вдруг оказалось, что им нечем заняться. До этого они ни разу не проводили выходной день дома вдвоем. Когда Сергей с утра уезжал на работу, все было понятно: она готовит еду и занимается сама собой, вечером он ужинает и смотрит телевизор, иногда разговаривает по телефону, она убирает после ужина, смотрит маленький черно-белый телевизор на кухне, потому что ей интереснее художественные фильмы, а не политика, как ему. Потом они расходятся по своим спальням. А сегодня, в субботу, придумав, чем занять первую половину дня и успешно осуществив свой замысел, они совершенно не знали, что делать со второй половиной. Разговаривать было не о чем, домашние дела Ирина все переделала на неделе, по телевизору о выборах не говорилось ни слова, так что смотреть и обсуждать было нечего. Молчание и безделье становились все более тягостными, а проживший в браке почти двадцать лет Сергей Николаевич очень хорошо знал, что такое пустое молчание — самая благодатная почва для скандала.

— Ириша, надо бы съездить к родителям, — осторожно начал он. — Кто знает, что нам завтрашний день принесет. Если мы победим, то потом начнется суматоха, будет очень много дел, я буду постоянно занят и уже долго не смогу к ним выбраться.

— Конечно, Сережа, — кивнула она. — А мне обязательно ехать?

— Ну что ты, — успокоил ее Березин, — все же знают, что ты еще не очень здорова, так что никаких обид. Старики были бы рады тебя видеть, но если ты не хочешь ехать — оставайся дома.

— Не то чтобы не хочу... — Она помолчала. — Но я боюсь.

— Конечно, конечно, — закивал он. — Я все понимаю. Ты не рассердишься, что я в субботу оставляю тебя одну? Я постараюсь недолго, часам к девяти вернусь.

Родители Березина жили в Подмосковье, и визит к ним занял достаточно времени, чтобы убить остаток дня, не рискуя испортить атмосферу дома. Он вернулся, как и обещал, сразу после девяти. Закрывая машину, он поднял глаза и с ужасом увидел, что в окнах его квартиры нет света. Что могло случиться? Ирина куда-то ушла? Куда? Зачем? К своим старым приятелям? Господи, этого только не хватало! Или привела кого-то и...

Холодея от дурных предчувствий, Березин ворвался в квартиру. Ирина сидела на кухне и читала при свете бра, висящего прямо над столом. Верхний свет был погашен во всей квартире, а плотные цветастые шторы, висящие на кухне, не пропускали наружу неяркого света лампочки, поэтому с улицы окно показалось Березину совсем темным.

— Господи, Ира, — задыхаясь, сказал он, — мне показалось, что тебя нет дома. Я так испугался.

— Ну куда же я денусь, — спокойно улыбнулась

она. — Раздевайся. Чайник поставить? Я ватрушки сделала с творогом, очень вкусные.

— Ватрушки? Это замечательно! Это великолепно! — Березин почти кричал. — Я буду ватрушки, я буду салат, который мы ели на обед, и даже грибной суп, если он остался.

— Сейчас все подам. — Ирина закрыла книжку и встала. — Разве тебя мама не покормила? Почему ты такой голодный? И почему ты так нервничаешь? Что-нибудь случилось?

Сергей Николаевич вернулся на кухню из прихожей, облокотился на косяк и закрыл глаза. Лицо его было необычно бледным.

— Я так испугался, Ира, ты даже представить себе не можешь. Я подумал, ты ушла. Пошла к своим старым друзьям, и тогда все пойдет прахом, потому что ты можешь попасть в неприятность, а тебя теперь каждый мент узнает в лицо. Или, что еще хуже, совсем ушла, обиделась на меня за что-то и ушла. Но это не главное, Ира, это все ерунда. Главное, когда тебя увидел, когда я понял, что ты никуда не ушла, что ты здесь, что ты по-прежнему вместе со мной, я так обрадовался, что мне самому стало страшно. Ирочка, милая, я никак не ограничиваю твою свободу, я имею в виду, что у нас не крепостное право, и если тебе в какой-то момент не захочется больше жить со мной, ты вольна уйти. Но я прошу тебя только об одном, я умоляю тебя, не делай ничего неожиданно, не бей из засады, не стреляй в спину. Ладно? Очень многое для меня поставлено на карту, но я совершенно не собираюсь ради этого калечить твою жизнь. Не захочешь жить со мной — не надо, не мучай себя, но скажи мне об этом, чтобы я мог как-то сгладить ситуацию, принять какие-то меры. Только не уходи внезапно, без предупреждения, потому что я начну искать тебя через милицию, я буду думать, что с тобой случилась беда, я всех подниму на ноги, а в результате тебя найдут пьяную и с молодым любовником, и все мы будем выглядеть по-дурацки. Если тебе станет тяжело со мной, я смогу тебя отправить тихо, например, за границу и всем говорить, что ты поехала получать образование, или работать по контракту, или долечиваться, потому что после автокатастрофы у тебя начались осложнения со здоровьем. Я сделаю все так, как тебе удобно, ты не будешь жить со мной, но прошу тебя, Ира, я очень тебя прошу, не делай ничего внезапного и неожиданного. Я должен быть твердо уверен, что ты меня не подведешь ни при каких обстоятельствах, что я могу тебе доверять и на тебя положиться.

Ирина слушала его и одновременно вынимала из холодильника кастрюльку с супом, мисочку с салатом, масленку, банку со сметаной, резала хлеб и выкладывала его красивой горкой на плоскую плетеную тарелочку. Она включила плиту, чтобы разогреть суп, достала большой расписной поднос, составила на него чистые тарелки и приборы, бутылку с минеральной водой и стаканы, хлеб, масло, сметану, салат. Когда Березин умолк, она негромко сказала:

— Ты можешь на меня положиться, Сережа. Я — существо достаточно разумное и не собираюсь тебя подводить. И я даю тебе слово, что если захочу уйти от тебя, то у тебя будет по меньшей мере полгода на то, чтобы сделать все тихо и к обоюдному удовольствию. Если я почувствую, что жизнь с тобой делается для меня невыносимой, то еще полгода я точно смогу вытерпеть. А то и больше. Я терпеливая, Сережа. Если бы ты знал, через что мне приходилось пройти в моей прошлой жизни, если бы ты знал, какие вещи мне приходилось терпеть, ты бы не сомневался в моих словах. Даю тебе слово, что никогда ничего не сделаю тайком от тебя, у тебя за спиной или тебе во вред. И давай покончим с этой темой. Помоги мне, пожалуйста, накрыть ужин в комнате.

У Березина почти что слезы навернулись на глаза. Боже мой, как она похожа на ТУ Ирину! Одно лицо. Такие же глаза, те же губы, такой же нос. И волосы. И руки. И рост. И в то же время как они не похожи. ТА была непредсказуемой, непрогнозируемой, вспыльчивой, взрывной. Она могла дать слово, уже в этот момент совершенно точно зная, что ни за что не будет его держать, более того, давая слово, она уже обдумывала, как бы поскорее и половчее его нарушить. Она постоянно лгала, нагло глядя в глаза и невинно улыбаясь. Она обещала не напиваться перед ответственными мероприятиями, перед визитами, которые наносили они сами или которые наносились им, и появлялась пьяная до полной невменяемости. «Ну что ты, котик, — капризно надувала она накрашенные губки. — Ты понюхай, от меня же не пахнет, я совершенно трезвая». Запаха действительно не было, и первые два-три раза Березин на эту удочку попался, только потом сообразив, что она принимает наркотики. С ней никогда ничего нельзя было знать наверняка, она могла в любой момент подвести, обмануть, подставить, нанести удар исподтишка, ляпнуть чудовищную глупость в присутствии посторонних и потом долго хохотать, глядя на растерянное лицо Березина и видя злорадство в глазах окружающих. ТА Ирина была адом, сущим адом, проклятием, карой. А ЭТА? Неужели и вправду она совсем другая, неужели она действительно нормальная спокойная женщина, ну пусть с сомнительным прошлым, но с нормальными мозгами и нормальным характером? Женщина, с которой не нужно все время быть начеку, постоянно ожидая неприятностей, каверз, а то и откровенных гадостей и подлостей. Женщина, которая с удовольствием сидит дома, варит ему обеды, в свободное время читает или смотрит телевизор, женщина, которую не тянет «на волю, в пампасы», к мужикам, к выпивке, к громким пьяным компаниям и веселым гульбищам, к опасным любовным приключениям и грязному поспешному подзаборному траханью.

Внезапно ему захотелось сделать ей что-нибудь приятное. Он вспомнил, с каким недоумением Ирина восприняла его требование накрывать обеды и ужины в комнате. Сама она не любит находиться в комнате, почти все время проводит на кухне, если не готовит и не моет посуду, то читает или смотрит телевизор, но именно на кухне. Наверное, она так привыкла, ей так нравится, решил Березин.

— Давай поужинаем здесь, — предложил он. — Здесь так уютно, зачем таскать все это туда-сюда.

Она обрадовалась так явно, что Березин не сдержал улыбки, и тут же принялась составлять все с подноса на стол. Суп закипел, Ирина поставила ватруш- ки в духовку, чтобы немного подогрелись, и стала раскладывать салат по тарелкам.

— Ирочка, ты, между прочим, прекрасно гото- вишь, — заметил Сергей Николаевич, приканчивая грибной суп со сметаной. — Где ты этому научилась?

— У меня обучение было теоретическое, — засме- ялась Ирина. — Только здесь, у тебя, я получила воз- можность практиковаться. Но теоретическую часть, видимо, усвоила хорошо.

— Я что-то не очень понял. Там супчику не оста- лось?

— Сейчас налью.

Она встала, чтобы налить ему еще супу.

— Я очень рада, что тебе нравится, как я готовлю. Я все время боюсь тебе не угодить.

— Глупости, — мотнул головой Березин. — Мне очень легко угодить, я весьма неприхотлив в еде. Так что ты говорила насчет теории?

— Пока я жила с мамой и бабушкой, меня, есте- ственно, на кухню не пускали. Мол, пусть девочка учится хорошо, а хозяйством заняться еще успеет. Когда мама умерла, бабушка вообще всю домашнюю работу на себя взяла. Она никогда не говорила об этом, но я думаю, она очень боялась, что я ее брошу, а ведь у нее, кроме меня, никого на этом свете не ос- талось, мама была ее единственным ребенком, а мое- го отца бабуля даже в глаза не видела, он какой-то со- всем случайный был. Ну вот, и она решила сделать так, чтобы стать для меня совершенно необходимой и незаменимой. Она даже чашку сполоснуть мне не по- зволяла, чтобы я, не дай бог, маникюр не повредила. Конечно, я тогда совсем дурой была, шестнадцать лет, одни парни на уме да развлечения, школу кое- как закончила и до смерти рада была, что бабуля меня не заставляет ничего делать. С семнадцати я уже у Рината работала, мне же нужно было как-то объяс- нить бабушке, почему я дома не ночую, наврала, что поступила в институт и мне дали место в общежитии. Чтобы все было правдоподобно, институт выбрала дальний, аж в Долгопрудном, а мы с бабушкой на самом юге Москвы жили, в Южном Бутове, там даже городской застройки не было, только индивидуальные домишки-развалюхи, которые от деревни остались. Поэтому она, конечно, не удивилась, что я поселилась в общежитии. Мне из Южного Бутова до Долгопрудного часа три добираться пришлось бы, если не больше. Потом и бабушка умерла. Слава богу, она так и не узнала, в какую дрянь превратилась ее любимая внучка. Но суть не в том, конечно. Просто, пока у меня еще был дом и возможности, мне ничего не хотелось делать, я все на бабку спихнула. А потом, когда повзрослела, мне так захотелось иметь свою семью, свой дом, свою кухню — ты представить себе не можешь. Но было уже поздно. Ринат меня заарканил накрепко, график работы чудовищный, мы продыху не знали. Если мне удавалось добраться до своей хаты, я валилась спать без задних ног. Потом Бутово стали застраивать, хатку нашу снесли, мне дали квартиру, а толку-то? Все равно я в нее приезжала только поспать немного и дух перевести, помыться, переодеться — и назад, к Ринату. И вот я начала читать кулинарные книги. Я их покупала, коллекционировала, обменивалась ими, искала редкие и старинные. У меня их много. Я читала описание какого-нибудь блюда и представляла себе, как стою на своей собственной кухне в вышитом красивом фартуке и готовлю его для любимого мужа и детей. Некоторые женщины так романы читают: уткнутся глазами в страницу и видят на месте героини себя. А я кулинарные книги читала и млела от восторга. Глупая я, да?

Березин протянул руку через стол и ласково погладил ее по щеке.

— Ты — чудесная. Ты — необыкновенная, Ирочка. Ты напрасно не сказала мне всего этого раньше. Может быть, тебе нужна какая-нибудь техника специальная? Ну, я не знаю, печка какая-нибудь особенная, гриль, комбайн или еще что-то. Только скажи, я сразу же тебе все раздобуду.

На какое-то мгновение ему показалось, что она как бы качнулась навстречу его руке и прижалась щекой к его ладони. Но только на мгновение.

— Спасибо, Сережа. Ты доел? Наливать чай?

Они долго пили чай с теплыми и необычайно

вкусными ватрушками и вели неспешные и какие-то непривычные Березину разговоры. Он страшно удивился, когда обнаружил, что уже половина двенадцатого ночи, а они все сидят на кухне при свете бра и пьют уже по третьей чашке чаю, да и на блюде с ватрушками мало что осталось. Но еще больше удивился Сергей Николаевич, когда сообразил, что все это время они разговаривали о том, хорошо или плохо жить в деревне, чем отличается жизнь в отдельном деревянном доме от жизни в городской квартире, какие существуют способы засолки капусты и огурцов, меняются ли отношения с родителями, когда дети, которые раньше жили отдельно, но в том же городе, переезжают в другой город. Хорошо ли, когда в квартире живут одновременно собака и кошка. А если две собаки, то какие породы лучше всего сочетаются по характеру и темпераменту...

За последние восемь лет, с тех пор, как он расстался с Дианой, Березин не помнил, чтобы он сидел с женой на кухне, долго пил чай с пирогами и вел с ней разговоры ни о чем. Простые домашние разговоры, не о делах и не о политике, не о счетах в банках и не об интригах конкурентов, не о происках Центризбиркома и не о стратегии предвыборной борьбы, и не о встречах с нужными людьми. А просто о жизни. О жизни вообще. И как, оказывается, хорошо сидеть на кухне в приятном полумраке, когда яркое световое пятно падает только на стол перед тобой, а не в вычурной нарядной комнате.

Все это было вчера, в субботу. Ночь Сергей Николаевич Березин провел без сна, лишь слегка задремал часов в пять, но в шесть уже окончательно проснулся и понял, что не может больше лежать. Нужно встать и занять себя чем-нибудь, иначе он сойдет с ума. Сегодня все решится. В восемь часов откроются избирательные участки, и до десяти вечера не будет ему покоя. А потом останется только ждать, когда вскроют урны, подсчитают бюллетени. И сделать уже ничего нельзя, нельзя укрепить свои позиции, сделать какое-нибудь важное заявление, провести благотворительную акцию. Именно сейчас, когда сделать уже ничего нельзя, в голову полезли мысли о том, как много осталось несделанным во время предвыборной кампании, как много возможностей упущено, как много ошибок совершено.

Стараясь не шуметь, он на цыпочках прошел в ванную, принял душ, вымыл голову, почистил зубы, побрился и вышел на кухню. Ира вчера перед тем, как идти спать, вымыла посуду и все убрала, и на столе сиротливо лежала последняя ватрушка, заботливо положенная на блюдечко и накрытая салфеткой. Березин вскипятил воду, но кофейные зерна молоть не стал, боялся, что жужжание кофемолки разбудит Ирину — комната, где она спала, находилась рядом с кухней. Сделал растворимый кофе, сжевал холодную и потерявшую воздушность ватрушку. В голову ему пришла совершенно неожиданная мысль сделать что-нибудь приятное для Ирины. Но что? Березин огляделся в поисках какого-нибудь непорядка, который можно было бы ликвидировать к ее удовольствию, например, что-нибудь сломанное или испорченное. Он же точно помнил, что миксер был неисправен еще три месяца назад, а на карнизе сломались и застряли в пазах два крючка, из-за чего задергивание штор на кухне превратилось в поистине нерешаемую проблему. Еще Березин помнил, что в духовке не работало освещение, а ножи были тупыми. Но, к его удивлению, миксер исправно работал, со шторами не было никаких проблем, крючки легко скользили в пазах во всех направлениях и нигде не застревали, свет в духовке горел, а ножи были острыми, как бритва. За четыре дня, проведенных Ириной здесь после возвращения из санатория, она успела все сделать и починить, хотя совершенно непонятно, как ей это удалось.

Тогда Сергей Николаевич решил проехаться до круглосуточно работающего гастронома и купить Ирине к завтраку что-нибудь необычное. Все продукты они купили еще вчера, но можно же, наверное, что-нибудь найти такое, чтобы было сразу понятно: это только для нее, это маленький подарок, знак внимания, доброго расположения. Уже надев ботинки и натягивая куртку, Березин вдруг спросил сам себя: с чего это вдруг ты решил оказать ей знак внимания и расположения? Что с тобой, Березин? С какой это стати? Зачем? Возьми себя в руки, не надо никуда ехать, что ты себе напридумывал? Кто она такая, чтобы в семь утра ехать в гастроном и искать ей пирожное к завтраку? Ты совсем очумел от своих предвыборных страстей?

Он нерешительно взялся за «молнию», чтобы расстегнуть куртку и начать раздеваться, но подумал, что если он останется дома, то снова будет мучительно ждать, пока проснется жена и можно будет хоть чем-нибудь «забить» медленно тянущееся время. Включить телевизор, например, или радио, или хоть с Ирой поговорить. Позже, часам к одиннадцати, он поедет в штаб-квартиру своей партии и там уже будет сидеть сутки или двое, пока не станут известны окончательные результаты выборов. Но пока впереди еще три-четыре часа, которые надо как-то прожить. Да, в конце-то концов, он же не для Ирины едет за этим дурацким пирожным, а для себя самого, чтобы чем-то заняться, отвлечься, убить время.

Березин решительно вышел из квартиры, осторожно, стараясь, чтобы замок щелкнул как можно тише, запер дверь и спустился на улицу.

Когда через сорок минут он вошел в квартиру, то первое, что он услышал, было жужжание кофемолки. Она не боялась разбудить Березина: спальня находилась далеко от кухни. Сергей Николаевич, не раздеваясь, заглянул в кухню. Ирина стояла полностью одетая, в длинной юбке, которой он еще не видел, и в строгой, с глухим воротом блузке, держа в руке надрывающуюся от натуги кофемолку.

— Доброе утро! — весело поздоровался он.

— Сережа? — изумленно протянула она. — Я была уверена, что ты еще спишь. Ты что, дома не ночевал?

— Обижаешь, красавица, — ответил Березин с шутливой укоризной. — Я ночевал дома, но вскочил в шесть утра и помчался искать для тебя пирожные к завтраку. Поскольку мы с тобой, как два троглодита, вчера сожрали все твои восхитительные ватрушки и на утро не осталось ничего вкусного, я решил сделать тебе маленький кондитерский подарок. Тем более что я сегодня уйду и совершенно непонятно, когда вернусь, поэтому пусть у тебя останется в память обо мне вот это.

Он поставил на стол перед Ириной огромную нарядную квадратную коробку, театральным жестом снял крышку, и ее взору предстало великое разнообразие пирожных — заварных, песочных, слоеных, маленьких и больших, с масляным и белковым кремом, с ромовой и коньячной пропиткой. Она подняла на Березина глаза, которые вмиг стали почему-то странно темными и блестящими.

— Это мне? — спросила она дрогнувшим голосом. — Ты не обманываешь? Это не для гостей, которых ты ждешь?

— Это тебе, это только тебе. Сегодня мы никаких гостей не ждем, и я очень надеюсь, что за сегодняшний день ты все это съешь, чтобы не скучать, пока меня не будет. Ты что, Ирочка? Ты обиделась? Почему ты плачешь?

Она отвернулась к окну и быстро отерла слезы пальцами. Потом снова повернулась к Березину и попыталась улыбнуться, хотя губы ее дрожали.

— Спасибо тебе, Сережа. Мне никто никогда не дарил пирожных. Знаешь, чего только не дарили — и портвейн дешевый, и серьги золотые, а такой простой вещи, как цветы и пирожные, нет. Да не в них дело.

— А в чем? — насторожился Березин.

— Никто никогда не вставал в шесть утра, чтобы купить мне подарок. Это со мной в первый раз. Спасибо тебе. — Она помолчала и нерешительно добавила: — Милый.

На этот раз она сама шагнула к нему и прислонилась лбом к его плечу. И снова Березин почувствовал слабый запах духов, исходящий от ее волос, и ощутил, как его охватывает какая-то неизведанная доселе всепоглощающая нежность.

— Ну вот, — произнес он, ласково гладя ее по плечам, — а про цветы я и не подумал, болван. Но я исправлюсь, честное слово.

Ирина подняла голову и посмотрела на него сияющими глазами.

— Я очень на это надеюсь, — сказала она серьезно и вдруг прыснула.

Они оба расхохотались и уселись за стол пить кофе. Острый момент миновал, оставив в душе Сергея Николаевича Березина некое смутное удивление самим собой, Ириной и вообще всей ситуацией. Черт возьми, неужели она нравится ему? Бред. Он безумно любил ТУ Ирину, он совершенно потерял голову, и что же, он теперь на всю жизнь обречен любить женщин, так или иначе напоминающих ее? Строго по Фрейду? Этого не может быть, потому что этого не может быть никогда. Строго по Чехову.

Глава 7

В день выборов в Государственную Думу, в воскресенье, 17 декабря, Настя Каменская не без удовольствия сидела на работе. Как обычно, в период чреватых происшествиями и конфликтами политических событий весь личный состав московской милиции переводился «на казарменное положение», или, проще говоря, «на особый режим», поскольку с казармами в столице было неважно. Суть «режима» состояла в том, что треть носящих погоны сотрудников должна была постоянно, в том числе и ночью, находиться на рабочих местах, а остальные — безотлучно дома, чтобы в случае необходимости их можно было немедленно вызвать на службу.

«Режим» был объявлен два дня назад, в пятницу, и сегодня пришла Настина очередь сидеть на Петровке. Прогулка с генералом Заточным, естественно, не состоялась, и Настя испытывала одновременно и облегчение оттого, что не нужно ничего выпытывать у Ивана Алексеевича, и некоторую неловкость, потому что не помогла Стасову. Она не понимала, отчего Владислав так беспокоится, обращение осужденных к правозащитникам не было из ряда вон выходящим делом, это практиковалось достаточно широко и имело достаточно веские причины. Во-первых, действительно имели место случаи неправильного осуждения, судебные и следственные ошибки, недоразумения и прямые злоупотребления. Во-вторых, многие осужденные рассчитывали на «эффект действия»: раз защищается, значит, невиновен. Был бы виновен, разве стал бы обращаться к правозащитнику? Ну и в-третьих, процесс собственной реабилитации был каким-никаким, а развлечением. Переписка с правозащитником, может быть, даже приезды его в колонию, какое-то движение, разговоры — все это вносит разнообразие в тяжкую, беспросветную жизнь в зоне. Настя знала множество случаев, когда адвокаты с ног до головы виновных убийц и насильников, отбывающих наказание, отрабатывали свои гонорары, пытаясь доказать их невиновность и совершенно точно зная, что их подзащитный действительно совершил преступление. И адвокат при деле, и осужденному приятно. Когда-то давно Настя вывела для себя закон, который назвала законом «тотальности психологического феномена». Если в человеке есть некая особенность психики или особенность мышления, она обязательно проявляется в самых разных ситуациях. Истина сама по себе звучала весьма банально и удивить никого не могла, но дело было в том, что об истине этой многие почему-то забывали и пользоваться законом пренебрегали. Когда человек совершает преступление, он в подавляющем большинстве случаев рассчитывает на то, что его не поймают. А если попроще — он заранее считает себя умнее сотрудников правоохранительных органов. Очень маленькая и очень специфическая группка людей, совершающих преступления, не рассчитывает избежать наказания и внутренне готова его понести, но подавляющее большинство все-таки уверены в своей ловкости, хитрости, везучести и безнаказанности. Попав в зону, такой человек не меняется, да и с чего бы ему меняться? Тот факт, что его поймали, разоблачили и осудили, совершенно, по его разумению, не свидетельствует о том, что он просчитался в оценке собственного интеллекта и в оценке способностей работников милиции и прокуратуры. Дело-то, как он полагает, вовсе не в том, что он на самом деле дурак и сволочь, а в том, что произошел несчастный случай, казус, короче, не повезло ему. Но в следующий раз повезет непременно. И наказание он теперь отбывает не потому, что милиция все-таки что-то умеет и может, а потому, что ей случайно выпала удача его зацепить, но больше такой удачи ей никогда не будет. В общем-то, все было понятным, человек, чтобы сохранить психическое равновесие, не должен разочаровываться сам в себе, он должен себя любить и уважать, а если он начнет говорить сам себе, что, оказывается, он намного глупее, примитивнее и хуже, чем думал, и вообще он никуда не годится и совсем пропащий, никчемный и недостойный, то тут уж недалеко и до психического саморазрушения. Человеческая психика зорко стоит на страже, она вырабатывает множество всяких механизмов и хитростей, позволяющих человеку защищаться от того, что ему неприятно.

И что же из такого положения вытекает? Ну конечно же, стойкая уверенность в том, что если уж не повезло с осуждением, то с реабилитацией повезет непременно. Не может же судьба кинуть подлянку два раза подряд? Не может. Судьи — дураки, прокуроры — сволочи и идиоты, менты — пьяницы и взяточники, и быть того не может, чтобы ловкий и умный адвокат не добился пересмотра дела, нового слушания и оправдания. Мало ли что я виноват, а сидеть я все равно не хочу. Вон их сколько по улицам ходит, не пойманных и не разоблаченных, нар не нюхавших. Почему они не сидят, а я должен? И я не буду.

Настя была уверена, что дело Досюкова именно из этой категории. Разумеется, правозащитник будет недоволен тем, что нанятый им частный детектив не находит того, что нужно для оправдания Досюкова, начнет фыркать, ныть, зудеть, скандалить и говорить гадости. Станет громко сомневаться в профессиональной пригодности Стасова, будет требовать, чтобы тот сделал то-то и то-то и не делал того-то и того-то, будет брызгать слюной и топать ногами. Может быть, будет соблазнять большими деньгами и намекать на фальсификацию. Но все это можно пережить. В конце концов, за те двадцать лет, что Стасов проработал в милиции, он все это имел в избытке и в весьма затейливых и разнообразных формах от собственных многочисленных начальников и различных заинтересованных лиц, так что ему не привыкать. Хорошо бы, конечно, отказаться от контракта с Поташовым, но ведь Иван... Черт его знает. Наверное, действительно Насте нужно поговорить с Заточным.

Ровно в десять утра начальник отдела полковник Гордеев собрал отбывающих «режим» сотрудников у себя в кабинете.

— Раз все равно сидеть и дурака валять, займемся делом, — оптимистично заявил Виктор Алексеевич. — Отлучаться не велено, так что будьте-ка любезны, дорогие мои, подготовить все документы, которые за вами числятся. Отчеты о командировках, о задержаниях, планы работы по каждому делу — чтобы все было в ажуре. Особое внимание — делам. Розыскные дела ведете плохо, я в этом уверен. Я вам, дети мои, доверяю, но подозреваю, что вы моим доверием беззастенчиво пользуетесь. Поднимите руки, у кого в работе есть хоть одно оперативно-поисковое дело? Такое, как полагается, чтоб снаружи корочки с номером, а внутри бумажки правильные подшиты. Ладно, не старайтесь, мускульную силу не тратьте зря, знаю, что у половины из вас таких дел нет. Работу вы ведете, а бумажки писать вам лень или время выкроить не можете, а ну как проверка нагрянет? Кому вы там будете объяснять, что вы хорошие, но ленивые? Короче, тем, кто вчера тут сидел, я все это уже сказал, теперь ваша очередь. Садитесь за столы и занимайтесь писаниной. Через два часа, это, стало быть, в 12.30, Каменская и Коротков будут отчитываться по делу Параскевича. В 13.30 жду Лесникова и Селуянова с материалами по взрыву в банке. В 15.00 ровно Доценко, Селуянов и Коротков поведают мне душераздирающую повесть о том, как они пытаются поймать подонка, который убивает и насилует мальчиков. В 19.00 все бумажки, про которые мы тут с вами разговоры разговаривали, должны быть у меня на столе. В 21.00 принесете мне все оперативные дела, которые должны выглядеть как конфетки. Еще раз повторяю, из здания, или, чтоб вам было понятно, из расположения части, отлучаться нельзя до 10.00 завтрашнего утра. Домой спать пойдет только Каменская, приказом министра предписано женщинам на ночь не оставаться. Если кому-то позарез куда-то надо, придете ко мне, вызвоним из дома кого-нибудь на замену, только после этого поедете. Приказ есть приказ — тридцать процентов личного состава должно находиться в расположении части. Вопросы?

Сам Гордеев был бледным и уставшим. Настя знала, что с вечера пятницы он отсюда не уходил, разбил весь личный остав своего отдела на три группы, составил график дежурств, но сам бессменно сидел в своем кабинете. В нем же и спал, доставая из стенного шкафа раскладушку, подушку и одеяло. Настя понимала, что острой необходимости в этом не было, обстановка в городе была совершенно обычной, без особого напряжения, и Виктор Алексеевич вполне мог бы бдеть по очереди со своим заместителем Павлом Жереховым. Но точно так же Настя понимала, что уйти домой полковник Гордеев не может. Ну не может, и все тут. И не потому, что его кто-то не пускает. Сам не может. А вдруг, не дай бог, что случится? Вдруг, не приведи господь, кандидата в депутаты какого-нибудь грубо выставят из когорты живых? Или взорвут избирательный участок, как обещали в многочисленных пропагандистских листовках, распространяемых с целью сорвать выборы. Или еще что-нибудь...

В свой кабинет Настя вернулась вместе с Юрой Коротковым.

— О, сейчас кофейку на халяву выпью, — потирая руки, сказал довольным голосом Коротков, усаживаясь за свободный стол.

— Коротков, — рассмеялась Настя, — когда ты перестанешь быть халявщиком и превратишься в партнера? У меня есть шанс дожить до этого светлого дня?

— Надеюсь, — очень серьезно ответил Юра. — Это произойдет, когда господин Мавроди выплатит народу все, что так успешно у него одолжил.

— Понятно. Значит, мне до самой смерти тебя кофе поить. Ты хоть сахар принеси, халявщик.

— Завтра, — пообещал Коротков. — Принесу обязательно. Давай про Параскевича. Я всю прошедшую неделю совсем им не занимался, столько всего навалилось сразу.

— Ладно, не оправдывайся, вспомни, сколько раз ты меня точно так же выручал. А мы с Костей Ольшанским на этой неделе занимались любовью.

— Чего?! — вытаращил глаза оперативник. — Ты — с Костей? С чего это? Да ты с ума сошла, Аська!

— Почему? — удивилась Настя. — Нормальная версия, вполне традиционная, не хуже других.

— Фу-ты, — с облегчением выдохнул Юра. — Ты о Параскевиче. А я уж подумал...

— Слушай, твой цинизм переходит всякие разумные рамки. У тебя, как у собаки Павлова, на слово «любовь» только одна реакция. Вот смотри, сексуальный маньяк, я кладу тебе в чашку два последних куска сахару, и теперь сам думай, как мы с тобой будем жить до вечера.

— Ну, Ася, я же сказал, завтра принесу.

— Завтра в десять утра ты сменишься и пойдешь домой спать или побежишь на оперативные просторы преступников искать.

— Слушай, не бери меня за горло, — взмолился Коротков. — Ну хочешь, я прямо сейчас пойду по кабинетам с протянутой рукой и насобираю тебе полкоробки белых ядовитых кусочков?

— Хочу, — кивнула Настя. — Иди и без сахара не возвращайся.

Коротков покорно взял пустую коробку и вышел. Он знал, что Настя требует сахар не из занудства и пустой придирчивости. Иногда у нее начинала кружиться голова, и тогда очень хорошо помогал засунутый за щеку кусочек сахара. Кроме того, Настя терпеть не могла, когда какая-нибудь ерунда мешала ей сосредоточиться, а отсутствие сахара вполне могло сыграть роль такой вот ерунды, потому что кофе она пила постоянно, и если перед каждой чашкой ей придется метаться по коридорам Петровки, 38, выклянчивая у коллег и знакомых по два кусочка рафинада, то ничего толкового она не придумает. И ответственность за такое положение всецело лежала на Короткове, потому что не далее как в четверг утром он, сменяясь с суточного дежурства по городу, увидел у

Насти непочатую пачку сахару и вспомнил, что жена велела ему купить сахар, а он этого, естественно, не сделал. После бессонных суток он с ног валился, мысль о магазине вызывала отвращение, и он вымолил у Каменской эту пачку под честное слово, клянясь завтра же принести другую. Ну и, конечно же, не принес.

Вернулся он из своего похода с хорошей добычей и с гордостью поставил перед Настей почти полную коробку с сахаром.

— Так что с любовью? — спросил он, усаживаясь поудобнее и принимаясь за остывший кофе.

— С любовью странно. Я просила Мишу Доценко побеседовать со Светланой Параскевич, и Миша дает, как говорят американцы, десять против одного, что у Светланы не было любовников. Она производит впечатление женщины, очень сильно любившей мужа. Знаешь, у нашего Мишани есть какие-то свои приемы. Он уверен, что Леонид Параскевич был для Светланы светом в окне, единственным мужчиной и вообще эталоном практически во всем. Исключение составляют отношения Леонида с его издателями. Светлана говорит, что сама она построила бы эти отношения по-другому, но Леню нельзя в этом упрекать, потому что мягкость и податливость, отсутствие способности к жесткому сопротивлению были неотъемлемой чертой его натуры, вроде как оборотной стороной медали, на лицевой стороне которой были душевная тонкость, глубокий лиризм, понимание женской психологии. Короче, если бы он мог строить свои отношения с издателями так, как хотелось бы Светлане, то он не был бы великим Параскевичем.

— То есть ревность со стороны любовника Светланы у нас не проходит? — уточнил Юра.

— Пока нет.

— А со стороны женщин Параскевича?

— Тут есть о чем поговорить. Некая Людмила Исиченко, особа экзальтированная и, похоже, с быстро отъезжающей в дальние края крышей, утверждает, что Леонид Параскевич предназначен ей свыше и должен принадлежать ей безраздельно. Пыталась воздействовать на Светлану, даже ножом на нее замахивалась, в результате чего Светлана получила нервный срыв и два месяца довольно тяжелого лечения в клинике. Это все было, я узнавала. Параскевич пришел домой, обнаружил жену на полу в глубоком обмороке, вызвал «Скорую», врачи привели ее в сознание и увезли в клинику нервных болезней. Ольшанский изъял в архиве клиники карту Светланы, все подтверждается. Исиченко преследовала Леонида, прохода ему не давала, и он сказал ей, что они смогут быть вместе только через год. Иными словами, должен пройти ровно год, в течение которого они не должны ни разговаривать по телефону, ни встречаться, только так они, дескать, смогут искупить свой грех.

— Какой грех-то? — не понял Коротков. — Он что, грешил с ней, изменял Светлане?

— Ну откуда же мне знать. Исиченко говорит, что нет, да и Светлана склонна думать, что этого не было, но точно знать мы не можем. Под грехом в данном случае подразумевалось их поведение, приведшее к тяжелой болезни Светланы. Исиченко приняла аргументы романиста и целый год сидела тихонечко, ждала заветного часа, когда сольется в экстазе со своим любимым. Ну вот, Юрочка, год и прошел.

— Чего — вот? А дальше?

— А ты догадайся, — усмехнулась Настя.

Коротков минутку помолчал, потом поднял на Настю растерянный взгляд.

— Не может быть, — сказал он почти шепотом. — Ты меня разыгрываешь.

— Ни в одном глазу, — заверила она Юру. — И, судя по полубредовым высказываниям Исиченко, она имеет к убийству Параскевича самое непосредственное отношение. За ней, конечно, постоянно наблюдают, но она никуда скрываться не собирается и ничего подозрительного не делает. Костя весь в раздумьях.

— А чего думать? Он ее допрашивал?

— В том-то и дело, что нет. Что толку ее допрашивать, если она больная? Ее показания юридической силы не имеют. А вот информацию, которую можно использовать в оперативных целях, из нее вполне допустимо вытягивать. И то еще вопрос, не

136

найдется ли идейный борец за права человека, который сочтет, что неэтично и безнравственно пользоваться информацией, выболтанной психически нездоровым человеком. Ох, Юрка, до чего я не люблю, когда психи попадаются. С ними — как на пороховой бочке: или они сами что-нибудь выкинут, или потом адвокаты тебя с какашками съедают. Но наша Исиченко, похоже, знает, кто убил Параскевича. Или думает, что знает.

— Ася, а может, она не очень сумасшедшая? — с надеждой спросил Коротков. — Может быть, с ней все-таки можно как-то договориться?

— Юрочка, милый, ну что ты говоришь! Ей Параскевич после смерти является. О каком психическом здоровье тут можно рассуждать?

— Да, верно, — покачал он головой. — Если является, тогда, конечно, кранты. На ее слова полагаться никак нельзя.

— Зато, Юрасик, у нашей Исиченко есть совершенно замечательные родственники, а еще у нее есть коллекция антиквариата и живописи. Она у нас богатая наследница, к тому же сама бездетная. Чуешь?

— Чую! — обрадованно вскочил Коротков. — Даришь?

— А то. Беги скорей, садись за стол и работай, чтобы в половине первого у нас было что предъявить Колобку.

До половины первого оставалось еще пятьдесят минут. Настя надеялась, что этого времени хватит на подготовку отчета, за который им не придется краснеть перед начальником.

* * *

Наталья Досюкова на выборы не ходила. Ей это даже в голову не пришло. Она была абсолютно равнодушна к политике, и единственное, что ее интересовало, это чтобы к власти снова не вернулись коммунисты, которые у всех все отнимут и опять устроят уравниловку. Ей совсем не хотелось, чтобы у нее отнимали то, что досталось ей с таким трудом. Да что там с трудом — с грехом. С огромным, которому нет прощения.

В воскресенье она спала долго и сладко, не нужно было никуда бежать, никому звонить. Проснувшись, побродила по огромной квартире, в которой прожила пять лет — четыре года с Евгением и год одна после того, как его арестовали, — и в которой знала каждую вещь, каждую складку на шторах, каждую щербинку на полу. Она до сих пор не могла привыкнуть к мысли, что теперь она — хозяйка этой квартиры, а также трехэтажного дома в ближнем Подмосковье. За год, прошедший после ареста Жени, она ни разу не привела сюда мужчину, просто не до того было. Теперь можно начинать думать о том, как жить дальше.

Наталья плотно позавтракала, с удовольствием съела гавайскую овощную смесь с шампиньонами и банановый йогурт, выпила кофе и уже собралась было одеваться, чтобы ехать на встречу с Виктором Федоровичем, когда зазвонил телефон.

— Натулик? — услышала она игривый мужской голос и невольно поморщилась. — Как дела? Чем занимаешься?

— Ничем особенным, — сдержанно ответила она. — А у тебя как дела?

— Более или менее. Ты меня совсем забыла, детка? Нехорошо.

— Нет, я тебя помню, Вадим. Особенно хорошо помню, как ты не дал мне денег, когда мне нужен был хороший адвокат для Жени.

— Да брось ты! — засмеялся Вадим. — Я же не сумасшедший, чтобы собственными руками разрушать свое счастье. Женька всегда был моим соперником, а я, если ты помнишь, все четыре года пытался увести тебя. И вот наконец такой шанс — Женьку арестовывают за убийство! Ты свободна! Зачем же я буду помогать тебе с адвокатом для него? Чем больше срок он получит, тем для меня лучше.

— Ты подонок! — вырвалось у Натальи.

— Ну-ну, не горячись, ты же понимаешь, что я шучу. Натулик, у меня в тот момент не было денег, это правда. Я же нищий по сравнению с Женькой, для меня даже сто тысяч деревянных — и то сумма, а ты просила десять тысяч долларов. Но то, что я тебя люблю по-прежнему, это не шутка. Давай встретимся, а?

— Ты в своем уме, Вадик? — сказала она уже намного мягче. — Ты же знаешь, мы с Женей поженились.

— Ну и что? Эка невидаль, поженились. Я и сам женат. Речь же не об этом.

— А о чем?

— О том, как хорошо нам с тобой было. Ты вспомни, Натулик, вспомни. И для того, чтобы нам с тобой снова стало хорошо, брачное свидетельство вовсе не нужно. Так я приеду?

Наталья на минуту представила себе, что произойдет, если Вадим приедет. Ей действительно было безумно хорошо с ним, это правда. Он был превосходным любовником, как раз в ее вкусе, да и мужик он красивый, глаз радуется, глядя на него. Все четыре года, что она прожила с Женей, она тайком бегала трахаться с Вадимом, потому что была здоровой молодой женщиной с хорошим сексуальным аппетитом, а слабый и скучный в постели, к тому же некрасивый Евгений Досюков не мог дать ей того, чего ей хотелось и без чего она не могла (или не хотела?) обходиться. Если не считать журналиста Джеральда, то после ареста Досюкова она ни разу ничего себе не позволила. А организм требовал... И сейчас, слушая раздававшийся в телефонной трубке голос любовника, Наталья понимала, что требования эти стали весьма и весьма настойчивыми. Удовлетворение сексуального голода в компании Вадима было беспроблемным и надежным вариантом, не нужно думать о том, подойдет ли ей партнер, заранее было известно, что подойдет. Не нужно говорить слова, потому что между ними давно все ясно. Можно вообще ни о чем не беспокоиться.

— Приезжай, — решительно сказала она.

— Когда? Прямо сейчас?

— Нет, мне нужно уехать по делам. Давай часов в пять. Сможешь?

— О чем речь, Натулик! Для тебя я всегда свободен, имей это в виду. Когда контрольный звонок?

— В четыре. Я к этому времени уже вернусь.

— Заметано. В четыре звоню и, если ничего непредвиденного не происходит, в пять буду у тебя.

Наталья повеселела и стала одеваться. Выглянув на улицу, прикинула, какая погода и что надеть, достала из шкафа теплые коричневые брюки и толстую вязаную кофту, белую с серыми ромбами. Позвонила Виктору Федоровичу, сунула в сумку плотный конверт с деньгами и отправилась на деловую встречу.

Ехать нужно было далеко, и Наталья решила взять машину. С одной стороны, дорога отвратительная, вчера весь день шел снег, и на метро, конечно, получилось бы куда быстрее, но, с другой стороны, имея при себе такую сумму, она не рисковала ездить общественным транспортом. У нее уже дважды крали кошелек из сумки, и страх перед ворами был почти паническим.

Наталья немного опоздала, но Виктор Федорович ничем не выразил своего неудовольствия, он вообще был человеком спокойным и даже невозмутимым. Они были знакомы полтора года, и за эти полтора года Наталья ни разу не видела на его лице ни волнения, ни испуга, ни ярости. Казалось, доброжелательная улыбка намертво приклеилась к его полным, хорошо очерченным губам.

— Спасибо, голубушка, — сказал он, пряча конверт с деньгами за пазуху. — Это все, или еще что-то осталось?

— Кажется, все, — неуверенно ответила она. — Здесь пятьдесят тысяч. Вместе с тем, что было раньше, получается семьдесят. Если вы не передумали.

— Я? — удивился Виктор Федорович. — Ну что вы, Наташенька. Я человек слова и решений своих не меняю.

— Значит, мы в расчете?

— Безусловно.

Она помялась, не зная, что еще сказать. Попрощаться? Или договориться о следующей встрече? А зачем им встречаться? Деньги она отдала, все полностью, больше никаких поводов для встреч у них нет. Но так страшно оставаться одной... Все-таки Виктор Федорович — человек опытный, умный, на-

140

дежный, все у него получается так, как он задумывает. Как бы сделать так, чтобы вроде бы попрощаться, но не навсегда?

— Виктор Федорович, может быть, это нескромно с моей стороны, но... У вас, наверное, есть хорошие связи среди гинекологов?

— А как же, — широко улыбнулся он. — У вас проблемы, голубушка?

— Сейчас — нет. Откуда им взяться? Но на будущее...

— Разумеется, Наташенька, вы всегда можете мне позвонить, я все устрою в лучшем виде. В хорошем отделении и с общим наркозом. Я вас правильно понял? Вы именно об этом хотели спросить?

— Да-да, спасибо вам, — заторопилась она подхватить спасательный круг. — А то сейчас, сами знаете, как можно влипнуть. Всюду реклама каких-то частных клиник, а можно ли им верить? Занесут еще какую-нибудь гадость, потом всю жизнь лечиться придется. Или почистят плохо. Ну, я поеду. С Новым годом пока не поздравляю, я вам позвоню в праздник, если вы не возражаете.

— Буду рад, голубушка, от души буду рад. Всего вам доброго.

Он помахал ей рукой, но не встал со скамейки до тех пор, пока машина Натальи не скрылась из виду.

Наталья Досюкова ехала домой, испытывая огромное облегчение. Ей вовсе не было жалко тех денег, которые она только что отдала. Деньги, конечно, немалые, да что там говорить, большие, огромные, но ведь она в конечном счете получила больше. Намного больше. Так что и говорить не о чем, дело того стоит. Зато она почувствовала себя увереннее. Виктор Федорович был для нее как бы стеной, стоящей между ней самой и совершенным ею тяжким грехом. Попрощайся с ним навсегда — и нет стены, и вот она остается один на один с этим кошмаром, которому нет прощения.

День складывался удачно, а впереди еще свидание с Вадимом...

Она заехала по дороге в большой магазин, купила кое-что к ужину, чтобы красиво накрыть стол, и вернулась домой, нагруженная пакетами. Ровно в четыре позвонил Вадим, видно, тоже ждал встречи с нетерпением. Наталья к его приходу приняла душ, вымыла и высушила феном блестящие темные волосы и слегка подкрасилась, так, для проформы, лицо у нее и без косметики было ярким.

Когда Вадим вошел в ее квартиру, у Натальи тоскливо сжалось сердце. Он был таким красивым, большим, веселым и жизнерадостным! Любитель и ценитель хорошей еды и хорошего, неторопливого, со вкусом и выдумкой секса. А что она видела за последний год, с тех пор, как арестовали Женю? Кабинеты следователя, оперативников, прокуроров, суд, адвокаты, свидания. А теперь вот — зона. И вокруг — одно сплошное горе, искалеченные судьбы, израненные души. Жена, двое детей и родители Бориса Красавчикова, за убийство которого осужден Женя. В глазах черно от всего этого.

— Натулик!

Вадим подхватил ее на руки и крепко поцеловал. Он приехал на машине, но снег был таким обильным, что куртка его все равно успела намокнуть. Прикосновение холодной мокрой ткани к коже было неприятным и заставило Наталью поморщиться. Это был первый звоночек: раньше ее это возбуждало, ей нравилась напускная грубоватость любовника, нравилось, когда он, придя со снежной улицы, хватал ее, разгоряченную только что принятым душем и одетую в нечто невесомо-прозрачное, холодными руками и прижимал к холодной мокрой куртке или пальто.

«Я просто отвыкла, — успокоила себя Наталья. — Все-таки год прошел...»

— Проходи. — Она улыбнулась, стараясь скрыть растерянность.

Вадим разделся и сразу нырнул в ванную. Наталья поняла, что сначала предполагается секс, а потом уж разговоры и застолье. Обычно раньше так и происходило, но сейчас ей почему-то захотелось, чтобы было наоборот. В первый раз за столько лет ей понадобилось время, чтобы морально подготовиться к сексу. Это был уже второй звоночек, и Наталья его отчетливо услышала. «Ничего, — продолжала она

142

внушать себе, — это после перерыва. После всего, что пришлось пережить. Сейчас все начнется и сразу же само собой наладится». Она не хотела думать о том, что всего несколько дней назад в чужом городе ей не нужно было никакой подготовки для того, чтобы помчаться в гостиницу с незнакомым американцем и получить полную меру удовольствия. Она боялась думать о том, что за эти несколько дней в ней самой что-то переменилось.

Потом, уже в постели, она с удивлением обнаружила, что почти ничего не чувствует. Она все ждала, что вот-вот, вот сейчас настанет тот сладостный момент, после которого все начнет закручиваться быстрее и быстрее, до восторга и беспамятства. Но желанный момент все не наступал. У нее даже не было желания притворяться, она вяло отвечала на ласки Вадима, не скрывая скуки и разочарования. Наконец он заметил, что что-то не получается.

— Ты что? — недовольно спросил Вадим.

— Ничего, все в порядке.

— Плохо себя чувствуешь?

— Я... В общем, да.

— Чего ж сразу не сказала? Я бы не приезжал. А то тебя терзаю и сам мучаюсь.

— Не знаю, Вадик. Ты извини, я не думала, что так получится. Я думала, все будет по-прежнему.

— Все и есть по-прежнему. Я делаю все, что ты любишь, а ты лежишь, как бревно. Слава богу, за четыре-то года я тебя всю наизусть выучил.

Он потянулся за сигаретами и откинулся на подушку, раздраженно сопя.

— Извини, — повторила она. — Не знаю, что со мной. Я так радовалась, что ты приедешь. Я правда хотела, чтобы ты приехал. Очень хотела. Мне всегда так хорошо было с тобой.

— Ты, может, завела кого-нибудь после того, как Женьку посадили? И твой новый хахаль тебя к другому приучил?

Она внезапно разозлилась и отстранилась от Вадима.

— Конечно, мне только и забот было, что нового любовника искать. Муж в тюрьме, следствие, адвокаты, суд, кассационные жалобы, ожидание приговора, а я, задравши хвост, по койкам скачу. Другого занятия не нашла. По себе меряешь?

— Да ладно тебе, чего ты вызверилась-то? Давай еще разочек попробуем.

— Нет.

Она встала и ушла в другую комнату. Вернулась полностью одетая, в брюках и тонком свитере. Вадим по-прежнему лежал в постели, листая лежавший на столике у изголовья журнал.

— Так что, все, что ли? — спросил он, увидев, что она оделась.

— Все. Вставай.

— Ну ты даешь, — с усмешкой протянул он. — У тебя теперь новое хобби — довести мужика до белого каления и выпереть пинком под зад? Кто же тебя этому развлечению научил, сладкая моя? Или пытаешься мне мелко отомстить за то, что денег тогда не дал?

— Перестань, — устало сказала Наталья, отворачиваясь.

Даже вид его обнаженного мускулистого большого тела был ей неприятен. «Господи, да что же это со мной? — подумала она. — За что я с ним так? Он же ни в чем не виноват».

Она подошла к Вадиму и ласково обняла его сзади.

— Прости, Вадик, я действительно не понимаю, что со мной происходит. Видит бог, я была уверена, что у нас все получится, как раньше. Я так хотела... Прости меня. Может быть, это нервы, ведь год у меня был и вправду тяжелый.

Он не ответил и даже головы не повернул в ее сторону, продолжая одеваться. По его резким движениям Наталья догадалась, что он злится. Ей хотелось как-то загладить вину, смягчить Вадима, ведь он не сделал ничего плохого, ну разве что ляпнул глупость, конечно, обидную и оскорбительную, но в его состоянии вполне понятную. Когда мужик дымится от неудовлетворенного желания, он еще и не такое скажет, у многих в подобном состоянии вообще мозги напрочь отказывают.

144

— Пойдем к столу, у меня в духовке чудесная свинина, я приготовила так, как ты любишь.

— Обойдусь, — буркнул он, высоко подняв подбородок и завязывая галстук.

— Ну пойдем, — продолжала настаивать она. — Не хочешь свинину, не надо, там у меня много вкусных вещей, посидим, поговорим.

Вадим застегнул пиджак и молча вышел в прихожую. Наталья поняла, что он сейчас уйдет, и совершенно неожиданно для себя испытала облегчение. Прислонившись к стене, она спокойно наблюдала за тем, как Вадим надевает ботинки, шарф, куртку, и изо всех старалась не улыбаться.

— Когда вылечишься от фригидности, позвони, — бросил он уже на пороге и ушел, хлопнув дверью.

* * *

Во второй половине длинного воскресного дня Настя Каменская долго сидела в информационном центре, обрабатывая по собственной программе статистику преступности по городу. Ей разрешали работать на компьютере в виде исключения, но за это она должна была писать целые разделы в аналитические справки, которые готовили сотрудники центра. Цифры не сходились, и Насте приходилось возвращаться к самому началу, чтобы разобраться, куда вдруг исчезали одни преступления и откуда появлялись другие. Дело обычное, база данных о зарегистрированных преступлениях формируется на основе карточек первичного учета, которые заполняются вручную, а потом вручную же данные из этих карточек «набиваются» в компьютер, так что вероятность различных ошибок достаточно велика. И потом, частенько случается, что потерпевший заявляет о преступлении, на него заводится карточка, данные из которой через какое-то время попадают в информационный центр ГУВД, а потом оказывается, что никакого преступления не было, украденная якобы машина была оставлена владельцем в залог кредитору (не без нажима последнего, разумеется), разбойное нападение было на самом деле не более чем вынужденной выплатой давно просроченного долга, а избиения и хулиганство — плодом не особенно изощренной выдумки разгневанной супруги или склочного соседа. В прошлом месяце эти факты прошли как зарегистрированные преступления, после чего, уже в следующем месяце, их из данных прошлого месяца исключают, и из-за этого сумма преступлений за каждый отдельный месяц никогда не сходится с итоговым показателем. Но Настя мужественно продиралась через всевозможные нестыковки, потому что терпеть не могла, когда цифры в статистике не сходились хотя бы на единицу.

Она успела сделать довольно много таблиц, когда в компьютерный зал заглянул кто-то из программистов.

— Каменская, тебя из дежурки разыскивают, позвони им.

Настя с сожалением оторвалась от компьютера и пошла звонить.

— Ася, тебя сильно хочет гражданочка Исиченко, — заявил ей дежурный по городу Кудин, славный мужик, которого Настя знала много лет и который постоянно подтрунивал над ней за неутомимость в работе и неизбывную страсть к решению интеллектуальных задачек.

— Кто?!

— Исиченко Людмила Борисовна. Знаешь такую?

— Знаю. Где она?

— Я ее в бюро пропусков отправил, там сидит, дожидается. Зоя тебе позвонила, а тебя на месте нет, так я тебя уже по всем телефонам вызванивал, мне Гордеев сказал, что ты сегодня режим отсиживаешь.

— Васенька, я сейчас позвоню, чтобы ей пропуск выписали, а ты будь другом, пошли кого-нибудь, чтобы ее ко мне проводили. Я уже бегу в свою конуру.

— Издалека бежишь-то? Откуда я тебя выдернул?

— Я у Ларисы на машине работаю. Сделаешь?

— Ладно уж, так и быть.

Настя схватила распечатанные таблицы и пулей помчалась к себе. Исиченко явилась! Да не когда-нибудь, а в выходной день. Сильно ее, видать, припекает. Что же там случилось, интересно?

Сегодня Исиченко выступала в зеленом. Болотно-зеленые брюки, ядовито-зеленая шляпа и такой же шарф, а в довершение ансамбля — короткая шубка из крашенной в зеленый цвет норки. Настя как-то видела такую шубку в дорогом магазине, она стоила кучу денег — с запредельным количеством нулей.

Она с трудом отвела глаза от завораживающе зеленого колера и посмотрела в лицо женщине. Исиченко была, пожалуй, чуть бледнее, чем обычно, но зато в целом казалась намного спокойнее, чем во время предыдущих встреч с Настей.

— Я подумала над тем, что вы мне сказали, — начала она прямо с порога, — и решила признаться.

— Присядьте, пожалуйста, — мягко сказала Настя, стараясь скрыть волнение. — Вы можете снять шубу, у нас довольно тепло.

Исиченко уселась на стул лицом к Насте, но шубы не сняла, только расстегнула. Под шубой у нее оказался травянисто-зеленый свитер.

— Я вас внимательно слушаю, Людмила Борисовна.

— Я пришла, чтобы признаться в убийстве.

Настя молчала. Она просто не знала, как себя вести, что говорить, когда психически нездоровый человек признается в совершении преступления. Делать вид, что веришь? Или, наоборот, что не веришь? Учитывая инцидент со Светланой Параскевич, нельзя забывать, что эта женщина может оказаться опасной. Как правильно построить разговор, чтобы не спровоцировать агрессию?

— Вы меня слышите? — настойчиво переспросила Исиченко. — Я сказала, что хочу признаться в убийстве.

— Признавайтесь. Я вас слушаю.

— Я убила Леонида.

— Вы в этом уверены?

— Я вас не понимаю, — нахмурилась Исиченко. — Конечно, я уверена. Я же убила его, я это отчетливо помню.

Настя быстро вытащила из стола диктофон и включила его.

— Вы не возражаете, если наша беседа будет записываться?

— Не возражаю. Записывайте, если нужно.

— Тогда давайте по порядку, с самого начала.

— Ну с какого еще начала! — Людмила явно начала раздражаться, и Настя мысленно обругала себя за неправильно взятый тон. — Какое может быть начало у убийства? Я его застрелила, и все. Как он просил.

— А он вас просил об этом?

— Естественно. Иначе зачем бы я стала это делать?

— Когда Леонид попросил вас об этом?

— За два дня до того, как истек год. Он сказал, что мы не можем быть вместе в земной жизни, его слишком многое держит здесь. И для того, чтобы быть со мной, он должен умереть именно в тот день, когда исполнится год с момента нашей последней встречи.

— А он не объяснил вам, почему именно в этот день, а не раньше и не позже?

— Зачем нужны объяснения? Он так сказал, и этого достаточно. Ему был голос, он наставил Леонида на путь любви и высокого предназначения. Кто я такая, чтобы сомневаться в его словах и задавать ему вопросы? Какое я имею право?

— А почему вы уверены, что звонил именно он, а не кто-то другой с похожим голосом?

— Не делайте из меня идиотку, — рассердилась Людмила. — Я совершенно уверена, что звонил именно он. Не забывайте, он является ко мне после кончины. Если бы звонил не он, он бы сказал мне об этом сейчас.

— Хорошо. Значит, Леонид Параскевич позвонил вам и попросил, чтобы вы его убили. Каким образом?

— Он сказал, что я должна его застрелить.

— Разве у вас было оружие?

— Нет.

— А из чего вы должны были его застрелить?

— Леонид сказал, что оружие будет спрятано на лестнице в его доме. Оно будет заряжено и приготовлено к стрельбе. Я должна только дождаться, когда он выйдет из лифта, и выстрелить.

— Минуточку. — Настя прижала пальцы к вискам. — Не так быстро. Он сказал, что вы должны его застрелить. А вы что на это ответили?

— Я сказала, что выполню его волю. Я не смела ему перечить. Он гений, он носитель высшего разума. Ему виднее, как правильно поступить.

— Он назвал время и место, где должно было состояться убийство?

— Да. Он сказал, что это должно обязательно произойти в тот день, когда истечет предписанный свыше годичный срок нашей разлуки во искупление нашего греха.

— И где же?

— В его доме. Он сказал, что поедет к родителям и друзьям, простится с ними, потому что в земной жизни они больше не увидятся, и около полуночи вернется домой. Я должна буду стоять на лестничном балконе и ждать, когда подъедет его машина. Увидев, что он входит в подъезд, я должна приготовиться, открыть дверь в коридор и, когда он выйдет из лифта, выстрелить.

— И вы сделали именно так?

— Я сделала так, как он мне приказал. Я все выполнила в точности.

— Он сказал вам, сколько раз вы должны выстрелить?

— Нет. Он сказал: стреляй, пока я не умру.

— А вы сколько раз выстрелили?

— Четыре или пять. Нет, четыре.

— И что было потом?

— Я ушла.

— Оружие где? Вы его держите дома?

— Нет, я его оставила там же, у лифта. Леонид сказал, что я должна его бросить.

Все сходилось до деталей. Откуда Исиченко могла все это узнать, если не она убила Параскевича? Следователь ее ни разу не допрашивал, Настя тоже ничего этого ей не рассказывала. Но Людмила была на похоронах Параскевича. Может быть, она там что-то услышала? Нужны детали, как можно больше деталей, о которых невозможно было узнать, просто прислушиваясь к разговорам в траурной толпе. Более того, нужны детали совершенно особенные. Учитывая больную психику и внушаемость женщины, можно предположить, что кто-то очень ловко пользуется ее нездоровьем, изображая призрак покойного Параскевича и заставляя ее признаться в преступлении, которого она не совершала. В толпе, конечно, многого не узнаешь, но истинный убийца вполне мог проинструктировать Людмилу, рассказать ей подробно, как все было на самом деле. Но всего ведь не предусмотришь...

— В какую сторону открывается дверь между балконом и коридором?

Исиченко на мгновение задумалась, словно вызывая в памяти тот вечер.

— Там две двери, — ответила она. — Первая открывается в сторону балкона, вторая — коридор.

— Из какого лифта вышел Леонид? Из большого, грузового, или из маленького, который рассчитан на четырех пассажиров?

— Из большого. А почему вы спрашиваете? Разве вы сами не знаете?

— Я хочу убедиться, что память вас не подводит. Вы же должны понимать, признание в убийстве — вещь очень серьезная.

— Конечно, конечно, — закивала Людмила. — Спрашивайте.

— Какие еще машины подъезжали к дому, пока вы ждали Параскевича?

— Всех я, наверное, не вспомню. Серебристый «Форд» подъехал, его поставили прямо под балконом.

— Кто вышел из «Форда»?

— Мужчина и женщина. На женщине было длинное платье, а сверху короткая дубленка.

«Все верно, — подумала Настя. — Были такие свидетели, они живут на четырнадцатом этаже. В тот вечер вернулись с банкета».

— Еще какие машины помните?

— Еще... Еще была длинная такая машина, я не знаю, как она называется. Ее поставили чуть дальше, мне с балкона была видна только часть капота.

150

— И кто на ней приехал?

— Мужчина с собакой. Она все время лаяла.

— Большая собака?

— Нет, крошечная, он ее на руках нес.

«И это было. Господи, неужто она сама убила? Эх, все бы преступления так раскрывались! Убийца помучился-помучился да и признался через три недели. И что мне теперь с этой убийцей делать? Она же совершенно сумасшедшая. Не сажать же ее в камеру, она там всех с ума сведет или сама что-нибудь отмочит».

— Людмила, вы хорошо понимаете, что у нас с вами тут происходит? Вы признаетесь мне в совершении тяжкого преступления. И если суд сочтет вас виновной, вам грозит суровое наказание.

— Да, я понимаю, — спокойно ответила Исиченко, но блеск ее глаз Насте не понравился.

— Вы готовы повторить ваше признание в присутствии следователя и подписать протокол, в котором будут записаны ваши слова?

— Я готова, если это недолго.

Настя быстро набрала номер телефона Ольшанского. Его жена сказала, что Константин Михайлович тоже «отсиживает» на работе, но в прокуратуре Настя его не застала. Она дозванивалась по нескольким телефонам, пока наконец ей не сказали, что Ольшанский выехал на какой-то избирательный участок, потому что некто позвонил и сообщил, что там заложена бомба. Настя совершенно растерялась, она плохо представляла себе, как должна поступить.

— Людмила Борисовна, вы могли бы написать все то, о чем сейчас мне рассказали?

— А следователь?

— Я не могу его найти, он выехал на происшествие. Конечно, я хотела бы, чтобы вы его дождались, но раз вы просили долго вас не задерживать, то на всякий случай напишите признание собственноручно.

— Хорошо, — вздохнула Исиченко. — Если так надо, я напишу.

«Грош цена этому признанию, даже собственноручно записанному. Единственная улика — это совпадение деталей. Если бы она призналась сразу, можно было бы поработать со следами. А через три недели да при такой погоде — какие уж там следы...»

— В чем вы были одеты в момент убийства?
— В куртке, — удивленно подняла глаза Исиченко.
— В какой именно?
— Черная кожаная куртка на меху.
— Где она сейчас?
— Дома, висит в шкафу.
— Мы должны будем ее изъять.
— Конечно, если так нужно.

«Уже хорошо, — перевела дух Настя. — На куртке должны остаться следы пороха. Если их там не окажется, значит, ее признание — чистая «липа». Или бред больного воображения, или она кого-то выгораживает, кого-то, кто вертит ею, как безмозглой куклой».

— Какое было оружие? Пистолет или револьвер?
— Но я же его оставила там, возле Леонида. Разве вы его не нашли?
— Нашли.
— Тогда почему вы спрашиваете?
— Так положено, правила такие.
— Пистолет.
— Какой марки?
— Я не разбираюсь. Но он был с глушителем.
— А вы точно уверены, что пистолет? Вы же не разбираетесь.
— Леонид сказал, что будет спрятан пистолет. И потом, я же знаю, у револьверов барабан, а у пистолетов — магазин.
— Вы держали оружие голыми руками или в перчатках?
— В перчатках.
— Где они сейчас?
— Дома.
— Их мы тоже должны будем изъять.
— Пожалуйста, если нужно.

«Еще легче. Интересно, почему она не выбросила перчатки? С курткой понятно — дорогая вещь, жалко. Но перчатки-то! Зачем она хранит их дома? Неужели чувство самосохранения у нее полностью притупилось? Или она не читает детективов и не знает,

152

что на перчатках, как и на коже рук, остаются частицы пороха? А еще следы смазки...»

— Где был спрятан пистолет? В каком месте?

— Между дверьми, которые ведут с балкона на лестницу. Они тоже двойные, и между ними, в глубине, есть такая ниша. В этой нише лежала коробка, а в ней — пистолет.

— Какая коробка? Опишите ее.

— Как же я могу ее описать? — удивилась Исиченко. — На лестнице лампочки не горели, там было совершенно темно, я ее на ощупь нашла. Леонид сказал, что она там будет, она там и была.

— Ну, хотя бы примерно. Из-под обуви, из-под торта? На что она была похожа?

— Не из-под торта, это точно. Коробки от торта обычно квадратные, а эта была как будто из-под обуви, но какая-то не такая...

— В чем именно не такая?

— По размеру похожа, а на ощупь другая. Не шершавая, а гладкая.

«Черт бы ее взял, эту убийцу-шизофреничку. При осмотре действительно нашли коробку, и именно там, где она говорит. Коробка из-под магнитофона, оклеенная глянцевой яркой бумагой. На экспертизу ее не посылали, решили, что просто кто-то выбросил. Если Исиченко кто-то инструктировал, то это должен быть очень умный и предусмотрительный человек, который сообразил, что на лестнице было совершенно темно и разглядеть коробку она не могла. Если бы она сейчас сказала мне, что коробка была из-под магнитофона, я бы моментом уличила ее во лжи».

Настя замолчала, а Людмила снова склонилась над столом и продолжила творить собственноручное признание в убийстве. «Как плохо, что нет Ольшанского! И где, интересно, эта коробка? Не дай бог, выбросили... Кто ж мог предполагать, что она имеет отношение к преступлению».

Настя вспомнила, что сегодня видела в буфете эксперта Олега Зубова, и потянулась к телефону. Олег — известный Плюшкин, никогда ничего не выбрасывает, у него все годами копится, зато ничего не пропадает.

— Олежек, у меня к тебе нескромный вопрос, — начала она.

— Через буфет, — тут же последовал ответ эксперта.

— Хорошо, как скажешь. Только ответь мне, пожалуйста, у тебя ничего нет по убийству Параскевича?

— Это писателя, что ли?

— Угу.

— Не, Настасья, писателем я не занимался.

— А кто?

— Баба Света. Она тогда дежурила, на место выезжала. Ты ж ее знаешь, она над теми образцами, что сама собирает, как курица над цыплятами, трясется. Никому экспертизу не доверяет делать, все сама.

— Ее сегодня, конечно, нет, — обреченно вздохнула Настя.

— Она сегодня, конечно, есть. Вас, таких психованных, двое на всю Петровку, ты да она. Ей тоже дома неинтересно, она свою работу больше жизни любит.

Светлана Михайловна Касьянова была грузной дамой средних лет с вечно недовольным выражением лица и оглушительным веселым хохотом. Никакого сидения дома с внуками она не признавала, а криминалистической экспертизе служила горячо и преданно вот уже три десятка лет. Олег Зубов был ее учеником, поэтому позволял себе называть ее «бабой Светой» даже в глаза и был, пожалуй, одним из очень немногих сотрудников ГУВД, кто ее не боялся. Касьянова была резка и весьма несдержанна на язык, грубила направо и налево, но, надо отдать ей справедливость, если кому от нее и доставалось, то только за дело.

Настя стала звонить Касьяновой, но у той телефон был занят наглухо. Проще было бы добежать до ее лаборатории, но не оставишь же Исиченко здесь одну. Наконец в трубке раздались длинные гудки.

— Слушаю! — послышался хрипловатый громкий голос.

— Светлана Михайловна, это Каменская, добрый вечер.

— Шутить изволите, девушка. Чего ж тут доброго? Одна морока.

— Светлана Михайловна, я насчет убийства Параскевича.

— А что там? Еще чего-нибудь накопали?

— Почти. Помните, ребята на лестнице коробку нашли?

— Было, — подтвердила Касьянова. — И что с коробкой?

— Вообще-то я у вас хотела спросить, что с коробкой. Вы ее случайно не выбросили за ненадобностью?

— Вы, девушка, меня не допрашивайте, вы не следователь. Говорите, в чем суть.

— Появились данные, что в коробке лежало оружие, из которого был убит Параскевич. Есть возможность это проверить?

— Когда нужно?

— Светлана Михайловна...

— Да ну тебя, Каменская, чего ты мне голову морочишь? Дело кто ведет? Костя?

— Да, Ольшанский.

— Так почему ты мне мне звонишь, а не он? Он что, не знает про эту несчастную коробку?

— В том-то и дело. Он на происшествие выехал, не могу до него дозвониться. А надо срочно. Прямо сейчас.

Она произнесла последние слова и инстинктивно зажмурилась. Такой наглости с бабой Светой никто себе не позволял. Просить ее провести исследование в обход следователя, да еще в воскресенье вечером, да еще срочно. Настя поняла, что может чувствовать камикадзе.

— Ну и нахальство у вас, девушка, — рявкнула Касьянова и швырнула трубку.

Номер не прошел, уныло констатировала Настя. Придется ждать Ольшанского. А потом выяснится, что коробку к делу не приобщили, и ищи ее свищи по городским помойкам. Не зря же Касьянова даже разговаривать не захотела. Похоже, коробки действительно нет. Плохо. Но остаются перчатки и куртка. Хоть что-то.

— Вот, я написала.

Исиченко протянула Насте два листа, исписанных неровным и не очень разборчивым почерком. Настя принялась читать, с трудом разбирая некоторые слова и стараясь ничего не пропустить. Людмила полезла в сумку и вытащила бутылочку из темного стекла, в таких продают жидкие лекарства в аптеках.

— Мне пора принимать лекарство, — пояснила она, перехватив взгляд Насти. — Можно, я возьму стакан?

— Пожалуйста, — кивнула Настя, снова утыкаясь в текст.

Она слышала булькающий звук — Исиченко, встав со своего места и отойдя чуть в сторону, наливала жидкость из бутылочки в стакан. Теперь она стояла спиной к Насте и пила, запрокинув голову. Когда она повернулась, лицо у нее было странно отрешенным.

— Ну вот и все, — сказала она чуть сдавленным голосом, снова сев на стул перед Настиным столом.

— Еще несколько минут, Людмила Борисовна, — попросила Настя, не отрывая глаз от бумаги. — Я дочитаю. Может быть, попрошу вас еще кое-что дописать, если вы что-нибудь забыли.

— Я ничего не забыла.

Настя насторожилась и отложила бумаги в сторону.

— Что случилось, Людмила Борисовна? — тревожно спросила она.

— Ничего. — Исиченко вымученно улыбнулась и взглянула прямо в глаза Насте. — Теперь уже все в порядке. Все хорошо.

Она дышала трудно и прерывисто и говорила, казалось, через силу. Веки опустились, словно она боролась со сном.

— Вы плохо себя чувствуете? Может быть, пригласить врача?

— Не старайтесь... вы все равно... не успеете. Я ухожу к Леониду... Теперь мы навсегда будем вместе.

Ее смуглое лицо стало землисто-серым, потом

внезапно сделалось багрово-коричневым. Настя схватилась за телефон.

— Вася! — отчаянно крикнула она, услышав голос дежурного по городу. — Врача! Скорее!

Но тех нескольких минут, которые понадобились дежурному судмедэксперту, чтобы добежать до Настиного кабинета, оказалось слишком много, чтобы выпившая яд Людмила Исиченко смогла их прожить. Когда медик в сопровождении Кудина ворвался в кабинет, она лежала на полу и была мертва. Окончательно и бесповоротно.

Глава 8

Несмотря на позднее время, в метро народу было еще много. На «Бауманской» из вагона вышла целая толпа пассажиров, и Насте удалось сесть в уголке. Она все еще плохо понимала, что происходит вокруг нее. После внезапной смерти Людмилы Исиченко ей никак не удавалось полностью взять себя в руки. Начальник отдела, Виктор Алексеевич Гордеев, разговаривал с Настей сквозь зубы, и было видно, что он очень сердит и расстроен, но при этом старался не усугублять переживаний самой Насти.

— Иди домой, деточка, — сказал он ей, хотя в голосе его не было привычной мягкости и сочувствия. — Завтра с утра начнешь объясняться. Поспи, постарайся успокоиться. И продумай все с самого начала, потому что объясняться тебе придется не только со мной.

Настя благодарно кивнула и поплелась домой. Перед глазами все время вставало багрово-коричневое лицо Исиченко, и мысль о том, что придется провести ночь в пустой квартире, казалась Насте чудовищной. Это был один из тех крайне редких случаев, когда ей хотелось, чтобы дома ее хоть кто-нибудь ждал. Пусть не муж, не друг, но хотя бы собака или кошка. Или даже канарейка или рыбки в аквариуме. Живая душа, дышащее и чувствующее существо. Она боялась остаться ночью наедине с постоянно возникающим перед глазами лицом умирающей женщины и острым чувством собственной вины за то, что не успела ее остановить, спасти.

С каждой остановкой, приближающей ее к дому, этот страх делался все сильнее, и Настя не выдержала. Она вышла из поезда, не доехав две остановки до своей «Щелковской», и поднялась наверх, к телефонам-автоматам.

Иван Алексеевич Заточный был дома.

— Пап! — услышала Настя в трубке голос его сына Максима. — Это тетя Настя.

Через несколько секунд генерал подошел к телефону.

— Анастасия? Что-нибудь случилось?

— Да.

— Я могу вам помочь?

— Я надеюсь, что можете. Это ужасно нахально с моей стороны, но не могли бы вы погулять со мной немного?

— Что, прямо сейчас?

— Да, я недалеко от вас, в метро.

— Может быть, лучше вы зайдете к нам? Я только что приехал с работы, мы бы вместе поужинали.

— Иван Алексеевич... Мне неловко. Лучше я поеду домой.

— Глупости, Анастасия. Поверьте, я бы с удовольствием прогулялся с вами по парку, несмотря на то, что уже почти одиннадцать часов. Но, — тут он понизил голос до шепота, — Максим очень ждал меня и приготовил ужин, он так старался, хотел меня порадовать своей взрослостью и самостоятельностью. И как это будет выглядеть, если я оставлю все нетронутым и уйду с вами гулять? Парень обидится. А вот если вы присоединитесь к нам и станете свидетелем его триумфа, ему будет приятно. Так что выходите из метро и идите все время налево, только не быстро. Максим пойдет вам навстречу и приведет вас. Вы с первого раза сами не найдете, у нас тут очень своеобразно дома пронумерованы, да и темно.

Она успела пройти совсем немного, когда увидела бегущего навстречу юношу.

— Давайте сумку, — совсем по-взрослому сказал

158

Максим, и Настя еще раз удивилась тому, как сильно изменился парень за то время, что она его знала. Ведь совсем еще недавно, летом, он был подростком, выходил вместе с отцом на воскресные утренние прогулки и отлынивал от упражнений на турнике. А сейчас рядом с Настей шел крепкий широкоплечий юноша с уже не ломающимся голосом, не очень высокий (видно, в отца), но зато атлетически сложенный (а это уж, наверное, в мать, подумала Настя, генерал-то сухой, поджарый, легкий в движениях, а мальчик чуть тяжеловат). — Вы не беспокойтесь, тетя Настя, — говорил ей по дороге Максим, — мы с отцом вас проводим до дома. Если, конечно, вы не останетесь у нас.

— У вас? — Настя вышла из задумчивого оцепенения. — А что, есть и такие планы?

— Но, если будет поздно, вы можете остаться. У нас квартира большая, места всем хватит. Отец так и сказал: если тетя Настя не останется ночевать у нас, мы с тобой ее проводим до самого дома. Уже поздно, и одну ее отпускать нельзя.

Настя мысленно улыбнулась тому, как Максим спешил оторваться от детства. Ведь буквально несколько минут назад она слышала, как он называл Заточного папой, подзывая его к телефону, а теперь в разговоре с ней перешел к солидному, взрослому «отец».

— Что у вас случилось? — спросил Иван Алексеевич, встречая Настю в прихожей. — При сыне можно обсуждать?

— Вполне, ничего секретного и неприличного.

— Хорошо, тогда поговорим за ужином. Проходите.

Было видно, что Максим действительно старался, готовя ужин для отца-генерала, который вынужден работать даже по воскресеньям. Даже черный хлеб был нарезан аккуратными треугольничками и сложен на блюдечке затейливой горкой.

— Тетя Настя, а вы за кого голосовали?

— Что? — не поняла Настя, которая уже начала готовиться к тому, чтобы рассказать генералу о своей беде и сделать это максимально коротко, в то же время не упуская ничего важного.

— Я спрашиваю, за кого вы сегодня голосовали на выборах?

Ах ты, черт возьми, про выборы-то она и забыла! То есть не то чтобы совсем забыла, она помнила, что избирательные участки открыты до десяти вечера, и совершенно искренне собиралась зайти и опустить бюллетень по дороге с работы. Сделать это утром у нее не хватило мужества и силы воли: чтобы зайти на избирательный участок по пути на работу, пришлось бы вставать на целых полчаса раньше, потому что находился он не по дороге к метро, а совсем в другой стороне, и если ради помощи Стасову она готова была принести такую жертву, то выборы, на ее взгляд, этого не стоили. Она была уверена, что вполне успеет выполнить свой гражданский долг, возвращаясь домой с работы. Но после самоубийства, совершенного у нее в кабинете, борьба демократов с коммунистами совершенно вылетела у нее из головы. А теперь было уже поздно. Участки уже целый час как закрылись.

— Ни за кого, — призналась она. — Я не успела. Утром рано убежала на работу, а сейчас вот только возвращаюсь. Я была уверена, что успею вечером проголосовать, но у меня на работе случилась неприятность, и пришлось задержаться.

Насчет того, что она убежала на работу до открытия участков, Настя, конечно, солгала. Но не объяснять же, что она тяжело встает по утрам, особенно если за окном темно, и что в первые полчаса после раннего подъема она с трудом сдерживает слезы злости и обиды оттого, что нужно одеваться и куда-то идти, а она так плохо себя чувствует, у нее такая слабость, ноги свинцовые, руки ватные, не слушаются, голова кружится. Зато во второй половине дня, после трех часов, она чувствует себя полноценным человеком, хорошо соображает и может работать без устали до глубокой ночи.

— Как же вам не стыдно, — с упреком произнес Максим. — Вот из-за таких, как вы, мы можем все потерять. Вам ваша работа важнее, чем наше будущее. Вы свою жизнь уже устроили, и вам все равно, кто придет к власти. Если коммунисты, так вы не

160

много потеряете, вы при них уже жили, так что сумеете приспособиться. А мы? Что будет с нами, если в Думе будут верховодить коммунисты? Никаких коммерческих вузов не будет, никакого обучения за границей, никаких поездок. Денег негде будет заработать. Вы-то при реформе уже пожили и сумели хоть что-то скопить, а мы? Мы-то еще не работали. Так что ж нам теперь, в нищете жить? Конечно, вы все такие деловые и занятые, а на избирательные участки идут пенсионеры и малоимущие, которые обожают коммунистов и ненавидят демократов, потому что уверены, что при коммунистах им бы жилось лучше.

— Максим! — Генерал старался говорить как можно строже, но через металл в голосе все равно прорывалось изумление. — Где ты этого набрался? Я уж не говорю о том, что ты не имеешь никакого права в чем бы то ни было упрекать Анастасию Павловну. Она взрослая женщина, майор милиции, она сама сделала свою жизнь, не ожидая ни от кого ни помощи, ни подачек, и сейчас, когда ей тридцать пять лет, она имеет право поступать так, как считает нужным и правильным, и не думать о том, что по этому поводу скажет Максим Заточный, который пока что еще ничего не сделал и свою значимость ничем не доказал, а только хочет, чтобы взрослые дяди и тети своими руками построили для него такую жизнь, в которой ему будет удобно и комфортно. Я полагаю, ты извинишься перед нашей гостьей, и первая часть конфликта будет исчерпана. Но есть и вторая. Я знаю, о чем ты думаешь и чего ты боишься. В последние три года у вас стало немодным хорошо учиться. То есть оценки вы приносите хорошие, но не потому, что хорошо знаете предмет, а потому, что учителя вам их ставят. И вы уже не дети и прекрасно это понимаете. Вы не обольщаетесь насчет своих знаний, вы знаете цену своим четверкам и пятеркам и радуетесь тому, что можно не сильно напрягаться. Педагоги просто не могут с вами справиться, потому что стимула к получению знаний у вас нет и учителя не знают, как заставить вас учиться. Хорошие оценки они вам ставят от безысходности, от чувства собственной беспомощности, а вы этим нагло пользуетесь и хихикаете, да не втихаря, а открыто. Почему же такое стало возможным? Я тебе скажу, почему. Потому что, кроме бесплатных государственных вузов, куда надо сдавать серьезные экзамены и выдерживать конкурс, есть масса коммерческих вузов, где никакого конкурса и вступительных экзаменов нет, проходи тестирование, плати деньги и учись в полное свое удовольствие. А за некоторую дополнительную сумму всегда можно раздобыть справочку о том, что ты учишься в государственном вузе и потому призыву на действительную службу до окончания вуза не подлежишь. Заканчивая свой коммерческий вуз, вы собираетесь слинять работать за границу. А то и жить. Все это огромными буквами написано на ваших лбах и ни для кого секрета не составляет. Ваши платные шарашкины конторы готовят из вас менеджеров и обещают послать на стажировку за рубеж, а вы уже губы раскатали там остаться. Конечно, вы до ужаса боитесь, что эта сладкая малина вдруг накроется. Конкурса в государственный вуз вам не выдержать, вы давно перестали учиться как следует, и знания ваши равны нулю. В армию идти вам не хочется. Заработать денег дуриком, накручивая цены при перепродаже, вам уже не удастся. Так вот, дорогой мой сын, никто не обязан решать эти проблемы для тебя и для всего твоего поколения. Ты будешь поступать в наш ведомственный вуз, сдавать экзамены на общих основаниях, и я пальцем не пошевелю, чтобы кого-нибудь за тебя попросить. Провалишься, пойдешь в армию, на оплату обучения в коммерческом вузе я тебе и рубля не дам. Сам заработаешь — тогда пожалуйста. Еще раз повторяю: я как твой отец обязан кормить тебя, одевать и предоставлять тебе бесплатный кров до тех пор, пока тебе не исполнится восемнадцать лет. И все. Больше на этом свете никто, в том числе и я, тебе ничего не должен. И о твоем будущем должен заботиться ты сам, а не Анастасия Павловна, которую ты посмел упрекнуть в том, что она, видите ли, так занята своими должностными обязанностями, что не подумала о твоем счастливом и процветающем, беззаботном существовании. Я полагаю, тему мы исчерпали и можем приступать к ужину.

162

Максим надулся, но уйти из-за стола не посмел. Демонстрировать неприязнь в этой семье было не принято.

— Рассказывайте, Анастасия, что у вас произошло.

Настя постаралась как можно короче рассказать Заточному эпопею с Людмилой Исиченко. Иван Алексеевич выслушал ее не перебивая.

— Вам нужен совет? — спросил он, когда Настя умолкла.

— Честно признаться, нет.

— Это хорошо, потому что совета я бы вам дать в этой ситуации не смог. Поправить уже ничего нельзя, так что советовать без толку.

— Мне страшно, Иван Алексеевич. Я боюсь оставаться одна. Я ее все время вижу.

— Это пройдет. И быстрее, чем вы думаете. Сегодня вы можете остаться у нас и вообще можете у нас пожить, пока ваш муж не вернется в Москву.

— Спасибо, но я привыкла жить дома. Скажите, только объективно: моя вина очень велика?

Заточный задумался, потом скупо улыбнулся.

— Анастасия, человек с тяжело больной психикой — это все равно что тигр, вырвавшийся из клетки. Его поведение невозможно предвидеть, и им невозможно управлять. Даже если кому-то это удается, даже если кто-то настолько хорошо изучил и понял систему бреда, овладевшего больным, что может манипулировать им, все равно в один прекрасный момент больной выходит из-под контроля. Можно взять тигренка совсем крошечным, двухнедельным, выкормить его из соски, класть в постель рядом с собой и не спать ночей, когда он болеет, но никто и никогда не даст гарантию, что, почуяв запах крови, он не загрызет своего хозяина. Слышите, Анастасия? Никто и никогда. Хищник есть хищник, а психически больной — это психически больной.

— Я должна была почувствовать, что у нее на уме что-то плохое.

— Вы ничего не должны были, потому что вы не психиатр и вас этому не учили. Даже врачей не привлекают к ответственности, когда их больные кончают с собой. Именно потому, что они больные и влезть к ним в душу невозможно. И к здоровому-то не влезешь.

— Все равно, я должна была почувствовать, — упрямо возражала Настя. — Она была подозрительно покладистой, соглашалась со всеми моими просьбами. Следователя дождаться? Пожалуйста. Магнитофон? Пожалуйста. Собственноручное признание? Пожалуйста. Я должна была насторожиться.

— Вы не правы, — терпеливо возражал генерал. — Если бы речь шла о человеке, которого вы давно и хорошо знаете, тогда я мог бы согласиться с тем, что вы, зная его строптивый и неуступчивый характер, должны были почуять неладное, прояви он неожиданную покладистость и мягкость. Сколько раз вы встречались с этой женщиной?

— Три. Два раза на этой неделе и последний раз сегодня.

— Тогда о чем вообще речь? Вы знаете ее всего несколько дней, встречались с ней три раза, так какие к вам могут быть претензии? Выбросьте из головы вопрос о своей виновности. Я бы на вашем месте думал только о том, как разобраться в ее показаниях, как выяснить: правду она написала в своем признании или выполняла чью-то чужую волю. Действительно ли она — убийца, или имеет место самооговор в чьих-то интересах. Вы же профессионал, вот и ведите себя как профессионал и не впадайте в истерику.

Самооговор. Ну конечно же, Стасов и его просьба. Хорошо, что она вспомнила.

— Иван Алексеевич, у меня вчера был Стасов и очень просил, чтобы я с вами поговорила.

— Давайте. Это о Поташове, что ли?

— Догадались? Конечно, о Поташове. Стасова очень смущает вся эта ситуация, но он стесняется вас спросить.

— Кто? — расхохотался Заточный. — Стасов стесняется? Да он в жизни ничего не стеснялся. Тот еще нахал.

— Нет, в самом деле, ему неловко вас спросить.

— А вам ловко?

— И мне неловко, но мучиться в догадках еще хуже, так что лучше спросить.

— Ну, спрашивайте. Максим, чайник поставь.

— Короче говоря, Стасов обеспокоен тем, что у вас в деле Досюкова может быть свой интерес. И ему не хочется сделать что-нибудь вам во вред, а не браться вообще он не может, потому что вы его попросили.

— Ясно, — хмыкнул генерал. — Значит, так, Анастасия. Николая Григорьевича Поташова я видел один раз в жизни в телестудии, об этом я вам уже говорил. Дело Досюкова шло по моему управлению, мы его сразу забрали с территории, потому что потерпевший — генеральный директор фирмы, которую мы подозреваем во всяких нехороших делах, а убийца — президент крупного акционерного общества. Согласитесь, у нас были все основания считать, что один зубастый крокодил убил другого, не менее зубастого, из-за того, что они чего-то не поделили как раз по нашей линии. Правда, потом выяснилось, что к организованной преступности это все никакого отношения не имеет, а убийство было совершено на почве ревности. Потерпевший, Борис Красавчиков, позволил себе какие-то недвусмысленные действия в адрес подруги Досюкова. Вот и все. Но Досюков уперся и признаваться ни в какую не хотел. Я с ним лично знаком никогда не был и во время следствия ни разу не видел, он мне, как вы сами понимаете, сто лет не нужен. На днях мне позвонил Поташов, мой телефон ему дали на студии, и спросил, не знаю ли я толкового частного сыщика, который взялся бы поработать над делом о незаконном осуждении и последующей реабилитации. Я не стал спрашивать, о ком именно идет речь, меня это не особенно интересовало, но вспомнил о Владиславе и позвонил ему. Он и толковый, и опытный, двадцать лет в сыске отпахал и лицензию имеет. Чего еще желать? Вот и весь сказ. А он что подумал?

— Ой, Иван Алексеевич, а то вы не знаете, что может в такой ситуации подумать опытный и толковый сыщик. Вот все это он и подумал.

— Да-а, — покачал головой Заточный, — вырастил ученика на свою голову. Весь в меня. Значит, он уверен, что Досюков виновен, но хочет выкрутиться. И думает, что я тоже этого хочу. Ладно, Анастасия, скажите ему, пусть работает спокойно. Я этому Поташову ничего не должен, поэтому, если Владиславу дело не нравится, пусть с чистой совестью отказывается. И еще одно. По делу работали мои подчиненные. И если окажется, что Досюков невиновен, мне придется разбираться, как могло получиться, что мои люди собрали улики против невиновного, да такие, что им следователь и судья поверили. Может быть, окажется, что эти улики собрали не мои ребята, а сам следователь. Но, если в этом замешаны сотрудники моего управления, мне придется принимать самые жесткие меры. А потом точно такие же меры, если не еще более жесткие, будут приняты по отношению ко мне, потому что я отвечаю за их работу. И с этой точки зрения я заинтересован в том, чтобы Досюков оказался все-таки виновным. Но это никоим образом, как вы понимаете, не означает, что я намекаю Стасову на необъективное ведение его частного расследования. Я просто хочу, чтобы и он, и вы сами, Анастасия, отчетливо понимали, что в оправдании Досюкова у меня нет личного интереса.

Они в молчании выпили чай с пирожными из ближайшего магазина, и Настя поднялась.

— Значит, не останетесь? Твердо решили ехать домой? — спросил Иван Алексеевич, выходя вместе с ней в прихожую.

— Поеду, — кивнула она. — Не люблю спать на чужих диванах, даже если они удобнее моего.

— Я вас отвезу.

Они спустились вниз и сели в светлую «Волгу» Заточного.

— Кажется, сын на вас обиделся, — заметила Настя. — Когда он меня встретил на улице, то сказал, что вы вместе с ним меня проводите. А поехали без него.

— Это потому, что он неправильно себя ведет. Он должен был извиниться перед вами, но не сделал этого. Если бы он извинился, я позволил бы ему участвовать в нашем разговоре, и инцидент был бы исчерпан. И, разумеется, провожать вас мы поехали бы вместе. Но он не извинился. Так что пусть сейчас мучается подозрениями в наш с вами адрес.

— Подозрениями? Вы о чем, Иван Алексеевич?

— Да ладно вам, Анастасия, вы же понимаете, что наши с вами коллеги могут придумать сколько угодно сплетен, объясняющих наше знакомство и дружбу, но у шестнадцатилетнего парня версия может быть только одна. На другие у него ума и опыта еще не хватает. Если бы вы остались у нас, он мог бы быть уверен, что мы спим в разных комнатах. Если бы я взял его с собой провожать вас, он бы знал, что, доведя вас до двери квартиры, мы с ним повернулись и отправились домой. А так у него полная иллюзия, что мы просто-напросто от него отделались. Уверяю вас, он сейчас сидит и на часы смотрит, прикидывает, сколько времени ехать до вашего дома и сколько обратно.

— Но он же не знает, где я живу.

— Вот именно. Поэтому, когда бы я ни вернулся, он так и не узнает, задержался я или нет.

— Неужели вам его не жалко? Ведь ребенок нервничает.

— Пусть. Он не сможет повзрослеть, если не будет нервничать и переживать.

— Даже по таким пустякам?

— Даже. Кстати, отношения отца с женщинами и собственная оценка этих отношений — это не такой уж пустяк. Переживания и страдания по этому поводу делают человека мудрее.

На машине дорога из Измайлова до Настиного дома была совсем короткой, и на Настю снова накатил оглушающий ужас перед пустой темной квартирой. Заточный заметил, как напряглось ее лицо, когда он притормаживал возле подъезда.

— Еще есть время передумать, Анастасия, — сказал он, внимательно глядя на нее. — Может быть, все-таки вернемся к нам?

— Нет. — Она покачала головой. — Я должна справиться сама. Спасибо вам за все, Иван Алексеевич, и за гостеприимство, и за ужин, и за разговор, и за сочувствие. И за предложение переночевать у вас. Я вам очень благодарна. Но я должна сама.

Шел первый час ночи, поэтому Заточный поднялся вместе с ней на лифте и проводил ее до квартиры.

— В последний раз спрашиваю, — сказал он, когда Настя доставала из сумки ключи. — Не вернетесь?

— Нет.

— Тогда спокойной ночи.

— Спокойной ночи, Иван Алексеевич.

Дома ей стало совсем тошно. Она боялась выключить свет и в этот момент впервые подумала о том, что люди, которым являются покойники, вовсе не обязательно должны быть сумасшедшими.

* * *

Утро понедельника принесло следователю городской прокуратуры Ольшанскому массу неожиданностей. О самоубийстве Людмилы Исиченко он узнал еще вчера, а утром, едва он вошел в кабинет, ему позвонила эксперт Касьянова.

— Костя? — громовым басом проорала она в трубку. — Ты что, твою мать, голову людям морочишь?

Она была лет на десять старше Ольшанского, помнила его юным, начинающим следователем, робеющим и неумелым, и еще в те далекие времена ограждала его от постоянных попыток коллег втянуть молодого, неопытного Костика в какую-нибудь грязную попойку с обилием водки, скудной закуской и сомнительными бабами.

— Что твоя Каменская себе думает? — продолжала кричать Светлана Михайловна. — Заставила меня вчера чуть не до ночи сидеть на работе, а сама усвистала черт знает куда и даже позвонить не соизволила, тоже мне барыня.

— Погоди, Светлана Михайловна, давай сначала, я ничего не понял.

— Так она что, ничего тебе не сказала? Она с тобой разговаривала вчера?

— Нет. Я с ее начальником разговаривал, с Гордеевым. У них там ЧП произошло, свидетельница по делу Параскевича отравилась прямо у Каменской в кабинете.

— Ох ты! — посочувствовала Касьянова. — Бедная девка, достанется ей теперь. Родственники этой свидетельницы обязательно начнут права качать, дескать, Каменская своими придирками и попытками обвинить до припадка довела. Знаем, проходили через это. Погоди, Костик, так ты про коробку-то знаешь или нет?

— Не знаю я ни про какую коробку.

— Тогда в двух словах. При осмотре места убийства Параскевича на лестнице была обнаружена пустая коробка из-под магнитофона. Я ее на всякий пожарный прихватила, но, поскольку ты к ней отнесся пренебрежительно и никаких экспертиз по коробке не назначал, она у меня так и валяется в шкафу, в целлофанчик упакованная. И вот вчера звонит мне твоя Каменская и просит посмотреть коробку на предмет оружейной смазки и вообще насчет того, что в ней лежало оружие. Я говорю: Костя знает? Почему он сам не звонит? А она отвечает, дескать, ты на происшествие выехал, она тебя найти не может, а ей надо срочно. Ну, срочно так срочно, я все дела побросала и давай коробку эту вшивую обнюхивать да облизывать со всех сторон. Все сделала, все написала, кинулась ей звонить — а ее и след простыл. Даже не поинтересовалась результатами, домой ушла. Ух и злая я была вчера! Но теперь-то, конечно, понятно, почему она не позвонила. Не до того было.

— Спасибо тебе, Михална, хороший ты человек. Слушай-ка, мы там с тобой ничего не нарушили?

— В смысле чего?

— В смысле коробки этой. В протокол она внесена? А то потом скажут, что мы с тобой ее нашли неизвестно где и к делу прицепили. Я что-то не помню, на труп ведь не я выезжал, я дело только сутки спустя принял.

— Какой же ты, Костик, мерзкий! — фыркнула Касьянова. — Да я на своей экспертной работе двоих детей вырастила и старшего внука уже в школу отправила. Я ж, когда работать начала, даже замужем еще не была. А ты мне такие вопросы задаешь. Не стыдно тебе?

— Стыдно, Михална. Это я так, на всякий случай.

Только он повесил трубку и принялся наконец снимать пальто, телефон опять принялся надрываться. Ольшанский с тоской посмотрел на бумаги, намокшие от растаявшего снега, накапавшего с рукава пальто, и снова снял трубку.

— Константин Михайлович! — раздался голос, заставивший следователя вздрогнуть. — Это Галина Ивановна Параскевич. Мне необходимо с вами встретиться. Я буду у вас ровно через сорок пять минут.

— Минутку, Галина Ивановна. Через сорок пять минут я вас не смогу принять. У меня вызваны люди.

— Назначьте мне время, — потребовала она. — Но как можно скорее. Это очень важно. Это касается Ленечки.

— Подождите, пожалуйста.

Он зажал трубку коленями, чтобы полностью закрыть микрофон, и потянулся к внутреннему телефону, который тоже выходил на городскую линию, если набрать «8».

— Настасья? — торопливо проговорил он. — Ты можешь приехать ко мне в прокуратуру? У Параскевич-старшей что-то срочное. Хочу, чтобы ты тоже послушала. Оперативка? Ах ты, дьявол, я и забыл. Так когда? К двум? Ладно, я ее на два часа приглашаю. Да, Настасья, ты Светке позвони, Касьяновой. Она сильно ругается. Нет, не убьет, она в курсе твоих неприятностей. Все, пока.

До двух часов дня Константин Михайлович должен был успеть переделать многое — провести назначенные допросы и очную ставку, закончить обвинительное заключение по одному делу и сформулировать вопросы экспертам по другому, а также написать бумагу о продлении срока предварительного расследования по сложному делу о тройном убийстве и подписать ее у прокурора. Неплохо было бы еще и поесть, но времени уже не оставалось. Возвращаясь в свой кабинет без пяти два, он увидел Настю, сиротливо сидящую в коридоре рядом со свидетелями и потерпевшими, вызванными к другим следователям, чьи кабинеты находились рядом.

— Давно ждешь? — спросил он, отпирая свою дверь.

— Давно, — ответила Каменская каким-то усталым и безразличным голосом.

Константин Михайлович обернулся и поглядел на нее более внимательно. Под глазами глубокая синева, кожа не белая, как обычно, а серовато-прозрачная.

— Что с тобой? Болеешь? Грипп подхватила?

— Переживаю, — коротко ответила она.

— Из-за Исиченко?

— Да.

— Испугалась? Или вину чувствуешь?

— И то и другое.

— Это ты напрасно. Ты что, давила на нее? Угрожала?

— Да бог с вами. Она пришла и прямо с порога заявила, что хочет признаться в убийстве Параскевича. Я ей не поверила, стала задавать уточняющие вопросы, затем попросила написать все собственноручно. Она была абсолютно спокойна, не плакала, не кричала, даже, по-моему, не нервничала.

— Кто-нибудь был при этом? Свидетели есть?

— Нет, но я записывала весь разговор на магнитофон.

— И на магнитофоне все именно так, как ты мне рассказываешь? Тихо, спокойно, без истерики, слез и запугиваний?

— Можете послушать.

Она вытащила из сумки кассету и протянула Ольшанскому.

— С собой носишь? — усмехнулся он, забирая кассету и засовывая ее в ящик стола.

— Знала, что вы будете спрашивать. Так лучше уж сразу дать вам послушать, чем три дня доказывать, что я не верблюд, не дура и не сволочь.

Голос ее подозрительно зазвенел.

— Ну, тихо, тихо, ты что, в самом деле, — успокаивающе произнес следователь. — Ну-ка возьми себя в руки, сейчас эта курица придет. Ты же знаешь, я тебе верю, я тебе всегда и во всем верил, даже в те давние времена, когда мы еще ссорились и дулись друг на друга. Параскевич уйдет — и мы с тобой вместе послушаем, что рассказывала Исиченко. Водички налить?

Настя молча кивнула, сжимая крепче зубы, чтобы не дать волю слезам. Сегодня утром на Петровке она успела поймать несколько косых взглядов, брошенных в ее сторону, и поняла, что разговоры уже идут, и весьма активно. Событие само по себе из ряда вон выходящее, а тут даже не скоропостижная смерть, а самоубийство. О чем это говорит? Да о том, что Каменская довела несчастную женщину. Сегодня ей уже пришлось написать объяснение и выдержать не самый приятный разговор с генералом. Хорошо, что Колобок-Гордеев пошел с ней к руководству, в его присутствии ей было не так тяжело.

— С вами, Каменская, мы живем как на пороховой бочке, — говорил генерал. — Вы только-только вылезли из одного служебного расследования и тут же угодили во второе. Если вы будете приносить нам одно чепе за другим, нам придется подумать над вашим трудоиспользованием.

Хорошо еще, что Ольшанский не сомневается.

Галина Ивановна Параскевич снова опоздала, на этот раз на пятнадцать минут. Лицо ее было злым и надменным, словно она явилась в стан врагов на переговоры.

— Вчера ко мне явился некий журналист и попросил рассказать о Лене, о его жизни и его книгах. Я поинтересовалась, чем вызвано внимание к моему сыну. И вы знаете, что он мне ответил? Оказывается, у Лени осталось несколько неопубликованных рукописей, и его вдова продает их издателям за баснословные деньги. Одну рукопись она продала за двадцать пять тысяч долларов, другую — за тридцать пять. И есть еще несколько. Полагаю, она их продаст еще дороже.

Ольшанский молчал, терпеливо ожидая, когда Галина Ивановна перейдет к главному.

— Вы можете себе представить? — продолжала

та. — Она собирается наживать капитал после Лениной трагической смерти. Она наживается на его имени.

— Я не понимаю, почему вы пришли с этим ко мне, — спокойно ответил следователь. — Вы видите в этом какую-то связь с убийством вашего сына?

— А вы не видите? — вскинулась Параскевич.

— Нет. Я не вижу.

— Очень жаль. В таком случае придется вам открыть глаза. Леня был мягким, интеллигентным мальчиком, он вообще никогда не думал о наживе, корыстные мотивы были ему чужды. Он был весь в искусстве, в творчестве, в своих книгах, он жил этим и ради этого. А эта ненасытная самка не желала мириться с тем, что Леня отдает свои книги издателям за бесценок. Она всегда хотела иметь много денег, очень много, вы даже представить себе не можете, до какой степени она корыстолюбива и расчетлива. Я уверена, это она убила моего сына, чтобы беспрепятственно распоряжаться его творческим наследием. Она дождалась, когда Леня напишет несколько новых вещей, возможно даже, она сама уговорила его сделать это под каким-то надуманным предлогом и избавилась от моего мальчика.

Галина Ивановна расплакалась и полезла за платком. Ольшанский молча налил воды и протянул ей стакан, не пытаясь успокаивать и не произнеся ни одного сочувственного слова. Настя видела, что он буквально кипит от негодования, но пока еще сдерживается.

— Не нужно так плохо думать о своей невестке, — сказал он, когда Параскевич перестала плакать. — Она не убивала вашего сына.

— Откуда вы знаете? — всхлипнула женщина. — Я уверена, что это сделала она.

— Галина Ивановна, она этого не делала, уверяю вас. У меня есть собственноручное признание убийцы, это совсем другой человек.

— Значит, вы нашли его? — Слезы на лице Параскевич мгновенно высохли. — Кто он? Кто этот подонок?

— Я пока не могу этого сказать. Существует тайна следствия, и разглашать ее не положено.

— Но я мать! — возмутилась она. — Я имею право знать, кто убил моего сына. И вы обязаны мне сказать имя убийцы.

— Вы ошибаетесь. — Ольшанский сдерживался из последних сил. — Я не обязан этого говорить никому, в том числе и вам. Поверьте, я уважаю ваши чувства и понимаю ваше горе, но соблюдать интересы следствия я все-таки должен.

— В таком случае я требую, чтобы вы привлекли ее к суду! — заявила Параскевич.

— Кого — ее?

— Светлану, вдову моего сына.

— За что? — изумился Константин Михайлович. — Я же вам объяснил, что она не причастна к смерти Леонида.

— Она обязана отдать мне половину наследства. Я имею такое же право наследовать после моего сына, как и она. И если она собирается стричь купоны с того, что создано трудом моего сына, то я требую причитающуюся мне половину.

Со своего места Настя видела, как непроизвольно исказилось лицо следователя, и поняла, что он сейчас сорвется, потому что его выдержке и терпению пришел конец. Она отвлекла огонь на себя:

— Я не уверена, что ваши претензии имеют под собой законное основание, но в любом случае вам нужно с этим обращаться в суд, к судье по гражданским делам, а не к следователю, ведущему дело об убийстве.

— Но это дело об убийстве моего сына, — возразила Параскевич. — И речь идет о наследстве моего сына. Поэтому я требую, чтобы мои права были защищены, и обращаюсь с этим в первую очередь к вам.

— Галина Ивановна, следователи не занимаются наследственными делами. Они просто не могут этим заниматься, у них нет таких прав.

— У них есть самое главное право, — высокомерно заявила женщина. — Право следить за соблюдением законности и защищать права потерпевших. Разве этого недостаточно, чтобы защитить интересы несчастной матери, потерявшей сына?

Ольшанский уже справился с собой и кинул на Настю благодарный взгляд: мол, спасибо, что отвлекла, дала передышку, теперь я могу включиться.

— Интересы матери, потерявшей сына, я и защищаю как следователь, я делаю все, чтобы найти и привлечь к ответственности убийцу Леонида. Но вы, как мне кажется, сейчас говорите об интересах матери, претендующей на наследство своего сына, а это уже несколько иное. И с точки зрения права, и с точки зрения морали. Если вы считаете нужным судиться с вашей невесткой, то подавайте исковое заявление в суд в порядке гражданского судопроизводства. Делить ваши со Светланой Игоревной деньги я не буду, это не моя задача.

— Ах так! — Галина Ивановна сложила руки на груди и кинула на следователя презрительный взгляд. — Интересно, что вы запоете, когда я вам скажу, что это именно Светлана наняла убийцу, который избавил ее от Леночки?! Вот помяните мое слово, это так и есть. Интересно, в чем же вам признался этот убийца, которого вы якобы нашли?

— Я уже объяснял вам, в интересах следствия я не считаю нужным ни с кем это обсуждать. Вы все узнаете на суде.

— Так вот что я вам скажу, Константин Михайлович. — В ее голосе явственно зазвучала угроза. — Я все поняла. Вы вступили в сговор со Светланой. Вы прекрасно знаете, что это она убила моего сына, но она делится с вами баснословными гонорарами, которые получает как вдова великого писателя, и вы ее за это покрываете. Может быть, вы даже спите с ней. Да-да, теперь я не сомневаюсь. В прошлый раз, когда я рассказывала вам о том, как эта мерзавка изменяла моему сыну, вы всеми силами старались уверить меня, что мне показалось. Тогда я не обратила на это внимания, а теперь вижу, к чему все идет. Вижу! Вы нагло лжете мне в глаза, говоря, что нашли убийцу. Вы его никогда не найдете, потому что будете выгораживать Светлану. Или подсунете суду какого-нибудь несчастного пьяницу, будете его избивать, морить голодом и держать в камере, кишащей клопами и крысами, пока он не напишет вам чистосердечное признание. Да после этого он и сам поверит, что убил моего сына. Я ваши методы знаю! И я вас выведу на чистую воду.

Настя увидела, как заходили желваки на лице Ольшанского, и испугалась, что он сейчас или заорет благим матом, или запустит в голову Галине Ивановне чем-нибудь тяжелым.

— Галина Ивановна, вы ведете себя совершенно недопустимо, — снова вступила она, чтобы дать следователю передышку. — Вы грубо оскорбляете Константина Михайловича, обвиняя его в том, что он подтасовывает факты или скрывает их в ущерб интересам правосудия. Вы обвиняете его в том, что он берет взятки от убийцы и покрывает его. В любом другом случае Константин Михайлович, безусловно, подал бы на вас в суд за оскорбление и клевету, поскольку свои клеветнические обвинения вы предъявили ему не с глазу на глаз, а в присутствии третьего лица, то есть меня. Таким образом, свои оскорбительные выдумки вы сделали достоянием гласности. А это, Галина Ивановна, статья уголовного кодекса. И если Константин Михайлович терпит ваши выходки и высказывания и не выставляет вас вон из своего кабинета, то только потому, что уважает ваши чувства и понимает, что вы недавно потеряли единственного сына, у вас расшатаны нервы и, вполне возможно, расстроена психика. Будет лучше, если вы постараетесь взять себя в руки, извинитесь и пойдете домой.

Параскевич молча встала, надела шубу и подошла к двери.

— Не пытайтесь меня запугать, — холодно произнесла она, стоя на пороге. — Я вас выведу на чистую воду. Я докажу, что жена моего сына преступница. И пусть вам будет стыдно до конца ваших дней.

— Да уж, — протянул Ольшанский, когда за ней закрылась дверь. — Тяжелый случай. Хорошо, что у меня ума хватило тебя позвать, а то я бы ее точно убил. Как муж с ней столько лет прожил? Бедолага. Да и сыну, видно, доставалось. Настасья, есть хочешь?

— Нет, спасибо.

— Ладно, брось, мне Нина с собой бутерброды

дала и термос с чаем, давай пожрем быстренько, пока будем твою кассету слушать.

Он достал из портфеля пакет с бутербродами и термос, а из сейфа магнитофон, в который вставил принесенную Настей кассету.

Через полчаса, предварительно позвонив Светлане Михайловне Касьяновой, они отправились домой к скончавшейся вчера Людмиле Исиченко, чтобы изъять и отправить на экспертизу ее перчатки и черную кожаную куртку, в которых она якобы совершила убийство известного писателя Леонида Параскевича.

Глава 9

Они победили! Ирина была не сильна в политике, но даже ее отрывочных знаний и представлений было достаточно, чтобы понять: они победили. Партия, которую представлял Сергей Березин, набрала куда более пяти процентов голосов избирателей.

В воскресенье ближе к вечеру Сергей уехал в информационный центр, на компьютеры которого поступали с мест результаты подсчета бюллетеней. Он заранее предупредил Ирину, что процедура эта долгая, протянется скорее всего до середины дня понедельника, а то и дольше, но он должен ехать и вместе с соратниками и конкурентами следить за подведением итогов.

Ирина приготовилась к долгому одинокому ожиданию, замочила постельное белье и рубашки Сергея, разбрызгала на паласах специальную пену, которая за полчаса впитывалась и после обработки пылесосом и удаления пыли и грязи возвращала краскам первоначальную свежесть и яркость. Прикинула, что, раз Сергея долго не будет, можно заняться волосами, смочить их составом и закрутить на крупные бигуди. Если проходить так не меньше двенадцати часов, то завивка будет держаться неделю, потому что состав очень крепкий. Но, вспомнив, что уже несколько месяцев не носит кудрей, с облегчением вздохнула, потому как волосы можно не терзать. Сергею нравится гладкая прическа, да и ей самой, честно говоря, тоже.

Телевизора она не выключала до глубокой ночи, прислушивалась к объявляемым цифрам и расплывчатым комментариям, выискивала в зале лицо Сергея, когда камера пробегалась по присутствующим. Да, вот он, то сидит молча, о чем-то задумавшись, то что-то быстро пишет в блокноте, то оживленно разговаривает с другими. Все это не было внове для Ирины, ей и раньше приходилось видеть на экране людей, которых она знала и обслуживала. Но все-таки сейчас было по-другому. Она и сама не смогла бы сказать, почему, но она так чувствовала. Может быть, дело было в том, что раньше, видя знакомое лицо, она не испытывала ни малейшего интереса к тому, зачем он в студии, что он там делает и кем его в данный момент выставляют — героем дня или антигероем. А с Сергеем было иначе.

Спать она легла поздно, а в понедельник вскочила ни свет ни заря и тут же кинулась к телевизору. Сведения в информационный центр все еще продолжали поступать, но предварительные подсчеты обнадеживали. Иногда камера выхватывала из множества присутствующих в зале осунувшееся, но светящееся радостью лицо Сергея Березина, и каждый раз Ирина чувствовала, как в груди разливается тепло. Все получилось, все было не зря. Они победили!

Ирина переложила замоченное с вечера белье в стиральную машину и уселась на кухне с чашкой кофе перед включенным маленьким телевизором. Нужно будет приготовить побольше еды и одеться так, как любит Сергей. В любую минуту он может нагрянуть домой, да не один, а с друзьями, а то и с журналистами, и она, его жена, должна быть в полной боевой готовности к приему гостей.

Позавтракав, она поставила опару для теста — Сергею нравятся ее пироги, кулебяки и плюшки — и занялась начинкой. Пироги Ирина решила делать с мясом, кулебяку — с капустой, а плюшки — с яблоками и черной смородиной. Она вспомнила недавнюю вспышку страха у Сергея, когда он решил, что она ушла из дома, отправилась к старым приятелям, и горько улыбнулась. Куда ей уходить? Ее место в той жизни прочно занято, ей туда ход заказан навсегда. Обратного пути у Ирины нет, и даже если что-то не сложится, назад она вернуться уже не сможет. Ни при каких обстоятельствах.

Стиральная машина гудела, на кухне подходило тесто, по всей квартире разливался запах жареной капусты и лука, и было Ирине так уютно, так хорошо, как никогда раньше. У нее был дом, у нее был муж, она была хозяйкой, стирала, убирала, готовила. Она так мечтала об этом! Если бы еще и ребенок был — тогда можно считать, что сбылось все. Но как знать, может быть, и ребенок еще будет. Хорошо бы, не один, а двое. Как знать...

Когда прозвенел звонок в дверь, она радостно помчалась в прихожую, уверенная, что это Сергей. Но на пороге стояла незнакомая дама, одетая дорого и изысканно. Лицо ее показалось Ирине смутно знакомым, и от недоброго предчувствия сжалось сердце.

— Я могу войти? — надменно спросила дама.

— А что вы хотите?

Ирина не решалась ее впустить и надеялась, что женщина пришла к Сергею и, узнав, что его нет дома, повернется и уйдет.

— Хочу поговорить с вами, дорогая моя. Вы что, не узнаете меня?

Нет, Ирина ее не узнавала, но понимала, что должна узнать.

— Проходите, — сухо сказала она, пропуская гостью в квартиру.

Женщина разделась, повесила длинную песцовую шубу в шкаф на плечики. Под шубой на ней был дорогой деловой костюм из английского твида. Ирина провела ее в комнату, предложила сесть, но сама осталась стоять. Ей было тревожно, и она инстинктивно боялась садиться, как человек, который в любую секунду готовится сорваться с места и убежать.

— Я вас слушаю.

Женщина окинула Ирину оценивающим взглядом с ног до головы.

— А вы изменились, — усмехнулась она, закончив обзор. — Я бы даже сказала, что вы несколько подурнели. Впрочем, неудивительно, я слышала, вы попали в аварию и потом долго лечились. Я надеюсь, теперь все в порядке, вы полностью выздоровели?

— Да, спасибо, — по-прежнему сухо ответила Ирина. — Вы пришли справиться о моем здоровье?

— Ну что вы, дорогая, я пришла к вам как к коллеге. У нас с вами, если вы не забыли, общий муж.

«Ну конечно! Это первая жена Сергея, — с ужасом поняла Ирина. — Все пропало».

— Я прошу прощения, но я вынуждена оставить вас на минутку, — сказала Ирина, стараясь ничем не выдать охватившей ее паники. — Мне нужно посмотреть тесто.

На лице женщины мелькнуло удивление, смешанное с недоверием.

— Конечно, — милостиво кивнула она.

Ирина выскочила в кухню, для виду громыхнула крышкой кастрюли и незаметно прошла в спальню. Она знала, где Сергей хранит альбомы с фотографиями. Да, конечно, вот их свадебные фотографии, а вот снимки, сделанные в день десятилетнего юбилея их совместной жизни. Это она, Диана Львовна. Господи, зачем она пришла? Что ей нужно? Неужели...

— Ну и как тесто? — насмешливо спросила Диана, когда Ирина вернулась.

— Подходит.

Ирина постаралась взять себя в руки и успокоиться. В конце концов, лично Диане она ничего плохого не сделала, во всяком случае, в последнее время. И, давая интервью въедливой журналистке Олесе Мельниченко, была предельно корректна и не позволила себе ни одного неуважительного слова в адрес бывшей жены Сергея Березина.

— Вы теперь играете домовитую жену? — поинтересовалась Диана. — Насколько я знаю, раньше за вами такого не водилось. Сергей вечно ходил голодным и неухоженным, а рубашки и носки стирал себе сам. Это авария так на вас подействовала?

— Диана Львовна, может быть, мы перейдем к делу? Я слушаю вас.

— С ума сойти! — расхохоталась гостья. — Да вас будто подменили, дорогая моя! Какие манеры, какая речь! Светский салон, ни больше ни меньше. Что ж, тем лучше. С интеллигентной женщиной мне договориться будет, я надеюсь, проще, чем со спившейся потаскухой.

— Вы хотите меня оскорбить, Диана Львовна? Вам это удалось. Позвольте проводить вас до двери. В таком тоне я с вами разговаривать не буду.

— Перестаньте, Ира, — поморщилась Диана. — Вы моложе меня, значительно моложе, и должны быть снисходительны. Кроме того, вы же не можете отрицать, что ваше поведение в прошлом дает мне все основания говорить о вас так, как я говорила. Всем известно, что вы много пили, баловались наркотиками и периодически укладывались в чужие постели. Если вы забыли, я вам напомню, как мы с вами случайно встретились в ресторане, когда вы отмечали сорокалетие Сергея. Вы были безобразно пьяны, лезли ко мне обниматься и во всеуслышание объявляли, что мы с вами родственницы по мужу. Забыли?

— Хорошо, оставим это. Будем считать, что вы правы. Так что вы от меня хотите сейчас?

— Я хочу, дорогая, заключить с вами договор. Соглашение о взаимопомощи. В первую очередь я хочу, чтобы вы усвоили раз и навсегда, что политическое благополучие вашего мужа находится в моих руках. Вы можете вести себя, как тихий ангел, не пить, не колоться, не изменять ему и даже не курить, вы можете строить из себя образцово-показательную жену, давать интервью и всеми прочими способами морочить голову публике, но вы должны все время помнить, что я могу рассказать о вас множество нелицеприятных вещей. И о том, как вы вели себя, когда мы с Сережей еще не были разведены, о том, как я дважды вышвыривала вас из нашей супружеской постели, и даже о том, как вы пытались драться со мной. Я могу рассказать, как в первые годы вашей совместной жизни Сережа приходил ко мне и плакал на моем плече, говоря, что вы шлюха и пьяница, что он хочет есть, что в квартире грязь и бардак, но он ничего не может с собой поделать, потому что любит вас и дня без вас прожить не может. В общем, рассказать я могу многое. Но могу и не делать этого. Могу, например, всем и каждому говорить, что Сережа встретил вас, когда мы с ним фактически уже расстались, так что о супружеской измене и речи нет, что вы всегда вели себя достойно и ничем меня не обидели. Что Сережа вас безумно любил и всячески превозносил. И так далее. И только от вас зависит, какую линию поведения я выберу.

— И что конкретно я должна сделать, чтобы вы не поливали меня грязью? — спросила Ирина, стараясь скрыть дрожь в голосе.

— Вы должны делать мне рекламу, дорогая моя. Я, видите ли, тоже решила заняться политикой, женщина я свободная, энергичная, времени и сил у меня более чем достаточно, так почему бы и нет? Уверяю вас, это развлечение ничем не хуже других. Сегодня моя партия еще мало кому известна, хотя в выборах мы участие принимали, у нас все как у больших. Разумеется, вожделенных пяти процентов мы не набрали, но мы на это и не рассчитывали, нам важно было просто заявить о себе, обозначиться. А вот к следующим выборам в Думу, через четыре года, мы уже будет готовиться серьезно. И вы должны мне в этом помочь.

— Каким образом я могу вам помочь?

Диана встала с кресла и прошлась по комнате, разглядывая книги на полках и маленькие пейзажи в рамках. Ее фигура начала немного оплывать, ноги были некрасивы, но лицо по-прежнему интересное, с резкими четкими чертами и почти без морщин.

— Представьте себе, Ира, как интересно будет избирателям следить за предвыборной борьбой двух партий, во главе которых стоят бывшие супруги. Партия Сергея Березина и партия Дианы Березиной. Скажу вам правду, в моей партии я не занимаю лидирующего положения. Но это пока. Потому что, если вы будете делать так, как я скажу, я стану лидером. Вернее, меня им сделают. Понимаете?

— Не очень.

— Ну да, конечно, вы в этом не сильны, — снисходительно бросила Диана. — Объясняю попроще, чтобы вам было понятно. Вы направо и налево будете рассказывать о том, что бывшая жена Сергея, Диана Березина, тоже занимается политикой и является активным членом партии... Впрочем, название вы с ходу не запомните, я вам оставлю свою карточку. Когда у вас начнут расспрашивать об этом подробнее, вы должны говорить обо мне хвалебные слова. Кривить душой вам при этом не придется, вам лично не в чем меня упрекнуть. Но вы должны будете подбирать такие слова, которые пробудят у журналистов интерес ко мне как к личности. Они начнут искать меня и брать интервью. Таким образом, пробудится интерес и у публики. Но пока только лично ко мне. Я же, в свою очередь, буду в интервью рассказывать о нашей партии, и в глазах общественности эта партия уже будет прочно связана с моим именем. Народ начнет называть ее партией Дианы Березиной, и тогда волей-неволей нынешние лидеры должны будут призвать меня в свои ряды. Выхода у них не будет, они поймут, что партия становится известной народу только благодаря мне и, если я уйду, о ней забудут. Народ обожает дрязги между бывшими супругами, а то, что это происходит в форме политической конкуренции двух партий, только придает пикантность и остроту. Я стану чем-то вроде свадебного генерала, и не исключено, что меня захочет переманить в свои ряды более мощная партия, которая решит повести борьбу с партией Сергея. А продавать себя я намерена дорого. Так как, милочка? Мы договоримся?

— У меня такое ощущение, Диана Львовна, что вы меня шантажируете, — сказала Ирина.

— Ну разумеется, — рассмеялась Диана. — А что в этом плохого? Я же не деньги у вас вымогаю. Я предлагаю вам сделку. Если вы не принимаете моих условий, я просто рассказываю о вас чистую правду. Если принимаете — возьму грех на душу и буду лгать, говоря всем о том, какая вы замечательная. И что, в конечном итоге, мешает вам занять такую же позицию? Если я скажу о вас хоть одно плохое слово, вы тут же оповестите широкую общественность о том, как я к вам приходила и предлагала помочь мне в политической игре. Меня это тоже не украсит, уверяю вас. Так что это еще как посмотреть: то ли взаимный шантаж, то ли обоюдная договоренность.

— Хорошо, — вздохнула Ирина, вставая и всем своим видом показывая, что затягивать беседу она не намерена. — Будем считать, что мы с вами договорились. В конце концов, я сама виновата в том, что дала вам в руки оружие против себя. А раз виновата, то и платить за свои прегрешения буду сама.

— Значит, вы мне обещаете сделать так, как я сказала?

— Обещаю. Вы сами видите, я теперь не пью и наркотиков не употребляю, так что на мое слово вы можете положиться.

Диана поняла, что ей предлагают уйти. Она вышла в прихожую следом за Ириной и взялась за шубу. В какой-то момент они оказались совсем близко друг к другу, и бывшая жена Сергея Березина буквально впилась глазами в лицо его нынешней жены. Ирина внутренне похолодела и замерла, как кролик перед удавом.

— Все-таки вы очень сильно изменились, дорогая моя, — сказала наконец Диана. — Раньше вы были совсем не такой. Мне жаль вам это повторять, но вы сильно подурнели с тех пор, как я вас видела в последний раз. Вы слишком много пили, это не способствует женской красоте. Я рада, что вы вовремя одумались.

Губы ее растянулись в ледяной улыбке, и она покинула квартиру своего бывшего мужа с видом победительницы.

Ирина еще долго стояла в прихожей, стараясь унять бешено колотящееся сердце и не в силах пошевелить ни рукой, ни ногой. Подурнела! Наконец она заставила себя оторваться от стены, прислонившись к которой она стояла, и снова пошла в спальню. Вот они, фотографии, сделанные после того, как Березин женился во второй раз. Ирина нашла несколько снимков, где лица были сняты крупным планом, и подошла к зеркалу. Да, Диана права, лицо на фотографиях было ярче и выразительнее того лица, которое глядело на Ирину из глубины зеркала. Но ведь сейчас Ирина совсем не красится, Сергей говорит, что у нее

184

без макияжа такое нежное, домашнее лицо... Если накраситься, то она станет в точности такой же, как смеющаяся счастливая женщина на фотографиях трех- и пятилетней давности. Только зачем? Смеялась, радовалась жизни, чувствовала себя счастливой — а чем все кончилось? Так стоит ли...

* * *

Подъезжая на машине к дому, Светлана Параскевич увидела на скамейке возле подъезда знакомую фигуру. Свекровь сидела очень прямо, будто аршин проглотила, вперив в пространство невидящий взгляд. Светлана преодолела искушение свернуть под арку, не доезжая до двери своего подъезда, проехать через внутренний двор насквозь, снова выехать на дорогу и смыться подальше. Не вечно же Галина Ивановна будет здесь сидеть. Общаться не было ни малейшего желания.

Она неторопливо поставила машину, сняла «дворники», вытащила из гнезда магнитофон, заперла и проверила все двери и только после этого пошла к подъезду. Галина Ивановна молча наблюдала за невесткой, не делая ни малейшего движения ей навстречу. Она сидела, застыв в позе скорбящей Богоматери.

— Добрый вечер, — поздоровалась Светлана, подойдя к ней. — Вы меня ждете?

— Кого еще я могу ждать в этом богом забытом районе, — с тяжелым вздохом великомученицы ответила свекровь. — Я уверена, что этот район выбирала ты, а не Леночка. Он бы обязательно подумал о том, как тяжело мне будет сюда добираться.

«Незачем тебе сюда добираться, старая сука, — огрызнулась про себя Светлана. — И нечего тебе тут делать. Знала бы ты, что сказал твой любимый сын, когда мы с ним вместе выбирали район, где будем покупать новую квартиру. Все равно где, сказал он, только чтоб мать туда пореже ездила. Жаль, что ты этого не слышала».

Не произнеся больше ни слова, они поднялись на

лифте и вошли в квартиру. Светлана быстро скинула сапожки и прямо в куртке прошла на кухню поставить чайник. Печка в стареньких «Жигулях» работала плохо, и она здорово замерзла, мотаясь на машине по своим делам.

— Почему ты позволяешь себе входить на кухню в верхней одежде?! — донесся до нее скрипучий голос свекрови. — Это негигиенично, на кухне продукты, а на куртке ты с улицы несешь всякую заразу.

Светлана крепко зажмурилась и резко выдохнула. Это был проверенный способ против выступлений Галины Ивановны. Молчать, молчать и еще раз молчать, ни на что не реагировать и ни на какие выпады не отвечать, если можно. Не позволять втягивать себя в дискуссии. Не огрызаться. Не оправдываться. За шесть лет, прожитых в роли невестки Галины Ивановны, Светлана научилась достаточно ловко и безболезненно выходить из положения, разработав целую программу «безопасного» поведения в присутствии свекрови. Конечно, она могла бы поставить злобную старуху на место, могла бы повоевать за свою независимость и право жить так, как хочется ей самой, но она слишком любила Леонида, чтобы позволить себе травмировать его. Она знала, что он не выносит собственную мать, но страдает из-за этого, считая свою неприязнь к Галине Ивановне ненормальной и предосудительной, поэтому он никогда, никогда не допустил бы ни одного слова вопреки мнению матери. И сам не сказал бы, и Светлане не позволил. В присутствии матери он был идеальным сыном, любящим, заботливым, покорным и ласковым, искренне считая, что этим он искупает свою вину перед ней. Он чувствовал себя виноватым за то, что терпеть ее не мог. Он должен ее любить, он обязан, а если у него не получается, то это свидетельство его испорченности и глубокой безнравственности, порочности, греховности.

— Сейчас будем чай пить, — весело говорила Светлана, раздеваясь и разбирая сумки с продуктами. — Я купила очень вкусный кекс.

— Ты всегда злоупотребляешь мучным, — сурово заметила свекровь. — Ты уже в том возрасте, Светочка, когда пора начинать думать о своем внешнем виде, а не только об удовольствии.

Светлана проглотила и это, хотя вполне могла бы ответить, что ей для сохранения хорошего внешнего вида нужно прибавить в весе по меньшей мере пять килограммов. Небольшой рост и худоба, которые в молодые годы выглядят как очаровательная миниатюрность и «статуэточность», после тридцати превращают женщину в старушкообразного щенка. Для того чтобы кожа не обвисала и не прорезались ранние морщины, ей, Светлане, придется постоянно понемножку прибавлять в весе, чтобы в итоге перейти к облику веселой пышечки, а не старой сморщенной карги.

— У меня есть крекеры и творог, если хотите, — миролюбиво ответила она на замечание Галины Ивановны. — Это более диетическая еда.

— Мне ничего не нужно. Я не чай пить сюда пришла.

— Вы уж извините меня, я целый день моталась по делам, пообедать не успела, да и замерзла ужасно, так что я чаю все-таки выпью.

Светлана уселась на кухне за стол, стараясь не обращать внимания на кислую физиономию свекрови, и налила чаю в две чашки.

— Я же сказала, что не буду пить, — капризно сказала Галина Ивановна.

«Я не глухая, — снова мысленно огрызнулась Светлана. — Но, если бы я посмела не налить тебе чаю, ты бы разразилась тирадой о том, что тебе даже ради приличия в этом доме чашки чаю не предлагают. Ты всегда найдешь к чему придраться».

— Я слышала, ты успешно распродаешь Ленечкино творческое наследие, — приступила к делу свекровь.

Светлана едва не поперхнулась. Откуда она узнала? Всего несколько дней прошло с тех пор, как она побывала у Паши в «Павлине» и у Нугзара в «Вирде». Разумеется, оба они не замедлят опубликовать в «Книжном обозрении» объявление о том, что ими приобретены авторские права на новые романы покойного Параскевича, но ведь газета выходит по вторникам, и даже если они успели подсуетиться и протолкнуть объявление в завтрашний номер, то все равно он — завтрашний. И потом, Галина Ивановна никогда этой газетой не интересовалась, в отличие от самой Светланы, которая ее выписывала и внимательно следила за тем, попадает ли Параскевич в десятку чемпионов издаваемости и сколько времени держатся его любовные романы в списке бестселлеров. Тогда откуда же эта мымра узнала? Но отпираться смысла нет, да и незачем.

— Я не распродаю его наследие, а заключаю договоры с издателями на публикацию его рукописей, как уже издававшихся, так и новых. А что вас беспокоит?

— Меня беспокоят те суммы, которые ты на этом зарабатываешь. Насколько мне известно, только в течение прошлой недели ты отхватила шестьдесят тысяч долларов. И это сейчас, когда Ленечкин прах еще не остыл. А что будет дальше?

— А что будет дальше? — спокойно переспросила Светлана. — Я не понимаю, Галина Ивановна, к чему вы клоните. Вы считаете, что после смерти Лени я должна была отдать его рукописи издателям бесплатно? Или вы считаете, что эти рукописи вообще не должны издаваться? Ну объясните же мне, что конкретно вас не устраивает.

— Меня не устраивает, что ты наживаешься на его имени, его таланте, его труде.

— И что вы предлагаете? Как я должна поступить, чтобы вам это понравилось?

Светлана чувствовала себя легко и свободно, потому что теперь ей не нужно было заставлять себя сдерживаться. Если она и делала это, то только по привычке, а не из страха обидеть Леонида. Теперь, когда Галина Ивановна похоронила своего сына, Светлана может разговаривать с ней так, как считает нужным, не выбирая слов и выражений и не давая себя в обиду. Ощущение было ей внове, после похорон и поминок она встречалась со свекровью только один раз — когда поминали на девять дней, но тогда вокруг было полно народу, да и атмосфера была все-таки горестной, так что Светлана и не думала «возникать», даже если ей что-то не нравилось.

— Мы с тобой обе являемся наследниками первой очереди, — заявила Галина Ивановна. — И имеем равные права наследования.

— Ах вот что! — усмехнулась Светлана. — Значит, вы хотите, чтобы я поделилась с вами теми деньгами, которые получаю за рукописи. Я правильно вас поняла?

— Да, я этого требую, потому что имею на это право. И свое право я буду отстаивать с помощью суда и адвоката, если у тебя хватит наглости довести дело до этого.

— Хватит, — заверила ее Светлана, впиваясь острыми белыми зубками в лимонно-желтую мякоть кекса. — Вы можете судиться со мной до полного умопомрачения, но вас ждет жестокое разочарование. Процесса вы не выиграете и денег не получите. Зато с вас вычтут судебные издержки, да и адвокат вас порядочно обглодает.

— Почему же, позволь спросить, я не выиграю процесса? — поинтересовалась Галина Ивановна, прищуривая глаза и вздергивая брови.

— Спросить позволю, а отвечать не буду, — весело сказала Светлана, наливая себе вторую чашку чаю. — Пусть вас мучает неудовлетворенное любопытство.

— Не вижу здесь повода для шуток. Я еще раз повторяю: я настаиваю на том, что половина гонораров за Леночкины произведения, опубликованные после его смерти, принадлежат мне, его матери.

— Вам? А Владимир Никитич как же? Его вы не считаете наследником?

— Это подразумевается, — отпарировала свекровь. — Владимир Никитич слег после смерти Леночки, он не перенес этого удара, поэтому судиться с тобой он не станет, а я оказалась сильнее и могу бороться за наши с ним права. Ты, конечно, на это не рассчитывала, ты, вероятно, полагала, что смерть сына настолько выбьет нас из колеи, что мы позволим тебе все. Не вышло, Светочка, номер не прошел! Владимир Никитич действительно не хочет думать ни о каких деньгах, но со мной ты так легко не справишься. Или ты немедленно кладешь на стол тридцать тысяч долларов и обязуешься в дальнейшем отдавать мне половину гонораров, или мы с тобой прощаемся и вновь встречаемся только в суде.

— Нет, — невозмутимо ответила Светлана.

— Почему?

— Потому что.

— Как ты разговариваешь со мной?! — взорвалась Галина Ивановна. — К твоему сведению, я сегодня была в прокуратуре, у следователя Ольшанского. Я рассказала ему о твоих делишках, и он полностью согласен со мной в том, что ты причастна к убийству Леонида. Или ты сама его застрелила, или наняла кого-то, чтобы беспрепятственно распоряжаться его рукописями, потому что сам он никогда не думал о наживе, о деньгах, о том, как бы загрести побольше. Ты не могла этого перенести, тебе хотелось богатства, роскоши, путешествий, а Ленечка бескорыстно помогал своим друзьям и отдавал им рукописи за крошечные гонорары. Потому что я его так воспитала, я всегда внушала ему, что помогать другу — это благородно, даже если это происходит в ущерб тебе самому, а думать о корысти и наживе — это низко и недостойно интеллигентного человека. Но тебе не нравилось, как я воспитала своего сына, ты всеми силами хотела переделать его, а когда тебе это не удалось, ты просто избавилась от него. И следователь полностью с этим согласен.

— Значит, ваш следователь — идиот, — спокойно сказала Светлана. — Но я не понимаю, что лично вы выиграете, если меня посадят за убийство Лени? Ну, посадят меня в тюрьму, а дальше что? Вы думаете, от одного этого факта на вас деньги градом посыплются? И не мечтайте. Тридцати тысяч долларов я вам не дам и остальных рукописей тоже не дам. Так что вы, Галина Ивановна, останетесь при своем интересе. И, чтобы поставить все точки над «i» и закончить нашу содержательную беседу, я вам скажу, что есть некоторые обстоятельства, о которых вы не знаете, но которые сводят на нет все ваши жалкие попытки отсудить у меня половину гонораров за рукописи. Не пытайтесь со мной судиться, иначе эти обстоятельства вылезут на свет божий, я буду вынуждена предать

190

их огласке, и тогда вы окажетесь в смешном положении. Над вами будут потешаться, на вас будут указывать пальцем. Вы этого хотите? Тогда бегите скорее в суд, я вам обещаю такое развлечение, которого вы до самой смерти не забудете.

— Это блеф, — презрительно скривилась Галина Ивановна. — Ты лжешь, надеясь, что я испугаюсь и отступлюсь. Все эти фокусы давно известны и многократно описаны в мировой литературе. Если бы ты была получше образована и побольше читала, вместо того чтобы торговать Ленечкиным талантом, ты бы это знала не хуже меня. В последний раз предлагаю тебе добровольно отдать мне половину денег. Кроме того, ты должна будешь написать письменное обязательство, заверенное у нотариуса, о том, что и в дальнейшем ты будешь отдавать причитающуюся часть гонораров. Имей в виду, я поступаю с тобой благородно, хотя, видит бог, ты этого не заслужила. Ведь нас с Владимиром Никитичем двое, а поскольку мы все являемся равноправными наследниками, то нам с ним причитается не половина, а две трети Ленечкиного наследства.

— Да пошли вы!

Светлана встала из-за стола и подошла к окну, повернувшись спиной к свекрови. Вспомнив, что больше можно не притворяться и не подлаживаться под сложные отношения Леонида с матерью, достала сигареты и закурила.

— Так! — последовал тут же злобный комментарий. — Конечно, чего еще можно было ждать от такой, как ты. Не успел Ленечкин прах остыть, а ты уже схватилась за сигарету. Сегодня ты уже куришь, завтра начнешь пить, а потом вообще по рукам пойдешь. Я удивляюсь, как это ты так долго терпишь. Прошло три недели со дня Лениной гибели, а твоя квартира до сих пор не превратилась в бордель. Полагаю, что это всего лишь вопрос дней. Немудрено, что тебе нужны большие деньги. Ты будешь на них покупать себе многочисленных любовников. Ты всегда была бездарностью и ничтожеством, ты двух слов связать не могла, поэтому тебя рано или поздно выгоняют из всех газет и журналов, где ты пытаешься пристроиться. Ты только и умеешь, что выкаблучиваться в постели, в этом вся твоя ценность, и об этом все твои помыслы.

Светлана повернулась и улыбнулась свекрови нехорошей улыбкой.

— Ну что ж, Галина Ивановна, вы сами этого хотели, так слушайте. И не говорите мне потом, что я поступаю жестоко. Я хотела скрыть от вас правду, потому что для вас она неприятна, более того — убийственно неприятна. Я пыталась вас пожалеть. Но моему терпению пришел конец, потому что ваши оскорбления переходят всякие разумные границы.

Она отодвинула табуретку от кухонного стола и уселась у самого окна, подальше от свекрови. Закурив новую сигарету, Светлана некоторое время молчала, покачивая ногой и задумчиво разглядывая лицо пожилой женщины.

— Или не говорить? — произнесла она негромко, словно советуясь сама с собой. — Пожалеть вас? Вы же этого не перенесете.

— Говори! — самоуверенно потребовала Галина Ивановна. — Посмотрим, что это за неизвестные мне обстоятельства, которыми ты пытаешься прикрыться. Уверена, что нет никаких обстоятельств, сказать тебе нечего, вот ты и делаешь вид, что жалеешь меня.

— Ну и черт с вами, — в сердцах бросила Светлана. — Хотите — пожалуйста. Ваш сын никогда не был великим писателем. Он был замечательным, умным, добрым, чудесным человеком, и я его любила так, как только умела любить. Но он был абсолютно бездарен и как журналист, и как писатель. Это он, а не я, не мог связать двух слов на бумаге. А все романы, подписанные Леонидом Параскевичем, написала я. Вам понятно? Так что никаких прав на гонорары вы не имеете и думать об этом забудьте. Мы взяли Ленино имя, а не мое, потому что в рекламных целях это правильнее. Женщины склонны влюбляться в кумиров, тем более что у Лени была подходящая внешность и на фотографиях, которые делались для обложек наших книг, он выглядел просто великолепно. Так что мужчина — автор любовных романов — сильно повышал уровень продаваемости книг. Вы довольны? До этой минуты вы были скорбящей матерью, вырастившей и воспитавшей великого писателя. С этой минуты вы — никто. Ничтожная и жадная свекровь, пытающаяся отнять у овдовевшей невестки то, что принадлежит только ей, и никому больше.

— Ты врешь, — прошептала Галина Ивановна побелевшими губами. — Ты нагло врешь, пользуясь тем, что Леночки больше нет и некому опровергнуть твое бессовестное вранье.

— Да нет, уважаемая Галина Ивановна, я не вру.

— Тогда докажи, что это правда.

— Не буду я ничего доказывать. — Светлана потянулась и зевнула. — Мне это не нужно и не интересно. Если вы хотите доказать, что я лгу, пожалуйста. Как сказал Маяковский — творите, выдумывайте, пробуйте.

— Я буду требовать, чтобы провели филологическую экспертизу, — угрожающе сказала Параскевич-старшая. — И тебя моментально выведут на чистую воду. Руку мастера невозможно подделать.

— Проводите. — Светлана равнодушно пожала плечами. — Могу вам пообещать, что вы заплатите деньги специалисту и сами же сделаетесь всеобщим посмешищем. Все, Галина Ивановна, если у вас больше нет ко мне ничего, давайте прощаться. У меня был тяжелый день, я очень устала и хочу лечь.

Свекровь молча поднялась и с достоинством вышла из кухни. Не произнеся ни слова, она оделась, застегнула сапоги и взяла оставленную возле двери сумку.

— Мерзавка, — ровным голосом сказала она, не глядя на невестку. — Я тебе это еще припомню. Я никогда не забуду, как ты пыталась оклеветать моего сына и присвоить себе его славу. Ты за это заплатишь.

Светлана улыбнулась ей в ответ и без малейшего раздражения закрыла за свекровью дверь. За шесть лет она хорошо натренировалась не раздражаться и не впадать в ярость в присутствии Галины Ивановны.

Она вымыла посуду, убрала продукты в холодильник, отрезала себе еще кусок кекса и сжевала его всухомятку. На лице ее блуждала странная улыбка. Было уже почти десять вечера, когда она позвонила Виктору Федоровичу.

— Мне пришлось сказать свекрови, что романы писала я, — сообщила Светлана. — Она совершенно серьезно намеревалась отсудить у меня половину гонорара. Мне очень не хотелось ей этого говорить, я тянула до последнего, надеялась, что она образумится.

— Не переживайте, голубушка, — успокоил ее Виктор Федорович. — И правильно сделали, что сказали. Все равно рано или поздно пришлось бы сделать это.

— Она собирается организовать филологическую экспертизу. Вы не знаете, что это такое?

— Примерно представляю. Вас попросят написать небольшое произведение, рассказ или очерк, на заданную тему с включением заданных элементов, и потом группа специалистов-литературоведов и лингвистов будет сравнивать этот текст с теми, которые опубликованы под именем Леонида Параскевича. У них есть свои методики установления авторства.

— И все?

— И все, — подтвердил Виктор Федорович. — А чего вы еще хотите?

— Ну тогда все нормально. Беспокоиться не о чем, — облегченно вздохнула Светлана. — Свое авторство я докажу без труда.

— А вам вообще не о чем беспокоиться, голубушка. Никаких поводов для волнений у вас нет. Как идут ваши обменные дела?

— Успешно. Недели через две-три, наверное, буду переезжать. Мне до сих пор не по себе в этом доме после того, что здесь произошло.

— Понимаю вас, очень понимаю.

Светлана на мгновение словно наяву увидела перед собой дородную фигуру Виктора Федоровича, его крупную, красиво вылепленную голову с шапкой седых волос, улыбающееся, сияющее доброжелательностью лицо. Как хорошо, что есть такой добрый и надежный Виктор Федорович, к которому всегда можно обратиться за советом и который никогда не откажет в помощи, поддержке, сочувствии.

Она некоторое время побродила по пустой квартире. Трудно было привыкнуть к тому, что теперь по ночам она должна оставаться одна. Ей было неприятно. Она никогда не жила вне семьи, до замужества рядом были родители, после замужества — Леня, а в те редкие дни, когда ей приходилось оставаться на ночь одной, ее это не тревожило, потому что было понятно, что это всего на два-три дня, потом Леня приедет. А теперь это уже не на два-три дня, а до следующего замужества. Ну, во всяком случае, до переезда на новую квартиру.

Светлане стало грустно, телевизор смотреть не хотелось, и она снова подсела к телефону.

— Как ты? — спросила она, когда на другом конце сняли трубку.

— Плохо.

— Почему?

— Мне всегда без тебя плохо. Возвращайся, Светик.

— Я не могу, ты же знаешь. Я должна ночевать дома. Могут позвонить родители или еще кто-нибудь, и сразу пойдут разговоры, что я не успела овдоветь — и уже дома не ночую.

— Да плюнь ты, ну что тебе эти разговоры? Кого ты боишься?

— Перестань. Ты прекрасно знаешь, чего я боюсь. Между прочим, ко мне сегодня приходила Галина Ивановна.

— Зачем? Что ей нужно?

— Она хочет тридцать тысяч долларов — половину того, что мне заплатили за рукописи в издательствах. Она считает, что имеет право на наследство.

— Она что, охренела? Как ей такое в голову пришло?

— Тише, тише, не кричи, пожалуйста. Она считает себя наследницей первой очереди наравне со мной и хочет половину гонораров за все рукописи, которые будут выходить после смерти Параскевича. Судом угрожала, адвокатами пугала.

— Ничего себе! А ты что сказала?

— Пришлось сказать, что романы писала я. Конечно, в мои планы не входило открывать секрет так рано, но раз уж она взяла меня за горло... И потом, у меня все равно не было денег, так что мне и делиться было нечем. Я сегодня утром отвезла шестьдесят тысяч Виктору Федоровичу, осталось еще двадцать. Но он готов подождать, пока я не пристрою третью рукопись. Так что пойти навстречу требованиям Галины Ивановны я бы не смогла при всем желании.

— Интересно, как она отреагировала?

— У нее чуть припадок не сделался от ненависти ко мне. Но она уверена, что я говорю неправду, и собирается это доказывать всеми возможными способами.

— Злишься?

— Да нет, чего на нее злиться. Несчастная, неумная, недобрая, немолодая женщина. Ее жалеть надо, а не злиться на нее.

— Светка, у тебя потрясающий характер. Я бы так не смог.

— Чего бы ты не смог?

— Да у меня от одного твоего рассказа все внутри кипит, руки чешутся ее придушить, чтобы на чужое не зарилась и тебя не обижала, а ты так спокойно рассказываешь, да еще и пожалеть ее готова.

— Ну что ты, милый, зачем ты так. Надо уметь прощать, надо быть снисходительным к тем, кто старше нас. Мы не можем требовать от них, чтобы они нас любили за то, что у нас все впереди, а у них уже все закончилось.

— Светка, я тебя люблю. Я очень тебя люблю. Ты даже представить не можешь, как сильно я тебя люблю. По-моему, на свете нет человека добрее тебя.

— И я тебя люблю, милый. Ложись спать, а завтра с утра я приеду. Как с твоей новой работой? Ты ездил сегодня туда?

— Да, они дали мне пробный текст на редактирование. Если моя квалификация их устроит, они возьмут меня на полставки редактора с правом работать дома. Оклад, конечно, смешной, но все-таки...

— Конечно, это ведь ненадолго. Нам нужно первое время перекантоваться, а потом что-нибудь придумаем. Может быть, ты поторопился с этой работой? Все-таки предложение из лицея было более выгодным с точки зрения зарплаты. Учитель русского языка и литературы — это совсем неплохо. И главное — соответствует диплому, что немаловажно.

— Нет, Светик, не хочу. Это не мое.

— Ну хорошо, тебе виднее. Ложись спать, мой хороший. Целую тебя.

Глава 10

Правозащитник Поташов должен был явиться в 12.00, и чем ближе к назначенному часу, тем больше портилось настроение у Владислава Стасова. Конечно, Анастасия просьбу выполнила и с Заточным поговорила, и вроде бы выходило, что частное расследование по делу Евгения Досюкова ничем особо противным не угрожало, но все-таки в глубине души шевелилось неприятное чувство. Причем к полудню начался такой мандраж, которого Стасов за собой не припоминал, причин его не понимал и от этого еще больше злился. Одним словом, к приходу Николая Григорьевича Владислав пребывал далеко не в лучшем расположении духа.

Поташов ввалился в его кабинет на втором этаже особняка, который занимал офис киноконцерна «Сириус», и плюхнулся в кресло, даже не сняв пальто.

— Я составил проект договора, — заявил он, не здороваясь и с ходу открывая «дипломат». — Заказчиком выступает супруга осужденного, Наталья Михайловна Досюкова. Посмотрите, может, вас что-то не устраивает.

Стасов проглядел текст соглашения и не мог не признать, что составлено оно безупречно грамотно. Особенно порадовал его параграф о том, что заказчик, то есть Досюкова Н.М., настаивает на передаче материалов частного расследования в правоохранительные органы в том случае, если будут обнаружены какие бы то ни было признаки состава преступления в действиях любых лиц, попадающих в орбиту этого расследования. Мадам, судя по всему, свято уверовала в то, что плохие милиционеры и гады-судьи ее без вины виноватого муженька засудили, и ни минуты не сомневается в том, что, начни частный детектив раскапывать все по новой, он непременно нароет кучу злоупотреблений и нарушений, которые и привели к привлечению заведомо невиновного лица к уголовной ответственности. А это, как вы сами понимаете, статья. Ну и скандал, разумеется, тоже, как же без этого.

Был в договоре и пункт о материальной ответственности, который Стасова озадачил. Выходило, что если действиями подрядчика, то есть Стасова В.Н., будет причинен материальный ущерб заказчику, то Стасов ответственности за это не несет и возмещать ущерба не должен.

— Это как понимать? — спросил он, ткнув пальцем в соответствующую строку соглашения.

— Видите ли, Наталья Михайловна — человек очень порядочный. Она отдает себе отчет в том, что ее муж занимался бизнесом и, вполне возможно, был кому-то что-то должен. Но эти люди после его осуждения не считают для себя возможным требовать возвращения долга у нее, учитывая, что она находится в тяжелом положении, переживает, страдает. Кроме того, не забывайте, Наталья Михайловна зарегистрировала брак с Досюковым, когда он находился под следствием, и очень многие из его окружения просто об этом не знают. Для них Наталья — не более чем любовница, которая не в курсе дел Досюкова и не может распоряжаться его деньгами. Если они узнают, что она, во-первых, из любовницы превратилась в жену, а во-вторых, наняла за большие деньги частного детектива и пытается реабилитировать мужа, то сочтут ее положение не таким уж бедственным и тяжелым и могут обратиться к ней с материальными претензиями. Этот пункт вписан сюда специально для того, чтобы она не могла обвинить вас в том, что это произошло из-за вас.

— Чушь! — фыркнул Стасов. — Это ни при каких условиях не может случиться из-за меня. Не я же им должен, а Досюков.

— Она это понимает, — снисходительно улыбнулся правозащитник. — Но я настаивал на включении этого пункта. Мне уже приходилось сталкиваться с подобными ситуациями, когда в результате деятельности частного детектива у заказчика вдруг объявлялись кредиторы и заказчики пытались переложить вину на подрядчика. С точки зрения закона это, безусловно, глупо, но нервы на это тратятся немалые, можете мне поверить. Они ведь даже в суд подают, не стесняются.

— Но вы же только что сказали, что Наталья Михайловна правильно понимает ситуацию и не станет со мной судиться. Зачем тогда вы вписали этот пункт?

— Наталья Михайловна не станет, а другие? Вы, Владислав Николаевич, непредусмотрительны. А вдруг с Натальей Михайловной что-нибудь случится? Тогда правопреемником станут ее наследники, которые превратятся в ваших заказчиков и будут иметь право требовать от вас выполнения условий договора о проведении расследования. За них я уже поручиться не могу. У нее есть брат — довольно скандальная личность, и если он, паче чаяния, унаследует деньги и имущество Досюковой, то вряд ли ему понравится платить долги осужденного родственника. Не забывайте, Досюков находится в местах лишения свободы, с него спроса никакого, а для того чтобы вытрясти деньги из родственников, кредиторы частенько прибегают к силовым методам. А ну как братец заупрямится деньги возвращать, кредиторы его немножко побьют или имущество попортят, а виноватым окажетесь вы. Уверяю вас, Владислав Николаевич, такое уже случалось, и неоднократно.

— Убедили, — развел руками Стасов. — С вами трудно спорить.

— Со мной не надо спорить, — назидательно произнес Поташов. — Меня надо слушаться.

Стасов с трудом сдержался, чтобы не ответить какой-нибудь резкостью. Действительно, неприятный тип этот правозащитник, Заточный правильно сказал. И мадам Досюкова, судя по всему, не лучше.

— Почему в соглашении не указаны сроки? — сухо спросил он.

— Потому что для Натальи Михайловны важно, чтобы ее муж был оправдан, и для достижения этой цели она готова ждать сколько угодно.

— Но я не готов работать на нее сколько угодно! — взорвался Стасов. — Или она собирается платить мне еженедельно до тех пор, пока я не закончу расследование? Простите, в это слабо верится. И она, и вы не настолько хорошо меня знаете, чтобы быть уверенными в моей добросовестности и в том, что я не стану умышленно затягивать расследование, чтобы вытянуть из нее побольше денег. Я настаиваю, чтобы этот момент был урегулирован в договоре самым детальным образом.

Поташов посмотрел на него с сочувствием и умудренной опытом грустью, как на недоразвитое дитя.

— Если вы настаиваете, — вздохнул он и потянулся к договору, — тогда мы запишем, что круг вопросов, прояснить которые вам поручает заказчик, является для этого договора исчерпывающим и отчет по ним вы обязаны представить через месяц. Если в ходе вашего расследования возникнут новые обстоятельства, вопросы по которым заказчиком не поставлены, это будет уже предметом нового договора с новыми сроками, новым объемом работы и новым гонораром. Так вас устроит?

— Устроит, — зло сказал Стасов. — Если я вообще захочу заключать новый договор.

Поташов укоризненно покачал головой.

— Владислав Николаевич, неужели вы способны бросить дело на полпути? Неужели вас не трогает судьба невинно осужденного, который мотает срок неизвестно за что? Не могу поверить, что вы так очерствели за время работы в милиции.

— Николай Григорьевич, это для вас Досюков — невинно осужденный, потому что вы верите ему и его жене. А для меня он — никто. У меня нет пока никакой информации, кроме копии приговора, которую вы мне дали, и у меня нет никаких оснований верить в его невиновность. Не требуйте от меня чрезмерной доверчивости.

Расставшись с правозащитником, Стасов занялся текущими делами. В ближайшее время предстояло ежегодное мероприятие — вручение кинематографических призов за лучшие работы года. Представители «Сириуса» тоже будут присутствовать, и нужно было позаботиться о мерах безопасности для них. Одна из актрис, номинированных на приз и приглашенных на церемонию, с некоторых пор стала жаловаться на некоего анонимного преследователя. Кроме того, у Стасова появилась информация о том, что есть люди, которые уже получили заказ на изготовление пиратских копий с фильмов «Сириуса», удостоенных высокой награды. А ему за четыре месяца так и не удалось наладить надежную систему хранения яуфов с пленками.

К вечеру он переделал множество неотложных дел и поехал знакомиться с заказчицей.

* * *

Досюкова оказалась совсем не такой, какой ее заочно представлял себе Стасов. Ему казалось, что она должна быть под стать правозащитнику Поташову — хамоватая, уверенная в себе, требующая немедленного результата, причем не абы какого, а такого, как ей нужно. Он ожидал, что она будет или рыдать, или, что еще хуже, разговаривать на повышенных тонах, обвиняя всю милицию вкупе с прокуратурой и судом в неблаговидных действиях и низком профессионализме. Апофеозом, по прогностическим прикидкам Стасова, должна будет стать фраза типа: «Вы сами в то время работали в милиции. Вот такие, как вы и ваши коллеги, и засадили моего мужа в тюрьму. Теперь ваш долг — восстановить справедливость и попрать беззаконие во прах. Вы должны искупить свою вину».

Однако ничего такого не произошло. Досюкова приветливо улыбалась, пригласила Стасова в большую, уютно обставленную комнату, принесла пепельницу, предложила чай или кофе. Стасов решил начать с главного.

— Наталья Михайловна, давайте сразу проясним ситуацию. Вы абсолютно уверены в невиновности своего мужа или какие-то сомнения у вас все-таки есть?

Она помрачнела, пальцы рук непроизвольно вцепились в колени, обтянутые облегающими брюками.

— Мне сложно вам ответить, — негромко сказала она. — Понимаете, убийство Красавчикова произошло ночью. Вечером я приняла снотворное, довольно большую дозу. Когда я засыпала, Женя был рядом, и когда проснулась — тоже. Но вы сами видите, как спланирована наша квартира. Входная дверь находится очень далеко от спальни, и даже когда я не сплю, я все равно не слышу, как она открывается. А уж когда сплю, да еще на таблетках... Владислав Николаевич, я не хочу вам врать, это бессмысленно. Следователю я говорила, что Женя всю ночь был дома. Вернее, я говорила, что не слышала, как он уходил и возвращался. Я действительно этого не слышала. Но вы должны знать, что я вполне могла этого не слышать, даже если это и было.

— Значит, вы все-таки до конца не уверены? — уточнил Стасов.

Наталья отрицательно покачала головой, и Стасов заметил, что глаза ее налились слезами.

— Зачем же вы затеяли частное расследование?

— На этом настаивает муж. Он собирается бороться за свое освобождение до последнего. И Николай Григорьевич настроен очень решительно, он тоже поддерживает Женю. Знаете, — она вдруг улыбнулась, — Николай Григорьевич, как мне кажется, очень не любит милицию и готов взяться за любое дело, которое позволит ему уличить ее сотрудников в чем-либо неблаговидном. По-моему, он и правозащитной деятельностью занимается только ради удовольствия ткнуть милиционеров мордой об стол. Поймите меня правильно, Владислав Николаевич, я очень хочу, чтобы Женя не сидел в тюрьме, а был со мной, здесь, на свободе. Но...

Она замялась, и Стасову стало не по себе. Что-то странно она себя ведет, заказчица эта.

— Что, Наталья Михайловна? — пришел он ей на помощь. — Вас что-то смущает?

— Да, — она глубоко вздохнула. — Я люблю своего мужа и хочу ему верить. Но я слишком хорошо его знаю.

— А нельзя конкретнее?

— Я хочу, чтобы он вышел на свободу. Но я совсем не уверена в том, что он не убивал Бориса. Женя — мой муж, и я сделаю все, что он требует, чтобы добиться реабилитации. Это мой долг, понимаете? Я должна быть его помощницей, его соратницей, я должна оказывать ему поддержку — и моральную, и любую другую. Ведь именно поэтому я вышла за него замуж, когда он был под следствием. У меня должно быть официальное и никем не оспариваемое право помогать ему и поддерживать его, ездить к нему на свидания, писать письма, действовать от его имени. Вы, может быть, не знаете, мы до этого четыре года прожили вместе, не расписываясь. Как-то не нужно было. Но если вы меня спросите, уверена ли я на все сто процентов в его невиновности, то я вам отвечу — нет. Нет, Владислав Николаевич, я в этом не уверена. И я вполне готова к тому, что результаты вашего частного расследования подтвердят виновность моего мужа. Но я все равно надеюсь, что случится наоборот, что вы поможете его оправдать. Я ни в чем не уверена, потому что не могу с точностью сказать: уходил он в ту ночь из дома или не уходил. Ну вот, я вам все свои карты раскрыла.

Стасов озадаченно посмотрел на нее. Такого поворота он никак не ожидал. Не верит в невиновность, но все равно пытается попробовать ее доказать? Неужели ее преданность мужу так велика? Ладно, если бы речь шла о безграничном доверии, он бы еще это понял. Раз любимый супруг утверждает, что не убивал Бориса Красавчикова, значит, так оно и есть, а все остальное — происки злокозненных врагов, и нужно во что бы то ни стало вытащить невинного беднягу из острога. Но ведь она явно ему не верит. Она сомневается. Зачем же тогда все это? Неужели только потому, что она не смеет перечить мужу? Он хочет строить из себя жертву, а она и пискнуть не смеет, делает все, как он велит. А замуж зачем выходила? Никто ведь не тянул, тем более в такой ситуации. Выходит, любит она мужа до полного беспамятства, хоть и не верит ему, хоть и знает, что он подонок и убийца, но все равно любит и сделать с этим ничего не может. И не хочет. Просто любит — и все.

Стасов уходил, унося в душе сочувствие и самую искреннюю симпатию к молодой женщине, способной на такую сильную и безоглядную любовь и на честность даже в ущерб себе самой.

* * *

Доказательства по делу Евгения Досюкова были вполне приличными. Так, во всяком случае, оценил их Стасов, внимательно перечитывая копию приговора. Убийство Бориса Красавчикова было совершено в ночь с 1 на 2 декабря 1994 года, когда потерпевший выходил вместе со своей дамой из ночного ресторана. Некий мужчина выскочил из машины, выстрелил в Красавчикова, сел за руль и умчался. Сбежался народ, тяжело раненный Борис несколько раз повторил имя убийцы — Досюков. Даже к приезду милиции и врачей он еще был в сознании и повторил это имя, чему есть множество свидетелей. Дама ничего по этому поводу сказать не могла, ибо кто такой Досюков — и знать не знала, но одежду мужчины и его автомобиль описала достаточно подробно. Тут же стали наводить справки о том, кто такой Досюков и где живет, подъехали к его дому, в присутствии специалистов осмотрели автомобиль и пришли к выводу, что на нем недавно ездили. То есть не вечером после работы, а прямо-таки не более двух часов назад. Но вламываться ночью в квартиру не стали, дабы не нарываться. Позвонили по телефону, услышали, что Досюков снял трубку, выставили пост на лестнице, а в семь утра позвонили в дверь и вежливо попросили господина Досюкова «проехать». Описанная дамой потерпевшего куртка (или такая же, очень похожая) спокойно висела на вешалке в прихожей. Куртку изъяли, частицы пороха обнаружили, но Досюков не смог внятно объяснить, как они там оказались, и вообще участие в убийстве Бориса Красавчикова полностью отрицал. Тогда нашли свидетелей, которые видели Досюкова выходящим из дома около двух часов ночи и возвращающимся в начале четвертого. Свидетель, который видел, как он возвращается, опознал Досюкова уверенно и даже смог перечислить признаки внешности и одежды, по которым он его узнал среди семерых других мужчин, приглашенных для участия в опознании. Свидетель же, который видел, как он в два часа ночи уходил из дома, оказался соседом и хорошо знал Досюкова в лицо, а потому вообще ошибиться не мог. Сосед этот гулял с внезапно заболевшей собакой, которая чем-то отравилась и всю ночь просилась на улицу, поэтому никуда не спешил и прекрасно видел, как Евгений вышел из подъезда и сел в свою машину. Более того, он даже поприветствовал его словами: «Жень, ты чего это полуночничаешь?» На что Досюков на ходу бросил что-то невразумительное, вроде: «Дела, брат, дела», и при этом назвал соседа-собачника по имени и даже добавил: «Твоему Лорду тоже не спится». Так что ни о какой непреднамеренной ошибке и речи быть не могло. Если сосед обознался и принял за Досюкова какого-то совершенно неизвестного мужчину, то непонятно, откуда этот мужчина знает имена соседа и его пса и почему он уехал на машине, принадлежащей Досюкову. Ну а о том, что дама, выходившая с Красавчиковым из ресторана, тоже опознала Евгения Досюкова, и говорить нечего.

А сам Досюков отрицал все, клялся, что всю ночь спал рядом с женой, на улицу не выходил, на машине никуда не ездил и Красавчикова, само собой, не убивал. Правда, запала у него хватило ненадолго, через несколько часов он презрительно бросил: «Не буду я с вами разговаривать, ублюдки, раз вы человеческого языка не понимаете. Не верите мне — доказывайте как хотите». И после этого замкнулся в гордом молчании, полностью отказавшись от дачи показаний. У него как у крупного бизнесмена, имеющего все основания бояться за свою безопасность, было разрешение на оружие, и оружие это у него дома нашли. Экспертиза подтвердила, что именно из этого пистолета был застрелен Борис Красавчиков. Отпечатки пальцев на оружии принадлежали Досюкову, некоторые были смазанными, стертыми, некоторые — вполне отчетливыми, как и должно быть, когда вещью пользуешься давно и берешь ее в руки десятки раз. Ничьих других отпечатков на нем не было. Вот, собственно, и все. И как можно было с такими доказательствами упираться и на что-то надеяться, Стасов не понимал совершенно.

Начать он решил с адвоката, защищавшего Досюкова. Вполне возможно, что Евгений говорил ему о каких-то обстоятельствах, доказывающих его невиновность, которые не были приняты во внимание судом и в тексте приговора отражения не нашли. Но встреча с адвокатом его разочаровала. Тот, во-первых, не очень отчетливо помнил обстоятельства и особенно детали, потому что вел постоянно по нескольку дел одновременно и в голове у него была полная каша, а архивов он не вел.

— Да если бы я хранил записи по всем делам, мне жить негде было бы, — презрительно говорил он. — У меня дома и так книги на голову падают, места не хватает, а вы хотите, чтобы я старые бумажки складывал и хранил. Дело закончено, подзащитный осужден, кассационная жалоба осталась без удовлетворения, приговор вступил в законную силу — все, мое участие в процессе закончено.

— Но, может быть, вы что-нибудь помните? — с надеждой спросил Стасов. — Какую-нибудь деталь, которая казалась вам важной, но на которую суд не обратил внимания.

— Нет, — пожал плечами адвокат. — Я основной упор делал на то, что жена подсудимого не слышала, чтобы он уходил и возвращался той ночью.

— А она вам говорила, что принимала снотворное и не могла ничего слышать, даже если он и уходил?

— Говорила, а как же, — усмехнулся адвокат. — Но зачем суду это знать?

— То есть сами вы были убеждены в виновности своего подзащитного? — уточнил Стасов.

— Разумеется. Хотя он и мне не признался. Но я же не слепой, материалы следствия видел. Там все четко, не вывернешься.

— Значит, вы как адвокат никаких погрешностей следствия не обнаружили?

— Ни малейших, — подтвердил тот. — Ну что вы, следователь был из Генеральной прокуратуры, а оперативники — даже не с Петровки, а из МВД. На совесть сработали, что и говорить.

— Так в чем же вы тогда видели цель защиты, если не могли ничего противопоставить обвинению?

— А мотив? — Адвокат хитро улыбнулся. — Вы думаете, почему дело в МВД забрали и в прокуратуру России? Думали, между обвиняемым и потерпевшим стояли денежные интересы, у них были довольно мощные деловые контакты. А раз денежные интересы — значит, убийство было совершено из корыстных побуждений. Статья сто вторая, вплоть до высшей меры. А я свою задачу видел в том, чтобы доказать, что убийство было совершено из ревности, то есть по личным мотивам. Это ведь уже совсем другая статья и срок другой.

— И что, про ревность вам сам Досюков сказал? — недоверчиво поинтересовался Стасов.

— Да что вы, — засмеялся адвокат. — Досюков все отрицал, я же говорю, он даже мне не признался. Жена сказала, ну и еще нашлись люди, которые подтвердили, что потерпевший довольно смело оказывал любовнице Досюкова знаки внимания и даже чуть ли не домогался ее в грубой форме.

Да, про домогательства «в грубой форме» было записано и в приговоре, Стасов это помнил. Что ж, с адвокатом ничего не вышло, надо поговорить со свидетелями. Может быть, на них действительно оказывали давление в надежде слепить из Досюкова крутого мафиози и изобразить показательный процесс по делу об организованной преступности? Хотя чушь, конечно, несусветная. Какой крутой мафиози попрется среди ночи лично убивать конкурента? Никакой. У него для такой работы шестерки есть, а то и киллера нанять недолго, теперь это не проблема. А вот из ревности, под влиянием рассказа Натальи, по внезапному побуждению — вполне мог и сам. Услышал, разозлился, схватил пушку и рванул разбираться с обидчиком. Нет, не сходится. Во-первых, Наталья Михайловна крепко спала, наглотавшись таблеток, когда Досюков уходил из дома. Конечно, она могла рассказать Досюкову о домогательствах его приятеля и партнера по бизнесу как раз перед отходом ко сну, а ревнивец Досюков сразу же решил отомстить, но терпеливо выждал пару часов, пока Наталья крепко уснет. Может такое быть? Может. При этом он должен был совершенно точно знать, где в данный момент находится Красавчиков. Значит, когда Наталья ушла спать, он должен был начать звонить по разным телефонам и выяснять, где Борис. Если ушел из дома он около двух часов, а вернулся в начале четвертого, то за полтора часа вряд ли он смог объехать несколько мест в поисках обидчика. Зато этого времени было вполне достаточно для того, чтобы доехать до ресторана, какое-то время подождать Красавчикова, пару раз пальнуть из пистолета и быстренько вернуться домой. И дом Досюкова, и ресторан «Лада», где произошло убийство, находятся в центре города. Интересно, удастся ли найти тех людей, которым в интервале от полуночи до двух ночи в тот день звонил Досюков?

И Стасов снова поехал к Наталье.

— Если предположить, что ваш муж все-таки убил Бориса Красавчикова, то как он узнал, где его можно было в тот момент найти? — спросил он Досюкову.

— Понимаете... — Она снова замялась, и Стасов понял, что она сейчас вынуждена будет сказать ему какую-то неприятную правду, которую в силу природной честности она утаивать не хочет, но которая пойдет явно не на пользу святому делу освобождения ее супруга из застенков правового государства. — В тот вечер я была очень расстроена, поведение Бориса просто вывело меня из себя, и я впервые за все время пожаловалась Жене. Борис давно ко мне приставал, но я Жене никогда раньше об этом не говорила. А тут... Сорвалась, одним словом. Борис со мной вел себя как с дешевой шлюхой, которую Женя купил, но можно ведь и перекупить, если заплатить подороже. Я плакала, Женя рвал и метал от ярости, потом посоветовал мне успокоиться, выпить таблетки, уснуть и забыть обо всем. Сказал, что позаботится о том, чтобы больше мне Борис неприятных минут не доставлял. И еще сказал: какое, дескать, дерьмо этот Борька, привык каждый день себе новую шлюху покупать и думает, что и все остальные так живут. Мол, довел тебя до истерики, сердце разрывается смотреть, как ты плачешь, и знать, что он в это время в «Ладе» с новой телкой развлекается. То есть, понимаете, Владислав Николаевич, он откуда-то знал, что Борис в тот вечер собирался быть в «Ладе».

— А вас не насторожили слова Евгения о том, что Борис больше не будет доставлять вам неприятности?

— Честно признаться... — Она слабо улыбнулась, как-то робко и стыдливо, — я обрадовалась в тот момент. Я ведь, дурочка, думала, Женя имел в виду, что наконец на мне женится. Тогда Борис уже не сможет рассматривать меня как временную бабу, кочующую по богатым мужикам.

— Наталья Михайловна, вы знаете соседа, у которого собака по кличке Лорд?

— Конечно. Вы имеете в виду того, который видел Женю?

— Именно его.

— Игорь Тихоненко. Он живет этажом ниже.

— А того, второго, который видел, как Евгений возвращался домой?

— Нет, этого не знаю. Фамилию помню — Пригарин.

— А откуда он взялся? Тоже живет где-то поблизости?

— Нет, он там случайно оказался. Об убийстве Красавчикова и аресте Жени газеты через два дня раззвонили, да и по телевизору показывали, как Женю в наручниках ведут. Пригарин его узнал и сам пришел в милицию.

— Неужели он мог глубокой ночью так хорошо рассмотреть лицо вашего мужа, что через два дня узнал его на экране телевизора? — усомнился Стасов. — Что-то мне слабо верится.

— Вы знаете, я еще тогда, год назад, об этом подумала. Мне тоже это странным показалось. А потом все разъяснилось, к сожалению. Вы видели, какой у нас внизу огромный холл? Он круглосуточно освещен. Пригарин видел Женю через окно, он как раз в это время мимо нашего подъезда проходил, а Женя замешкался, стал вынимать ключи и зачем-то полез в почтовый ящик. Я тоже сначала надеялась...

— У адвоката сомнений не возникло в части опознания? Видите ли, Наталья Михайловна, если этот Пригарин видел вашего мужа по телевидению, то это уже повод для разговора. Кого он в результате опознавал? Мужчину, которого якобы видел в подъезде, или мужчину, которого видел по телевизору?

— Да, адвокат пытался на этом сыграть. Но ничего не вышло.

— Почему?

— Потому что, когда Женю арестовали, он вышел из дома в пальто и в шапке, а Пригарин описал другую одежду, как раз ту, которую потом на экспертизу забирали и которую другие свидетели описывали. Ведь если бы он видел Женю только по телевизору, он не смог бы этого сделать, правда?

— Правда, — вынужден был согласиться Стасов.

Да, плохи дела. Ничего тут, похоже, не выкрутить. Одна надежда — попытаться доказать недобросовестность свидетелей. Правильные показания им могли подсказать, но для этого нужно было их как минимум уговорить солгать на следствии и на суде. И речь ведь идет не только о тех двоих, которые видели Досюкова возле дома, но и о тех, которые видели его возле ресторана и слышали, как Красавчиков назвал имя убийцы. А среди них — и работники милиции, и врачи. Не слишком ли много? Конечно, нет ничего невозможного, подкупить можно любое количество людей, но все равно в их показаниях будут разногласия. А в этом деле их, похоже, нет. И потом, для такой мощной комбинации нужны огромные силы и огромные деньги, иными словами, если Досюков невиновен, то в его осуждении должна быть заинтересована целая организация. И кто же, такая организация существует, у нее есть какие-то счеты с Досюковым, а управление по организованной преступности ничего об этом не знает? Лихо. И совершенно неправдоподобно.

***

Со Светланой Параскевич следователь Ольшанский беседовал один, без Насти. Светлана казалась ему спокойной и уравновешенной женщиной, и для разговора с ней помощники ему были не нужны.

Поводов для беседы было два — самоубийство Людмилы Исиченко и недавний визит Галины Ивановны.

— Светлана Игоревна, я попал в весьма затруднительное положение. Нашелся человек, который признался в убийстве вашего мужа...

— Кто? — нетерпеливо перебила его Светлана. — Кто он?

— Это женщина. Та самая Исиченко, которая требовала, чтобы вы уступили ей Леонида.

— Не может быть, — изумленно протянула она. — Она же сумасшедшая.

— Ну почему не может? Вы что же, думаете, сумасшедшие не совершают преступлений? Еще как совершают, да такие, что нормальному человеку и в голову не придет.

— Но я не понимаю... — Светлана развела руками. — Она же хотела, чтобы Леонид ушел к ней, бросил меня. Зачем ей его убивать, если она хотела с ним жить? Нет, не верю.

— Вот об этом я и хотел с вами поговорить. Видите ли, Исиченко утверждает, что Леонид сам ее попросил сделать это.

— Сделать что? — не поняла Светлана.

— Застрелить его.

— Как это? Почему?

— Вот я и хочу, чтобы вы помогли мне разобраться, может ли такое быть.

— Да не может этого быть! — нервно выкрикнула она. — Да, она сумасшедшая, но Леонид-то нормальный! Что за чушь вы городите?

— Успокойтесь, Светлана Игоревна, я ничего не утверждаю, я только хочу разобраться. Вы не допускаете мысли, что ваш муж хотел уйти из жизни?

— Нет.

— И все-таки... Припомните, не был ли он подавленным в последнее время перед гибелью, не говорил ли, что ему все опостылело, надоело, что он устал, не знает, что и как делать дальше?

Светлана молчала, низко опустив голову и сосредоточенно разглядывая круглые следы от стаканов, навечно отпечатавшиеся на приставном столике для посетителей. Ольшанский терпеливо ждал, он по опыту знал, как нелегко людям бывает признавать, что их близкие ушли или хотели уйти из жизни добровольно. Одно дело — убийство, когда виноват кто-то чужой. И совсем другое — самоубийство, когда винить некого, кроме самого себя, потому что не смог вовремя разглядеть душевную травму у человека, который рядом с тобой, не обратил внимания на его депрессию, не придал значения каким-то словам. Ты сам виноват, потому что был глух и слеп, груб и жесток, совершил подлость, обманул, предал. Ты или сам довел человека до самоубийства, или не сумел предотвратить беду. В любом случае не виноват никто. Только ты.

— Я, наверное, должна вам рассказать всю правду, — наконец сказала она, поднимая глаза на следователя. — Тем более что недавно ко мне приходила свекровь, и ей я уже сказала. Так что вы все равно узнаете. Дело в том, что...

Она снова запнулась и умолкла. Ольшанский не стал ее торопить.

— Одним словом, все эти любовные романы написаны мной. Не Леонидом, а мной. Но мы с самого начала решили, что будем пользоваться его именем. Так лучше для рекламы. Женских романов, написанных женщинами, пруд пруди. А мужчин, которые умели бы сочинять романы для женщин, по пальцам перечесть. У нас в России нет ни одного. Вы понимаете, что я хочу сказать?

— Да-да, Светлана Игоревна, я понимаю, — быстро сказал Ольшанский, с трудом скрывая изумление. — Продолжайте, пожалуйста.

— Ну вот. Сначала нас все это ужасно забавляло. Мы так хохотали, вспоминая, как интервью у Лени брали, как издатели с ним разговаривают, как девочки в этих издательствах на него с обожанием смотрят.

Телевидение, радио и все такое. Смешно было. А в последнее время Леня стал раздражаться из-за этого. Говорил, что чувствует себя вором, укравшим чужую славу. Говорил, что ему стало невыносимо корчить из себя гениального литератора и знать, что на самом деле перо у него корявое и сочинять он не может. Его это очень угнетало.

— И в последнее время — особенно?

— Да. В последнее время — особенно. Он уговаривал меня прекратить обман и мистификацию, признаться и подписывать книги именем настоящего автора.

— А вы?

— Я не соглашалась. Поймите, Константин Михайлович, такие саморазоблачения никому не нужны. Те женщины, которые читают и любят романы Параскевича, почувствуют себя обманутыми. Они любят Леонида, а не меня. Им нужен кумир. Как же можно его вот так взять и отнять? Молоденькие девочки мечтают о нем, спят, положив под подушку его книги. И вдруг окажется, что все это написал не молодой красавец, чью фотографию они видят на обложке и в которого тайно влюблены, а женщина, да еще его жена. Мои романы уже никто не будет ни издавать, ни покупать. Это уже будет все совсем другое.

— Я вас понимаю, — мягко сказал Ольшанский. — Но вернемся к вашему мужу. Он очень страдал из-за этого?

— Очень. И чем дальше — тем больше. Он стал самому себе казаться никчемным, бездарным, говорил, что присвоил себе мою славу и живет фактически на мои деньги. И еще он очень переживал из-за того, что не может выгодно продавать мои рукописи. Ведь все переговоры издатели вели с ним, а не со мной, он — автор, а на меня они даже не смотрели. Я бы, конечно, ни за что не соглашалась на те деньги, которые они платили, меня они не сумели бы разжалобить, но Леня... Он не мог им отказать, у него был такой характер. И требовать повышения гонорара не мог. А я не могла вступать с издателями в переговоры, иначе мы разрушили бы имидж. Ну что это за писатель, который ходит по издательствам, держась за юбку своей жены? Несерьезно. Мы ссорились из-за этого, Леня клялся, что это в последний раз, что больше он ни за что не пойдет на поводу у слезных жалоб и просьб, но я отдавала ему новую рукопись, он шел в издательство — и все повторялось. А в последнее время он все чаще стал говорить, что не просто живет на мои деньги, но и обкрадывает меня, потому что из-за своего слабодушия лишает меня больших гонораров. Если бы я только знала, что он из-за этого может наложить на себя руки, я бы, конечно, согласилась во всем признаться. Но я была уверена, что это временное, что это скоро пройдет. Неужели он действительно?..

— Не знаю, Светлана Игоревна, — вздохнул следователь. — Но хочу понять. К сожалению, выяснить это точно сейчас уже невозможно.

— Поговорите еще раз с этой женщиной, с Людмилой. Может быть, она все это выдумала? Бред больного воображения?

— Это невозможно.

— Почему?

— Она умерла.

— Как... умерла? — пробормотала Светлана побелевшими губами. — Отчего?

— Отравилась. Покончила с собой. Написала чистосердечное признание и выпила яд. Вот такие грустные у нас с вами дела, Светлана Игоревна.

— Что же, выходит, по-вашему, Леонид решил уйти из жизни, но у него не хватило на это мужества, и он попросил ее застрелить себя? Нет, не верю.

— Но больше нам с вами верить не во что. Исиченко детально описала все, что произошло. Это мог сделать только человек, который сам совершил преступление. Она сказала, в какой одежде была в момент убийства, и на этой одежде обнаружены частицы пороха. Это значит, что человек, одетый в эту одежду, стрелял из огнестрельного оружия. Она описала машины, которые подъезжали к вашему дому, пока она ждала Леонида. Она даже описала коробку, в которой ваш муж оставил для нее пистолет. Кстати, вы не знаете, откуда у него пистолет?

— Не знаю, — удрученно покачала головой Светлана. — Но все равно я не верю.

— Может быть, вы и правы, — согласился с ней Ольшанский. — Может быть, ваш муж и не просил Людмилу об этом. Она убила его сама, по собственной инициативе. Может быть, просьба вашего мужа ей просто привиделась, пригрезилась. То, что она была психически нездорова, сомнению не подлежит. Но, так или иначе, Леонида Параскевича убила именно она. И нам с вами придется этот факт признать.

— Господи, как чудовищно... — прошептала Светлана. — Как страшно.

Глава 11

Всю неделю после выборов Сергей Николаевич Березин мало бывал дома, уходил рано утром и возвращался вечером, обычно не один. Он объяснял Ирине, что через месяц старая Дума сложит свои полномочия и вновь избранные депутаты приступят к дележу мест, кресел и должностей. К этому следовало готовиться заранее, объединяться в блоки, прорабатывать кандидатуры, продумывать стратегию парламентской борьбы при избрании спикера и председателей комитетов. В то же время Березину как депутату нельзя было больше заниматься бизнесом, и ему нужно было свернуть свое участие в коммерческих предприятиях, получить свою долю и с честью выйти из денежной игры. Одним словом, работа предстояла большая, и Сергей Николаевич погрузился в нее с головой. Кроме того, он не забывал и о популярности, поэтому почти ежедневно в их доме были гости — то товарищи по партии, то представители прессы, то просто старые друзья и знакомые Березина. Конечно, Сергей Николаевич всегда звонил Ирине и предупреждал, что выезжает и приедет не один, но все равно она была в постоянном напряжении, потому что понимала: даже если он предупредит ее за час до приезда, она не успеет обеспечить ему такой прием, какого он требует, поэтому все должно быть готово заранее, чтобы за оставшийся час только накрыть на стол, «сделать красиво» и разогреть блюда.

— Ира, — возбужденно говорил ей Березин, — твои кулинарные способности натолкнули меня на мысль о русском стиле. Это блестящая идея. Я не собираюсь играть в русофила и великодержавного шовиниста, но политик, который не столько ориентируется на Запад, сколько черпает силу в чем-то традиционно русском, должен вызывать симпатию. Если бы я был толстым и лоснящимся, то походил бы на купца, который увяз в русофильстве только лишь потому, что толщина щек закрывает ему обзор и не дает широко раскрыть глаза. А у меня внешность вполне европейская, я езжу на хороших дорогих машинах и ношу хорошую дорогую одежду, у меня молодая стройная жена, и слегка русифицированный стиль быта придаст неповторимость и изюминку моему образу. Как ты считаешь?

Она ничего такого особенного не считала, потому что в политике не разбиралась и интереса к ней не испытывала. Но в то же время помнила: у нее с Сергеем договор. Обоюдно выгодный договор, согласно которому он получает приличную жену, а она вырывается из цепких лап Рината — профессионального сутенера, эксплуатировавшего своих девочек, как рабынь на хлопковых плантациях. Березин свою часть договора выполнил, при помощи Виктора Федоровича сделал так, что Ринат теперь Ирине не страшен. Вот и она должна выполнять свою часть — играть роль такой жены, какую хочет иметь Сергей Березин. Поэтому каждый день в доме были борщ с пампушками, пироги, кулебяки, мясо молочного поросенка, холодец. Но все это, разумеется, не отменяло и европейских напитков и закусок. Ирина занималась ведением хозяйства с удовольствием, перечитывала кулинарные книги, выискивала все новые и новые рецепты, смело экспериментировала, каждый раз с робким удивлением убеждаясь в том, что у нее опять все получилось отменно, и, несмотря даже на то, что в описании технологии было место, которого она не поняла, она чисто интуитивно сделала все правильно. Ей нравился запах, исходящий от разогретой раскаленным утюгом ткани, когда она гладила постельное белье или сорочки Березина. Ей нравилось каждое утро, после того как Сергей уйдет, убирать в квартире, вытирать пыль, пылесосить паласы и мягкую мебель. Однажды, войдя в спальню и принявшись за ежедневную уборку, она задумчиво присела на край неубранной постели, потом прилегла, уткнувшись лицом в подушку, на которой спал Березин. От подушки исходил едва различимый запах его кожи и волос, тонкий и приятный. Точно так же пахло от него, когда он приходил вечером не один и при всех целовал Ирину в щеку и в краешек губ. Несмотря на связавший их смертный грех, ей все больше нравился этот привлекательный мужчина, спокойный, деловой, сдержанный. Она и не думала обижаться на некоторые его замечания и порой оскорбительные выпады, потому что понимала: общего греха на них — поровну, а она, кроме того, еще и шлюхой была, тогда как Сергей вел жизнь достойную и порядочную во всех отношениях.

Она лежала на его подушке, закрыв глаза, и думала о том, что, может быть, когда-нибудь она действительно станет его женой, и у них еще будут дети, и они станут настоящей семьей. С тех пор как она попала к Ринату, у нее была только одна мечта: дом, муж, дети. Дом есть, есть хозяйство, которое нужно вести, и есть мужчина, за которым нужно ухаживать. Сделано ровно полдела. Осталось сделать так, чтобы с мужчиной связывало не только хозяйство и штамп в паспорте, а нечто большее, и родить ребенка. Хотя бы одного.

Ирина вспомнила, какое встревоженное лицо у него было, когда она рассказала ему о визите Дианы Львовны.

— Она ничего не заметила? — допытывался Березин.

— Откуда я знаю, — пожимала плечами Ирина. — Судя по разговору, нет. Правда, она сказала, что я очень подурнела, но я думаю, это потому, что ей хотелось меня уесть, уколоть, а не потому, что это правда. Скажи, Сережа, а ты действительно приходил к ней в первое время после новой свадьбы жаловаться на жизнь?

— И это рассказала? — хмурился Сергей. — Диана всегда была злой. Всегда любила выдать чужую тайну публично и наслаждалась, глядя на неловкость и смущение другого человека.

— Значит, приходил?

— Приходил. И что?

— Ничего, просто было бы лучше, если бы ты вспомнил, что ты ей тогда говорил. Это уберегло бы меня от многих неприятных неожиданностей. Я подозреваю, что мне с Дианой Львовной еще не раз предстоит встретиться.

Березин, пряча глаза, добросовестно вспоминал все то, что семь лет назад говорил своей первой жене, жалуясь на вторую. Что-то из рассказанного было правдой, что-то небольшим преувеличением, а что-то — явным передергиванием, и Сергею Николаевичу было неловко, но он мужественно рассказывал, потому что понимал: Ирина в данном случае права на все сто процентов, ей необходимо это знать, если она хочет соблюсти все условия их договора.

Наконец пытка откровениями закончилась, и Березин перевел дух.

— Ты очень испугалась, когда она пришла? — спросил он Ирину.

— Очень. Я ведь совсем не понимала, как себя вести. Мне казалось, что бы я ни сделала — все оказывалось невпопад. Пытаюсь говорить вежливо — нарываюсь на издевку, дескать, из грязи — в князи, из шлюх — в принцессы. Пытаюсь проявить жесткость — она требует снисходительности, напоминает, что я значительно моложе. Веду себя скромно, стараюсь не раздражать ее своей молодостью, а она тут же повторяет, что я плохо выгляжу и вообще подурнела. Знаешь, она, словно кошка с мышкой, со мной играла. Скажет гадость — и смотрит, наблюдает будто исподтишка, интересуется, что получилось.

— Она и со мной так себя вела, — кивнул Березин. — Все двенадцать лет, что мы с Дианой прожили, я чувствовал себя мышкой, на которой ставят эксперимент.

— Мне показалось, она старше тебя, — заметила Ирина.

— Да, на шесть лет. Кстати, как она выглядит? Два года назад, когда я видел ее в последний раз, она была в отличной форме. Сейчас ей уже под пятьдесят.

— Она и сейчас в отличной форме. Подтянутая, почти без седины, глаза блестят, хороший костюм. Знаешь, мне показалось, в ней нет ненависти к тебе. И мне она не завидует. Это хорошо или плохо?

— Боже мой, Ирочка, конечно же, это хорошо. Иметь врагом Диану Львовну — лучше сразу удавиться, чтобы не мучиться. И ты умница, что не стала с ней конфликтовать, а сумела договориться. Черт с ней, пусть занимается своими женскими глупостями, только пасть не разевает. Ты же понимаешь, ей есть что порассказать про Сергея Березина и его вторую жену. Как политический противник она мне не страшна.

— Почему?

— Потому что у нашего народа чувство юмора развито в меру. Перебора нет.

— Я не поняла, — нахмурилась Ирина. — При чем тут чувство юмора?

— Ну ты же смотришь телевизор, наверняка видела выступление Задорнова, когда он говорил: «Почему выбрали Жириновского? — А это народ так пошутил». Для того чтобы партия, возглавляемая женщиной, набрала на следующих выборах более пяти процентов, народ снова должен испытать неистребимое желание пошутить, еще более сильное, чем в этом году. Но, я думаю, через четыре года у избирателей смешливости поубавится, когда они увидят, чем обернулся их специфический юмор. Так что можешь смело делать Диане рекламу, как она и просила. Пусть потешится, лишь бы гадостей не делала.

Всю эту суматошную неделю Ирина не ложилась спать, пока Сергея не было дома. Об этом Березин просил ее особо, и она не могла отказать, хотя приходил он очень поздно — в двенадцать, а то и в час ночи. Бывало, приезжал часов в шесть с двумя-тремя незнакомыми людьми, Ирина изображала гостеприимную хозяйку и кормила их обедом, после чего Сергей Николаевич снова уезжал до позднего вечера. Случалось, и в первом часу ночи приезжал не один. Тогда Ирина накрывала легкий ужин и терпеливо ждала, когда гость уйдет.

— Если хозяйка ушла отдыхать, — говорил Березин, — гость начинает чувствовать себя неловко, думает, что это он ее утомил, а теперь мешает спать. Поэтому я прошу тебя, не ложись спать раньше меня. В конце концов, тебе вовсе не обязательно вскакивать каждое утро в половине седьмого, чтобы приготовить мне завтрак. Я вполне могу справиться с этим сам, а ты спи сколько хочешь. Но мне важно, чтобы вечером я мог спокойно пригласить к себе кого угодно и твердо знать, что дверь мне откроет улыбающаяся жена, а в квартире будет пахнуть пирогами. Это важно для меня, ты понимаешь?

Ирина тогда ушла спать в свою комнату, с облегчением думая о том, что завтра будет валяться в постели до полудня. Однако, несмотря на то, что легли они почти в два часа ночи, в половине седьмого она уже встала и отправилась в ванную умываться и причесываться, а к семи часам из кухни полились упоительные звуки жужжащей кофемолки, свистящего чайника и шипящей сковороды. Звуки, символизирующие для нормального мужчины домашний уют, женскую заботу и нормальную семью.

— Ты все-таки поднялась, — с упреком сказал Сергей Николаевич, выходя к завтраку. — Я же сказал тебе вчера, что ты можешь спать утром подольше.

Но он сам не заметил, как на лице его расплылась блаженная улыбка, когда он увидел Ирину в длинном нежно-голубом платье, поверх которого был повязан кокетливый вышитый фартучек. Черт возьми, ему было приятно, что она все-таки встала, чтобы приготовить ему завтрак и проводить на службу. И ему было приятно ее видеть.

— Ты не понимаешь, Сережа, — улыбнулась она. — Для меня удовольствие — встать рано, чтобы приготовить завтрак для мужа. Я ловлю себя на том, что просыпаюсь, включаю свет, смотрю на часы, вижу, что уже шесть утра, и радостно думаю: как хорошо, осталось ждать всего полчаса. Я ведь без будильника просыпаюсь.

— Да ты что? — изумился Березин. — Зимой, в такую темень — и без будильника? Никогда не поверю.

— Зайди ко мне в комнату и посмотри, — предложила Ирина. — У меня есть будильник, но он так и лежит в чемодане. Я его ни разу не доставала с тех пор, как ты привез меня из санатория.

В то утро, уходя на работу, Березин вдруг испытал неожиданное и необъяснимое, но очень острое чувство радости оттого, что вечером, когда он вернется, его будет ждать дома эта милая женщина с нежным лицом. Он уже надел пальто и взял в руки перчатки, но внезапно подошел к Ирине и обнял ее.

— Я очень рад, что ты моя жена, — тихо сказал он. — И вообще я впервые начал наконец понимать, что значит иметь жену. Первые двенадцать лет у меня вместо жены была строгая и требовательная наставница, которая учила меня жизни и хорошим манерам. А потом на протяжении семи лет рядом со мной был взбесившийся капризный ребенок, который в любую минуту мог выкинуть любой фортель и за которым надо было постоянно присматривать и систематически испытывать крайне неприятные минуты острого стыда за его поступки. И только теперь я начинаю понимать, что такое жена.

Ирина замерла, почувствовав его теплые руки на своей спине. Неужели он ее поцелует? Она робко подняла голову, готовая вложить в этот поцелуй всю приобретенную опытом сексуальность и всю накопившуюся за долгие годы нежность. Сергей смотрел на нее теплыми ласковыми глазами, но в них Ирина не увидела той знакомой легкой «очумелости», которая обычно предшествует поцелую, если, конечно, этот поцелуй не является техническим, то есть необходимым структурным элементом сексуальной процедуры.

Она оказалась права. Объятие не стало обнадеживающе крепким, а поцелуя не последовало. Уже у самой двери Березин сделал прощальный жест и снова уехал на целый день.

Это было в пятницу, а в субботу с утра позвонил Виктор Федорович.

— Как дела, голубушка? — поинтересовался он своим мягким улыбчивым голосом, от которого на душе становилось спокойно и уютно.

— Спасибо, кажется, все хорошо.

— Что значит — кажется? У вас есть сомнения?

— Нет-нет, что вы, все в порядке. Просто... — Ирина запнулась.

Ей очень хотелось поговорить с кем-нибудь о своих отношениях с Сергеем. Но этим «кем-нибудь» мог быть только Виктор Федорович, немолодой мужчина, который никак не годился на роль Ирининой задушевной подружки. Ни один человек на свете не может понять, что делается у нее в душе, кроме Сергея и Виктора Федоровича.

— Так что же, голубушка? — настойчиво переспросил он, и в его голосе Ирина ясно уловила нарастающую тревогу. — Что вас беспокоит? Вы не должны ничего скрывать от меня. Мы с вашим мужем должны держать руку на пульсе, чтобы в случае неблагоприятных изменений немедленно принять соответствующие меры.

— Не волнуйтесь, Виктор Федорович, ничего не случилось. Ничего.

— Правда?

— Правда. Честное слово.

— Тогда почему вы запнулись? Почему недосказали то, что хотели сказать?

— Потому что это смешно и нелепо. Но, чтобы вы не беспокоились понапрасну, я вам скажу: мне кажется, я влюбляюсь в Сергея. Он с каждым днем нравится мне все больше и больше.

— Да? Это любопытно. Это крайне любопытно. — Голос Виктора Федоровича вновь стал мягким и улыбчивым. — А Сергей Николаевич как к вам относится?

— Мне трудно судить... Порой мне кажется, что он видит во мне только домработницу, которая дала ему честное слово в присутствии посторонних играть роль жены. А иногда кажется, что я ему нравлюсь. Иногда мне даже кажется, что он хочет близости со мной, но в последний момент его что-то останавливает.

— Хм... Очень интересно. Но, голубушка, согласитесь, что это к лучшему. Приятное дополнение к удачно проведенной операции. Кстати, об операции. Сергей Николаевич закончил свои финансовые дела?

— Кажется, еще нет. Он пропадает в банке с утра до вечера, проверяет всю документацию, передает дела, одним словом, там масса хлопот. Он должен проверить каждую бумажку, чтобы потом никто его не упрекнул в недобросовестном ведении дел, ведь это может повредить его политической карьере.

— Да-да, разумеется. Но мне хотелось бы знать несколько более определенно, когда он получит деньги и сможет рассчитаться со мной. Меня уже сроки поджимают.

— Я передам ему, — пообещала Ирина. — Я плохо разбираюсь в его делах...

— Как и полагается хорошей жене, — добродушно перебил ее Виктор Федорович. — Голубушка, не воспринимайте мой звонок так, будто я давлю на него и тороплю. Пусть все идет своим чередом, без ненужной спешки и суеты, но у меня должна быть ясность. Я должен определиться со сроками. Поэтому попросите вашего супруга позвонить мне сегодня вечером.

Весь день она провела в приподнятом настроении, причину которого не смогла бы объяснить. Ей вдруг вспомнилось, как в минувшее воскресенье Сергей в шесть утра поехал искать для нее подарочный набор пирожных. Ирине захотелось тоже сделать ему сюрприз, но она никак не могла придумать, чем можно порадовать Березина. Она плохо знала его вкусы и совсем не представляла себе его потребностей. Чем можно его приятно удивить? Что может доставить ему неожиданное удовольствие? Ирина принялась вспоминать в деталях все, что знает о Сергее, воспроизводить в уме каждое его слово, каждый жест, каждый намек. Ничего на ум не приходило. Тогда она зашла в спальню, внимательно ее осмотрела и вспомнила, что он жаловался на висящую над изголовьем лампу: она рассчитана на лампочки-«миньон», а от них мало света, и ему трудно читать. Покупать же другую лампу он не хочет, потому что ему очень нравится дизайн. Он долго ее выбирал и купил именно то, что ему больше всего захотелось. Только вот насчет лампочек не рассчитал. Решено, подумала Ирина, она объедет весь город, но найдет то, что нужно.

* * *

Светлана Параскевич любила необжитые места. За двадцать восемь прожитых лет ей много раз приходилось переезжать, и она знала совершенно точно: переезжать в давно заселенные и освоенные районы она не любит. Она очень болезненно переживала первый, довольно длительный, период, когда остро ощущала себя незваной гостьей, чужой, нежеланной среди людей, которые живут здесь давно, знают и друг друга, и продавцов в магазинах, и маршруты муниципального транспорта, и время работы ателье по ремонту обуви. Но больше всего Светлану угнетала мысль о том, что в квартире до нее кто-то жил, страдал или радовался, любил или ненавидел, предавал и утешал, и ее буквально преследовало ощущение, что дух прежних жильцов, вобравший в себя все пережитое на этих квадратных метрах, витает теперь над ней самой, определяя ее мысли и поступки.

Зато в районы новостроек Светлана всегда переезжала охотно. В новостройках все равны и приятно щекочет чувство, будто начинаешь жизнь с чистой страницы — в новой квартире, где до тебя никто не жил, с новыми соседями, с которыми можно выстроить наконец правильные отношения и которые не знают про тебя того, что тебе хотелось бы от них скрыть.

Поэтому новая квартира, в которую они переехали с Леонидом чуть больше месяца назад, ей очень нравилась, и она с сожалением думала о том, что ей придется снова переезжать. Но остаться здесь она не могла.

Сегодня она снова ездила смотреть квартиру, в которую ей предстояло вскоре переехать: нужно было замерить рулеткой кухню, чтобы не ошибиться при покупке мебельного гарнитура. Район тоже был новым, таким же отдаленным и неблагоустроенным, без телефонной станции и отделения милиции, даже без уличного освещения, но Светлану он устраивал. Ведь она собиралась жить здесь с человеком, которого любила, и ей совсем не нужно, чтобы ей ежедневно звонили и приезжали знакомые или родственники. Она — вдова, и перспектива ловить осуждающие взгляды и выслушивать высоконравственные сентенции ей вовсе не улыбалась.

Она вышла из подъезда дома и не спеша двинулась к месту, где оставила машину. Свет в салоне не был включен, но Светлана знала, что он не спит и наблюдает за ней, хотя обычно он засыпал мгновенно, стоило ему остановить машину и расслабиться. Она открыла переднюю дверь, но садиться не стала.

— Давай пройдемся, — предложила Светлана. — Подышим воздухом, погуляем. Мы с тобой за три недели ни разу вместе не гуляли.

Опираясь на руку идущего рядом мужчины, Светлана Параскевич в который раз за последнее время подумала о том, какая же она счастливая, потому что у нее есть человек, которого она так сильно, так остро и так беззаветно любит. И перед этой любовью совершенно меркнет расчетливая мыслишка о том, а любит ли он ее. Это было совершенно не важно, это не имело никакого значения. Значение имело только то, что этот мужчина был для нее лучше всех на свете.

— Мне не дает покоя то, что рассказал следователь, — сказала она, прижимаясь щекой к рукаву его дубленки. — Все-таки это ужасно.

— Не вижу ничего ужасного.

— Но ведь Людмила умерла!

— И что? Она была сумасшедшей и покончила с собой. Это было ее собственное решение. Повторяю, я не вижу в этом ничего ужасного.

— Ну как же ты можешь так говорить, — произнесла она с упреком. — Да, пусть она сумасшедшая, но она же живой человек. Живой, ты понимаешь? И она должна была жить до тех пор, пока не умрет естественной смертью.

— Для сумасшедшего естественная смерть — это

смерть, которую он сам себе приносит. Прекрати ее жалеть, она этого не стоит.

— Что ты говоришь! — возмутилась Светлана. — Каждый человек достоин того, чтобы его пожалели. Нельзя так.

— Она убийца. Ты что, забыла об этом? Она убила любимого мужчину только лишь потому, что не хотела, чтобы он принадлежал другой женщине, то есть тебе.

— Она убила человека не по собственной инициативе, а потому, что он ее об этом попросил. Не делай вид, что ты этого не помнишь.

— Все равно. Света, не впадай в сентиментальность. Вспомни, что она сделала с тобой, вспомни, как ты лежала в этой чертовой больнице и как тебе шесть раз в день делали эти чертовы уколы, и твои ягодицы и бедра превратились в один сплошной синяк, и ты не могла ни сидеть, ни лежать. Быстро же ты ей все простила. Ты даже готова забыть, что до сих пор просыпаешься по ночам, когда тебе снится, что на тебя бросается женщина с огромным ножом. Людмила получила то, что заслужила, и не смей ее жалеть.

— Но она же больной человек! — почти в отчаянии воскликнула Светлана. — Как же можно обвинять ее во всем этом! Да, она сделала это, она бросалась с ножом, она стреляла из пистолета, но она же не в себе, она не руководила своими поступками, она не отдает себе отчета в них. Разве можно мстить душевнобольному? Разве можно радоваться самоубийству?

— Можно, Светочка. Можно. А в данном случае — нужно.

Светлана выдернула свою руку из-под согнутой руки мужчины и слегка отстранилась.

— У тебя есть сигареты? Я свои в машине оставила.

Он молча достал из кармана пачку сигарет и зажигалку. Ветер дул прямо в лицо, и Светлане пришлось повернуться, чтобы прикурить. Она несколько раз глубоко затянулась, потом медленно пошла назад к машине.

Ей было неприятно оттого, что он проявил такую жестокость. И еще более неприятно ей было оттого, что такой жестокости и бездушия она в нем и не подозревала.

Подойдя к машине, она села на место водителя.

— Я отвезу тебя домой, — сдержанно сказала она.

— Разве ты не зайдешь? Ты же хотела.

— Я не рассчитала времени. Думала, мы с квартирой раньше управимся. А сейчас уже поздно, мне нужно возвращаться, — уклончиво ответила Светлана.

— Тогда я поеду с тобой.

— Нет. Ты со мной не поедешь. Я отвезу тебя домой.

— Светка, я не могу так больше. Я умираю, когда тебя нет рядом. Я хочу быть с тобой все время, двадцать четыре часа в сутки.

— Нужно подождать. Сейчас еще рано. Вот перееду сюда — и будем вместе.

Она постаралась улыбнуться как можно теплее и ласковее, надеясь этой вымученной улыбкой отогнать от себя охватившую ее внезапную неприязнь к человеку, которого она любила и который только что проявил такой невероятный цинизм.

— Галина Ивановна вчера звонила, — сказала она, только чтобы что-нибудь сказать. — По-моему, она совсем плоха. Всерьез собралась со мной судиться.

— Крыша у нее дырявая, — презрительно фыркнул он. — Ты же ей сказала, что книги написала ты. Она что, не поверила?

— Конечно, нет. А кто бы поверил? Любая вера во что бы то ни было основана в первую очередь на совпадении того, что тебе хочется услышать, с тем, что ты слышишь. Вот моя мама, если бы ей сказали, что гениальный писатель — это ее дочь, а вовсе не зять, сразу бы поверила, потому что любая мать, сознательно или подсознательно, но всегда хочет, чтобы ее ребенок оказался выдающимся, талантливым, известным. Поэтому скажи любой матери, что ее ребенок безумно талантлив, и она охотно тебе поверит. А если матери известного писателя сказать, что он — бездарность и двух слов связать не может, а все его гениальные книги написаны ненавистной невесткой, то надо быть большим оптимистом, чтобы ожидать, что она с первого раза поверит.

— И что эта кретинка собирается делать?

— Будет подавать иск о разделе наследства. А я ей в ответ иск об установлении авторства произведений, подписанных Леонидом Параскевичем. Она будет доказывать свое право на наследство сына, а я — что спорные денежные суммы не входят в наследственную массу, так как принадлежат лично мне как автору.

— Дура безмозглая. Кто бы мог подумать, что она так люто тебя ненавидит!

— Перестань, — поморщилась Светлана. — Да, Галина Ивановна совершает не самые умные и не самые этичные поступки, но это пожилая женщина, и нужно быть к ней терпимыми хотя бы в силу ее возраста. И потом, напомню тебе, если ты забыл, дорогой, что три недели назад она похоронила единственного сына. Когда человек умирает после тяжелой болезни, то у близких есть хоть какое-то время, чтобы морально подготовиться к утрате. А когда молодой человек погибает от руки убийцы, то от такого шока не скоро оправляются. Вполне возможно, когда Галина Ивановна придет в себя, через год или два, ей самой станет стыдно за то, как она ведет себя сейчас.

— Стыдно? — рассмеялся он. — Светка, я тебя обожаю за твою неизбывную веру в хорошее. Тебе покажи маньяка, на руках которого кровь сотни невинных младенцев, ты и про него скажешь, что его, наверное, в детстве обделили любовью и заботой, что мать больше любила младшего братика, чем его, поэтому он через всю жизнь пронес ненависть к маленьким мальчикам. Твоя любимая свекровь никогда не будет стыдиться того, что делает сегодня, и не надейся. Но она, наверное, сильно удивилась бы, узнав, что ты пытаешься ее как-то оправдать. Она ведь уверена, что ни в каких оправданиях не нуждается.

Светлана помолчала, потом тихо сказала:

— Откуда в тебе столько злости? Раньше ты не был таким безжалостным.

— Я изменился? — спросил он надменно, и Светлана с болью отметила, что раньше никогда не замечала у него этого надменного, холодного тона.

— Да. Ты изменился. Очень изменился. Я даже не подозревала, что ты такой.

— Какой же?

— Холодный. Безжалостный. Циничный.

— Глупости, Светик. Тебе показалось. Просто ты чрезмерно сентиментальна и жалостлива, а я разумно расчетлив и справедлив, но тебе моя рассудительность кажется жестокостью и холодностью в силу того, что ты сама слишком эмоциональна. Еще раз повторяю, сумасшедшая Людмила заслужила свою смерть, потому что осмелилась поднять руку на тебя, на женщину, которую я люблю больше жизни.

Светлана не ответила, и остаток пути они проделали молча. Высадив его возле его дома, она не стала, как обычно, ждать, пока он войдет в подъезд, а тут же тронулась и быстро набрала скорость. На душе у нее было тяжко и очень тревожно. Впервые за много месяцев она вдруг усомнилась в том, что поступает правильно. Тут же на память пришли слова Виктора Федоровича: хирург, сделав операцию, уже не имеет права сомневаться в том, нужно ли было ее делать, а должен думать о том, как выходить больного. Что ж, операция сделана, вырезанный и выброшенный орган обратно не вошьешь, и теперь начинается долгий и сложный этап выхаживания. Тот же Виктор Федорович говорил, что сделать операцию — не фокус, а вот выходить послеоперационного больного — это уже задача посложнее, она требует терпения, внимания, квалификации. Светлана тогда не связала его слова с той ситуацией, в которой оказалась сама, потому что ее собственная операция требовала длительной и тщательной подготовки и про нее никто не смог бы сказать, что это «не фокус». А оказалось, что послеоперационный период — еще сложнее, еще тяжелее и требует еще больше душевных сил, чем сама операция. Светлана была женщиной сильной и знала, что вынесет все тяготы этого непростого периода, но сейчас впервые она засомневалась в том, что игра стоит свеч.

* * *

Работая на Наталью Досюкову, Стасов решил все-таки снова повидать всех свидетелей, на показаниях которых было выстроено обвинение Евгения Досюкова в убийстве Бориса Красавчикова. Их набралось одиннадцать человек. Впрочем, Стасов не исключал, что на самом деле их могло быть и больше, просто только одиннадцать были вызваны в суд. Пока что у него на руках была только копия приговора, а потом, может быть, придется залезть и в само уголовное дело.

Итак, дама, выходившая из ресторана «Лада» вместе с Красавчиковым, швейцар-охранник, еще двое посетителей ресторана, выскочившие на улицу, услышав отчаянный вопль дамы, — это четверо. Три работника милиции и два медика «Скорой помощи» — пятеро. И еще двое — Игорь Тихоненко, хозяин страдавшего поносом дога по кличке Лорд, и некто Пригарин, кинувшийся выполнять свой гражданский долг, увидев арестованного убийцу по телевизору. Итого — одиннадцать душ.

Проще всего было «достать» милиционеров, поскольку они должны были работать в одном месте, раз вместе выехали на место происшествия. Надежды Стасова оправдались, но лишь частично. Все трое милиционеров, которые приехали по вызову к ресторану «Лада» и были допрошены в судебном заседании в качестве свидетелей, действительно год назад работали в УВД Центрального округа Москвы, а сейчас в округе остался только один из них. Второй перевелся в Юго-Западный округ, потому что там ему пообещали помочь с жильем. («Может, и не наврали, — подумал Стасов, — в южной части еще идет строительство, а в Центральном округе хрен чего получишь, там один квадратный жилой метр стоит в десять раз больше, чем на окраине».) Третий милиционер вообще уволился из органов и процветал в качестве юрисконсульта в какой-то фирме.

У Стасова ушло два дня (а точнее — два вечера, поскольку днем он должен был отрабатывать зарплату в «Сириусе») на то, чтобы разыскать всех троих. Все они дружно утверждали, что к моменту их приезда на месте происшествия находились лежащий на тротуаре Красавчиков и около него женщина и трое мужчин, один из которых был швейцаром ресторана «Лада», а двое других — посетителями того же ресторана. Потерпевший был в тяжелом состоянии, но в сознании. На вопрос «Вы знаете, кто в вас стрелял?» он ответил тихо и с трудом, но совершенно отчетливо: «Досюков... Женя... Евгений... Досюков».

Женщина и мужчины тут же подтвердили, что те же самые слова он уже произносил несколько раз до приезда милиции.

После милиционеров Стасов принялся за врачей, поскольку они тоже должны были быть с одной подстанции. Так и оказалось. То ли у медицинских работников текучесть кадров меньше, чем в милиции, то ли Стасову просто повезло, но оба — врач и фельдшер — по-прежнему работали вместе. И никаких признаков того, что им кто-то заплатил за ложные показания, Стасов не углядел. Злые на весь мир, нищие и в то же самое время веселые и любящие пропустить стаканчик-другой, они, не колеблясь, подтвердили то, что было записано в приговоре. Да, они приехали к ресторану «Лада», забрали оттуда мужчину с огнестрельным ранением, который скончался по дороге в Институт Склифосовского, но до самого конца был в сознании и отвечал на вопросы работника милиции, поехавшего вместе с ними.

— Какие вопросы задавал работник милиции, не помните?

— Да в основном одни и те же. Кто в вас стрелял? Почему он в вас стрелял?

— А что Красавчиков отвечал?

— Имя называл. И все удивлялся: за что, мол, он меня?

— А можно в прямой речи, а не в косвенной? — попросил Стасов.

— Можно, — добродушно согласилась врач, толстая немолодая женщина с обвислыми щеками и удивительно сильными руками. — Значит, так примерно: «Женька, Досюков Женька. Господи, за что? За что? Женька, за что?» Вот так и бормотал всю дорогу, пока не помер. Не довезли мы его.

— Так, может, бредил он? — предположил Стасов. — Вам не показалось?

— Нет, — вступила в разговор тоненькая фельдшерица с явными признаками раннего увядания на ли-це. — Милиционер ему и другие вопросы задавал, адрес спрашивал, имя его собственное, потерпевшего то есть, день какой, число, с кем был в ресторане. И он все ему сказал правильно. Милиционер-то, видно, грамотный был, тоже стал проверять, не бредит ли раненый.

При таком раскладе пытаться найти что-то особенное, разговаривая со швейцаром, двумя посторонними посетителями ресторана и знакомой Красавчикова, было делом бесперспективным. Но Стасов в силу природной добросовестности их все-таки разыскал, потратив на это еще три вечера. И ничего нового не услышал.

Оставались двое: сосед с нижнего этажа Игорь Тихоненко и случайный прохожий Пригарин. После этого нужно будет падать в ножки Насте, а то и самому генералу Заточному, чтобы раздобыть в архиве суда уголовное дело по обвинению Евгения Досюкова. Посмотреть внимательно, кто еще допрашивался по этому делу, какие мелькают факты и суждения, которые по той или иной причине не вошли в обвинительное заключение. Особое внимание нужно будет уделить заключениям экспертов, посмотреть, какие вопросы поставили им следователи и что именно было обнаружено в ходе экспертного исследования. Но это все потом, когда из архива раздобудут дело, а пока нужно побеседовать с Игорем Тихоненко. В конце концов, подавляющее большинство свидетелей были не более чем передатчиками информации: услышали, какие слова говорил Красавчиков, пересказали милиции. А вот сам Красавчиков и Игорь Тихоненко ничьих слов не пересказывали, они своими глазами видели хорошо знакомого человека. Но Бориса Красавчикова теперь уже не спросишь.

Тихоненко оказался жутко подозрительным мужиком, никого не впускающим в квартиру без долгих предварительных переговоров. Визит Стасова в его головенке не укладывался, потому что суд давно состоялся, Досюков сидел в колонии, и какие такие дополнительные беседы нужно по этому поводу вести — совершенно непонятно. В конце концов Владислав разозлился, поднялся этажом выше и попросил Наталью подойти вместе с ним к квартире Тихоненко.

— Игорь, — громко сказала она, — это я, Наташа, из двести семнадцатой квартиры.

Только после этого недоверчивый Тихоненко соизволил открыть дверь, но огромный, мышиного цвета дог стоял рядом с хозяином и весьма недружелюбно поглядывал на Стасова. Наталью он, по-видимому, знал.

— Игорь, пожалуйста, ответь на вопросы Владислава Николаевича, — попросила его соседа.

— Какие еще вопросы? — недовольно буркнул Тихоненко, который оказался невысоким и довольно хлипким на вид мужичком лет тридцати двух — тридцати трех. — Чего опять старое ворошить?

— Я наняла частного детектива, — стала объяснять Наталья, — и хочу доказать, что Женя никакого убийства не совершал. Я уверена, что произошло недоразумение, трагическая ошибка, а в результате за решеткой оказался невинный человек. Пожалуйста, Игорь, поговори с Владиславом Николаевичем. Это нужно в первую очередь для тебя самого.

— Почему? — вздернул кустистые брови Тихоненко. — Мне-то на кой хрен это все нужно?

— Потому что, когда Женя выйдет на свободу, он очень удивится, узнав, что ты не захотел разговаривать с человеком, который делает все, чтобы его реабилитировать и доказать его невиновность.

Фраза была совершенно бесстыдная в своей прозрачности, как дорогое женское белье. Дескать, уроет тебя Женя в землю по самое естество, если узнает, что ты нанятого по его указанию частного детектива послал по далекому, но хорошо всем известному адресу. А если поговоришь с человеком по-хорошему, то Женя-то, глядишь, и отблагодарит тебя за то, что помог в трудную минуту. Ведь как знать, может, и вправду не виноват Женя, и оправдают его, и выйдет он на свободу уже совсем скоро, да и узнает, что ты, Тихоненко, человека, посланного за его освобождение бороться, с собакой встречал и на порог не пускал.

В результате времени на пугливого Тихоненко было потрачено много, а толку — чуть. У Стасова не было никаких сомнений в том, что Игорь, выгуливая глубокой ночью интенсивно гадящую собаку, действительно видел своего соседа Евгения Досюкова. Обознаться он не мог по множеству причин. Во-первых, он на допросах правильно описал одежду, в которой видел в ту ночь Досюкова. Во-вторых, Досюков с ним разговаривал, назвал по имени и упомянул кличку дога. А в-третьих и в главных, Игорь Тихоненко и Евгений Досюков жили в этом доме уже пятнадцать лет и все пятнадцать лет были знакомы. Тихоненко прекрасно знал и родителей Евгения. Им разбогатевший сынок купил новую квартиру, поменьше, чем эта, в которой сам остался, но тоже очень приличную. И при таких условиях обознаться он не мог, поэтому все показания об одежде и о разговоре вообще были избыточными.

Эти рассуждения были верны в том случае, если не сомневаться в добросовестности Тихоненко и проверять только достоверность его слов, иными словами — возможность ошибки и заблуждения. Ошибки и заблуждения, как выяснилось, быть не могло. Но могла быть ложь. Тихоненко не видел в два часа ночи Евгения Досюкова, выходящего из дома, и не разговаривал с ним. Ведь никто факта этого разговора не подтверждает, никаких свидетелей нет. Досюков вообще все отрицает, в том числе и то, что выходил в ту ночь из дома. Значит, на самом-то деле показания Игоря ничем не подтверждены и не проверены. Единственная зацепка — одежда. Досюков любил красивую модную одежду и покупал ее в больших количествах, превышающих нормальную потребность. Когда у человека одно пальто, то можно на протяжении сезона смело описывать его, не боясь ошибиться. А когда у него столько курток, пальто, пуховиков и дубленок, сколько висит в шкафу у Евгения Досюкова, то случайное попадание становится весьма сомнительным. Тихоненко описал именно ту куртку — короткую, из светло-коричневой кожи, отделанную белым мехом, с широкими плечами и плотным «манжетом» на талии, — которую описали и другие свидетели и на которой экспертами были обнаружены частицы пороха. И время выхода Досюкова из дома он назвал правильно.

— Пес у меня заскулил, стал одеяло стягивать, я

понял, что ему опять приспичило, свет включил — ё-моё, без пятнадцати два. Ну, делать нечего, не мучить же бессловесную скотину, встал я, полусонный, штаны натянул, кроссовки, куртку и поплелся с ним вниз. Только вышел — минуты через три, может, через пять Женька спускается. Стало быть, времени было от без пяти двух до двух.

От дома Досюкова до ресторана «Лада» по ночным пустым улицам было не больше двадцати минут с учетом гололедицы, которая, если принять во внимание, что стоял декабрь, вполне могла иметь место. Вызов по «ноль два» к ресторану «Лада» зарегистрирован в 2.52 ночи. Жизнь показывает, что от момента выстрела в человека до телефонного звонка в милицию проходит от 5 до 15 минут — в зависимости от количества находящихся поблизости людей. Есть некое оптимальное число присутствующих, при котором звонок поступает практически сразу же. Если людей мало, не более трех человек, то они тут же дружно бросаются к раненому и пытаются выяснить, что произошло и можно ли ему помочь, и только спустя довольно длительное время кому-нибудь из них приходит в голову гениальная мысль позвонить в милицию. Особенно ярко такая ситуация проявляется, если среди присутствующих малочисленных граждан есть близкие потерпевшего, которые при виде случившегося сами начинают падать в обморок или орать благим матом и в результате переключают внимание на себя. Если же народу слишком много, то большинство считают, что в милицию уже и так позвонили, а если кто-то пытается выяснить, сделано ли это, то ничего толкового добиться не может и вместо того, чтобы плюнуть на все и позвонить самому, начинает у всех спрашивать, вызвали ли милицию.

В момент убийства Бориса Красавчикова народу было немного, но зато один из них был более или менее тренированным охранником, у которого рефлекс «вызвать милицию» был отработан вполне прилично, поэтому можно считать, что роковой выстрел раздался в интервале от 2.45 до 2.50. Если предположить, что Досюков в 2 часа отъехал от дома и примерно в 2.20 подъехал к ночному ресторану, то вполне можно допустить, что ему пришлось ждать целых полчаса, пока появится Красавчиков. Это нормально, тем более что Досюков был хорошо знаком с потерпевшим и знал его привычки, в частности, когда примерно он уходит из ночных ресторанов. Вероятно, Красавчиков имел обыкновение уходить в промежутке от половины третьего до трех, и, кстати, именно этим может объясняться тот факт, что разгневанный и кипящий ревностью Евгений не сразу побежал разбираться с обидчиком, а терпеливо ждал до 2 часов ночи. Так вот, если допустить, что Игорь Тихоненко по каким-то неведомым пока соображениям говорит неправду и Евгения Досюкова он в ту ночь на улице не видел, то как он мог так точно «попасть» со временем? Да назови он время чуть более позднее, например, не 2.00, а 2.30, и возникло бы сомнение, как это убийце Досюкову удалось так точно подгадать время своего прибытия к ресторану с моментом, когда оттуда выходил Красавчиков. А скажи Тихоненко, что это было в 2.45, — и все обвинение рушится, как карточный домик. Потому что Досюков за три минуты никак не мог бы доехать до «Лады». Ну ни при каких условиях.

Но нет, Игорь Тихоненко упорно называл одно и то же время — от без пяти два до двух, — и никакие уловки многоопытного Стасова не заставили его поколебаться. Тихоненко не врал.

Глава 12

Днем в ресторане было многолюдно, но не шумно. Публика здесь к обеду собиралась все больше деловая, и разговоры за ресторанными блюдами велись днем тоже в основном деловые.

Для разговора со Светланой Нугзар Бокучава выбрал столик в сторонке, где было и потише, и поуютнее, и поинтимнее. Если все пойдет так, как он задумал, то пора начинать атаку на молодую вдову, пора делать первые шаги к тому, чтобы прибрать ее к рукам вместе с неизданными рукописями ее талантливого мужа и всеми авторскими правами. Нугзар был уверен в том, что все рассчитал правильно, только легкое беспокойство слегка покусывало его: встретиться предложила Светлана, а это означает, что что-то случилось. Ох, не сорвалось бы!

Светлану он увидел издали, как только она вошла в зал. Маленькая, худенькая, некрасивая, но невероятно элегантная, притягивающая к себе взгляды мужчин и буквально источающая волны сексуальной загадочности. Нугзар вынужден был признать, что Светлана Параскевич относится как раз к тому типу женщин, которые могут себе позволить быть сколь угодно некрасивыми, потому что их внешности все равно никто не видит. Таких женщин вообще не видят и не рассматривают, их чувствуют, ощущают, ими проникаются и очаровываются, ими болеют, причем порой долго и неизлечимо.

Она кивнула Нугзару, но руки не протянула, хотя тот уже изготовился припасть губами к пальчикам в жесте почтительного восхищения.

— Добрый день.

Она села, не дожидаясь, пока крупный, чуть полноватый Бокучава обогнет стол и подвинет ей стул. Меню уже лежало на столе, и Светлана тут же уткнулась в него, быстро перелистывая страницы. Она сделала выбор, не раздумывая, но Бокучава отметил про себя, что выбрала она самые дорогие блюда. Интересно, что бы это значило? Раскручивает его, чтобы поиздеваться? Или чтобы проверить его на вшивость? Или просто строит из себя аристократку, привыкшую получать все самое лучшее, а потому и самое дорогое?

— Нугзар, ты заказывал кому-нибудь статью о Леониде? — спросила она, когда официант отошел, записав заказ.

— Да, — кивнул тот. — Ты же понимаешь, для того чтобы хорошо продавать посмертные произведения, нужно предварительно провести рекламную кампанию. Все читательницы знают, что Леонида больше нет, соответственно, спрашивать его книги и искать их на лотках и в магазинах они не будут. А если заметят, что поступил в продажу новый роман, то будут считать, что это что-то старое, ранее издававшееся под другим названием. Поэтому я должен подготовить их к тому, что новые книги — это действительно новые книги. То, чего они раньше не читали. Для этого нужна статья. А может быть, и не одна. Журналист приходил к тебе?

— Нет, ко мне он не приходил, он сразу отправился к свекрови, к Лениной матери, и в этом была его ошибка. Он все испортил.

— Что он испортил? — нахмурился Бокучава. — Там вышел конфликт? Он ничего мне не рассказывал.

— Нет, конфликт вышел не там, а между мной и свекровью. Твой мудила журналист растрепал ей про то, что у Лени есть неизданные рукописи и что я продаю их издателям за очень большие деньги. Догадываешься, что было дальше?

— Нет, — признался Нугзар. — А что было?

— Свекровь примчалась ко мне и с пеной у рта стала доказывать свое право на часть гонораров. Она, видите ли, претендует на наследство. Я держалась, сколько могла, хотела кончить дело миром, но она не унималась, и мне пришлось сказать ей правду. Неприятную, надо признаться, правду. Но у меня не было другого выхода. Сейчас ты поймешь, что я имею в виду. Видишь ли, Нугзар, все романы, которые мы издавали под именем Леонида, на самом деле написала я. Ты — опытный издатель, и тебе я могу не объяснять, почему мы взяли Ленино имя. Я думаю, тебе и так понятно.

Бокучава замер, не в силах пошевелиться, и тупо глядел на сидящую напротив женщину. Боже мой, что она такое говорит? Романы написала она, а не Ленька? В это не так уж трудно поверить, то-то все удивлялись, что молодой мужчина оказался таким тонким знатоком женской психологии. Но ведь если это правда, это в корне меняет все дело. Тогда Светлана — это золотая жила, это курица, несущая золотые яйца, и при правильном обращении из этого родника можно качать воду, в смысле деньги, еще много лет. Ах ты, черт возьми!

— Я сочла нужным немедленно встретиться с тобой, — продолжала она, словно не замечая, в какое оцепенение впал ее собеседник, — потому что моя свекровь наверняка не останется единственным хранителем этой тайны. Она собирается подавать на меня в суд и доказывать, что я лгу, поэтому в дело будут посвящены и адвокат, и судья, и секретарь судебного заседания, и еще бог знает кто. И поскольку ты заплатил мне за рукопись столько, сколько я попросила, ты имеешь право требовать, чтобы я не наносила тебе удар в спину. Лучше, если о подлинном авторстве этих книг ты узнаешь сразу и от меня, чем позже и из скандальной хроники, да еще вдобавок в извращенном виде.

Бокучава осторожно перевел дыхание, протянул руку и накрыл своей ладонью тонкие пальцы женщины, нервно крутящие позолоченную зажигалку.

— Светлана, я всегда знал, что за фасадом твоей холодной сдержанности скрывается нечто фантастическое, — начал он задушевно. — Я чувствовал, что в тебе таятся какие-то невероятные глубины, но никогда не мог точно определить, что же меня так волнует в тебе. Теперь это сделалось понятным, все встало на свои места. Я даже не очень удивлен, я все время ждал чего-то подобного.

— Значит, ты не сердишься? — улыбнулась Светлана. — Эта ситуация не очень разрушает твои финансовые планы?

— Конечно, разрушает, — засмеялся Бокучава. — Но вместо разрушенных планов можно построить новые. Сейчас задача номер один — придумать ловкий и оригинальный рекламный ход, чтобы почитательницы Леонида не были разочарованы, не почувствовали себя обманутыми и дружно перешли к новому имени. Я подумаю, как это можно сделать. Ты можешь не забивать себе этим голову, если, конечно, у тебя самой нет никаких идей. Если же есть, то я с радостью их выслушаю.

— Нет, — покачала головой она. — У меня нет никаких идей, я вообще плохо смыслю в рекламе и маркетинге. Но я хочу, Нугзар, чтобы ты отдавал себе отчет: в том, что случилось, виноват ты сам. Ты послал журналиста к Лениной матери, не посоветовавшись со мной, ты рассказал ему про то, какие гонорары я требую за новые книги, и вот результат. Если бы

Галина Ивановна не узнала про то, что за две рукописи мне заплатили шестьдесят тысяч долларов, она бы не стала поднимать шум, и моя тайна еще какое-то время оставалась бы тайной. Разумеется, со временем я открыла бы ее тебе, потому что Ленин архив не может быть бездонным, рано или поздно он бы иссякнул. Но у тебя было бы время перестроить маркетинговую политику в отношении этих книг, и появление нового имени прошло бы безболезненно. Ты вспомни, что произошло с Незнанским и Тополем. Сначала у нас вышли книги, написанные Незнанским единолично, потом пошли те, которые они написали в соавторстве, а потом они рассорились и снова начали писать поодиночке, но отличные книги, которые они написали вместе, сделали свое дело, создали этим авторам репутацию, и их по-прежнему с удовольствием покупают, хотя поодиночке они пишут намного хуже. И в моем случае ты мог бы придумать что-то подобное, заказать несколько статей в популярных изданиях, где рассказать читателям, что свои романы Леонид писал в соавторстве со мной, придумать душераздирающую историю о том, почему я скрывала свое авторство и свое лицо, такую историю, чтобы женщины-читательницы прослезились. После этого они прекрасно покупали бы книги, подписанные моим именем. Более того, убедившись в том, что новые книги ничем не отличаются от предыдущих, что они не стали хуже оттого, что одного из соавторов не стало, они проникнутся постепенно приятным чувством, что женщина все-таки оказалась талантливее мужчины. Но, повторяю, все это было бы возможным, если бы ты поступил умно. А ты, Нугзар, поступил глупо. И сам вырыл себе яму. И если Галина Ивановна действительно подаст на меня в суд, мне придется тратить время, нервы, силы, а также, между прочим, деньги на адвоката, и все это по твоей милости. Ты врешь, Нугзар, когда говоришь, что видел и чувствовал во мне некие интеллектуальные глубины. Ничего ты не видел и не чувствовал. Ты держал меня за безмозглую дуру, которую можно обвести вокруг пальца с завидной легкостью и веселыми смешочками. В противном случае ты никогда не стал бы заказывать и готовить рекламную статью о Леониде за моей спиной. Ты должен был в первую очередь поговорить со мной, и мы бы вместе придумали, что и как должно быть в этой статье, чтобы не перекрыть себе путь отступления и дальнейшего отхода к моему авторству. И ты бы, несомненно, сделал именно так, если бы считался с моим мнением и полагал, что у меня в голове есть хоть капля серого вещества. А ты, как и большинство кавказцев, считаешь женщину недочеловеком, хоть и вырос в Москве.

Светлана говорила не торопясь, очень спокойно, в ее голосе Нугзар не слышал ни волнения, ни возмущения, ни гнева. Он понял, что она тщательно подготовилась к разговору и произносит сейчас фразы, которые уже произнесла мысленно и, может быть, не один раз.

— Прости, Светлана, — быстро встрял Бокучава в паузу, которую сделала женщина, прикуривая сигарету. — Я признаю, что поступил не подумав. Но мне и в голову не могло прийти, что этим я нанесу тебе такой ущерб, что из-за этого у тебя будет столько хлопот и неприятностей. Я готов искупить свою вину, только скажи, что я должен сделать. Хочешь, я возьму на себя все судебные издержки, если твоя свекровь подаст на тебя в суд?

— Хочу.

Светлана выпустила дым и уставилась немигающими глазами в темные, похожие на маслины глаза Нугзара.

— Что еще я могу сделать, чтобы загладить свою оплошность?

— Ты должен дать мне слово, что в печати по поводу Параскевича и его жены не появится ни одной фразы, не согласованной со мной. Ни одному журналисту ты не будешь заказывать рекламные публикации, не поставив меня в известность. Более того, поскольку твоего слова мне недостаточно, я хочу, чтобы об этом был заключен письменный договор по всей форме. И если ты, Нугзар Бокучава, посмеешь его нарушить, я предъявлю тебе иск в судебном порядке.

— За что? У нас свобода печати, — попытался отшутиться издатель, которому все-таки стало не по себе. Он понял, что совершенно не знает этой непредсказуемой женщины, не чувствует ее, а это означает, что прогнозировать ее поступки он пока не может. Да, справиться с ней будет непросто. — Каждый журналист вправе писать на любую тему, и его нельзя заставить делать что-либо в угоду лично тебе.

— А я и не посягаю на свободу журналистов, — тонко улыбнулась Светлана. — Я же буду иск предъявлять не им, а тебе, Нугзар. За нарушение условий соглашения. А может быть, и им, например, иск о защите чести и достоинства, или о клевете, или об оскорблении. А в приватной беседе разъясню им, что ты должен был их проинструктировать, поэтому виноват в их неприятностях только ты один. Запомни, дорогой, в жизни Леонида и в моей жизни есть множество того, о чем нельзя писать со слов посторонних людей без риска нарваться на неприятность. Писать о нас можно только с моих слов. Ты понял, Нугзар? Только с моих. Тогда ты и твои приятели-журналисты могут быть гарантированы от ошибок. Если они попытаются насобирать развесистую клюкву на чужих болотах, а ты их не остановишь, что ж, пеняй на себя.

— Но ведь может так случиться, что какой-то журналист, которого я и знать не знаю, сам захочет написать о Параскевиче. Мало ли что он там накорябает, что же, мне и за него отвечать?! — возмутился Бокучава.

— Да ладно тебе, — внезапно рассмеялась Светлана. — А то я не знаю, как все это делается. Какому независимому журналисту может быть интересен автор женских романов? Депутат Думы, министр, президент, крупный банкир — это да, на этом можно сделать материал, после которого о тебе заговорят. Если повезет, еще и прославишься, как Поэгли. А Параскевич? Нет уж. Если про писателей и пишут, то только потому, что книгоиздатели за это платят, вкладывая деньги в рекламу. Поэтому без твоего ведома эти статьи не появятся, так что не делай мне тут невинные глазки.

— Погоди, Светлана, — не сдавался он. — Книги Параскевича издаю не только я. Новый роман выйдет через месяц у Павла, он же тоже может начать рекламную кампанию. И у Анечки, я знаю, еще несколько месяцев действует общее право на переиздание двух книг, она тоже может предпринять какие-то шаги, чтобы подогреть интерес читателя. Как быть с ними?

— Нугзар, ты ничего не понял, — досадливо поморщилась она. — За все надо платить, и за право печатать посмертные произведения великого Параскевича — тоже. Размер гонорара тут ни при чем, и Анна, и Паша, и все остальные заплатят мне столько же, сколько заплатил ты. Но тебе нужны и другие рукописи. И за то, что я принесу их тебе, а не им, ты и должен заплатить. Вы все — одна шайка-лейка, хоть и считаетесь разными издательствами, и не думай, что это большой секрет. Вот и неси ответственность за всех. Поговори с ними, напугай, убеди, купи — делай что хочешь. Но запомни: одно печатное слово во вред мне — и наши деловые отношения прекращаются и переходят в область гражданского судопроизводства. Спасибо, Нугзар, обед был очень вкусным.

Она поднялась и пошла через весь зал к выходу, провожаемая восхищенными взглядами мужчин. Нугзар Бокучава смотрел ей вслед, вяло дожевывая пересушенный ростбиф, и думал о том, что эту сучку надо зажать в ежовых рукавицах, чтобы не выпендривалась. Конечно, характер у нее тяжелый, что и говорить, и не просто тяжелый — паскудный, но дело того стоит. Надо во что бы то ни стало на ней жениться, тогда она будет до самой смерти творить свои романы, а он будет их издавать. Он станет эксклюзивным издателем этих книг. А это очень большие деньги. Очень.

* * *

Кабинет у следователя Ольшанского был небольшим, поэтому, когда вместе с Настей туда ввалился и широкоплечий Юра Коротков, сразу стало тесно. Константин Михайлович выглядел спокойным, но то и дело сквозь деловитый тон прорывались напряжение и раздражение.

— В таком виде мы не можем отправлять дело в суд, — говорил он. — Чистосердечное признание — не аргумент, когда человека нельзя допросить. Особенно если этот человек производит впечатление психически нездорового. Это первое. Второе — причина убийства, как ее излагает Исиченко, тоже выглядит весьма экзотично. С ходу в это поверить невозможно. Поэтому нужно провести посмертную судебно-психиатрическую экспертизу как Исиченко, так и Параскевича. То, что сделала эта женщина, конечно, говорит о ее болезни. Но и то, о чем ее якобы попросил Параскевич, тоже не свидетельствует о его чересчур здоровой психике. Каждое слово в показаниях Исиченко нужно тщательно проверять. И третье. Речь идет о модном писателе. Мы не можем быть уверены в том, что его убийство и ход расследования не заинтересуют широкую общественность. И не дай нам бог, если окажется, что журналисты знают больше нас. Главным образом, представляющими интерес являются два обстоятельства: психическое здоровье самого Параскевича и вероятность организации им собственного убийства, которое, по сути, является самоубийством, а также подлинное авторство его романов. Эти два вопроса являются наиболее пригодными для скандальных разоблачений и для желтой прессы, они наиболее соблазнительны для тех, кто жаждет клюквенной чернухи, и поэтому в этих вопросах мы с вами должны ориентироваться лучше любого журналиста.

— Боже мой, Константин Михайлович, — всплеснула руками Настя, — с каких это пор вы стали бояться журналистов и обращать на них внимание?! Вы же их в грош не ставите.

— Не ставлю, — подтвердил Ольшанский. — Но у меня есть начальники, причем в количестве, явно превышающем мою выносливость. И они-то как раз очень серьезно относятся к прессе, особенно если журналисты пишут о том, что следствие чего-то не знает или на что-то не обратило внимания. Поэтому я выношу постановление о производстве филологической экспертизы, а вы, дорогие мои, хватайте ноги в руки и бегите искать все медицинские карты Исиченко и Параскевича, с рождения и до последних дней. Найдите мне людей из окружения Исиченко, которые замечали странности в ее поведении. Найдите людей, с которыми в течение последних двух-трех недель перед гибелью общался Параскевич, и выясните у них, не был ли он необычно подавленным, не высказывал ли намерений прекратить бессмысленное существование и так далее. Сами знаете, что искать, не маленькие. Начнем собирать материал для посмертной экспертизы их психического здоровья. Как найдете карту — сразу же бегом ко мне за постановлением о выемке. Анастасия, я знаю, девушка серьезная и всего боится, а ты, Коротков, так и норовишь где-нибудь улику утащить без надлежащего оформления, а я потом голову ломаю, как ее к делу пристегнуть, чтобы адвокат мне пальчиком не погрозил.

Коротков хмыкнул и исподлобья бросил быстрый взгляд на Настю. Они оба понимали, о чем говорит следователь и на что намекает. Не далее как три месяца назад Настя допустила совершенно идиотскую оплошность, обнаружив в письменном столе подозреваемого дневник потерпевшей. В стол она полезла, когда никто этого не видел, то есть в нарушение всех правил, процессуальных норм и служебных инструкций, и потом пришлось выворачиваться из этого положения какими-то немыслимыми способами. Но делать замечание Насте Константин Михайлович Ольшанский не хотел, поэтому напомнить о необходимости соблюдения процедурных правил он решил, выбрав своей мишенью Короткова.

Они вышли из здания городской прокуратуры и сразу же отправились в ближайший кафетерий. Юра был хронически голоден, а Настя есть не хотела, но зато очень хотела кофе, погорячее и покрепче. Общий вид кафетерия, как снаружи, так и внутри, особого доверия у нее не вызвал, так как сильно смахивал на пирожковую советского периода, когда кофе делали помойным, светло-бежевым, приторно-сладким и наливали из огромных чанов. Настя огляделась и заметила совсем молоденького паренька, мывшего стаканы в раковине. Бросив взгляд на ценник и отметив, что «кофе черное» ценится в этом заведении в

1400 рублей, она подошла к мальчишке и протянула ему пятитысячную купюру.

— Молодой человек, — сказала она очень серьезно, — посмотрите на меня. Я — уставшая, измученная тяжелой работой больная женщина. Сделайте мне, пожалуйста, чашку человеческого кофе. Всего одну чашку, но зато как следует. Как себе. Ладно?

Парнишка сверкнул в ответ белозубой улыбкой, быстрым движением вытер руки и сунул купюру в карман.

— В лучшем виде, — бросил он через плечо, устремляясь куда-то в темные глубины общепитовского нутра.

Коротков не был таким капризным, он взял в двух экземплярах нечто, именовавшееся гамбургером, беляш, булочку с повидлом и два стакана напитка, который состоял из концентрата и огромного количества воды. Настя стояла рядом с ним, стараясь не смотреть на гамбургеры, при виде которых ее начинало тошнить.

— Ты что, совсем ничего есть не будешь? — удивился Коротков. — Не голодная, что ли?

— Нет. Я лучше потерплю, сегодня уже наконец Лешка приедет, приготовит нормальный ужин.

— Счастливая, — завистливо вздохнул он. — Везет же некоторым с мужьями.

— Выбирать надо не спеша, вот и весь секрет. Я с Лешкой двадцать лет знакома, а поженились только в этом году. А ты сколько был знаком со своей Лялькой, когда женился на ней?

— Четыре месяца.

— Вот и ходи теперь голодным, мистер Торопыга.

— Вот и хожу, — уныло кивнул Коротков. — Черт, какую гадость они туда напихали? Есть же невозможно.

— Не ешь. Возьми что-нибудь другое, — посоветовала Настя, стараясь не расхохотаться.

— Фигушки, уплочено, буду давиться.

К ним подошел посудомоечный мальчуган, неся в руках симпатичную белую чашечку на блюдечке. Этот кофе даже выглядел прилично. Настя поднесла чашку к губам и убедилась, что и вкус был вполне на уровне. Она тут же полезла в кошелек и достала еще одну купюру. Парнишка молча взял деньги и, ничего не спрашивая, убежал.

— Деньгами швыряешься, миллионерша? — хмыкнул Юра. — Конечно, хорошо быть женой профессора.

— Имей совесть, завистник, — возмутилась Настя. — Десять тысяч — это моя ежедневная общепитовская норма. Ты что, можешь прокормиться на меньшую сумму в нашем буфете? Я больше ничего не буду есть до самого ужина, черт с ним, зато сейчас я выпью две чашки кофе, от которого меня не будет мутить и от которого я даже, может быть, получу удовольствие. Давай лучше начнем работу делить. Ты что себе берешь?

— Ася, а давай попробуем не делить, — предложил он.

— А как же? Будешь сам все делать? Или намекаешь, что я должна все взять на себя?

— Давай попробуем вместе. Мне сложно с тобой делиться, потому что у меня есть машина, а у тебя нет. Я же все-таки мужчина некоторым образом. А все задания, которые нам Костя дал, связаны с беготней по городу. Вдвоем-то веселее ездить.

— Врешь ты все, — вздохнула Настя, залпом допивая первую чашку кофе. — Говори, какая у тебя корысть.

— Все та же. Маньяк, который охотится за мальчиками. Ничего у нас не выходит, тыкаемся в разные углы, как слепые котята, ни одной ниточки нащупать не можем.

— Ладно, ты мне все расскажешь, будем вместе думать, — согласилась она. — Как беляш?

— Ничего, терпимо. Хочешь попробовать?

— Ни за что, — отшатнулась она, при этом на ее лице проступил такой неподдельный ужас, что Коротков не выдержал и фыркнул.

Через пятнадцать минут, когда Юра Коротков доел беляш и запил булочку с повидлом двумя стаканами бледно-розового пойла, а Настя прикончила вторую чашку кофе, они сели в машину и поехали собирать материалы для судебно-психиатрической экспертизы убийцы и его жертвы.

Владимира Петровича Пригарина оказалось не так-то просто застать дома. Два года назад он вышел на пенсию и вел довольно свободный образ жизни, то пропадая целыми неделями на даче, то уезжая на охоту или на рыбалку, то отправляясь в другие города проведать старых друзей. Жена Пригарина, приятная пожилая женщина, встретила Стасова приветливо, словно бы ничуть не удивившись.

— А Владимира Петровича нет, — сообщила она. — Он уехал в Рязань навестить сестру. Вы по какому вопросу?

Стасов решил использовать момент и получить ответ на вопрос, который его сильно интересовал. Он вкратце объяснил женщине причину своего визита.

— К сожалению, я вам тут ничем не помогу, — огорченно развела она руками. — Вам придется ждать, когда муж вернется.

— А вы случайно не знаете, почему Владимир Петрович оказался в три часа ночи на улице в том районе? — спросил Стасов. — Что он, собственно говоря, там делал?

Женщина явно смутилась и даже слегка покраснела.

— Мне не очень приятно об этом рассказывать, но поскольку следователь тоже об этом спрашивал, то... Все равно это записано в протоколе, поэтому что толку скрывать. Поссорились мы. Знаете, как это бывает? Разгорается скандал вечером, перед сном, и мысль о том, что нужно сейчас идти ложиться в одну постель, делается невыносимой. Владимир Петрович пальто в охапку схватил, дверью хлопнул, у друзей, говорит, переночую. А потом-то, когда на улицу вышел, сообразил, что время уже позднее, друзья все спать легли, да и неудобно без предупреждения вваливаться в семейный дом. И возвращаться не хочется, обиделся он на меня, а я, стало быть, на него. Как дети, ей-богу. Вот и бродил всю ночь по улицам, не знал, куда приткнуться. Только в семь утра домой вернулся.

Стасову стало любопытно, из-за чего пожилые

люди, прожившие вместе много лет, могут так круто поссориться, чтобы мужчине пришлось на ночь глядя уходить из дома. Но спрашивать он постеснялся. Вот если бы он был следователем — тогда другое дело, тогда он был бы официальным лицом и имел право спрашивать о чем угодно. А частный детектив — персона какая-то бесправная, если с ним кто и разговаривает, то исключительно в виде большого бесплатного одолжения.

Владимир Петрович Пригарин вернулся из Рязани через три дня, и Стасов снова пришел к ним домой. Одного взгляда на Пригарина оказалось достаточно, чтобы Стасов сообразил, из-за чего мог разгореться тот скандал, выгнавший беднягу на улицу в морозную декабрьскую ночь. Владимир Петрович был моложав до неприличия и выглядел почти что сыном собственной жены. Разумеется, без женщины в том скандале не обошлось.

— Как вам удается так молодо выглядеть? — не сдержал любопытства Стасов. — Раскройте секрет.

— Спорт, диета, много времени провожу на воздухе, — улыбнулся Пригарин. — Никогда не пил и не курил, с двадцати пяти лет перестал есть конфеты и жирное мясо, а сейчас вообще перешел на вегетарианский стол. И положительные эмоции. Вы не представляете, как важны для человека положительные эмоции. А мне в этом смысле повезло больше, чем представителям многих других профессий. Я ведь всю жизнь проработал в одном и том же роддоме, тридцать лет младенцев принимал. Конечно, мамочки всякие бывают, кто ж спорит, но в основной своей массе они излучают радость и счастье, а я в этих лучах три десятка лет лет грелся. Вы, наверное, в биополя и в биоэнергетику не верите?

— Ну, в общем... — растерялся Стасов. — Я мало в этом разбираюсь.

— Вот видите, а беременная женщина, роженица и молодая мамочка — это совсем особенные существа, у них такая биохимия и биоэнергетика, что только диву даешься. Самый свежий пример: врачи обнаружили, что вещество, уничтожающее вирус СПИДа, вырабатывается гормонами беременных женщин. По телевизору недавно сообщали.

— Вы хотите сказать, что все люди, работающие в роддомах, выглядят, как и вы, на двадцать лет моложе? — усомнился Стасов, которого разговор с Пригариным начал откровенно забавлять.

— Не обязательно, — очень серьезно отозвался тот. — Некоторые сохраняют внешнюю моложавость, другие выглядят на свои годы, но отличаются завидным здоровьем, третьи необыкновенно счастливы в семье и вообще в личной жизни, потому что заряжаются на работе добром и радостью и несут их своим близким вместо обычной усталости и раздражения. У всех по-разному бывает, но биоэнергетика, связанная с рождением детей, сказывается на всех. Редко кто не реагирует, только уж совсем особенные люди.

— Это очень интересно, Владимир Петрович, но мне бы хотелось поговорить не об этом, а о том, что произошло год назад.

— Разве дело не закончено? — удивился Пригарин. — Был же суд.

— Да, осужденный Евгений Досюков отбывает наказание в колонии, но его жена наняла частного детектива, то есть меня, чтобы попытаться доказать, что произошла судебная ошибка и Досюков преступления не совершал. Поэтому я заново встречаюсь со всеми свидетелями.

— Зачем? Что вы хотите доказать?

— Скорее не доказать, а просто проверить. Хочу убедиться, что следствие было проведено грамотно и добросовестно, хочу посмотреть, не было ли действительно какой-нибудь ошибки. Поэтому я прошу вас, Владимир Петрович, вспомнить как можно детальнее и заново пересказать мне все, что вы видели в ночь с первого на второе декабря прошлого года на улице Веснина.

Пригарин несколько мгновений молчал, словно стараясь сосредоточиться.

— Значит, я шел по улице Веснина со стороны Старого Арбата, — начал он. — Мимо меня со стороны Арбата проехал автомобиль и остановился метрах в ста впереди. Из машины вышел мужчина в куртке, издалека мне было не видно, какого она цвета и как пошита, но по силуэту я понял, что куртка короткая, с широкими плечами. Мужчина стал снимать «дворники» и зеркала, запирать машину, я за это время подошел ближе, и мне уже было видно, что куртка такого среднего цвета, не светлая, но и не черная, отделана белым мехом. Мужчина закурил и вошел в подъезд. Похоже, он там стоял и курил, потому что, когда я подошел к дому и заглянул через окно в освещенный холл, он как раз сделал последнюю затяжку и выбросил окурок. «Дворники» и зеркало, я заметил, лежали на подоконнике, и еще, кажется, приемник автомобильный был. Там такой широкий низкий подоконник, а мужчина стоял у самого окна и одной рукой рылся в кармане, похоже, что ключи искал. Я остановился и посмотрел на часы, было чуть больше пяти минут четвертого, минут шесть или семь. Я тогда еще подумал, какой удобный подъезд — светлый, теплый, консьержки нет, а подоконник широкий, на нем сидеть удобно. Шаг замедлил и стал за мужчиной наблюдать, ждал, когда он сядет в лифт и уедет, чтобы зайти в подъезд, погреться, отдохнуть. И вдруг мне так неловко стало, думаю, да что ж это такое, уважаемый человек, врач с тридцатипятилетним стажем — и буду сидеть в подъезде, как пьянь подзаборная. Через три часа метро откроется, там посижу. А пока — пешочком. Я-то когда из дому выскочил в пылу ссоры, еще двенадцати не было, поэтому сломя голову в метро помчался и поехал в сторону Кузьминок, где живет мой давний товарищ. А когда спохватился, вышел на улицу да в себя пришел, уже всюду опоздал. Пришлось потихоньку в сторону дома пешком брести. Но я люблю ходить, ноги у меня сильные, тренированные, — улыбнулся Пригарин. — Вот, собственно, и все.

— Понятно. А вы точно уверены, что мужчина, который вышел из машины, и мужчина, которого вы потом увидели в освещенном холле, это один и тот же человек?

— Ну а как же? — удивился Владимир Петрович. — Во-первых, куртка точно такая же, и без головного убора, и «дворники» с зеркалом. И сигарета во рту. Но вы знаете, Владислав Николаевич, следователь мне этот вопрос тоже задавал, и адвокат на суде к этому прицепился. Так что не вы первый.

— И к какому же выводу они пришли?

— Они сказали, что вопрос об идентичности этих двух мужчин ставиться не должен. Речь должна идти только о том, что я запомнил и сумел опознать мужчину, которого видел в холле.

— Хорошо, давайте поговорим об этом поподробнее. Почему вы обратились в милицию спустя два дня после этого?

— Потому что в передаче «Петровка, 38» показали, как его ведут в наручниках, и сообщили, что он арестован по подозрению в убийстве, совершенном в ночь с первого на второе декабря. Я и вспомнил, что видел его в ту ночь. Честно признаться, я в милицию пошел не для того, чтобы стать свидетелем обвинения, а совсем наоборот. Хоть я его видел-то совсем недолго, но он мне не показался уголовником или там бандитом каким-то, и я подумал, что, может быть, мои показания помогут ему оправдаться. А вдруг он как раз в момент убийства был там, где я его видел, и теперь не может этого доказать, потому что думает, что никаких свидетелей нет. В общем, помочь хотел, а вышло наоборот. Получилось, что я его видел как раз тогда, когда он после убийства домой вернулся.

— И когда вы увидели его по телевизору, вы сразу его узнали?

— У меня зрительная память отменная. Я фамилию могу забыть или даже имя, ни одного телефона наизусть не помню, но лица запоминаю на долгие годы. Вы постройте сейчас передо мной десять тысяч женщин, я вам безошибочно отберу тех, у кого детишек принимал. Ни одной не пропущу, можете быть уверены.

— Он был одет так же, как и тогда, ночью?

— Нет, при аресте на нем было темно-серое пальто и меховая шапка.

— И вы даже в другой одежде его узнали?

— Я же вам сказал, я смотрел не на одежду, а на лицо.

— Давайте еще раз вернемся к той ночи. Вот вы подходите к большому окну и видите ярко освещенный холл. Можете схему холла нарисовать?

— Пожалуйста, — пожал плечами Пригарин, взял чистый лист бумаги и ручку и принялся чертить план. — Вот здесь вход в подъезд, здесь, слева, окно, по правой и левой стенам висят почтовые ящики, синие такие, железные. Дальше, вот здесь, в левой стороне, дверь и ход на лестницу, а прямо — ступеньки, ведущие к лифтам.

— Покажите, где стоял мужчина, — попросил Стасов.

— Вот здесь. — Пригарин поставил на схеме крестик.

«Все верно, — подумал Стасов. — Досюков жил в двести семнадцатой квартире, и его почтовый ящик находился как раз на левой стенке, рядом с подоконником. Он положил на подоконник стеклоочистители, зеркало и приемник, докуривал сигарету и одновременно искал ключи в кармане. Все это похоже на правду и совсем не похоже на выдумку».

— Вы не могли бы показать мне наглядно, как именно стоял мужчина, как он курил и искал ключи?

Владимир Петрович послушно поднялся из-за стола, сунул одну руку в карман брюк, другую поднес к лицу, соединив подушечки большого и указательного пальцев.

— Вот так он затянулся в последний раз, потом сигарету щелчком в угол отправил, сплюнул и пошел к лифту.

— Вы точно это помните? — настороженно спросил Стасов. — Именно щелчком отбросил окурок и сплюнул?

— Именно так.

— Что ж, спасибо вам, Владимир Петрович. Не обессудьте, если придется еще разок вас побеспокоить.

— Ну что вы, какое беспокойство, — добродушно откликнулся Пригарин. — Приходите, буду рад помочь.

* * *

Интересно, где же это всеми уважаемый молодой бизнесмен Евгений Досюков успел нахвататься тюремных жестов, размышлял Стасов, возвращаясь домой после разговора с Пригариным. Неужели сиживать приходилось? Да нет, вряд ли. Наталья говорила, что Досюков в зоне усиленного режима, то есть там, где отбывают наказание лица, впервые осужденные за тяжкие преступления. Если бы это была вторая ходка, он бы загремел на строгий режим. И в приговоре об уголовном прошлом ни слова не сказано, а ведь, если была судимость, они обязаны были бы это отразить. Надо просить, чтобы взяли в архиве дело, самому Стасову его никто не даст.

Но откуда же этот чисто тюремный жест? Срок, может, и не мотал, а в камере сиживал в качестве задержанного, подозреваемого, обвиняемого и даже, может быть, подсудимого? В уголовном деле должны быть материалы проверки.

Заверещал лежащий в кармане телефон. Звонила бывшая жена Стасова Маргарита, и голос у нее был раздраженный, как всегда, когда она чувствовала себя виноватой.

— Черт бы взял эту проклятую работу, — начала с ходу причитать Маргарита. — Мне опять нужно срочно ехать.

— Куда на этот раз? — лениво поинтересовался Стасов, внимательно глядя по сторонам и перестраиваясь в другой ряд, где было поменьше машин.

— В Мюнхен. Там фестиваль документального кино. Владик, я лечу завтра днем. Ты заберешь Лилю?

— Когда?

— Прямо сейчас.

— Конечно. Я уже еду.

Стасов даже не пытался скрыть радость, что ему придется как минимум неделю прожить вместе с обожаемой дочерью. В глубине души он лелеял несбыточную мечту о том, что Маргарита соберется выходить замуж, забеременеет и отдаст Лилю ему, Стасову, навсегда. А пока девочка жила у родителей по очереди — в зависимости от степени их занятости.

Добираясь до дома, где жила бывшая супруга, Стасов лихорадочно вспоминал, есть ли у него чем кормить Лилю с учетом ее специфических вкусов. Получалось, что по дороге нужно заехать в гастроном и купить сырокопченую колбасу, кетчуп и черный хлеб, неплохо было бы разжиться и ананасовым компотом, Лилечка его очень любит.

Дочь уже ждала у подъезда, слишком рослая и слишком крупная для своих без малого девяти лет, но все равно такая маленькая и беззащитная, что у Стасова сердце сжалось. Рядом с ней на скамейке стояла большая сумка.

— Почему ты здесь? — строго спросил он, хватая девочку в охапку и поднимая на руки. — Где мама?

— Мама дома, им нужно к поездке готовиться, — ответила Лиля, обхватывая Стасова за шею.

— Кому это — им?

— Маме и Борису Иосифовичу. Они вместе летят.

«Еще бы не вместе, — подумал Стасов. — Ну Маргарита! Девчонку за дверь выставила дожидаться, пока отец за ней приедет, а сама с Борей Рудиным в койку прыгнула. Неймется ей, подождать не может».

Он усадил Лилю на заднее сиденье и поехал домой. В душе у него все улыбалось и пело, как бывало всегда, когда Ритка отдавала ему дочь. И только маленькая, тоненькая, но назойливая, как комариный писк, мысль не давала ему покоя. Это была мысль о том, когда же и где приличный во всех отношениях человек Евгений Досюков приучился курить сигареты без фильтра, сжимая их двумя пальцами и автоматически сплевывая после каждой затяжки, потому что крошки табака все время попадают на язык. Так где же? И когда?

Глава 13

Полковник Гордеев очень не любил, когда его подчиненных вызывали вышестоящие начальники. Он полагал, что руководить оперативниками своего отдела должен только он сам и никто другой и, разумеется, наказывать их тоже имеет право только лично он. И в этом вопросе его совершенно не интересовало содержание всяческих служебных инструкций и объем должностных полномочий руководства ГУВД. Поэтому, когда руководитель управления уголовного розыска стал разыскивать Каменскую, Виктор Алексеевич, ни секунды не сомневаясь, сам отправился в генеральский кабинет.

Генерал Руненко ничуть не удивился, увидев Гордеева.

— Где твоя девица? — сердито спросил он. — Под сейф со страху спряталась?

— Каменская работает, — неопределенно ответил Гордеев. — С утра ее вызывал к себе Ольшанский из горпрокуратуры. Пока не вернулась.

— Результаты вскрытия Исиченко есть?

— Так точно, товарищ генерал. Отравление квалидилом.

— А попроще?

— Квалидил относится к аш-холинолитическим веществам, — не моргнув глазом, принялся рассказывать Гордеев, ехидно посмеиваясь в душе. — Вызывает паралич межреберных мышц и диафрагмы. В результате прекращается самостоятельное дыхание и наступает асфиксия. Судебный медик при вскрытии обнаружил отек и полнокровие легких, жидкую кровь в полости сердца и другие признаки, свидетельствующие об отравлении курареподобным веществом.

— Дьявол их всех забери, — бросил генерал куда-то в пространство, так что было непонятно, кого же именно должен покарать нечистый. — Что, эта Исиченко действительно психбольная? Или ты свою девицу выгораживаешь?

— Следствие покажет. Но то, что Исиченко — женщина экстравагантная, это точно. Поговорите с Кудиным из дежурной части, она у него минут двадцать сидела, пока он Каменскую разыскивал. У него очень яркие впечатления остались.

— Ладно, Виктор Алексеевич, зарывать Каменскую в землю никто не собирается, не старайся. Сам опером был, все понимаю. Ко мне на прием через полчаса придут родственники Исиченко. Я их выслушаю, но скорее всего потом к тебе направлю.

— Хорошо, товарищ генерал. Я их приму. Так вам Каменская больше не нужна или прислать ее, когда появится?

— Хитер ты, Виктор Алексеевич, — покачал головой Руненко. — Что ж ты так боишься за нее? Думаешь, обижу? Кусаться буду? Держишь девчонку в тепличных условиях, от начальственного гнева оберегаешь. Может, это и правильно, пока ты в отделе командуешь и сам решаешь, кого и как воспитывать. А ну как уйдешь? Другой начальник ее беречь не станет. Подумай над моими словами. Может быть, пора ее тренировать, приучать к стрессам-то, а? Я не спорю, работник она толковый, даже очень толковый, а я на похвалы скуп, сам знаешь. Но если ее ругать никто не будет, то, не ровен час, зазнается, возомнит о себе, тогда уж ей грош цена будет в базарный день при всей ее толковости.

— Каменская, товарищ генерал, сама себя воспитывает, ей в этом деле помощники не нужны, — сухо ответил Гордеев. — И ругает она всегда сама себя первая, не дожидаясь, пока это сделает кто-то другой. Я могу идти?

— Иди, защитник, — усмехнулся генерал.

Настроение у полковника Гордеева испортилось, но он знал, что это ненадолго. Напряженный ритм работы просто не даст ему возможности пережевывать негодование, мысленно возвращаясь к педагогическим советам генерала. Так и случилось. Поэтому, когда примерно через час явились родственники Людмилы Исиченко, Виктор Алексеевич снова был бодр, добродушен и сосредоточен.

Родственниками странной женщины, покончившей с собой в кабинете Анастасии Каменской, оказались супруги Неласовы, внешне производившие впечатление вполне интеллигентной пары. Но Виктор Алексеевич понимал, что это скорее всего просто видимость, потому что интеллигентному человеку делать в его кабинете по такому необычному поводу было нечего. Ну в самом деле, зачем они пришли? Гордеев догадывался, зачем, и причина эта не имела ничего общего с интеллигентностью.

— Слушаю вас, — произнес полковник нарочито приветливо.

— Нет, это мы вас слушаем, — кинулся в атаку Неласов, крупный мужчина лет сорока с наметившимся вторым подбородком, который он пытался скрыть бородой. Борода была еще короткой, видно, начал отпускать ее он совсем недавно. — Мы хотим выслушать ваши объяснения.

— По поводу чего? — невинно осведомился Гордеев.

— По поводу безнравственного поведения вашей сотрудницы. Она оказывала давление на несчастную Людмилу, заставляла ее признаться в преступлении, которого та не совершала. Итог, как вам известно, весьма печальный. Людочка не вынесла давления, написала признание под диктовку вашей сотрудницы и наложила на себя руки. У нее не было сил сопротивляться вашему профессиональному нажиму, но и жить с клеймом убийцы она не захотела.

— Допустим, — кивнул Гордеев. — Вы хотите, чтобы вам были принесены извинения?

— Извинения? — взвизгнула Неласова. — Вы думаете, что отделаетесь ничего не значащими словами? Мы требуем удовлетворения.

— В каком виде?

— В виде компенсации за моральный ущерб. В виде штрафа за неправомерное поведение вашей сотрудницы, повлекшее самоубийство свидетеля.

— Понятно, — снова кивнул полковник. — И в какую сумму вы оцениваете свой моральный ущерб?

Супруги переглянулись. Потом женщина едва заметно качнула головой, передавая слово мужу.

— Я очень рад, что вы сразу поняли нашу позицию, — начал тот. — Мы понимаем, что вы — люди занятые и ходить по судам вам недосуг, поэтому мы предложили бы вам договориться, что называется, полюбовно.

— Я хочу знать, о какой сумме идет речь, — настойчиво повторил Виктор Алексеевич.

— Если дело дойдет до суда — пятьсот миллионов. Но если мы договоримся, то сумма, разумеется, будет меньше. Мы ведь тоже ценим свое время и силы.

— На сколько именно меньше?

— Двести. Двести миллионов. Вы должны согласиться, что это весьма гуманное предложение, если учесть, что вашей сотруднице может грозить уголовная ответственность за доведение до самоубийства.

Гордееву стало смешно, но он подавил рвущуюся на уста улыбку. Эти люди казались ему забавными. И не особенно умными. Хотя, по большому счету, отсутствие ума не является поводом для смеха, и он это, конечно, понимал.

— Я могу узнать, кто вас консультирует? — спросил он.

— Какое это имеет значение? — надменно вскинул брови Неласов.

— Вы меня не поняли, — терпеливо объяснил полковник. — Меня в данном случае не интересует имя конкретного юриста, который дает вам советы. Меня интересует его опыт, квалификация, послужной список.

— Это очень опытный юрист, мы полностью доверяем ему.

— У него есть опыт работы судьей по гражданским делам?

Супруги замялись.

— Не знаю, — наконец сказал Неласов. — Мы об этом не спрашивали.

— А о чем вообще вы его спрашивали, кроме размера гонорара?

— Как вы смеете! — возмутилась Неласова. — Вы пытаетесь опорочить нашего адвоката в наших же глазах, потому что не хотите отвечать за произвол и беззаконие, творящееся в этих стенах. Думаете, вам, как обычно, удастся выкрутиться? Не выйдет, господин полковник! Времена уже не те.

— Я бы сформулировал иначе, — миролюбиво возразил Гордеев. — Времена еще не те.

— Что вы хотите сказать? Что до сих пор существует круговая порука, которая не позволит суду удовлетворить иск, предъявляемый работникам милиции? Вы хотите сказать, что время истинной демократии еще не наступило?

— Отнюдь. Я хочу сказать, что поколение грамотных и добросовестных юристов еще не выросло, вот и все. Ваш адвокат собирается тянуть с вас деньги за свои неквалифицированные советы. Именно поэтому я и спрашивал, какой у него опыт и стаж работы. Вы, разумеется, мне не верите, и это ваше право. Более мы вашего юриста обсуждать не будем. Давайте вернемся к вашей родственнице. Скажите, пожалуйста, она не производила на вас впечатления психически нездоровой?

— Конечно, — с вызовом произнесла Неласова, — я так и знала. Адвокат нас предупреждал, что вы постараетесь выставить Людочку сумасшедшей и объяснить происшедшее ее болезнью. Ничего у вас не получится. Людмила была абсолютно нормальной. Разумеется, это была натура тонкая и эмоциональная, но психически совершенно здоровая. И то, что она с собой сделала, является следствием грубого давления, угроз и запугивания со стороны вашей сотрудницы Каменской.

— Откуда вам это известно? Исиченко рассказывала вам об этом, жаловалась?

— Да.

— Когда?

— Незадолго до кончины.

— Когда именно? Припомните, в какой день это было и при каких обстоятельствах?

— Ну уж нет, — снова встрял бородатый Неласов, перехватывая инициативу у жены. — Наш адвокат предупреждал нас, что вы постараетесь выведать все это и подтасовать факты таким образом, чтобы опровергнуть нас. Если мы не договоримся полюбовно, то ответы на свои вопросы вы услышите только в суде.

— Значит, вы утверждаете, что Людмила Исиченко была психически здоровой. Это хорошо. Тогда следующий вопрос. Какова степень вашего с ней родства?

— Мы троюродные сестры, — ответила Неласова.

— У Людмилы есть другие родственники?

— Есть. Мой родной брат и его семья. Родители Людочки давно умерли, она — единственная дочь и замужем никогда не была, детей у нее нет. Ее отец — двоюродный брат моей матери, а мы с братом — единственные родственники Людмилы.

— Вы поддерживали тесные отношения?

— Какое это имеет значение? Вы пытаетесь увести наш разговор в сторону. Людмила была несчастной одинокой женщиной. Даже если мы не очень часто виделись, это не означает, что у нас не болит душа за нее и что мы позволим вам уйти от ответственности за ее загубленную жизнь.

— Стало быть, вы и ваш родной брат считаете себя наследниками Исиченко?

— Я не понимаю, при чем тут это...

— А я понимаю, — снова подал голос возмущенный Неласов. — Вы намекаете на то, что мы унаследуем бесценную коллекцию, которую собирал отец Людочки. Вы хотите сказать, что при таком огромном наследстве нам должно быть стыдно судиться с органами милиции.

— Нет. — Гордеев наконец позволил себе улыбнуться. — Я хочу сказать совсем не это. Известно ли вам, что Людмила Исиченко оставила завещание?

— Какое еще завещание? — растерялся Неласов.

— Обыкновенное, нотариально заверенное и составленное по всей форме. Так известно или нет?

— Впервые слышу.

— Жаль. Вас с ним еще не знакомили, но поскольку ваша родственница попала в орбиту следствия, то нам его, естественно, огласили. Должен вас разочаровать, весь свой капитал в виде коллекции картин и антиквариата Исиченко завещала писателю Леониду Параскевичу.

Известие произвело на Неласовых шоковое впечатление. Некоторое время в кабинете Виктора Алексеевича стояла тишина.

— Идиотка! — наконец прошипела Неласова. — Шизофреничка.

Ее муж, однако, пришел в себя и вновь обрел способность соображать быстрее, чем его впечатлительная супруга.

— Минуточку. — Он поднял вверх палец и строго поглядел на Гордеева. — Параскевич умер раньше Людмилы. Значит, он никак не может наследовать ей. Это завещание недействительно.

— Ну, конечно, — облегченно перевела дух его жена. — Конечно. Вы зря старались нас напугать, господин полковник. Ничего у вас не вышло.

— Мне снова придется вас разочаровать. Текст завещания составлен таким образом, что наследником Людмилы Исиченко является не покойный Леонид Владимирович, а автор романов, издаваемых под именем Леонида Параскевича.

— Не вижу разницы, — пожал плечами Неласов. — Не старайтесь нас запутать и заморочить нам голову.

— Разница есть, и огромная. Дело в том, что автором этих романов является не Леонид Владимирович, которого похоронили почти месяц назад, а его жена. А она жива и здорова.

— Это ложь! Этого не может быть! Если бы книги писала она, то зачем Людмила стала бы составлять завещание в пользу Леонида?

— Но я же вам сказал, завещание составлено фактически не в его пользу, а в пользу истинного автора.

— Все равно это ложь! Вы что, не понимаете, что эта женщина вас обманывает, чтобы получить наследство Людмилы?

— Все может быть, — вздохнул Гордеев. — Именно поэтому будет производиться экспертиза с привлечением специалистов-филологов для установления подлинного авторства. Если окажется, что Светлана Параскевич говорит неправду, наследство отойдет вам и вашему брату. Но если эксперты подтвердят, что под именем Леонида Параскевича скрывалась действительно она, то вы ничего не получите. Ни копейки. Так составлено завещание.

И тут Неласова сорвалась:

— Да как же можно принимать этот бред всерьез?! Она же сумасшедшая, она совсем свихнулась на своем писателе! Голоса ей слышались, призраки являлись! Она была невменяемой!

— Так, — удовлетворенно хмыкнул Гордеев. — Значит, невменяемой? Голоса, призраки? Подумайте как следует. Не далее как минут пятнадцать тому назад вы утверждали, что Людмила была совершенно нормальной.

И снова повисла тишина. Если супруги Неласовы имели представление об игре в шахматы, то они должны были бы сообразить, что Гордеев поставил им «вилку».

— Мы будем оспаривать это завещание. Мы докажем, что она была недееспособной в тот момент, когда придумала эту глупость, — заявил Неласов.

— Пожалуйста, — развел руками полковник. — Это ваше право. Но в этом случае вам придется отказаться от попыток обвинить Каменскую в доведении вашей родственницы до самоубийства. Если Людмила Исиченко была психически больна, то ни предвидеть ее поведение, ни управлять им невозможно. Больные люди способны на самые необычные и необъяснимые поступки, и никто не виноват в том, что они их совершают. Так что выбирайте. Я мог бы сказать вам сразу, что с вашим иском к Каменской у вас ничего не выйдет, потому что ваш адвокат — бездарный неуч, не знающий законов. Но вы склонны доверять ему и не хотите верить мне. Поэтому просто прикиньте, что больше: наследство или мифические пятьсот миллионов, которые вы намереваетесь отсудить у нас с помощью вашего недоучки. Если Исиченко была здоровой — будем судиться. Если больной — боритесь за аннулирование завещания. А в этом случае у вас шансов куда больше. У нас есть множество свидетельских показаний, которые говорят о том, что ваша родственница была тяжело больна.

— Мы должны подумать, — выдавил Неласов. — Это все так неожиданно...

— Подумайте, — согласился Виктор Алексеевич. — И если надумаете признать, что Людмила была больна, приходите в городскую прокуратуру к следователю Ольшанскому. Он вас еще не вызывал?

— Вызывал. На сегодня, на три часа.

— Ну что ж, время на раздумья у вас есть. Хотите еще что-нибудь мне сказать?

Супруги молча поднялись и покинули кабинет полковника Гордеева.

***

Наталья Досюкова дрожащими пальцами вскрыла конверт, который ей принес незнакомый мужчина неприятного вида. Он сказал, что освободился из зоны, где отбывает наказание Евгений, и привез от него письмо. Наталья в своей жизни редко получала письма, и никогда они не приносили ей ничего плохого. Но она все равно ужасно волновалась.

«Наташенька! Сейчас, когда прошло две недели после твоего приезда, я начал понимать, что был груб с тобой. Прости меня, дорогая. Наверное, мне следовало вести себя по-другому, провести эти три часа так, чтобы было потом приятно вспомнить. А я вспоминаю только твои слезы и обиженные глаза. Еще раз прости.

Я очень надеюсь, что ты делаешь все, что нужно, для моего освобождения. Еще раз повторяю: не жалей денег ни на что, свобода все равно стоит дороже. Если нужно, продай загородный дом и одну машину, все доверенности у тебя есть. Я уверен, что вы с Николаем Григорьевичем сумеете все сделать так, как надо, нужно только постараться.

Держись, дорогая моя, я понимаю, что тебе трудно, но ты держись. Когда мы снова будем вместе, я отблагодарю тебя за все, что тебе пришлось вынести».

Слезы лились по ее щекам, стекая на шею, щекоча кожу, но Наталья их не замечала. Боже мой, он думает о ней, переживает, сочувствует, и ни слова жалобы! Можно подумать, что ей хуже и тяжелее, чем ему самому. Какая огромная у него сила духа, подумала она с восхищением. Он еще собирается отблагодарить ее за все, что она делает. Да знал бы он, что она на самом деле сделала! Нет этому прощения. Нет и быть не может. Но разве она знала, какой он, Женя? Разве могла даже предположить, что он такой — сильный, стойкий, гордый?

Ложь, оборвала она себя, ты все прекрасно знала. Именно поэтому ты и не могла так долго выйти за него замуж. Ты просто не могла с ним справиться, потому что он сильный и независимый и совершенно в тебе не нуждался. Но, когда он был здесь, рядом, эти качества мешали тебе, ты их ненавидела. А теперь они тебя восхищают? Что с тобой, Наталья?

«Я люблю его, — с ужасом подумала она. — Я люблю его. Господи, что же теперь делать?»

264

В два часа Стасов уехал из офиса, ему нужно было забрать Лилю из школы и отвезти домой. Вообще-то она была девочкой самостоятельной и длинный путь из Сокольников, где находилась квартира Маргариты и была школа, до Черемушек, где жил Стасов, она благополучно и неоднократно проделывала сама. Но ему очень хотелось забрать ее. Отцовское сердце неспокойно ныло при мысли о том, какие опасности могут подстерегать девятилетнего ребенка в большом городе. Да и Лиля, он знал, будет довольна.

— Папа, я «банан» схватила, — спокойно сообщила она, сев в машину. — По физкультуре.

— «Банан»? Двойку, что ли?

— Ага.

— А за что?

— Форму забыла.

— Ну как же так, Лиля? — укоризненно сказал Стасов. — Нельзя быть такой забывчивой.

— Мама меня второпях собирала, — пояснила девочка деловито. — Вот мы и забыли ее положить.

— До маминого приезда еще будет физкультура?

— Будет, в пятницу. А потом еще в понедельник. И в среду.

— Черт знает что! О чем вы с мамой думали, когда сумку собирали! Придется нам с тобой ехать в магазин, покупать новую форму.

— Пап, а может, ты записку напишешь учительнице, а? — робко попросила Лиля. — Зачем деньги тратить, мама же вернется через неделю.

Стасов расхохотался в душе. Конечно, чего еще ожидать от Лили, которая терпеть не может уроки физкультуры, потому что она слишком полная и у нее ничего не получается. Ну хитрюга!

— Посмотрим, — сурово ответил он. — Как вести себя будешь.

Но в глубине души он уже точно знал, что записку напишет.

Дома Стасов быстро разогрел обед, который накануне готовил до позднего вечера.

— Лиля, — строго начал он, — я возвращаюсь на

работу, приду поздно. Если захочешь кушать, возьми салат и бутерброд, салат в миске, колбаса в холодильнике. Если позвонит тетя Таня, скажи, что я взял ей билет на третье января. Не забудешь?

— А когда она приедет?

— Обещала тридцатого утром. Мы с тобой поедем ее встречать.

— А тетя Ира? Она тоже приедет?

— Нет, Котенок, тетя Ира останется в Петербурге.

— Почему? Она не хочет встречать с нами Новый год?

— Котенок, тетя Ира — взрослая тетя, и у нее своя жизнь. Ты же знаешь, она все время занята тем, что ухаживает за Таней, готовит ей еду, убирает квартиру. Ей тоже нужно немножко отдохнуть, пожить одной.

— Понятно, — глубокомысленно изрек ребенок. — К ней, наверное, дядя Юра Мазаев приедет на Новый год. Да, папа? Я угадала?

— Может быть, — неопределенно ответил Стасов, удивляясь прозорливости девочки.

На самом деле так оно и планировалось. Татьяна приезжает к нему на праздники, а ее родственница Ирочка, живущая с ней в одной квартире, будет встречать Новый год в компании своего возлюбленного из Новосибирска.

— Папа, а они поженятся?

— Лиля, тебя это совершенно не должно интересовать, — строго сказал Стасов. — Совершенно. Они взрослые люди и сами разберутся. Откуда в тебе это неистребимое желание всех подряд переженить? По-моему, хватит уже и того, что мы с тетей Таней поженились.

— Нет, — возразила она с уверенностью в своей несокрушимой логике. — Не хватит. Надо еще, чтобы мама вышла замуж за Бориса Иосифовича, а тетя Ира поженилась на дяде Юре, тогда все будет в порядке.

— А так, как есть, не все в порядке? Лиля, говори немедленно, что тебя не устраивает. Чем ты недовольна?

— Ну, папа! — Она посмотрела на Стасова как на глупого, ограниченного тупицу. — Как же ты не понимаешь? Люди должны жить в семье. Они должны жениться, тогда у них будет все в порядке и они будут счастливы.

— Лиля! — в ужасе охнул Стасов. — Откуда это все взялось в твоей голове? Где ты этого набралась?

— Так это во всех книжках написано, — удивленно ответила она. — Всегда все книжки кончаются свадьбой, и это считается счастливым концом.

— Не все, — авторитетно заявил Стасов, с негодованием понимая, что позволил втянуть себя в дискуссию вместо того, чтобы раз и навсегда объяснить дочери, что лезть в личную жизнь взрослых неприлично. — Есть масса прекрасных книг, которые тоже хорошо заканчиваются, но при этом о свадьбе и речи нет. Ты просто их еще не читала.

— Да? А какие? У тебя они есть?

«Тьфу, придурок, — мысленно выругал себя Стасов. — Тянули тебя за язык. Без свадьбы хорошо кончаются только детективы, и то не все, и приключения. Про приключения Лиля вообще не читает, это ей не интересно. А детективы читать ей еще рано. Там столько кровищи нальют, что она потом спать не будет от страха. Или еще, не дай бог, про изнасилование в красках написано...»

Но хода назад не было. Вопрос задан, и на него следовало ответить.

— Например, есть книга про Робинзона Крузо. И еще замечательная книга про путешествия Гулливера. Ты бы лучше их прочитала, чем эти бесконечные романы Барбары Картленд читать.

— Про путешествия я не люблю, — строптиво заявило сероглазое дитя, — а про Робинзона Крузо я уже читала. Про любовь интереснее.

— Ладно, Котенок, я уехал, а ты садись за уроки. Не скучай.

Он вернулся на работу и снова окунулся в ежедневную текучку, а в восемь вечера отправился к Наталье Досюковой. Ему хотелось до конца прояснить вопрос со странной манерой ее осужденного мужа держать сигарету кончиками двух пальцев.

Наталья выглядела расстроенной и подавленной, но очень старалась не показывать этого.

— Видеофильмы? — удивленно спросила она. — Конечно, есть. Когда мы с Женей ездили отдыхать, он всегда брал камеру. А что вы хотите увидеть в этих фильмах?

— Не знаю, — признался Стасов. — Но вы поручили мне работу, и я должен искать самые невероятные пути, чтобы ее выполнить. Обычным путем у меня что-то не очень получается.

— Что вы имеете в виду?

— Я не могу обнаружить никаких признаков подкупа свидетелей или их недобросовестности. Приходится фантазировать, изобретать. Понимаете?

— Не очень, но вам виднее. Вы хотите прямо сейчас посмотреть фильмы?

— Если вы не возражаете. Я мог бы попросить их у вас и посмотреть дома, но мне придется задавать вам вопросы о тех людях, которые попали в кадр. Может быть, мне удастся что-нибудь нащупать.

— Хорошо, — вздохнула Наталья, но Стасов видел, что энтузиазма его предложение не вызвало.

Они уселись перед телевизором и стали просматривать пленки.

— Это мы в Испании, — комментировала Наталья. — Это на пляже, а это бассейн в нашей гостинице. Это мы вечером ходили пить кофе на набережную.

Стасов оценил вкус Евгения Досюкова — гостиница была из дорогих, построенная с умом и с заботой об отдыхающих. Он с интересом рассматривал Досюкова, отмечая жесткое неулыбчивое лицо, резкие движения, холодный взгляд. Вот он сидит в кафе, на нем шорты и простая белая майка, подчеркивающая коричневый загар. Пьет что-то из высокого стакана, в руке сигарета, зажатая между фалангами указательного и среднего пальцев. Вот еще сцена, на которой Досюков курит, и снова сигарету он держит совсем не так, как описывал свидетель Пригарин. Странно. Что же получается, на людях у него одни манеры, а когда никто не видит — другие? И такое бывает.

— Наталья Михайловна, какие сигареты обычно курил ваш муж?

— «Кэмел». Ничего другого он не признавал.

— Сколько времени вы знакомы?

— До ареста было четыре года. Сейчас уже пять.

— И все это время он курил только «Кэмел»?

— Да. А в чем, собственно, дело?

— Он вам никогда не рассказывал, что было время, когда он курил сигареты без фильтра?

— Нет, — покачала головой Досюкова. — Такого не было. То есть он не рассказывал. А было или нет, не знаю.

— Еще вопрос, Наталья Михайловна. Он может показаться вам странным и даже оскорбительным, но я прошу вас не обижаться и ответить.

— Конечно, спрашивайте.

— Арест вашего мужа в связи с убийством Бориса Красавчикова был его первым столкновением с милицией? Или ему приходилось и раньше подвергаться задержаниям и арестам? Может быть, в юности, когда он еще был несовершеннолетним?

— Нет... — Она растерянно посмотрела на Стасова. — То есть... я не знаю... Он не рассказывал. А почему вы про это спрашиваете?

— На всякий случай, вдруг пригодится. Если я провожу расследование в интересах вашего мужа, то должен знать о нем как можно больше.

Стасов не смог бы объяснить в тот момент, почему он не стал рассказывать Наталье о показаниях Владимира Петровича Пригарина. Не стал, и все.

Теперь на экране телевизора появился Биг Бен и здание английского парламента. Досюков и Наталья гуляли по Лондону. Рядом с ними Стасов увидел еще одну пару явно российского происхождения.

— Это ваши знакомые? — спросил он.

— Это Борис, — тихо ответила Наталья. — Борис Красавчиков и его девушка. Мы тогда вместе ездили, как раз на майские праздники.

— Ваш муж был дружен с Борисом?

— Не то чтобы... Просто хорошие приятели.

Потом они смотрели видеозаписи, сделанные в Париже, Амстердаме, Брюсселе, Майами. Ничего не бросилось Стасову в глаза. Но сигарету на всех кадрах Евгений Досюков держал одинаково — между указательным и средним пальцами.

Настя вместе с Коротковым моталась по Москве в поисках медицинских карт Людмилы Исиченко и Леонида Параскевича, попутно выясняя круг их знакомых. В первую очередь они навестили друзей Параскевича, у которых он был в гостях в день гибели. Это были супруги, знакомые с Параскевичем еще с университетских времен.

— Вспомните, пожалуйста, как можно подробнее тот вечер, — попросил Коротков.

— Но нас уже допрашивали, и не один раз, — недоумевали супруги. — Мы все рассказали.

Это было правдой. Их действительно несколько раз допрашивал Ольшанский, пытаясь выяснить, не упоминал ли Параскевич, что его кто-то преследует, угрожает ему или, может быть, вымогает у него деньги. Те допросы преследовали вполне определенную цель — получить информацию, позволяющую пролить свет на причину убийства и личность преступника. Теперь же задача стояла совсем иная, но в интересах чистоты эксперимента нельзя было говорить, какая именно, чтобы не подталкивать людей в определенном направлении.

— И все-таки нам придется побеседовать еще раз. Начнем с самого начала. Леонид приехал неожиданно или договаривался с вами заранее?

— За день или за два примерно.

— Для визита была определенная причина, или он просто приехал повидаться с друзьями?

— Нет, никакой специальной причины не было. Он позвонил и сказал, что, мол, это просто свинство, что мы так редко видимся, старую дружбу надо беречь и все такое.

— А с его женой вы знакомы?

— Да, конечно, мы же все на одном курсе учились.

— Леонид вам объяснил, почему он приехал без нее?

— Нет. Мы, правда, спросили, где Света, а он как-то отмахнулся, и мы подумали, что они, наверное, поссорились, потому он и пришел один.

270

— В каком он был настроении?

— Знаете, в странном каком-то. Вроде бы чем-то взбудоражен, взволнован и в то же время ко всему безразличен. Вроде как думает о чем-то своем, и это что-то его сильно волнует и беспокоит, а до всего остального дела нет.

— Пример можете привести?

— Пример? Ну, пожалуй... Мы стали говорить о его последней книге, его всегда очень интересовало чужое мнение. Леня был из тех редких людей, которые не воспринимают критику болезненно. Наоборот, он всегда дотошно выспрашивал, что не понравилось в его книгах, вроде как учился на собственных ошибках. Он говорил, что замечания — это не критика, а пожелания читателей, а желание покупателя — закон для продавца. Какой смысл производить товар, который не нравится покупателю? Ну вот, а в тот раз мы заговорили о новой книге, а он словно не реагирует, не слышит. Весь в себя ушел и как будто отключился. Мы, честно говоря, подумали, что он со Светой поссорился и переживает. Но допытываться не стали.

— Скажите, пожалуйста, у Леонида были какие-нибудь предметы, которые он у вас брал? Может быть, деньги одалживал?

— Нет, денег он никогда у нас не одалживал. А кстати, «мышь» он как раз в тот день нам и привез.

— «Мышь»?

— Ну да, «мышь» от компьютера. Видите ли, когда они купили компьютер, то Леня куда-то задевал свою «мышь», а он без компьютера как без рук. Я отдал ему свою, потому что работаю только в «Лексиконе» и мне «мышь» не нужна. Потом Ленина «мышка» отыскалась, и он мне все время по телефону говорил, что обязательно вернет мою, но при встречах мы оба забывали, тем более что мне-то она вообще не нужна. А в тот раз он ее привез.

— Припомните, что он говорил, когда уходил?

— Ничего особенного. Уходил как обычно. Оделся, попрощался.

— Какими словами? Что конкретно он говорил на прощание?

— Да как обычно. Поцеловал нас обоих, обнял. «Счастливо, ребята, — сказал. — Дай вам бог всего, чего хочется. Я вас очень люблю».

— Он всегда так говорил при прощании?

— Да, в общем-то... Кроме, пожалуй, того, что он нас любит. Такого он раньше не говорил.

По дороге в поликлинику по месту жительства родителей Параскевича Настя и Коротков подвели предварительные итоги. Леонид приехал к своим близким друзьям без видимого повода, привез вещь, которую давно должен был отдать. Раздавал долги перед смертью? Приехал один, без жены, хотя, судя по ее показаниям, они не ссорились. Знал, что у порога собственной квартиры его ждет смерть, и не хотел, чтобы Светлана это видела? Сказал, уходя от друзей, необычно теплые слова. Прощался навсегда? Похоже, все было очень похоже.

Днем раньше они побывали в поликлинике того района, где Параскевич жил несколько лет после женитьбы на Светлане, но там его медицинской карты не обнаружили.

— Что же, он за шесть лет не болел ни разу? — удивлялся Коротков.

— Может, и болел, но ему больничный не нужен. Он же дома работал, на службу не ходил. Поэтому в поликлинику не обращался. А вот там, где он жил до женитьбы, карта должна быть. Он в то время был студентом, там без справки от врача не проскочишь.

Настя оказалась права. В поликлинике, обслуживавшей район жительства родителей Леонида, его карта нашлась. В детской поликлинике того же района им отыскали в архиве и первую карту Параскевича, поскольку до четырнадцати лет он наблюдался именно там. Они съездили в прокуратуру, взяли у Ольшанского постановления о производстве выемки и обе карты забрали. Но оказалось, что в карте из детской поликлиники отражено состояние здоровья Леонида только начиная с пятилетнего возраста.

— Ну уж тут-то ты меня не убедишь, что он не болел, — уверенно говорил Коротков. — Я как опытный отец тебе скажу, что нет таких детей, которые до пяти лет ни разу не болеют.

— Наверное, они раньше в другом месте жили, — вздохнула Настя. — Это сейчас ввели нормальный порядок, карты у людей на руках хранятся. А раньше помнишь, как было? Тебе к карте даже прикоснуться не давали, из регистратуры по врачебным кабинетам их сестры разносили. Когда переезжаешь, карту тоже не отдавали, делали краткую выписку, если нужно, а то и вообще ничего тебе не давали. Иди доказывай в новой поликлинике, что ты хронический больной или что у тебя аллергия на какое-нибудь лекарство. Придется выяснять у Галины Ивановны, где они жили в то время. Только ты сам с ней разговаривай, у меня от нее судороги делаются.

Выяснить, где провел свое раннее детство Леонид Параскевич, им удалось только вечером, когда Галина Ивановна пришла с работы. Оказалось, что родился Леня в подмосковном Чехове, где в то время проживала семья Параскевичей. Перспектива тащиться в Чехов Настю не вдохновляла, тем более что завтра Коротков был плотно занят и отвезти ее не мог.

Из автомата они позвонили Ольшанскому с тайной надеждой, что тот освободит ее от тягостной обязанности. Но номер не прошел.

— Карта нужна обязательно, — категорически заявил Константин Михайлович. — Более того, нужна и карта из роддома, где написано, как протекали роды и не было ли патологии беременности у его матери. Если мы проводим посмертную психиатрическую экспертизу, то важно все, до самой мельчайшей детали, чтобы понять, какие отклонения могли быть у человека. Все поняла?

— Все.

— Тогда бегом ко мне, я тебе выдам постановления, и завтра с утра поезжай в Чехов. Кстати, заодно поищи там бывших соседей, которые могут помнить бабку и деда Леонида. Поспрашивай, все ли у них было в порядке со здоровьем. У Галины Ивановны спрашивать не хочу, все равно неправду скажет.

Ничего не оставалось, как снова садиться в машину и ехать в городскую прокуратуру.

***

Утверждение о том, что лень — двигатель прогресса, Настя Каменская считала абсолютно справедливым. Более способные и талантливые из нежелания заниматься тяжелым физическим трудом придумывали различные механизмы и приборы. Менее способные, к которым Настя причисляла и себя, от лени становились изобретательными. Ехать в Чехов на электричке ей не хотелось категорически, поэтому, вместо того чтобы смириться и честно выполнять указание следователя, она стала придумывать, чем бы ей заинтересовать Стасова, чтобы выторговать у него поездку в Подмосковье на машине. И, как ни странно, придумала.

— Влад, мне нужно ехать в архив суда смотреть кое-какие дела. Я подумала, что тебя может заинтересовать дело Досюкова. Хочешь, я посмотрю для тебя все, что надо?

Ничего не подозревающий Стасов купился на это предложение сразу и принялся перечислять вопросы, ответы на которые ему хотелось получить из материалов дела.

— Главное — свидетели, которые по тем или иным причинам не были вызваны в суд или были вызваны, но не явились. Короче, те, чьих фамилий нет в приговоре, — старательно перечислял он. — Потом результаты всяческих проверок самого Досюкова, куда посылались запросы и какие были ответы....

Настя все записала, а под конец стала забрасывать удочку:

— Я собиралась в архив завтра во второй половине дня, но боюсь, что придется отложить.

— Почему?

— Мне нужно с утра ехать в Чехов, это займет много времени...

Наживка сработала, и уже через пять минут она договорилась со Стасовым о том, что в девять утра он за ней заедет.

— Слушай, тебе кто-нибудь говорил, что ты — существо абсолютно бессовестное? — спросил ее муж.

— Ты — первый, гордись этим обстоятельством, — улыбнулась Настя.

— Все твои фокусы шиты белыми нитками.

— Это для тебя, потому что ты меня за много лет изучил. А Стасову в самый раз.

— Асенька, но это неприлично. Почему ты мне не сказала, какая у тебя проблема? Я бы тебя отвез.

Она подошла к мужу, сидевшему на диване у телевизора, обняла его и прижалась щекой к его рыжим растрепанным волосам.

— Потому что я не хочу, чтобы ты меня возил. Знаешь одну из заповедей нашей работы? Не втягивать в нее близких.

— А что, поездка предстоит опасная? — забеспокоился Алексей.

— Что ты, солнышко, самая обычная. Найти поликлинику и роддом и изъять там медицинские карты. Стрельбы и погони не предвидится.

— Тогда почему ты не хочешь, чтобы я поехал с тобой?

— Потому что я не хочу, чтобы во время работы тебя видели вместе со мной. Я сто раз тебе говорила, наши близкие — это наше самое уязвимое место. Одно дело, когда мы с тобой в театр идем, и совсем другое, когда я выполняю задания в твоем обществе. Люди заинтересованные могут подумать, что ты в курсе моих служебных дел, и попытаться что-нибудь у тебя выведать. Или начнут тебя запугивать. Или еще какую-нибудь пакость придумают. Нет, Лешенька, мне этой головной боли не надо. Я спокойно поеду со Стасовым, за него я не боюсь, он в десять раз сильнее и опытнее меня.

— Но ты могла бы просто взять машину, если не хочешь, чтобы я тебя возил, — не сдавался Алексей. — Зачем тебе затруднять Стасова?

— Лешик, ты же знаешь, я терпеть не могу водить машину. Я ее боюсь. И потом, она может сломаться. Что я тогда буду делать?

— А машина Стасова, конечно, не ломается. Она у него заговоренная, — съехидничал муж.

— Если у него машина сломается, то, во-первых, он ее починит, потому что он мужчина и знает, как это делать, а во-вторых, я всегда могу сесть на электричку и вернуться в Москву. А если я буду за рулем твоей машины, то не смогу ее бросить и буду там торчать как привязанная.

— А Стасова, значит, бросишь?

— Брошу, — не колеблясь, ответила она. — Стасов — взрослый самостоятельный мужик, а машина — маленькая и глупая, ее нельзя одну оставлять, ее же обязательно украдут.

— Да ну тебя, Аська, — рассмеялся Леша. — Тебя не переспоришь. У тебя на все есть ответ.

— Если бы, — задумчиво ответила она. — Если бы у меня на все был ответ, я бы уже стала лучшим сыщиком мира.

* * *

Рано утром Стасов отвез Лилю в школу и поехал на Щелковское шоссе, где жила Настя Каменская. У подъезда вместо Насти стоял ее муж, который заявил, что никуда их не отпустит без горячего завтрака. Стасов не возражал, ему очень нравился Алексей и чашка кофе вовсе не казалась лишней.

В Чехов они приехали к одиннадцати часам, довольно быстро нашли детскую поликлинику, но, к их разочарованию, выяснилось, что карты двадцатилетней давности может найти в архиве только один человек, который придет не раньше чем через час.

— Она на пенсии, — объяснили им в регистратуре, — работает неполный день, на полставки. Сегодня как раз с часу до пяти.

— А роддом у вас где?

— Через три квартала.

Они отправились в роддом. Поднявшись на второй этаж, где был кабинет главврача, Стасов уселся на мягкий кожаный диванчик и вытянул длинные ноги с намерением почитать газету, пока Настя будет общаться с медицинским начальством. К сожалению, оказалось, что газету он забыл в машине, и Стасов принялся привычно шарить глазами по стенкам в поисках чего-нибудь, за что можно было уцепиться глазами — стенгазета, наглядная агитация или объявления для членов профсоюза. В дальнем углу коридора он заметил стенд с фотографиями и подошел поближе. Под крупной надписью «Наши ветераны» разместились портреты врачей, медсестер, нянечек; административных работников. Пробегая глазами по незнакомым лицам, Стасов вздрогнул. С фотопортрета прямо на него смотрело лицо Владимира Петровича Пригарина.

Глава 14

Только когда они снова сели в машину, Настя заметила, что Стасов чем-то озабочен.

— Влад, что-нибудь случилось? — обеспокоенно спросила она.

— Ничего. Просто очередное совпадение. А совпадения меня почему-то всегда выбивают из колеи. Особенность мышления такая.

— Что у тебя с чем совпало?

— В этом роддоме работал один из свидетелей по делу Досюкова.

— Останови машину! — потребовала Настя.

— Зачем?

— Тормози, Стасов.

Он послушно остановился у обочины и заглушил двигатель.

— Как фамилия свидетеля?

— Пригарин Владимир Петрович.

Настя принялась быстро просматривать медицинскую карту.

— Что ты хочешь там найти?

— Мне интересно, а вдруг твой Пригарин принимал роды у моей Параскевич?

— Ну и что, если принимал?

— Ничего. Интересно. Я, в отличие от тебя, совпадения люблю. Они украшают нашу серую и монотонную жизнь, — пробормотала она, перелистывая страницы. — Да, вот запись врача о течении родов. Но подпись такая, что по ней фамилию не разберешь.

Закорючка с хвостиком. Поворачивай, Стасов, будем возвращаться.

— Зачем? Что ты хочешь узнать?

— Хочу узнать, чья это подпись.

— Даже если и Пригарина, то что из этого?

Она закрыла карту, повернулась к Стасову и внимательно посмотрела на него.

— Владик, ты морочишь голову мне или самому себе? Ты же первый сказал, что тебе совпадение не нравится.

— Мало ли что мне не нравится, — буркнул Стасов. — Глупость всякая в голову лезет, не обращать же внимания каждый раз.

— Стасов, ты профессионал с двадцатилетним стажем. Если тебе что-то не нравится, нужно проверить и успокоиться. У тебя чутье срабатывает быстрее, чем мозги в голове проворачиваются, это болезнь всех профессионалов.

— А ты что же, к ним себя не относишь?

— Пока нет, я еще маленькая, мне до настоящего профессионала семь верст да все лесом. Поэтому у меня чутье почти совсем отсутствует, я все больше логикой да анализом пробавляюсь. Ты мне зубы-то не заговаривай, разворачивай машину, поедем обратно в роддом.

На этот раз в кабинет главврача они вошли вместе.

— Что-нибудь еще? — недовольно вскинул голову тот, отрываясь от бумаг, разложенных перед ним на столе.

— Еще один маленький вопрос, — ласково улыбнулась Настя, протягивая ему карту, заранее открытую на нужной странице. — Посмотрите, пожалуйста, чья это подпись?

Главврач несколько секунд рассматривал закорючку.

— Похоже на подпись доктора Пригарина, но он у нас уже не работает. Ушел на пенсию.

— Что значит «похоже»? — не унималась она. — У вас есть здесь какой-нибудь документ, подписанный Пригариным?

— Сейчас найду.

Он со вздохом поднялся и подошел к сейфу.

— Владимир Петрович, как один из самых опытных врачей с большим стажем, помогал мне в последние годы составлять всякие отчеты и справки. Сейчас поищу что-нибудь, я обычно документы подолгу не уничтожаю. Вот, нашел.

Он протянул Насте несколько листков, исписанных мелким неразборчивым почерком. Конечно, за двадцать восемь лет, прошедших с того времени, как Галина Ивановна Параскевич рожала сына, почерк немного изменился, но именно немного. И подпись стала менее размашистой, зато к ней добавилась лишняя закорючка.

— Прочтите, пожалуйста, что написано в карте, — попросила Настя. — Может быть, вам по тексту станет понятным, Пригарин это записывал или нет.

Врач углубился в каракули, потом хмыкнул.

— Это, несомненно, Пригарин, — уверенно сказал он. — Роженице делали чревосечение, этим все сказано.

— То есть?

— Пригарин — прекрасный хирург, золотые руки. Все тридцать лет, что он здесь проработал, чревосечение делал только он. Конечно, за исключением тех случаев, когда он был в отпуске или болел. Но это бывало нечасто. Тогда мы или приглашали другого специалиста, или направляли роженицу в другой роддом. Но, повторяю, это были исключительные случаи, очень редкие. Видите ли, Владимир Петрович — врач, что называется, от бога. Для него важнее родовспоможения ничего в жизни не было, он дышал этим, жил этим, считал это своим призванием и самым главным делом в жизни. А отпуск обычно проводил на даче, в двадцати километрах отсюда, и его всегда можно было вызвать, если нужно было делать кесарево сечение. Он даже настаивал, чтобы обязательно вызывали его в таких случаях. Но если так случалось, что он все-таки уезжал далеко или болел чем-нибудь инфекционным, тогда, конечно, приходилось обходиться без него. Я могу узнать, чем вызван ваш интерес к Владимиру Петровичу?

— Безусловно, — кивнула Настя. — Мы собираем материал для проведения судебно-психиатрической экспертизы, и было бы хорошо, если бы врач, принимавший роды, вспомнил, не было ли каких-то осложнений.

— Но позвольте! — Главврач с изумлением уставился на первую страницу карты. — Это же было бог знает сколько лет назад. Что он может помнить?

— Наверное, вы правы, — кивнула Настя. — Извините за беспокойство. Всего доброго.

Они снова вернулись к машине.

— Ну как твое чутье? — поинтересовалась она у Стасова. — Говорит что-нибудь или молчит, как воды в рот набрало?

— Оно думает.

— Ладно, тогда вперед. У нас еще поликлиника.

В Москву они вернулись к двум часам, и Настя, помня данное накануне обещание, попросила Стасова довезти ее до архива.

— Я позвоню тебе вечером, скажу про дело Досюкова, — пообещала она на прощание. — Как чутье? Ничего не придумало?

— Ничего, — признался Стасов. — Но оно будет стараться.

* * *

Соломон Яковлевич Зафрен, доктор филологических наук, академик и автор многочисленных научных трудов, казалось, сошел со страниц старинного романа. Маленький, сухонький, седобородый, в очках с толстыми стеклами, за которыми весело сверкали острые глазки, он выглядел человеком без возраста, хотя следователь Ольшанский точно знал, что ему уже восемьдесят четыре. Тем не менее Соломон Яковлевич был в полном здравии и научно-педагогическую деятельность прекращать не собирался, по крайней мере в обозримое время. Академик никак не желал проникнуться серьезностью того учреждения, где в данный момент пребывал, поэтому беспрестанно шутил и отпускал изысканные комплименты в адрес сидящей напротив него Светланы Параскевич.

— Соломон Яковлевич, какие материалы мы должны вам предоставить, чтобы вы могли сделать квалифицированное заключение? — спрашивал Ольшанский.

— Голубчик, я делал такие экспертизы десятки раз, но в основном по текстам уже скончавшихся авторов, у которых ничего не спросишь. Установлением авторства здравствующих субъектов мне приходилось заниматься всего несколько раз. Но каждый раз это было невероятно смешно. И потом, мне ни разу не приходилось видеть автора вживе. А когда речь идет о такой очаровательной женщине, я даже и придумать не могу с ходу, что бы эдакое у нее попросить, ну разве что составить мне компанию долгими зимними вечерами.

— Соломон Яковлевич, — с легким упреком произнес следователь, стараясь не улыбаться.

— Да-да, голубчик, к делу. К какому типу принадлежат произведения, авторство которых оспаривается?

— Любовные романы, — ответила Светлана.

— Время действия?

— Современные. События происходят в период с 1989 года и до наших дней.

— Место действия?

— Москва, Петербург... Одним словом, городская среда.

— Стало быть, городской романс. Понятно, — закивал академик. — Пасторалями не увлекаетесь?

— Нет. Пишу только про город.

— Превосходно, превосходно. Тогда я попрошу вас представить мне сочинение на следующую тему. Очень немолодой академик, я бы даже сказал — старый академик, вроде меня, проводит экспертизу творений молодой красивой женщины, такой, как вы. В процессе проведения экспертизы между ними вспыхивает и начинает пылать ярким огнем некое чувство, которое герои воспринимают и оценивают совершенно по-разному. Из-за этого возникает коллизия. Вы можете написать об этом рассказ страниц на двадцать пять — тридцать?

— Не знаю. — Светлана с сомнением покачала головой. — Я никогда не писала рассказов. Роман написать могла бы, а рассказ...

— Ну, у нас нет времени ждать, пока вы напишете роман. Тогда сделаем таким образом: вы напишете проспект романа, обозначите характеры основных персонажей и сюжетные ходы. И напишете два эпизода целиком. Один — сцена наиболее напряженного объяснения молодой женщины с академиком, другой — финальный, которым должен закончиться роман. Этого должно быть вполне достаточно для того, чтобы я мог определить идентичность авторства. Пока вы будете сочинять, я прочту некоторые ваши произведения. Сколько времени вам нужно, чтобы выполнить мое задание?

— Дня три-четыре. Может быть, неделя.

— Но не больше?

— Нет. Недели точно хватит.

— Превосходно, превосходно, — отчего-то развеселился академик. — За неделю я как раз успею ознакомиться с вашим творчеством, если оно, конечно, ваше. Константин Михайлович, вас такие сроки устроят?

— Устроят. Как долго вы будете писать заключение?

— Ох, батенька, в моем возрасте уже нельзя ничего делать долго, всегда есть опасность, что могу не поспеть к собственным похоронам. Тексты анализировать — вот на что основное время уйдет. А написать не проблема. Или вам к спеху?

— Время терпит, Соломон Яковлевич. Что ж, Светлана Игоревна, — обратился следователь к вдове, — если у вас нет ко мне вопросов, позвольте с вами попрощаться.

Светлана мило улыбнулась, надела короткую, голубоватого цвета шубку и ушла. Академик после ее ухода придвинулся поближе к столу Ольшанского и сложил руки перед собой, будто приготовившись к длинному серьезному разговору.

— Прошу меня извинить, сударь мой, я немного опоздал, и, когда пришел, дама уже была здесь. Посему мне неловко было задавать вам чересчур много вопросов.

— А они у вас возникли?

— Безусловно. В первую очередь я хотел бы понять, в связи с чем возникла необходимость столь редкой по нынешним временам экспертизы. Чем мог провиниться перед правоохранительной системой этот воздушный мотылек?

— Видите ли, Светлана Игоревна — вдова известного писателя. Так, во всяком случае, мы все считали до недавнего времени. Ее муж был убит примерно месяц назад.

— Что вы говорите! Она совершенно не производит впечатления неутешной вдовы. Серьезная молодая дама, разве что улыбается мало.

— Это совсем другое поколение, Соломон Яковлевич. Во времена вашей и даже моей юности девушкам внушали, что самое главное в жизни иметь мужа и семью. При этом муж может быть каким угодно, даже сильно пьющим бездельником, но он должен быть, а незамужняя женщина считалась как бы неполноценной. Вдовство, особенно раннее, превращалось в трагедию не только из-за утраты близкого человека, но из-за утраты мужа, потому что искать нового было проблематично, особенно лет в сорок пять — пятьдесят. А сейчас к этому относятся по-другому. Многие женщины не выходят замуж принципиально, хотя не страдают от отсутствия матримониальных предложений. Им это просто не нужно. А потеря близкого человека скрашивается ощущением, что вся жизнь впереди и можно еще успеть все отстроить и создать заново. Так вот, Светлана Игоревна заявляет, что на самом деле автором всех книг, прославивших ее мужа, является она сама, но с ведома и согласия супруга книги выходили под его именем, что якобы было лучше с точки зрения рекламы. Теперь, как вы понимаете, нам придется устанавливать истину.

— Зачем? — удивился Зафрен. — Это имеет отношение к причине его смерти?

— Самое непосредственное, Соломон Яковлевич. В ходе следствия были установлены факты, позволяющие говорить о том, что муж Светланы Игоревны хотел покончить с собой, но, поскольку у него не хватало мужества сделать это самому, он попросил человека, на которого имел огромное влияние, произвести роковой выстрел. Светлана Игоревна утверждает, что ее мужа чрезвычайно угнетала ситуация, при которой он жил на деньги жены и при этом пользовался славой, заметьте себе, огромной славой и популярностью, которые фактически ему не принадлежали, не были им заслужены. При определенных условиях это могло бы стать причиной суицида, но я должен понять, была ли на самом деле эта ситуация или Светлана Игоревна меня, мягко говоря, вводит в заблуждение.

— Превосходно, — радостно потер руки академик. — Это очень оживит мою старческую жизнь. Такого любопытного поворота в моей практике давно уже не случалось. Вы, наверное, помните, батенька, по какому скучному поводу мы с вами встречались в последний раз, лет эдак десять назад?

— Двенадцать, — уточнил с улыбкой Ольшанский. — Разумеется, помню. Нахальный торговец самиздатовскими сборниками якобы неизвестных стихов Пастернака и Цветаевой. Верно?

— Верно, верно. Торговец был и впрямь нахальным, но его коллега, который эти стихи сочинял, был безумно, безумно талантлив! Почему он не публиковал их под собственным именем? Он мог бы стать известнейшим поэтом! Так нет, связался с какими-то пройдохами. Я и тогда этого не понимал, и до сих пор не понял.

— Соломон Яковлевич, для него деньги были дороже славы, вот и все объяснение. Бывают же люди, начисто лишенные честолюбия. Деньги их мошенничество приносило большие и быстрые, а в качестве поэта он мог бы стать богатым еще очень не скоро. К сожалению, в те времена большие гонорары приходили намного позже известности. А сейчас поэзия и вовсе не в моде.

— Ну и что этот гениальный дурачок в итоге получил? Был бы нищим, но известным, а так остался нищим и в тюрьме. И вы считаете это равноценным обменом?

— Я — нет, не считаю. А он, видимо, считал. Он ведь про тюрьму совсем не думал, все больше о прибыли беспокоился.

— Ну бог с ним, с этим одаренным недоумком.

Право, жаль бывает, когда природа так неразумно расточает свои милости. Зачем она наделила поэтическим дарованием столь ограниченное, узколобое существо? Но вернемся к нашему эфирному созданию. Вы представляете себе, как я буду проводить экспертизу?

— В общих чертах. Контент-анализ, частота повторяемости определенных слов, оборотов, инверсии. Правильно?

— Почти, сударь мой. Такая экспертиза — ровно наполовину математика, а на другую половину — чистая вкусовщина. Я должен быть уверен, что вы это отчетливо понимаете. Одно дело, когда мне приносят стихотворение и утверждают, что это ранний, неизвестный Лермонтов. Допустим, я ошибся, не распознал руку гения и дал заключение, что это подделка. Да, у русской литературы будет на одно стихотворение Лермонтова меньше. Но это не смертельно и не принесет никому никакого ощутимого вреда. Вероятно, мне, как филологу и знатоку литературы, не пристало так рассуждать, для меня каждая крупица творческого наследия гения должна быть бесценной. Но я, батенька, уже достаточно стар, чтобы понимать, что, кроме литературы, на этом свете есть и другие, не менее важные вещи, например, интересы правосудия. И совсем другое дело, когда речь идет о живом человеке и от моего экспертного заключения зависит его судьба. Здесь цена ошибки уже другая. Поэтому я хочу спросить вас, какая степень доказанности моих выводов требуется, чтобы мы с вами не искалечили жизнь прелестной Светланы Игоревны?

— Вопрос сложный, хотя и совершенно справедливый.

— И каков же ответ?

— А ответа у меня нет. Давайте, Соломон Яковлевич, договоримся с вами так. Если у вас не возникнет ни малейшего сомнения в авторстве Светланы Игоревны, на том и порешим. Если же сомнения будут, повторим экспертизу. Назначим других экспертов, может быть, предложим ей написать что-нибудь еще и проведем повторную экспертизу комиссионно. Вы должны понимать, что заключение эксперта — это далеко не истина в последней инстанции. Это просто факт, такой же, как и множество других, и следователь будет думать, что с этим фактом делать, как его оценивать, какой вес ему придать. Так что здесь ответственность за ошибку ляжет не только на вас, но и на меня. И на меня даже в большей степени. Я вас успокоил?

— Некоторым образом. Что ж, позвольте откланяться. Боюсь, мой мальчик заскучал в машине.

— Вас по-прежнему возит внук?

— Правнук, батенька, уже правнук вырос. В этом году права получил, юный негодяй. Если летом в институт не поступит, пойдет в армию, тогда уж придется снова внука запрягать.

Ольшанский вышел вместе с академиком и проводил старика до машины. За рулем действительно сидел «юный негодяй», уткнувшись в какую-то толстую книжку.

— Ваш мальчик не скучает, — с улыбкой заметил Константин Михайлович. — Вы напрасно беспокоились.

— Э, батенька, — скрипуче захихикал Зафрен, — это только видимость. Он читает Плутарха, «Сравнительные жизнеописания», готовится к вступительным экзаменам. Но зубрить сухой академический текст ему скучно, он предпочитает, чтобы я ему все это рассказывал и объяснял «на пальцах», а он в это время лежал бы на диване пузом кверху. Он утверждает, что на слух воспринимает лучше. Что вы хотите от нынешнего поколения! Из них никогда не вырастут энциклопедически образованные ученые, какие были в мое время. Как это было сказано у одного известного писателя? Они ленивы и нелюбопытны. Придется мне по дороге домой рассказывать ему про диктатуру Суллы.

Ольшанский постоял немного на тротуаре, глядя вслед удалявшейся машине академика Зафрена. «Прав старик, — думал он, — наши дети уже стали настолько другими, что понять их мир невозможно. Слишком быстро все меняется, и пропасть между отцами и детьми еще лет сорок назад не была такой огромной и непреодолимой, как сейчас. А сегодня наши дети для нас словно инопланетяне».

Он почувствовал, что замерз, стоя в одном костюме на пятнадцатиградусном морозе, зябко передернул плечами и вернулся к себе.

* * *

Галина Ивановна Параскевич посмотрела на часы и с неудовольствием отметила, что мужа до сих пор нет дома, хотя он обещал не задерживаться. До Нового года оставались считанные дни, у него на работе, конечно же, опять запарка с отчетами, но должен быть порядок. Если нужно задержаться — предупреди, скажи, что придешь попозже. Галина Ивановна всю жизнь жила по составленному ею же самой расписанию и терпеть не могла, когда это расписание нарушалось кем бы то ни было, кроме нее самой. Ожидая мужа с работы к определенному часу, она готовила ужин и злилась, если еда остывала.

В восемь часов она не выдержала и позвонила Владимиру Никитичу.

— Конечно, ты все еще торчишь на службе, — сварливо заявила она.

— Галочка, но у нас отчет... — забормотал тот, оправдываясь.

— У меня тоже отчет, но я, как видишь, нахожу возможность все успевать вовремя, чтобы приготовить тебе ужин. Я могла бы спокойно сидеть перед телевизором, вместо того чтобы метаться по кухне, стараясь успеть к твоему приходу.

Она раздраженно бросила трубку, даже не став выяснять, когда супруг соизволит явиться к домашнему очагу. Окинула критическим взглядом кухню, убедилась, что кругом царит стерильная чистота. Надо бы мусорное ведро вынести, подумала Галина Ивановна, пока я еще халат не надела.

Она взяла ведро, накинула старое пальто и вышла во двор, где стояли мусорные баки. Дом был старый, без мусоропровода, но Галина Ивановна привыкла спускаться с ведром с шестого этажа и не сетовала.

Подойдя к бакам, она поставила ведро на землю и

стала поднимать за ручку тяжелую металлическую крышку, придерживая ее за край другой рукой. Металл был холодным и, как обычно, омерзительно-грязным, но Галина Ивановна предусмотрительно надевала старенькие перчатки, чтобы не пачкать рук и не подцепить какую-нибудь заразу. Когда крышка была поднята уже до половины, она вдруг отчетливо услышала тихий родной голос:

— Мама.

Снова ей мерещится Ленечкин голос. Недавно Галина Ивановна была у одной знающей женщины, и та сказала, что Ленечкин дух будет являться к ней до тех пор, пока не исполнится сорок дней со дня его смерти. Сорок дней дух невинно загубленного еще витает по эту сторону, наблюдает, что делают его близкие после его смерти, оберегает тех, кого могут обидеть, воспользовавшись его гибелью.

— Мама, — снова услышала она. — Зачем ты меня мучила? Что ты со мной сделала?

Галина Ивановна разжала пальцы, и крышка металлического бака с грохотом упала. Она почувствовала, как заколотилось сердце, стало трудно дышать. Нет, она должна взять себя в руки, она должна преодолеть искушение ответить, заговорить с ним. Его нет, она своими руками положила последний букет цветов в его гроб, она целовала его холодный лоб, гладила его холодные руки вплоть до того момента, когда опустили крышку и гроб покатился туда, где уже пылал всепожирающий огонь.

Что он говорит? О чем спрашивает? Разве она мучила его? С самого рождения она старалась воспитать его достойным, честным, трудолюбивым. Она хотела, чтобы ее мальчик был самым лучшим и чтобы отметки у него были только отличные. Чтобы он не вырос балованным, строго наказывала за малейшие проступки, за самый невинный детский обман, а когда он получал в школе четверки или, что тоже случалось, тройки, садилась вместе с ним за учебник и не отпускала гулять до тех пор, пока Леня не демонстрировал ей безупречное знание правила, формулы или параграфа. Она постоянно ходила к учителям и просила, чтобы сына вызвали к доске еще раз и снова спросили по тому разделу, который он днем раньше ответил не на «отлично». И она так гордилась, когда Леночка поступил в университет с первой же попытки и без всякого блата. Почему же он говорит, что она его мучила? За что он так?

Очнувшись, Галина Ивановна поняла, что стоит, облокотившись локтями на крышку мусорного бака, и, закрыв лицо руками, плачет. Было еще не поздно, мимо нее через двор шли люди, но никто не обращал на нее внимания, никто не подошел, не спросил, что случилось, не нужно ли помочь. От этого она почувствовала себя еще более несчастной и одинокой. Пока был жив Леночка, она была нужна ему. А теперь она никому не нужна. Старая, не очень здоровая женщина, тускло доживающая свою теперь никому не нужную жизнь.

* * *

Впервые за шесть лет супружества Светлана Параскевич повысила голос на мужа.

— Как ты можешь? — кричала она. — Как у тебя сердце не разорвалось, глядя на то, как твоя мать плачет?

— Пусть плачет, — хладнокровно отвечал он, улыбаясь своей новой улыбкой, холодной и жестокой. — Ей полезно. Пусть хоть раз задумается над тем, во что она превратила мою жизнь. А потом пусть думает о том, как она обходилась с тобой.

— Прекрати! Откуда в тебе эта злоба, Леня? Что с тобой произошло? Неужели в тебе нет ни капли жалости к матери? Оставь ее в покое, я умоляю тебя. Тебе мало того, что ты сделал с Людмилой? Тебе мало ее смерти? Ты хочешь и мать до инфаркта довести?

— Ничего с ней не будет. А если она немножко попереживает, то это только на пользу. Может, хоть к отцу перестанет цепляться, даст ему спокойно свой век дожить. И вообще, Света, это все не повод для скандала. Чего ты завелась? Мать терроризировала тебя своей ненавистью целых шесть лет, а ты уже готова все забыть и кинуться утешать ее. Ты что, не помнишь, как она пришла к тебе выторговывать половину гонорара? Ты забыла, как она тебя оскорбляла при этом? Короткая же у тебя память. Ну а у меня, Светик, она длинная, я никому не прощу плохого отношения к тебе. Людмила получила по заслугам, и мать получит, не сомневайся.

— Леня, я прошу тебя...

Светлана взяла себя в руки и понизила голос.

— Ленечка, не надо никому мстить, пожалуйста. Месть разъедает душу, в ней нет смысла, она бесплодна и бесцельна. Я ни на кого не обижаюсь, я все простила. Я простила Людмилу, потому что она несчастная одинокая сумасшедшая. Я простила твою мать, потому что трудно придумать большее горе, чем она сейчас переживает. Оставь ее в покое.

— А я не простил, — упрямо возразил Леонид. — И давай больше не будем это обсуждать. Лучше послушай, что я написал сегодня. Только я старого академика сделал не с такой внешностью, как ты мне его описывала. Зато имя оставил настоящее, очень уж оно колоритное.

Светлана внимательно слушала, как Леонид вслух читает ей сцену объяснения героини со старым академиком. Да, ее муж действительно талантлив. И сейчас, когда он для всех умер, его талант стал еще ярче, словно с него сорвали несколько слоев прозрачной кисеи, позволяющей видеть общие очертания, но скрывающей детали и краски.

— Ну как? — спросил он, закончив сцену.

— Потрясающе! — искренне ответила она. — Это лучше, чем то, что ты писал раньше. Ты не боишься, что это вызовет подозрения?

— Это естественный процесс, — улыбнулся Леонид. — Автор совершенствуется, мастерство растет.

— Но не так же резко...

— Не забывай, ты только что пережила трагедию, потеряла любимого мужа. Эмоциональная встряска не прошла бесследно и для творчества. Не бойся, Светик, было бы, наоборот, странно, если бы после всего случившегося ты писала бы так же, как и раньше. Ты у меня будешь величайшей писательницей России, вот увидишь. И я буду тобой гордиться.

— Леня, мне кажется, не надо... Зря мы это все

затеяли. Я не смогу. Все время придется притворяться, лгать. Я думала, это легко. А теперь...

— Что теперь? — холодно переспросил Леонид. — Ты хочешь сказать, что я — отъявленный лжец и мне все это легко и просто, а ты святая? Только что ты обвиняла меня во всех смертных грехах за Людмилу и мать, говорила, что я жестокий и безжалостный, а теперь, выходит, я еще и лжец? Прекрасно. Что будет дальше? Может быть, вину за смерть Андрея ты тоже переложишь целиком на меня?

— Ленечка, милый, я так тебя люблю, — жалобно произнесла Светлана. — Но теперь все стало как-то настолько по-другому, что я никак не могу адаптироваться.

— И я тебя люблю, Светик, — сказал он уже гораздо мягче. — Я очень тебя люблю. Очень. Именно поэтому я не могу простить тех, кто обижал тебя. Я же все понимаю, милая, я понимаю, как тебе трудно со мной. Я — ничтожный мямля, не умеющий разговаривать с издателями, отдающий им свои работы за бесценок, слабый и жалостливый. А ты терпела это столько лет и ни разу меня не упрекнула, только вздыхала. Я же помню, как каждый раз обещал тебе, что этого больше не повторится, что я больше не позволю им сидеть на моей шее и потребую приличный гонорар, что я не дам больше себя разжалобить и уговорить. Но я писал новую вещь, и они снова приходили и клялись, что им опять нужна моя помощь, но это уж точно в последний раз, и я опять им верил и сдавался. И вырваться из этого порочного круга можно было только одним способом — перестать быть. И я перестал. Я вырвался из-под гнета собственного прошлого поведения, которым загнал себя в угол. Я вырвался из-под гнета матери, которая тянула из меня жилы, заставляя быть таким, каким ей хотелось меня видеть. А я не такой, и ты это прекрасно знаешь. Думаешь, это легко — постоянно испытывать злобу и раздражение, общаясь с ней, и не сметь произнести ни звука? Видеть, как она тебя терзает, и молчать? Зато теперь я свободен, Светка. Я по-настоящему свободен. А мировая слава мне не нужна. Я свое получил, а остальное пусть будет у тебя.

Она поддавалась магическому очарованию его слов, как поддавалась всегда. Она всегда верила ему, он, Леонид, был для нее самым лучшим, самым талантливым, самым любимым. Единственным. Она готова была прощать ему все.

Но в то же время она чувствовала, что эта ее готовность к всепрощению дала трещину. Одно дело — все прощать мягкому, слабому, добросердечному и такому одаренному писателю, и совсем другое — прощать человеку, из которого при каждом движении выплескиваются наружу злоба, мстительность, жестокость. Все это было раньше под гнетом, тут он прав, под гнетом материнского авторитета, требующего, чтобы сын был самым-самым-самым. А теперь, когда Галина Ивановна больше не властна над ним, все это стало вылезать, как тесто на дрожжах. Никогда больше Галина Ивановна не потребует у него отчета в поступках, не будет поучать, критиковать, заставлять быть милым, приветливым, добрым и заботливым. Понимает ли он, каким сильным и суровым контролером была для него мать? Наверное, понимает, иначе не стал бы рваться к свободе, чтобы уйти от этого навязшего в зубах контроля. Но понимает ли Леонид, что свобода не может и не должна быть безграничной, что она не означает вседозволенности и свободы мстить всем и каждому?

Ответ на этот вопрос у Светланы, похоже, был. Но ей очень не хотелось его слышать. И она не слышала. Пока.

* * *

Ирине нравилось ходить в супермаркеты. Еще девчонкой, видя в западных фильмах, как женщины прохаживаются с продуктовыми колясочками вдоль огромных прилавков, уставленных разнообразными продуктами в ярких упаковках, она мечтала о том, чтобы точно так же ходить по магазинам и закупать продукты для своей семьи. Именно для семьи, а не для себя одной. И вот детская мечта начала сбываться.

Она подошла к стойке с соками и стала выбирать томатный сок. На полке стояли картонные упаковки с томатным соком четырёх разных сортов, и Ирина задумчиво изучала названия фирм и цены, чтобы не ошибиться в выборе, когда у нее за спиной раздался радостный возглас:

— Ирина! Какая встреча!

Она почувствовала, как мгновенно заледенела спина. Медленно повернувшись, она увидела молодого мужчину, типичного «нового русского», в распахнутой кожаной куртке на меху, умеренно небритого и с нахальными глазами.

— Простите? — сказала она, постаравшись вложить в голос как можно больше естественного недоумения.

— Ира, ты что, не узнала меня?

— Нет, простите. Вы, вероятно, ошиблись.

— Да брось ты!

Он фривольным жестом притянул ее к себе и даже сделал попытку поцеловать в щеку. Ирина резко вырвалась и отпрянула от него, чуть не налетев на стойку. Черт возьми, что же делать? Кто должен узнать этого типа? Она сама, бывшая профессиональная проститутка Ира Новикова, или та, другая Ирина, шлюха-любительница?

— Ты чего, Ир? — неподдельно изумился мужчина. — Правда, что ли, не узнаешь? Забыла?

— Я вам повторяю, вы обознались, — медленно сказала она, едва шевеля губами.

— Но ты же обернулась, когда я тебя позвал. Ты — Ирина?

— Да, меня зовут Ирина. Но вас я вижу в первый раз.

Она схватилась за свою коляску и быстро пошла к кассе. Парень отстал, но она спиной чувствовала, что он смотрит на нее. Пальцы дрожали так, что Ирина не могла открыть кошелек и найти нужные купюры.

— Женщина, давайте быстрее, шевелитесь, — стала орать тетка, стоявшая следующей в очереди к кассе. — Спят на ходу, прямо не знаю...

— Простите, — пробормотала Ирина, судорожно вытаскивая деньги и плохо понимая, какую сумму она должна заплатить.

От страха она никак не могла сосредоточиться,

перед глазами все поплыло, и ей хотелось только одного — унести отсюда ноги, и побыстрее.

Переложив купленные продукты в сумку, она на негнущихся ногах вышла из супермаркета на улицу, но не успела пройти и ста метров, как мужчина снова появился. На этот раз он был настроен более решительно и сразу схватил ее за руку.

— Давай помогу донести сумку по старой памяти.

— Оставьте меня в покое, — нервно ответила Ирина, судорожно вцепляясь в ручку сумки.

— Ирка, да ты что, совсем рехнулась? Я — Гера, Герман. Неужели я так изменился всего за год с небольшим?

В ней вспыхнула злость, круто замешанная на страхе и отчаянии. Она никак не могла понять, кто он такой и какую Ирину узнал. Она совершенно не помнила ни лиц своих партнеров, ни их имен, за исключением нескольких постоянных клиентов, которые неоднократно пользовались услугами девушек Рината. Но, может быть, он вообще не из их числа, а из числа многочисленных знакомых и любовников той Ирины.

— Я вам ясно сказала: я вас не знаю! — громко отчеканила она, пытаясь сделать шаг в сторону и обойти мужчину. — Дайте мне пройти.

Но он только крепче сжал ее руку. Ей стало больно.

— Ладно, Ира, не дури. Сменила масть — так и скажи, я же не в претензии. Зачем из меня дурака делаешь?

Она попыталась вырваться и тут краем глаза заметила милицейскую патрульную машину.

— Отстаньте от меня! — закричала она в полный голос, отталкивая мужчину и стараясь привлечь к себе внимание.

Машина остановилась за спиной у опасного приставалы, из нее лениво вышли два милиционера.

— Что происходит? — небрежно спросили они, подходя к мужчине сзади.

Он выпустил руку Ирины, но ничуть не испугался.

— Вот знакомую встретил, — спокойно ответил он. — А она меня не узнает.

— Да не знаю я его! В первый раз вижу. Дайте мне пройти!

— Нехорошо, гражданин, — все так же лениво протянул один из милиционеров. — Зачем гражданочку обижаете? Почему пристаете, если она с вами разговаривать не хочет?

— Но я действительно ее знаю, мы хорошо знакомы. Можете проверить. Ее зовут Ириной.

— Вас как зовут, гражданочка?

— Ирина, — пролепетала она, уже понимая, что ошиблась, что не нужно было надеяться на милицию. Она-то рассчитывала, что, увидев милиционеров, настырный Герман ретируется по-тихому, но он, судя по всему, не собирался сдавать позиции и твердо намеревался отстаивать свое право на приватную беседу с ней. А милиция, похоже, будет вникать. Это совсем ни к чему.

— Вы знаете этого человека?

— Я же сказала, я его в первый раз вижу.

— Откуда же он знает ваше имя?

— Не знаю.

— Гражданин, почему пристаете к женщине? За руку хватаете, пройти не даете. Непорядок.

— Да что вы ее защищаете! — взвился Герман. — Это же шлюха, проститутка! Строит тут из себя телку с невинными глазами, как будто я не знаю, кто она такая и где работает.

— Да? — внезапно заинтересовались милиционеры. — И где же она работает?

— В массажном кабинете «Атлант», можете проверить.

— Я — жена депутата Березина, — в отчаянии произнесла Ирина, понимая, что все пропало.

— Документы у вас есть?

— Нет, — растерялась она. — Я живу здесь рядом, вышла в магазин. Зачем мне документы?

— Врет она, — с неожиданной злобой произнес Герман. — Всегда мне говорили, что у шлюх и душа блядская, а я, дурак, не верил. Теперь вижу, не обманули. Кому ты лапшу вешаешь, мочалка трехрублевая? Думаешь, я забыл, как ты верхом на мне скакала и повизгивала от удовольствия? Сука ты дешевая!

— Гражданин, — уже строже произнес милиционер. — А вот выражаться не надо. А то и «хулиганку» можно схлопотать. Извинитесь немедленно перед женщиной и поедем в отделение.

— За что?!

— Ну как за что? За руку хватал? Хватал. Приставал? Приставал. Нецензурно выражался в общественном месте в присутствии работников милиции. Поедем, протокольчик составим, оштрафуем. Все как положено.

— Да пошел ты!

Герман попытался уйти, но милиционер цепко схватил его за куртку.

— А вот это уже совсем не годится, — злорадно произнес он. — Это уже сопротивление работнику милиции. Это уж я тебе припаяю — не обрадуешься.

Герман дернулся, стараясь вырваться, и сделал милиционеру подсечку. Тот рухнул на утоптанный снег. В тот же миг второй милиционер метнулся к Герману и заломил ему руку за спину.

— Все, хватит, — спокойно сказал он. — Разговоры окончены, теперь начнется разбирательство. И вас, гражданочка, прошу пройти в машину.

— Но зачем? — робко возразила Ирина. — Я-то чем провинилась?

— Ничем, — великодушно ответил он. — Свидетелем будете, как он выражался и сопротивлялся. Заодно и личность вашу проверим. А то, может, и правда, вы его знакомая и он с вами личные отношения выяснял, а не хулиганил.

Ирина молча села в машину, кляня себя в душе за опрометчивый поступок, который грозил теперь обернуться неизвестно какими неприятностями. Германа усадили на заднее сиденье вместе с одним из милиционеров, Ирина села впереди и всю дорогу чувствовала, как горящий ненавистью взгляд прожигает ей затылок.

В отделении милиции все обернулось по-другому. Старший лейтенант с испитым лицом и больными глазами невзлюбил Ирину с первого взгляда. То ли он вообще терпеть не мог женщин, то ли его неприязнь распространялась только на женщин в дорогих шубах, но его симпатии были с первой же минуты отданы Герману, в котором он почему-то признал родственную душу.

— Нехорошо, — говорил он, глядя на Ирину с плохо скрываемым презрением. — Зачем же вы своего знакомого под статью подводите? Если у вас с ним конфликтные отношения, то их надо выяснять потихоньку, а не на глазах у всего народа, и уж тем более не привлекать к этому милицию. Мало ли что между людьми случается, может, вы сами перед ним в чем-то виноваты, а вы вместо того, чтобы разобраться, сразу милицию зовете. Некрасиво.

— Между нами нет никаких личных отношений, — повторяла Ирина уже в двадцатый раз. — Я не знаю этого человека. Я никогда его не видела. Он стал приставать ко мне в магазине, потом на улице, хватал за руку, не давал пройти.

— Откуда же тогда он знает ваше имя?

— Не знаю. Он обознался, принял меня за кого-то другого. Может быть, ту женщину тоже зовут Ириной. Просто совпадение.

После первой вспышки ярости и страха ее сковали странное оцепенение и безразличие. Она монотонно повторяла одно и то же, думая только о том, успеет ли приготовить обед к приходу Сергея.

— Вот мы сейчас проверим, обознался он или нет, — угрожающе произнес старший лейтенант. — Сейчас и окажется, что никакая вы не жена депутата. Думаете, нас тут всех своим мужем испугали? Для нас все едино — что депутат, что алкаш.

Он пригласил в кабинет Германа и ободряюще подмигнул ему.

— Так кто, вы говорите, эта гражданка?

— Она работает в массажном кабинете «Атлант».

— Где этот кабинет находится?

— На Пресне. Не помню, как переулок называется. Недалеко от магазина «Олимп».

Старший лейтенант потянулся за каким-то толстым справочником, полистал его и удовлетворенно хмыкнул.

— Сейчас найдем, не волнуйтесь.

Он снял трубку и набрал номер телефона. Ирина

тупо ждала, когда же все наконец кончится. Ничего страшного не происходит, говорила она себе, ничего страшного не может произойти. Просто нужно перетерпеть. Скоро все закончится, и она пойдет домой.

— Слушай, массажный кабинет «Атлант» на твоей территории? Да? И что это, очередной бордель? Ага, понял. Кто там главный-то? Ринат Вильданов? Не, не слыхал. У нас своих навалом. Слушай-ка, а список девочек у тебя есть? Глянь-ка там Ирину...

Он повернулся в сторону Германа.

— Как фамилия?

— Не то Новикова, не то Новицкая, что-то в этом роде...

— Новикова или Новицкая, — повторил старлей в трубку. — Ага, жду.

Он со скучающим видом уставился в окно, ожидая, пока невидимый собеседник-коллега достанет список девочек, работающих на Рината.

— Что? Точно? Не путаешь? Ох ты, ё-моё. И что? Чисто? Ладно, бывай.

Он положил трубку и с сочувствием поглядел на Германа.

— Да, неувязочка у вас вышла, молодой человек. Ваша знакомая Ирина Новикова умерла несколько месяцев назад. Перекушала наркотиков и повесилась. Так что, выходит, вы и вправду обознались.

Ирина тут же поднялась и запахнула шубу.

— Я могу идти? Вы убедились, что я говорю правду?

— Идите, — буркнул старший лейтенант, не глядя на нее.

Сумка вдруг показалась ей неподъемной. Она медленно шла домой и повторяла про себя: «Я умерла несколько месяцев назад. Я перекушала наркотиков и повесилась. Я умерла. Я умерла».

Глава 15

Она долго не могла решить, рассказывать ли Сергею о том, что произошло днем. Когда она закончила возиться с обедом, было только пять часов, вернуться он обещал не раньше девяти, и на принятие решения у нее оставалось часа четыре. Сначала ей показалось, что лучше все-таки не рассказывать, чтобы не волновать его. В конце концов, все же обошлось, не могло не обойтись. И если еще раз случится что-либо подобное, исход будет точно такой же. Ничего страшного не произошло. Подумаешь, пережила неприятных два часа, так не в первый и не в последний раз в жизни.

Но потом Ирина поняла, что промолчать ей будет трудно. Желание поделиться было сильным и с каждой минутой крепло. Она не смела признаться себе, что в основе этого желания лежит надежда на то, что Сергей посочувствует ей, пожалеет, будет переживать вместе с ней. Ей хотелось, чтобы он ее успокоил и утешил. И вовсе не потому, что она действительно остро нуждалась в успокоении и утешении. Ирина хотела внимания, заботы и любви. Да-да, вот именно, дорогая моя, говорила она себе, не надо себя обманывать. Тебе хочется, чтобы Сергей тебя любил, ну, хоть немножечко, хоть самую капельку.

«Чушь», — с раздражением сказала себе Ирина и позвонила Виктору Федоровичу.

— Ну что ж, — с удовлетворением произнес тот, выслушав ее рассказ о происшествии возле магазина и о пребывании в милиции, — можно с уверенностью констатировать, что послеоперационный период проходит успешно. Я очень рад, голубушка, что это случилось.

— Почему? Что в этом хорошего? Столько нервов истратила, такой страх пережила...

— А потому, голубушка, что вы же все время этого боялись. Разве нет? Вы постоянно ждали, каждую минуту ждали, что что-либо подобное случится. И этот страх, это ожидание неизвестно чего отравляло вам существование. Как это говорится? Врага нужно знать в лицо? Вот именно, а вы его не знали и поэтому все время боялись. Теперь вы один раз это пережили, посмотрели, так сказать, в лицо своему врагу и убедились, что ничего страшного в этом нет, ситуация совершенно не опасна для вас, и, даже если она повторится, вам это ничем не угрожает. Вы можете успокоиться.

— Вы уверены, что и в следующий раз все пройдет так же гладко?

— Ну а как же, голубушка! Иначе и быть не может. Ирочки Новиковой больше нет, это зафиксировано во всех документах, и даже милиционер, который исподтишка наблюдает за вашим бывшим хозяином Ринатом, и тот в свой талмудик записал, что она умерла. А после сегодняшнего происшествия этот недотепа, как бишь его...

— Герман, — подсказала Ирина.

— Да, Герман, так вот, он, прожевав и проглотив первое недоумение, побежит рассказывать всем своим знакомым, как опростоволосился, как принял приличную женщину за потаскуху, попал в милицию, а там ему сказали, что потаскуха повесилась несколько месяцев назад. Уверяю вас, Ирочка, если среди ваших бывших клиентов и есть еще люди, которые не знают о вашей смерти, то уже через неделю ни одного не останется. Таким образом, риск нарваться на такой же эпизод, как сегодня, сократится во много раз, а то и вовсе сведется к нулю.

— Виктор Федорович, я не могу решить, рассказывать ли Сергею об этом.

— А что вас, собственно, смущает? — удивился тот. — Эта ситуация никоим образом вас не порочит и не позорит, стесняться вам нечего. Я не понимаю ваших колебаний, голубушка.

— Видите ли... — она сделала паузу, собираясь с духом. — Я не хочу понапрасну его волновать, у него и так сейчас очень напряженный период. Вы же сами сказали, что если в первый раз все сошло удачно, значит, причин для волнений нет. Может быть, не стоит ему говорить?

— Бог мой, Ирочка, какой вы все-таки еще ребенок! — добродушно рассмеялся Виктор Федорович. — Вы поймите, деточка моя, Сергей волнуется и переживает за вас не меньше, чем вы сами. Он точно так же боится, что рано или поздно случится что-то вроде сегодняшнего столкновения, и совершенно не представляет, как будет развиваться ситуация, как вы себя поведете и что будет происходить дальше. Он с ума сходит от страха, и если вы этого до сих пор не заметили, то это говорит только о его самообладании или о вашей невнимательности и нечуткости. Разумеется, он должен знать, что эпизод имел место и, что самое главное, закончился благополучно, вы не показали своего страха и неуверенности, не потеряли лица, а узнавший вас человек был посрамлен и опозорен. Ну, убедил я вас?

— Да, — твердо ответила Ирина. — Я знаю, как мне поступить.

Решение созрело быстро и приятно удивило ее саму своей нетривиальностью. Еще полчаса назад ей хотелось пожаловаться Сергею на пережитый страх, добиться, чтобы он ее пожалел и посочувствовал ей. Теперь же, после разговора с Виктором Федоровичем, она поняла, что и как нужно делать. До приезда Сергея оставался час.

За последнюю неделю он впервые должен был приехать домой один, во всяком случае, сам он на это очень рассчитывал.

— Мы сегодня без гостей, — сказал он Ирине по телефону, — так что можешь в комнате не накрывать. Я с удовольствием поужинаю на кухне.

Но Ирина все-таки накрыла стол в большой комнате, не пропустив ни одного правила сервировки, от колец для салфеток до вазы с цветами. Приготовила красивую супницу, в которой она подаст суп с китайской лапшой, цыпленком и креветками. Навертела из цветных бумажных полосочек розочки, которыми украсит отбивные на косточках. Господи, как хорошо быть хозяйкой в доме, какое счастье — готовиться к приходу мужа с работы, накрывать стол и вертеть эти идиотские, но такие забавные и придающие уют розочки.

Она зашла в свою маленькую комнатку, открыла шкаф и стала придирчиво рассматривать висящую на вешалках одежду. Ей хотелось надеть что-нибудь необычное, но не слишком вычурное для скромного семейного ужина. Ирина остановила свой выбор на простой длинной домашней юбке с высокими разрезами, которая так понравилась Сергею, и облегающей трикотажной майке с длинными рукавами и открытыми плечами. Никаких украшений, она же не в ресторане. Тоненькая золотая цепочка на шее — и все.

В десятом часу затренькал дверной звонок. Ирину с самого начала удивило, что Сергей никогда не пользовался ключами, если знал, что она дома и не спит. Потом из обрывочных фраз и междометий она уяснила, что та, другая Ирина часто напивалась до полного бесчувствия и не слышала звонков в дверь. Или обещала быть дома, а к приходу мужа ее и след простыл. Поэтому для Березина женщина, открывающая ему дверь, была символом правильно организованной семейной жизни.

Ирина бросилась к двери и распахнула ее, глядя на Березина сияющими глазами.

— Добрый вечер, — сдержанно поздоровался Сергей Николаевич, который сильно устал и рассчитывал провести дома спокойный вечер, без каких-либо эмоциональных всплесков.

Он не спеша снял пальто в прихожей, прошел в спальню, вышел оттуда через несколько минут уже не в костюме, а в привычной домашней одежде — джинсах и джемпере, вымыл руки и заглянул на кухню. Ирина хлопотала у плиты, но стол был пустым, на нем не стояло ничего, кроме маленькой вазочки с симпатичными засушенными цветами.

— Тебе помочь? — спросил он Ирину. — Давай я пока тарелки поставлю.

— Не надо, все уже накрыто в комнате, — с улыбкой ответила она.

— В комнате?

Березин не смог скрыть разочарования, и Ирина вдруг поняла, что тот вечер накануне выборов, который они провели, сидя на кухне, значит для Сергея намного больше, чем она думала. Он понял тихую уютную прелесть кухонных посиделок, во время которых иногда рассказывается и открывается такое, о чем не только сказать, а и подумать нельзя во время трапез, проходящих за торжественно накрытыми столами в больших комнатах. Он так хотел устроить сегодня такой же тихий милый вечер, во время которого он немного отогреется и расслабится. Ведь он специально предупредил ее, что придет сегодня один, без гостей и хотел бы поужинать на кухне. А она... Но у нее свой план, и она должна следовать ему.

Он молча прошел в комнату и занял свое обычное место. Через минуту к нему присоединилась Ирина.

— Мы кого-нибудь ждем? — недовольно спросил Сергей Николаевич.

— Насколько я знаю, нет, — улыбнулась Ирина. — Ты же сам сказал, что никого не будет.

— Но я смотрю, ты накрыла в комнате... Я же предупредил тебя, чтобы ты не хлопотала, мы сегодня одни и вполне могли бы поесть на кухне.

— У нас праздник, Сережа, и мне хотелось это отметить.

— Праздник?

Березин чуть приподнял брови, на лице его появилась легкая гримаса. Хотел впервые за столько дней провести спокойный вечер — и нате вам, пожалуйста, праздник какой-то выдумала.

— Открой шампанское.

Он покорно потянулся за бутылкой, снял металлическую оплетку и, крепко придерживая пробку, позволил ей выползти из горлышка. Налив золотистый напиток в бокалы, вопросительно поглядел на Ирину.

— Сережа, это правда, что Бог любит троицу?

— Не знаю. — Он пожал плечами. — Какая связь?

— Прямая. Если это правда, то сегодня у нас праздник. Сегодня я выдержала третий экзамен.

— Какой еще экзамен?

— Первый был на приеме, когда в меня вцепились журналисты. Второй экзамен мне устроила твоя первая жена Диана. Но я и его выдержала. А третий мне сегодня устроил мой бывший клиент, который встретил меня в супермаркете и узнал.

— Как — узнал? — побледнел Сергей Николаевич. — И что?

— И ничего, Сережа. Я прикинулась возмущенной светской дамой, постаралась обратить на себя внимание милиционеров, в итоге мы все дружно оказались в милиции.

— В милиции?! — в ужасе переспросил Березин. — И что потом?

— Потом милиционеры навели справочки и популярно объяснили этому типу, что он обознался, потому что я умерла. Видел бы ты его рожу! Сережа, я знаю, ты очень боишься, что у нас что-то не получится, что я где-то ошибусь, скажу что-нибудь не то или поведу себя не так. Я тоже этого боюсь. Мы с тобой почти никогда не говорим об этом, словно не хотим будить спящую собаку, но я знаю — мы оба об этом постоянно думаем. Я все время боялась двух вещей: того, что не смогу выдать себя за твою Ирину, и того, что не совладаю с собой, если встречу кого-то из своих знакомых. Диана Львовна заметила, что Ирина немного изменилась внешне, подурнела, но она не усомнилась в том, что я — это она. Диану нам удалось обмануть. Твоих друзей, которые всю неделю ходили к нам в гости, — тоже. Здесь очень помогает история моей аварии и болезни. Но я все время боялась, что не смогу обмануть тех, кто знал меня. Ты понимаешь, о чем я говорю? Я боялась, что, если встречу знакомых людей, особенно тех, кто хорошо ко мне относился, был добр ко мне, я не смогу сделать вид, что это не я. Сорвусь, начну бледнеть или краснеть, брошусь им на шею или еще что-нибудь. И вот сегодня судьба устроила мне экзамен, и я его выдержала. Я не упала в обморок, я не устраивала истерик, я не сказала ни одного лишнего слова, не потеряла лица. Я выдержала это, и теперь у меня появилось чувство, что я выдержу любую ситуацию, выкручусь, вывернусь, но тебя не подведу. И ты можешь отныне больше не волноваться по этому поводу.

Она чуть помолчала, потом взяла бокал с шампанским за тонкую ножку.

— Мне кажется, Сережа, что у нас с тобой все получилось так, как мы задумывали. И я хочу, чтобы мы выпили за это. Оно того стоит.

Все это время, пока она произносила заранее продуманный монолог, Ирина не смотрела на Березина. Ей было отчего-то неловко, у нее появилось такое ощущение, будто она обманывает доверчивого ребенка. Весь этот праздник задумывался ею на первый взгляд для того, чтобы Березин понял: она беспокоится о нем и об их совместном деле. Но на самом-то деле Ирине хотелось, чтобы он заметил, какая она сильная, мужественная, не плакса и не нытик, а настоящая опора, крепкий тыл. Ей очень хотелось, чтобы он в ней не разочаровался.

Подняв бокал, она взяла себя в руки и посмотрела на Сергея. Тот сидел, сложив руки на груди и даже не думая прикасаться к шампанскому. «Все пропало, — тоскливо подумала Ирина, — я не угадала его настроения, не попала «в струю» и кажусь ему сейчас смешной и нелепой».

— Поставь бокал на стол, — сказал он, вставая со стула.

Ирина поставила бокал обратно на белоснежную скатерть и опустила голову.

— Встань, пожалуйста, — сказал он совсем тихо.

Ирина с удивлением услышала его голос совсем рядом, подняла глаза и увидела, что он стоит почти вплотную к ней. Она послушно встала и повернулась к нему лицом. Ей еще ни разу не приходилось видеть глаза мужа так близко.

Ей казалось, что поцелуй длился целую вечность. Это был их первый поцелуй за столько месяцев знакомства.

— Ну вот, а теперь можно выпить, — произнес Березин, отрываясь от нее. — Выпьем за нас с тобой.

Они выпили шампанское стоя, потом Сергей снова поцеловал ее. А потом что-то случилось. Ирина не могла понять, в чем дело, но между ними воцарилась неловкость, которую до самого конца ужина им не удалось ни разогнать, ни смягчить, ни переломить.

* * *

Березин вертелся с боку на бок, пытаясь устроиться в постели поудобнее. Сна не было. Зато было удивление, смешанное с легким страхом. Он долго и умело целовал Ирину, и она отвечала ему нежно и страстно, и все должно было быть так хорошо... Но почему-то хорошо не было. Тогда, стоя возле празднично накрытого стола, на котором пенилось только что разлитое по бокалам шампанское, обнимая и целуя Ирину, Сергей Николаевич вдруг понял, что ничего не чувствует. Совсем ничего.

«Почему? — с испугом спрашивал он себя весь вечер, поглядывая на Ирину. — Почему? Она так нравится мне, она такая умная, нежная, ласковая, прекрасная хозяйка. Она добрая и внимательная. Она красивая. Она отвечала мне, стало быть, я ей нравлюсь и она не будет возражать. Почему же я ничего не чувствую? Это неправильно, я хочу, чтобы все было как раньше. Я хочу хотеть ее».

Он видел недоумение на лице у Ирины, когда в течение вечера ни разу больше не прикоснулся к ней. Он старался загладить свою вину ласковыми словами, говорил ей комплименты, хвалил ее выдержку и самообладание, заботливо спрашивал, не сильно ли она испугалась. Но чем больше внимания и нежности он проявлял на словах, тем больше проступало недоумение на ее нежном овальном лице. «Если ты так хорошо и тепло ко мне относишься, так делай же что-нибудь», — было написано на нем.

Но он ничего не сделал. Дотянул до полуночи, помог убрать со стола, вежливо посидел на кухне, поглядывая на экран маленького телевизора, где как раз шли «Новости», пока она мыла посуду, пожелал Ирине спокойной ночи и ушел в спальню.

И вот теперь он крутился с боку на бок на огромной супружеской кровати, чувствуя себя бесконечно несчастным. Внезапно в коридоре послышались тихие шаги, Ирина вышла из своей комнаты. Березин испуганно сжался под одеялом. Сейчас она войдет сюда, потому что она вправе ожидать от него каких-то вполне конкретных действий, а его нерешительность она, вероятно, расценивает как деликатность.

Шаги прошелестели мимо спальни, щелкнул выключатель в ванной, полилась вода. Снова щелчок выключателя, Ирина прошла мимо спальни обратно, но зашла не к себе, а в большую комнату. По едва слышным звукам Сергей Николаевич догадался, что она включила телевизор. Ей тоже не спится? «Нет, это не дело, — решительно сказал себе Березин, откидывая одеяло и спуская ноги на пол. — Сейчас я пойду к ней. Что за мальчишество, право слово!»

Накинув на голое тело халат в сине-бордовую полоску, он вышел из спальни и, чувствуя сильное сердцебиение, зашел в комнату, где Ирина сидела на диване, уставившись в телевизор с выключенным звуком. На экране нечто женоподобное и длинноволосое размахивало микрофоном, изображая, по-видимому, вокальные потуги.

— Что случилось, Ирочка? — мягко спросил Березин. — Тебе не спится?

Она неопределенно качнула головой: то ли «да», то ли «нет», то ли «отстань».

— Я тоже не могу заснуть, — продолжал он. — Услышал, что ты встала, и вышел. Может быть, выпьем чего-нибудь, чтобы заснуть? Коньяк? Вермут?

— Мы же пили шампанское за ужином, Сережа, — сказала она едва слышно. — Не нужно мешать его ни с чем, голова утром будет болеть.

Сергей Николаевич заглянул ей в лицо и понял, что Ирина плакала. Глаза были красными, веки — припухшими, на щеках выступили розоватые пятна. Он опустился на колени у ее ног, взял за руки.

— Ира, я дурак, да? Я не знаю, как правильно поступить. Я боюсь тебя обидеть, оскорбить. Я не хочу, чтобы ты подумала, что я отношусь к тебе как к бывшей проститутке и именно поэтому позволяю себе...

Она наклонилась к нему, нежно коснулась губами его губ, и Березин с радостным восторгом обнял ее, чувствуя пальцами сквозь тонкую ткань халатика ее горячую кожу. Они уже лежали рядом на диване в гостиной, освещаемой мерцающим светом безголосого телевизионного экрана, и руки Березина уже давно справились со столь незначительной преградой, каковой являлся шелковый пеньюар Ирины, и она прижималась к нему всем телом... Но опять что-то случилось. Он ничего не мог с этим сделать. Все, что он в этот момент чувствовал и переживал, он чувствовал и переживал умом и сердцем. Только умом он понимал, что нашел наконец ту женщину, которая может сделать его счастливым, и только сердцем он понимал, что они созданы друг для друга, известный политик и профессиональная шлюха. Но его тело не желало этого понимать. Оно не хотело этой близости, и Березин ничего не мог с этим поделать.

Ирина очень старалась, она использовала все свое мастерство, накопленное и отточенное с сотнями самых разных клиентов, пьяных и трезвых, испуганных и слабых, неумелых и садистски изощренных. Но ничего не получалось. Наконец Березин мягко отстранился от нее и встал.

— Ты, наверное, устал, — неуверенно произнесла Ирина, боясь поднять на него глаза. — Не нужно расстраиваться из-за этого, Сережа. У нас все получится. У нас с тобой ведь до сих пор все получалось, правда? И это получится.

Он выключил телевизор, убрав дурацкие кривляющиеся рожи в обрамлении немыслимых причесок, и в комнате стало совсем темно. Он сел в кресло, с трудом различая силуэт Ирины в светлом шелке на темном фоне велюровой обивки дивана.

— Ира, я должен объяснить тебе... Вряд ли у нас что-нибудь получится. Ты очень хорошая, Ирочка, ты замечательная, добрая, но я не могу... Я все время помню о том, сколько мужчин пользовались твоим телом, сколько чужой спермы влито в твое нутро. Ты понимаешь меня?

— Да, — тихо ответила она, даже не пошевелившись. — Разве твоя жена была не такой?

— Это другое. Ты не обижайся, но ведь я любил ее, я очень ее любил, когда женился на ней. А когда потом из нее стала вылезать всякая гадость, когда она начала пить, принимать таблетки, шляться по случайным и не случайным мужикам, я все равно продолжал хотеть ее, потому что мое сердце помнило, как сильно я ее любил. В последнее время мы с ней не были близки, ты это знаешь, она совсем потеряла разум, почти ничего не соображала.

— Значит, ты никогда не сможешь любить меня? Ты никогда не простишь мне того, что я была проституткой?

— Ира, ну что ты говоришь! При чем тут «простишь» или не «простишь»? Ты ни в чем не виновата передо мной, ты не сделала мне ничего плохого, совсем наоборот, ты помогла мне и продолжаешь помогать, ты ухаживаешь за мной, ведешь мой дом, принимаешь моих гостей. Ты моя жена, Ира. Мы с тобой это придумали, и с этим мы с тобой умрем. Этого мы уже не сможем изменить, и я не хочу это менять. Я хочу быть твоим мужем, видеть тебя каждый день, заботиться о тебе, есть твои замечательные пироги, хвастаться друзьям и журналистам, какая у меня потрясающая жена, я хочу хвастаться тобой и гордиться тобой, я хочу просыпаться и засыпать рядом с тобой. Но я не смогу сделать самого главного... Прости, Ира, я не смогу.

— Но почему? Почему, Сережа? Я тебе отвратительна? Я кажусь тебе грязной?

Он молчал. Господи, ну что он мог ей сказать? Да, она казалась ему грязной. Да, он все время помнил о том, сколько раз ее лоно раскрывалось навстречу многочисленным мужчинам, чьих имен она не знала, мужчинам пьяным и агрессивным, отвратительным и вонючим, глупым и гнусным. И одна только мысль об этом парализовала его. Единственная женщина на свете, к которой он испытывал такую необъяснимую и такую огромную нежность, казалась ему грязной и порченой, и его тело отчаянно сопротивлялось тому, чтобы войти в нее.

— Я люблю тебя, — неожиданно для себя самого произнес Березин.

Он резко поднялся, не дожидаясь ответа Ирины, и ушел к себе. Он еще долго не мог уснуть и все прислушивался, ожидая услышать шаги Ирины, возвращающейся в свою комнату. Но так и не дождался.

***

Тело девятиклассницы Тани Григорьевой к моменту обнаружения пролежало в подвале дома на Котельнической набережной месяца полтора-два. Родителей нельзя было приводить опознавать останки, смотреть на это без содрогания не мог никто. Хорошо, что рядом нашлась сумка, в которой лежали надписанные тетради Тани и ее записная книжка. Девочка находилась в розыске по заявлению родителей с конца октября.

Юра Коротков тяжело переносил вид разлагающихся трупов, а если это были трупы детей и подростков, он впадал в транс и начинал плохо соображать. Но сегодня выхода у него не было, нужно делом заниматься, а не слезы лить, потому что к месту обнаружения трупа он выехал в составе дежурной группы в три часа ночи и перекладывать свою работу было не на кого.

Благоухающий потом и мочой бомж, забредший в этот подвал погреться и поспать и обнаруживший страшную находку, сидел на скамейке возле дома, трясясь крупной дрожью и стуча зубами.

— Командир, выпить бы. — Это были первые его слова, обращенные к Короткову. — Уж больно жутко.

— Потерпи, отец, — махнул рукой Коротков. — Самому жутко. Где же я тебе найду выпить в три часа ночи?

— Найти-то я сам найду, — ответил бомж, клацая зубами не то от холода, не то от ужаса. — Денег нет.

— Погоди, я тебе пару вопросов задам, потом получишь на бутылку. Идет?

— Давай, командир, спрашивай быстрее, видишь, колотит меня всего.

— Ты в этот подвал часто ходишь?

— Не, в этом сезоне в первый раз забрел. Он нехороший считается, мы в него не суемся, если нужда не подожмет.

— Чего ж в нем нехорошего?

— А чего хорошего-то? — резонно возразил бомж. — Мертвяки вон валяются, может, еще чего...

— А до сегодняшнего дня где ты ночевал, сердешный?

— На Каланчевке, там подвалов теплых — тьма. Живи — не хочу. Мы там больше всего любим чалиться.

— А сегодня что ж? Закрыли твою Каланчевку, что ли?

— Так крыс морют, ты че, не знаешь? Крыс там развелось видимо-невидимо, мы-то с дурна ума решили, что нам ихняя морилка нипочем, она ж на крыс рассчитана, а не на людей, переночевали там вчера, а с утра кто блюет, кого несет, а кто вообще не соображает. Траванулись мы морилкой этой. Вот мы и решили на несколько дней рассыпаться, переждать, пока отрава выветрится. И пошли искать себе место кто куда.

— А ты почему сюда пришел? Место знакомое?

— Да ну! — Бомж сделал непонятное движение головой, будто отгонял муху от своего лица. — Они быстрей меня все места позанимали. Думаешь, так просто найти, где поспать? Хрена! Москву всю поделили и переделили, за прописку теперь никого не тягают, бояться перестали, установили свои правила. Слышь, командир, демократическая власть статью прописочную отменила, так наши горлопаны свою, бомжовую прописку установили. В чужой подвал не сунься, на чужой чердак не ступи, на чужой лестнице не моги. Плати за прописку, получай разрешение урядника, тогда — пожалуйста. За бесплатно можно только там, где не топят, или в таких местах, как здесь, в нехороших то есть. На улице-то сегодня больше двадцати градусов, я попробовал в холодном подвале устроиться, нет, чувствую, не пройдет этот номер у меня. Ну и поперся сюда. Знал, что дурное место, но ведь тепло...

— Слушай, отец, а почему все-таки место это нехорошее? Труп мы только сегодня нашли, а раньше? Тоже что-то бывало?

— А то! — Бомж с гордостью посмотрел на Короткова, мол, такой большой дядя, а таких элементарных вещей не знаешь. — Этот дом как построили в тридцатых годах, так за ним слава и потянулась. Если какое животное, собака там или кошка, в этот подвал забежит — все! Живой ее уже никто не увидит. Воет там кто-то по ночам, не то призрак какой, не то покойник оживший. Жуткое место.

Короткову стало скучно, он понял, что бомж «гнит» обыкновенную фольклорную байку, которые во множестве создаются и передаются из уст в уста в среде бездомных бродяг. Он протянул ему десятитысячную бумажку, и бомж резво потрусил в сторону круглосуточно работающих палаток со спиртным.

Юра терпеливо ждал, когда эксперт-криминалист и судебный медик закончат работу и останки увезут. Только после этого сам Коротков начнет осматривать этот подвал в надежде найти какую-нибудь улику. Ведь труп не был спрятан особо тщательно и, если его нашли только сейчас, стало быть, сюда за два месяца никто почти и не заходил. А коль не заходил, то, может быть, еще валяется где-нибудь на полу какая-нибудь мелочь, оброненная убийцей. Но искать эту мелочь Юра сможет только тогда, когда там не будет разлагающегося трупа пятнадцатилетней девочки.

***

Сдав в десять часов дежурство, Коротков поднялся на свой этаж и первым делом сунулся к Каменской.

— Аська, спасай! — взмолился он, вваливаясь в ее комнату и усаживаясь на свободный стол у окна. — Чашку кофе, иначе я умру прямо здесь, у тебя на глазах, и пусть тебе будет стыдно.

— Мне не будет стыдно, — ответила она, не поднимая глаз от бумаг, плотным слоем устилавших стол. — У меня чувство стыда атрофировалось еще в те далекие времена, когда ты заиграл у меня коробку с сахаром.

— Ну, Ася, — заныл Коротков. — Ну, не вредничай.

— Отвяжись, Юрка. Что ты как маленький? Не знаешь, как воду вскипятить? Налей из графина в кружку, включи кипятильник, насыпь туда кофе и не дергай меня, ради бога. Мне Колобок уже с утра пораньше башку пытался отвернуть за все мои долги.

— Подумаешь, одним больше — одним меньше, — философски заметил Юра, глядя куда-то в пространство.

— Ты что, собственно, имеешь в виду? — подозрительно спросила Настя. — Ты опять мне какую-нибудь гадость принес?

— Ага. Ась, ты только не нервничай, ладно? Мы сегодня ночью труп обнаружили, девушка пятнадцати лет, школьница. На нее уже полтора месяца розыскное дело ведется в Западном округе, я созвонился с парнем, который этим занимался, попросил его подъехать сюда.

— Чтоб ты пропал, Коротков, — в сердцах сказала она. — У меня совсем другие планы, между прочим. Или ты сам собирался беседовать с этим парнем?

— Нет, — честно признался он. — Я на тебя рассчитывал. А какие у тебя планы?

— Ехать к доктору, который принимал роды у Галины Ивановны Параскевич.

— Да? А что доктор?

— Видишь ли, Галине Ивановне делали кесарево сечение, а это обычно бывает связано с разными заболеваниями у роженицы. Заболевания эти вполне могут сказаться на психическом развитии младенца.

— И ты что же, рассчитываешь, что врач, принимавший роды двадцать восемь лет назад, что-нибудь вспомнит? Ася, я тебя не узнаю.

— Ни на что я не рассчитываю, Юрка, я просто добросовестно выполняю весь комплекс необходимых действий, чтобы потом никто не смог меня упрекнуть в том, что я чего-то не сделала.

Она подняла на него глаза, и Коротков вдруг заметил глубокие синие тени под глазами и болезненно опущенные уголки губ. Странно, ему казалось, что еще несколько дней назад, когда они вместе ездили за медицинскими картами Параскевича, Настя выглядела совсем по-другому.

— Для меня самоубийства Людмилы Исиченко на моих глазах более чем достаточно, чтобы начать дуть на воду. Может быть, это скоро пройдет. А пока что я все время думаю о том, что должна была проверить, какое лекарство она собирается пить. Я должна была подумать о том, что она может меня обманывать, я должна была предвидеть, что у сумасшедшей женщины, только что признавшейся в убийстве, может возникнуть порыв к суициду. Я кругом должна. А я ничего этого не сделала и позволила ей умереть вот на этом самом месте. Поэтому я собираюсь навестить доктора Пригарина и задать ему несколько вопросов.

А ты вместо этого заставляешь меня ждать какого-то опера из Западного округа, которого ты же сам и вызвал.

— Ладно, Ася, не дуйся, смотри, уже вода закипела, давай кофейку дернем, а?

— Не подлизывайся, — скупо улыбнулась она. — Я все равно уеду отсюда ровно в двенадцать. Если твой парнишка до двенадцати не подъедет, ничем помочь не смогу.

— А почему в двенадцать?

— Потому что я так договорилась.

— С кем?

— Не твое дело. Наливай кипяток в стакан.

— Аська, не темни. С кем ты договорилась?

— Со Стасовым.

— Во, здрасьте! А он-то тут при чем?

— Я же сказала, не твое дело. Юрка, ну, правда, отстань, а? И без того тошно.

— Не отстану.

Он разлил кипяток в чашку и стакан, предварительно бросив в них по две ложки швейцарского кофе и по три куска сахара, помешал ложечкой, чтобы сахар разошелся. Чашку поставил перед Настей, стакан взял себе.

— Ася, я не могу от тебя отстать, потому что я тебя люблю всеми, можно сказать, фибрами моей очерствевшей милиционерской души. И если ты куксишься, то я должен что-нибудь для тебя сделать. Я не могу уйти отсюда, оставив тебя в таком нетипичном для Анастасии Каменской расположении духа. Ну что мне для тебя сделать? Хочешь, я пойду и куплю тебе этот чертов сахар? Ну перестань ты хмуриться, улыбнись, пожалуйста.

Она молча отпила кофе из чашки, вытащила из пачки сигарету, не спеша достала зажигалку, закурила. Потом зажмурилась крепко-крепко, а когда открыла глаза, то Коротков снова увидел прежнюю Настю, собранную, ровную, спокойную.

— Ты прав, Юрик, я непозволительно распустилась со своими переживаниями. Со мной стало неприятно иметь дело, да?

— Я этого не сказал, — осторожно возразил он, хотя сказала Настя чистую правду.

— Но подумал, — она усмехнулась. — Все, Коротков, я готова к нормальной работе.

Не успели они допить кофе, как явился Александр Юлов из Западного округа. История исчезновения и поисков девятиклассницы Тани Григорьевой была самой обыкновенной, банальной до оскомины. В один прекрасный день, вернее вечер, Таня не вернулась домой из школы. Родители забили тревогу не сразу, поскольку Таня была девушкой не только красивой, но и своенравной и даже вольнолюбивой, могла уехать пожить на дачу к подружке, не испрашивая разрешения взрослых и даже не всегда своевременно информируя их о принятом решении. Мать с отцом периодически пытались принимать к неуправляемой девочке какие-то вялые воспитательные меры, но пользы от этого не было совсем, даже наоборот, Татьяна только все больше и больше отбивалась от рук. При этом ни алкоголем, ни сигаретами от нее никогда не пахло, и родители искренне недоумевали, зачем девочке такая неограниченная свобода, если она не использует ее для того, чтобы пить и курить. Что касается взаимоотношений с юношами и мужчинами, то тут родители были, что называется, не в курсе, поскольку внешних признаков в этом деликатном деле почти никогда не бывает, кроме, разумеется, беременности, но до этого, слава богу, дело не дошло.

Поэтому, когда в конце октября Таня не пришла домой ночевать, родители только горестно повздыхали, но в милицию, естественно, не обратились, решив, что девочка просто выкинула очередной фортель. Однако через три дня, когда выяснилось, что она не посещает школу и ни одна из ее подружек не знает, где она, папа с мамой забеспокоились, но тоже пока не сильно, поскольку вполне предполагали за Таней способность укатить куда-нибудь с малознакомым мужчиной. Погуляет и вернется, утешали они себя. Через неделю Таню начала искать милиция.

Выяснилось, что в тот день, когда она не пришла домой ночевать, она после седьмого урока осталась в школе на факультативные занятия по литературе. Факультатив вел учитель русского языка и литературы Андрей Георгиевич Турин. Он занимался с теми ребятами, которые собирались поступать в гуманитарные вузы, а таких по нынешним временам было немного, сейчас ведь все больше банковским делом да финансами увлекаются. Посему на факультатив к Турину ходили всего около десятка человек из девятого, десятого и одиннадцатого классов. Основная масса была, конечно, из одиннадцатого, а из девятого — всего двое, сама Таня Григорьева и мальчик из параллельного класса.

После окончания занятий ребята стали расходиться по домам. Девятиклассник из параллельного класса видел, как Таня шла к метро вместе с учеником из одиннадцатого класса Геной Варчуком. Сам же Варчук сказал, что спустился вместе с Таней на эскалаторе на платформу и там они попрощались. Варчук поехал домой в сторону центра, а Татьяна — в противоположную.

Некоторый свет на ситуацию пролил сам руководитель факультатива Андрей Георгиевич Турин. Он пояснил, что Таня Григорьева была уже давно влюблена в Гену Варчука и об этом все знали. Собственно, и на факультатив по литературе она ходила только из-за Гены, потому что у самой не было ни малейших способностей к филологии. Каждый раз после занятий она делала вид, что ей нужно куда-то ехать, и провожала Гену до метро. Все об этом знали, но никто Таню не дразнил, потому что всем хорошо был известен ее независимый и свободолюбивый нрав. Она бы все равно не обиделась, а вот отомстить за глупую выходку вполне могла.

Тогда, уже в начале ноября, перетрясли всех учеников старших классов, всех Таниных знакомых, но не удалось найти ни малейшей зацепки. Девочка как в воду канула.

— У вас есть список адресов всех старшеклассников и знакомых девочки? — спросила Настя.

— Есть, а как же.

Юлов с готовностью раскрыл папку и вытащил оттуда скрепленные вместе листы с фамилиями и адресами.

— Давайте смотреть, не живет ли кто-нибудь из них в доме на Котельнической набережной.

— Я уже посмотрел, пока сюда к вам ехал.

— И что?

— В этом доме никто не живет.

— А близко, например, в соседнем доме?

— Понимаете, я очень серьезно занимался поисками Тани, — смутившись, пояснил Саша Юлов. — И на всякий случай собрал адреса не только самих ребят, но и их родственников. Понимаете, я исходил из того, что если девочку куда-то заманили, чтобы изнасиловать, то ее скорее всего приглашали на пустую квартиру. Это очень часто бывает квартира старшего брата, дяди с теткой или деда с бабкой.

— И в доме на Котельнической... — подсказала Настя.

— ... живет дедушка Гены Варчука.

— Прямо в том самом доме или хотя бы рядом?

— В том самом.

— Ясно. Найдите-ка этого учителя, Турина Андрея Георгиевича. Варчук, как я понимаю, преспокойно ходит в школу, никуда бежать не собирается?

— Так точно, Анастасия Павловна, исправно получает свои пятерки и прекрасно себя чувствует.

— Ну и славно. Сначала мы побеседуем с Андреем Георгиевичем. Когда с момента преступления прошло два месяца, а со следами напряженка, нужно сделать все, чтобы преступник раскололся. Иначе мы фиг что докажем. А нам нужно узнать как можно больше об этом Геннадии Варчуке.

Глава 16

Владимир Петрович Пригарин смотрел на Настю Каменскую с неподдельным изумлением.

— Неужели вы думаете, что я могу вспомнить обстоятельства почти тридцатилетней давности?

— Ну, не с ходу, конечно, — улыбнулась Настя. — Я вам покажу карту роженицы, может быть, вы посмотрите свои записи, и в памяти что-нибудь всплывет.

И потом, я слышала, у вас феноменальная зрительная память на лица. Я вам даже принесла фотографию этой женщины, правда, не того периода, когда она рожала, на снимке она чуть постарше, но изменилась мало.

— А почему такой интерес к этой роженице?

— Скорее не к ней, а к ее ребенку. Мы сейчас собираем материалы для судебно-психиатрической экспертизы ее сына, поэтому нам важно знать кое-какие подробности о состоянии здоровья матери и о течении родов. Вам, как опытному врачу, это должно быть понятно.

— Конечно, конечно, — закивал Пригарин. — А позвольте спросить, откуда вам известно про мою зрительную память? Неужели в роддоме сказали?

— Слухами земля полнится, Владимир Петрович, — уклонилась от ответа Настя.

Ей почему-то не захотелось упоминать Стасова. Они не смогли поехать к Пригарину вместе, как собирались, у Стасова возникли какие-то проблемы на работе, и Насте пришлось отправиться одной. Если бы они приехали сюда вдвоем, Владимир Петрович и сам догадался бы, откуда Настя знает о его замечательной зрительной памяти. Но она приехала одна и вот теперь, повинуясь совершенно необъяснимому мотиву, не стала отвечать на такой простой и безобидный вопрос. «Вот и я начинаю принимать немотивированные решения, — усмехнулась она про себя. — Неужели у меня появилась профессиональная интуиция? Да нет, скорее всего дурака валяю».

— Что ж, давайте посмотрим карту, — сказал Пригарин.

Настя протянула ему карту, Владимир Петрович взглянул на фамилию, и что-то в его лице резко изменилось.

— Нет, я совершенно не помню эту роженицу.

— Прочтите, пожалуйста, ваши записи. Я, к сожалению, плохо разбираю ваш почерк. Почему понадобилось делать чревосечение?

Он внимательно прочел все записи, начиная с самой первой строчки. Насте стало казаться, что он вчитывается в текст с преувеличенным вниманием, и это ей почему-то не понравилось.

— У этой роженицы была сильно выражена астматическая компонента, — наконец сказал Пригарин. — Она никогда не занималась спортом, никогда не дышала с такой частотой, как это приходится делать при родах, и при наличии астматической компоненты она могла просто задохнуться.

— Понятно. А на здоровье ребенка эта компонента могла сказаться?

— Безусловно. Хотя и утверждать категорически я бы не взялся. Видите ли, любые проблемы с нормальным дыханием — это проблемы с поступлением кислорода в организм. Нарушение кислородного обмена у беременной вполне может вызвать самые разнообразные нарушения у плода.

Настя вдруг бросила взгляд на его руки, держащие карту, и увидела, что они сильно дрожат. Испугался, что ли? Интересно, чего? Или просто разнервничался? Тоже любопытно.

Они проговорили еще около получаса, Настя подробно выспрашивала Пригарина о том, может ли нарушение кислородного обмена привести к нарушениям в психике ребенка. Но саму роженицу Владимир Петрович так и не вспомнил — ни по фамилии, ни по фотографии. Что ж удивляться, подумала Настя, столько лет прошло.

Ей очень хотелось закурить, но в квартире Пригариных табаком не пахло, она поняла, что здесь не курят, и мужественно терпела. Попрощавшись с доктором-пенсионером, она вышла на лестничную площадку и вызвала лифт, но, когда двери кабины открылись, передумала и не стала входить. Пригарин жил на последнем этаже, рядом с его дверью находилась лестница, ведущая на чердак. Настя присела на нижнюю ступеньку и вытащила сигареты. Не успела она сделать и двух затяжек, как из-за двери Пригарина послышался его голос:

— Виктор? Это я.

Настя поняла, что Владимир Петрович разговаривает по телефону. Она вспомнила его преувеличенное внимание к карте Галины Ивановны Параскевич, его дрожащие руки и прислушалась.

— Ко мне приходили из милиции. Нет, не то. Нет, насчет Параскевича. Виктор, что происходит? Я ничего не понимаю. Откуда все это полезло? Да не психую я, а просто мне это не нравится. Насчет родов спрашивали. Да. Да. Нет, сказал, что не помню. У нее в карте записана астматическая компонента. Нет, с этой стороны все нормально, но я не понимаю, почему именно сейчас... Ладно. Хорошо, договорились.

Настя докурила сигарету, на цыпочках спустилась по лестнице на два этажа ниже и только оттуда поехала на лифте. Ай да доктор!

* * *

До особняка в центре Москвы, где располагались административные службы киноконцерна «Сириус», она добралась довольно быстро. Стасова на месте не было, но девушка из соседнего кабинета, порхая по коридору мимо Насти, прощебетала на ходу, что Владислав Николаевич где-то здесь, скорее всего у шефа. Настя устроилась в когда-то мягком, а ныне продавленном чуть ли не до пола кресле и достала предусмотрительно припасенную газету с кроссвордом. Вписывая буквы в мелкие клеточки, она продолжала думать о странной реакции Владимира Петровича Пригарина на ее визит. Нигде никакого криминала, а он сначала испугался, а потом, только за ней закрылась дверь, кинулся звонить какому-то Виктору. Не зря Владу не понравилось это совпадение с самого начала, ох, не зря! Все-таки чутье у него развитое, тренированное.

— О чем задумалась? — послышался голос Стасова над самым ее ухом.

— О том, что твой начальник, который дал тебе уйти на пенсию, полный дурак, — ответила она, убирая кроссворд в сумку и вставая с низкого кресла.

— Почему это? Нормальный мужик, дал мне уйти спокойно, без выговоров и без нервотрепки.

— Был бы нормальный — ни за что бы тебя не отпустил. В ногах должен был валяться, слезы лить, уговаривать остаться. А он? Взял и отпустил тебя без звука, как будто такие, как ты, пачками на улице валяются и по первому его свистку прибегут к нему работать.

— Ты чего, Настасья? — оторопел Владислав. — Мороженого переела? Или кофе был некачественный? Ты чего такая заведенная?

— Да потому, что меня всегда злость берет, когда самые лучшие от нас уходят, а наши начальнички смотрят вам вслед с отеческим укором, вместо того чтобы взять ноги в руки и делать для вас хоть что-нибудь — квартиры вам выбивать, премии, льготы. Обидно мне, понимаешь?

— Ну-ка пойдем.

Он крепко взял Настю за плечо и завел к себе в кабинет.

— Раздевайся, садись и рассказывай, с чего это тебя посреди полного здоровья обиды начали грызть.

— Я была сегодня у Пригарина, — сообщила она, сняв куртку и устроившись в удобном, на сей раз не продавленном кресле в углу. — И могу тебя поздравить с тем, что твое сыщицкое чутье не утратило остроты.

— Серьезно? Наш моложавый дедок чем-то тебе не угодил?

— Еще как не угодил. Он страшно перепугался моих расспросов о родах Галины Ивановны Параскевич, а как только я вышла за дверь, кинулся названивать какому-то Виктору. И эдак, знаешь ли, с претензией, мол, что это значит, да почему, да отчего именно сейчас.

— Настасья, ты еще не устала морочить мне голову?

— Ты о чем? — не поняла она.

— О твоем визите к Пригарину. За каким, извини меня, чертом ты к нему потащилась?

— А что? — испугалась Настя. — Я тебе дорогу перешла? Ты что-то в отношении него планировал? Прости, Влад, я же не знала. Мы договаривались ехать вместе, и я подумала, что...

— Я не об этом. Ты поехала к нему именно потому, что твое чутье тоже тебе подсказывало что-то смутное. Тебе тоже не понравилось это совпадение. И не нужно разыгрывать тут целый спектакль и делать из меня гениального Эркюля Пуаро. Ладно, проехали, рассказывай про нашего доктора.

Настя пересказала Стасову свой разговор с Пригариным и почти дословно воспроизвела его реплики в случайно подслушанном телефонном разговоре.

— Надо же, — покачал головой Стасов, — а мне он с гордостью говорил, что всех своих рожениц в лицо помнит. Поставьте, говорил, передо мной десять тысяч женщин, и я выберу среди них всех тех, у кого детей принимал, ни одной не пропущу. А Галину Ивановну твою не вспомнил.

— Это не показатель. Он может считать, что у него память отменная, а на самом деле — ничего особенного, просто самомнение высокое. Или, может, в молодости память была хорошей, а сейчас сдавать стала, только не хочет признаваться в этом. Хотя, по идее, должно быть наоборот. Если у него начался склероз, то все равно то, что он запомнил в молодости, должно в памяти остаться, а вот с опознанием Досюкова он уже не был бы так уверен. Да не в этом суть, Влад, бог с ней, с его зрительной памятью. Меня гораздо больше интересует, чего он задергался и кому и зачем принялся названивать, когда я ушла.

— Идеи есть?

— Не-а, ни одной. Придется искать методом среднепотолочного тыка. Будем его провоцировать, чтобы понять, на что он реагирует наиболее болезненно и кто такой этот Виктор. Но, боюсь, навешают мне за это мягких подзатыльников. Ведь пока что нет никакой очевидной связи всех этих совпадений и неувязок с убийством или самоубийством Параскевича.

— Намекаешь, что ли?

— Что ли. Стасов, я прошу тебя поехать со мной к моему начальнику Гордееву.

— А он не кусается?

— Кусается. Но если я терплю, то и ты выдержишь. Это больно, но не смертельно. Поедешь?

— Что с тобой сделаешь, — вздохнул Стасов. — Не умею я женщинам отказывать. Ты чего смеешься?

— Я вспомнила, как Лешка стыдил меня за то,

что я попросила тебя отвезти меня в Чехов. Дескать, нахалка я бессовестная, занятого человека напрягаю почем зря из-за собственной лени, он бы и сам мог меня отвезти. А представляешь, что было бы, если бы я его послушалась? Знаешь, Стасов, когда я думаю о том, на каком тоненьком волоске немыслимых случайностей иногда подвисает наша сыщицкая удача, мне не по себе делается. Ведь если бы я поехала без тебя, мы бы никогда не связали твоего свидетеля с моим потерпевшим. А там, совершенно точно, что-то есть. Только я никак не могу придумать, что это может быть. Всю голову сломала, от челюсти до макушки, а придумать не могу. Так ты едешь со мной?

— Еду, еду, не ной, только минут через двадцать, ладно? Мне нужно быстро решить один вопрос, доложить шефу, тогда и поедем.

Стасов умчался решать свой «один вопрос», оставив Настю в кабинете в обществе двух телефонов, газеты с кроссвордом и нерешенной головоломки, в которой переплелись роды Галины Ивановны Параскевич и свидетельские показания, лежащие наряду с другими в основе обвинительного приговора по делу Евгения Досюкова.

* * *

Накануне Нового года в школе, где училась Таня Григорьева, было тихо и пусто, начались школьные каникулы. Директора на месте не оказалось, но Юлову удалось отыскать завуча.

— А Андрей Георгиевич от нас ушел, — с сожалением сообщила завуч.

— Давно?

— Месяца полтора назад. Представляете, как это бывает, когда учитель уходит не то что посреди учебного года, а прямо посреди полугодия, в разгар учебного процесса? Кошмар! Но причина у него была уважительная, так что пришлось отпустить.

— И что за причина? — поинтересовался Юлов.

— Болезнь. Представьте себе, молодой мужчина, привлекательный — и жуткое кожное заболевание. Понятно, что в таком виде он не может идти в класс, весь в бинтах, мазях, повязках — ужас. Если бы он работал со взрослыми, этим можно было бы пренебречь, но ведь дети — они глупы и жестоки, они не прощают внешних дефектов. Андрею пришлось сбрить волосы на голове, и он стал похож на уголовника. Врачи сказали, что лечение займет как минимум год, а то и больше, поэтому он решил уйти из школы и попытаться найти какую-нибудь надомную работу, пока не выздоровеет. Очень жаль, очень! Такой талантливый педагог. А вы насчет Танечки хотите с ним поговорить? Я слышала, ее нашли. Ужасно это все.

Андрей Турин жил далековато от школы, и, когда Саша Юлов добрался до его дома, было уже почти семь вечера. На его звонок в дверь долго никто не открывал, потом послышался неуверенный голос:

— Кто там?

— Старший лейтенант Юлов. Мне нужен Турин Андрей Георгиевич.

Дверь распахнулась, и Юлов, в общем-то готовый к неожиданностям, все-таки оторопел. Турин действительно был наголо побрит, и вся голова была покрыта пятнами не то зеленки, не то какой-то лечебной мази. Более того, два месяца назад, когда Юлов с ним встречался, у Андрея Георгиевича была окладистая борода, а сейчас лицо его было гладко выбрито и он действительно здорово смахивал на уголовника.

— Проходите, — смущенно улыбнулся хозяин, неловким жестом прикасаясь к бритой голове. — Я в таком виде, что на глаза людям показываться неудобно. Меня, наверное, узнать трудно?

— Ну что вы, — великодушно сказал Юлов, сам испытывая неловкость.

Он прошел следом за Туриным в комнату и огляделся. На письменном столе стоял включенный компьютер, кругом лежали папки и бумаги.

— Где вы теперь работаете? Завуч в вашей школе сказала, что вы хотели найти какую-нибудь надомную работу.

— Да, к счастью, мне удалось устроиться редактором в издательство, да еще и корректором по совместительству. Грамотностью бог не обидел, а сейчас это большая редкость. Кроме того, мне дают материал не только в отпечатанном виде, но и на дискете, так что я свою правку сам вношу в текст, вычитываю ошибки и сдаю уже готовую работу. За это мне разрешается приходить в издательство раз в две недели, одну работу сдать — другую получить. В моем положении это наилучший выход. Знаете, такая хворь на меня напала — не приведи господь. Лекарства так омерзительно пахнут, что я теперь почти ни с кем не общаюсь. И, что обидно, чувствую себя прекрасно, а вынужден жить затворником.

— Не жалеете, что пришлось уйти из школы?

— Как вам сказать... — Турин улыбнулся. — Врать не хочется, а правды я и сам не знаю. Я к ученикам очень привязан был, и работа учителя мне нравилась. Но в издательстве я зарабатываю намного больше. Просто несравнимо больше. Да что мы все обо мне говорим, вы ведь по делу пришли.

— По делу, — подтвердил Юлов. — Мы нашли Таню. К сожалению, она погибла.

Турин опустил голову.

— Конечно, — тихо сказал он. — Глупо было бы надеяться, прошло столько времени... Где ее нашли?

— В подвале дома, довольно далеко от того района, где она жила. И потому у меня к вам просьба, Андрей Георгиевич. Давайте еще раз вернемся к ученикам, которые посещали ваш факультатив.

— Вы думаете, это кто-то из них?

— Трудно сказать. Больше всего меня интересует Геннадий Варчук.

— Почему именно он?

— Потому что Таню нашли в подвале того дома, где живет дедушка Варчука. А самого дедушки в тот период, когда Таня пропала, в Москве не было, и квартира стояла пустая. Понимаете?

— Да, конечно... В голове не укладывается...

* * *

Виктор Алексеевич Гордеев, по прозвищу Колобок, давно уже знал, что Новый год — самый плохой праздник. На протяжении многих лет ровно за десять дней до Нового года у него начиналась полоса неудач, длившаяся примерно до Крещения. Потом дела как-то сами собой утрясались, жизнь входила в нормальную колею, у неразрешимых, казалось бы, проблем вдруг находились более или менее сносные решения, но сам этот месяц, с 20 декабря до 19 января, всегда бывал трудным и пакостным. Тщательно разработанные и спланированные операции по непонятным причинам проваливались, люди, на которых возлагались большие надежды, в этот период заболевали или уезжали, преступники делались отчего-то особенно наглыми и удачливыми, а потерпевшие и свидетели — упрямыми и недоброжелательными. Наверное, у каждого человека есть такой период в году, когда неприятности и неудачи группируются особенно тесно, сбиваясь в кучу и наступая друг другу на пятки. У полковника Гордеева этот период с завидным постоянством возникал вокруг новогодних праздников.

Сегодня было уже двадцать девятое декабря, неудачи находились в самом разгаре, и настроение у Виктора Алексеевича было далеко не радужным. А впереди предстояло четыре выходных дня, в течение которых будут закрыты все государственные учреждения и организации, что существенно затрудняло работу оперативников, которые, конечно же, не могли позволить себе роскошь не искать преступников целых четыре дня.

Настя знала, что ее начальник увяз в черной полосе, потому и предупредила Стасова, что Гордеев иногда кусается. Но точно так же она знала, что Виктор Алексеевич всегда следует золотому правилу: не портить настроение подчиненным, если им предстоит работать. Какой толк от работника, если с утра пораньше начальник на него собак спустил? Злость и раздражение — плохие помощники и никудышные советчики, и подчиненные после выволочки у руководителя много не наработают. Было у полковника еще одно правило: не устраивать публичных разносов. Все, что он считал нужным сказать нерадивому сотруднику, он говорил обязательно и не откладывая, но только наедине. Гордеев твердо верил в то, что людей нельзя ни обижать, ни унижать, только тогда ими можно нормально руководить.

Когда приехали Каменская и Стасов, Виктор Алексеевич вызвал Юру Короткова, потому что Коротков тоже отвечал за работу по раскрытию убийства писателя Параскевича. Они совещались уже час, пытаясь подтянуть одни концы к другим, но никаких логичных увязок найти не могли. Настя все время чувствовала, что в сознании мелькает какая-то смутная мысль, но не успевала ее ухватить прежде, чем та исчезала.

— Давайте проведем маленький эксперимент, — предложила она. — Надо позвать кого-нибудь из ребят.

Гордеев бросил на нее короткий взгляд, но ничего не спросил, только снял трубку внутреннего телефона. Через минуту в кабинет вошел Миша Доценко, симпатичный черноглазый оперативник, самый молодой в отделе по борьбе с тяжкими насильственными преступлениями.

— Миша, напрягите фантазию, — попросила Настя, — попробуйте вжиться в роль. У вас на совести есть грех, очень-очень давний грех, и вдруг выясняется, что милиция почему-то интересуется обстоятельствами, так или иначе с этим давним грехом связанными. Сразу после разговора с сотрудниками милиции вы звоните человеку, которому, вероятно, очень доверяете, и просите у него совета или предположительного объяснения действий милиционеров. Обращаетесь вы к нему по имени и на «ты». Сможете?

— Попробую. Как этого советчика зовут?

— Виктор.

— Ага, ладно.

Доценко задумался, потом уставился на Короткова в упор.

— Виктор, у меня неприятности, — начал он. — Мне нужен твой совет. Понимаешь, много лет назад я сделал то-то и то-то. А теперь меня об этом спрашивают люди из милиции....

— Стоп! — прервала его Настя. — Вот именно. Много лет назад я сделал то-то и то-то. А ведь ничего подобного Пригарин не говорил. Он начал сразу с того, что приходили из милиции и спрашивали о родах Галины Ивановны.

— Ты хочешь сказать, что этот Виктор полностью в курсе дела? — спросил Гордеев.

— Совершенно точно, — кивнула она. — И более того, он не просто полностью в курсе дела, а в последнее время постоянно обсуждал этот вопрос с Пригариным. Потому что если бы это было не так, то Владимир Петрович построил бы разговор совсем иначе. Да, Мишенька? Ну-ка, еще разочек попробуйте.

— Виктор, — снова начал Доценко, — помнишь ту историю тридцать лет назад? Ну когда я сделал то-то и то-то. Так вот, сегодня ко мне приходили из милиции и спрашивали...

— Умница, — одобрительно сказал полковник. — Великий импровизатор в тебе погиб, Михаил. По-моему, мы тебя в отделе используем не по назначению. Но Анастасия права. Если Пригарин разговаривал не так, как нам только что показал Доценко, то, выходит, он с этим Виктором проблему Галины Ивановны Параскевич обсуждал в последнее время довольно часто. Хотел бы я знать, что в этих родах было такого особенного. У кого какие идеи?

— Они допустили грубую врачебную ошибку, из-за которой ребенок погиб при родах, и подсунули Галине Ивановне другого младенца. Где они его взяли — вопрос второй. Поскольку кесарево сечение делается под общим наркозом, роженица не узнала, что ребенок умер, — предположила Настя. — А признаваться в смерти ребенка они по каким-то причинам не могли. Может, испытывали какой-то новый препарат, а Галина Ивановна об этом узнала, и в случае смерти ребенка она бы их всех за решетку отправила.

— Годится. Что еще? Думайте, думайте, не сидите, как на празднике.

— Ребенок не умер, но подмена все-таки была, — произнес Стасов. — Например, в это же время там была другая роженица, которая по тем или иным причинам хотела другого ребенка. За большие деньги они вполне могли взяться подменить девочку на мальчика или больного ребенка на здорового, или темненького на светленького.

— А что, бывает, — откликнулся Коротков. — На-пример, если у нее придурочный муж, который хочет непременно сына, а жена ему уже два раза дочерей рожала, и он угрожает, что бросит ее, если не будет мальчика. Такие часто встречаются. Или, наоборот, она рожает сыновей, а хочется обязательно девочку. У Параскевич рождается дочь, и они ее меняют на мальчика.

— Или женщина рожает ребенка от смуглого чер-новолосого любовника и понимает, что мужа обма-нуть не удастся, потому что и она, и муж среднерусые или светловолосые. Если такая роженица очень доро-жит своим мужем и браком, она тоже может при оп-ределенных условиях пойти на подмену ребенка, — подхватила Настя. — Все это, в принципе, возможно, потому что Галина Ивановна находилась под общим наркозом и не знала, какого ребенка родила.

— Но из всего этого неумолимо следует, что, во-первых, Виктор — медик и, во-вторых, он скорее все-го соучастник, — сделал вывод Стасов.

— Поясни, — потребовал Коротков.

— А ты вспомни, зачем Настасья ездила к Прига-рину и о чем его спрашивала. Речь шла о том, не могла ли имевшаяся у матери патология сказаться на здоровье ребенка. Так? Ведь ни о чем другом Настя его не спрашивала.

— Ну.

— А Пригарин в разговоре с этим Виктором ска-зал: там записана астматическая компонента. Если речь идет просто о подмене ребенка, то зачем им об-суждать состояние здоровья роженицы? Какая связь? И потом, Пригарин в разговоре с собеседником упо-требляет медицинский термин и не дает никаких по-яснений. Значит, разговаривает с коллегой, со специ-алистом.

— Это понятно, — нетерпеливо кивнул Корот-ков. — Но почему непременно соучастник?

— Влад прав, — медленно сказала Настя. — Я пой-мала наконец эту мысль.

— Чего ты там поймала, Диана-охотница? — хмыкнул Виктор Алексеевич.

— Они обсуждали здоровье Галины Ивановны,

потому что никакой астматической компоненты у нее не было и в помине. Они ее обманули, потому что им нужно было сделать ей кесарево сечение. Тогда это, точно, не была замена мальчика на девочку или наоборот, потому что они не могли знать, кто у нее родится. Тогда скорее всего речь шла о внешних признаках или о состоянии здоровья ребенка. Та, вторая роженица очень боялась, что у нее родится ребеночек «не той масти», и заручилась хорошо оплаченной помощью врачей. Врачи подобрали подходящую по внешним признакам мамочку, может быть, даже они и отца видели, ведь женщины, особенно на последних сроках беременности, часто приходят в консультацию в сопровождении мужей. И они стали заранее готовить Параскевич к тому, что ей придется делать кесарево. Между прочим, вполне возможно, что подмена и не понадобилась, у подгулявшей мамочки мог родиться вполне подходящий ребенок. Но отступать-то было уже некуда, Галина Ивановна донашивала ребенка, будучи уверенной в том, что у нее сильно выраженная склонность к астме и она может задохнуться при самостоятельных родах. Точно такая же картина могла бы быть, если заинтересованная роженица боялась не разоблачения связи с любовником, а рождения больного ребенка. Например, она знала о наличии у себя или у отца ребенка каких-то заболеваний. Может быть, алкоголизм или наркомания, или она во время беременности перенесла тяжелую болезнь и вынуждена была принимать опасные для плода лекарства, или еще что-нибудь в этом же роде.

— Все это замечательно, — констатировал Колобок-Гордеев, — но не продвигает нас ни на шаг в сторону раскрытия обстоятельств смерти Параскевича. Даже если он не был родным сыном Галины Ивановны, с его смертью это никак не связано.

— Как это не связано?! — возмутилась Настя. — А тезис о его изощренном самоубийстве? Если была подмена, то у него может быть какая угодно наследственность, давшая впоследствии патологию психики.

— Анастасия, ты углубляешься в дебри, — покачал головой полковник. — Вопрос о самоубийстве Параскевича при любых данных, даже самых убедительных, может быть решен только предположительно, и я хочу, чтобы вы все это уяснили. Даже если окажется, что подмена была и в роду у его настоящих родителей сплошь псих на психе, посмертная судебно-психиатрическая экспертиза не даст того ответа, который может быть с уверенностью положен в основу постановления о прекращении предварительного следствия по делу о смерти от огнестрельного ранения. Поймите это, дети мои. Я ценю ваш пыл и энтузиазм, но не надо переоценивать вес такого экспертного заключения. Все время помните о том, что вас могут обманывать, что никакого самоубийства не было, а подлинный убийца глядит на вас из-за угла и мерзко хихикает. Давайте-ка еще раз прикинем, что у нас с вами есть по этому делу.

— Есть собственноручно написанное Людмилой Исиченко признание в том, что Параскевича застрелила она, — начала перечислять Настя.

— Исиченко производила впечатление больного человека, и вопрос о ее вменяемости пока открыт, — заметил Гордеев. — Цена этому признанию пока неизвестна. Не считается.

— Есть заключение экспертов о том, что на одежде, указанной Исиченко, имеются следы пороха.

— Годится. Загибаю один палец.

— Есть показания Исиченко о том, где лежал пистолет, и заключение экспертов о том, что в указанной ею коробке действительно находилось оружие. И сама коробка найдена там, где указала Исиченко.

— Два. Дальше.

— Показания Исиченко о том, кого она видела, пока ждала Параскевича, совпадают с действительностью.

— Принимаю, но условно. Ладно, три. Что еще?

— Показания вдовы Параскевича о том, что у него были причины для глубокой депрессии.

— Пока нет заключения филологов, не считается.

— Есть показания родственников Исиченко и самой Светланы Параскевич, из которых следует, что Людмила была, что называется, зациклена на Леониде и он пользовался огромным влиянием на нее. Ведь она даже завещание в его пользу составила. А сама формулировка завещания говорит о том, что автором книг действительно является не Леонид, а Светлана. И либо Исиченко об этом знала, либо формулировку ей подсказал Леонид, пользуясь своим неограниченным влиянием на нее и умея заставить ее делать то, что он скажет, не задавая вопросов и не возражая. И есть показания друзей Параскевича об их последней встрече, которая очень напоминала прощание.

— Ну что ж, дети мои, улик много, но в основном — косвенные. Прямая улика только одна — следы пороха на одежде Исиченко. Все остальное — улики поведения и вопросы осведомленности. В массе своей они производят сильное впечатление, не спорю, но при более или менее придирчивом взгляде они давления не выдерживают.

— Вы хотите сказать, что для следователя, который хочет закрыть дело об убийстве, этих улик более чем достаточно?

— Ну да. А для того, кто в это не верит, явно недостаточно. Ольшанский верит, как вы думаете?

— Конечно, нет, — улыбнулась Настя. — Костя никогда никому не верит, хотя вслух не высказывается.

— Материалы для экспертизы по Исиченко готовы?

— Да, Ольшанский уже зарядил экспертов.

— Значит, подождем, пока не будет результатов по Параскевичу и его жене. Анастасия, ты упрямая и непослушная девчонка и все равно побежишь искать правду о родителях Параскевича. Запретить тебе я не могу, потому что ты обязательно пойдешь к Ольшанскому и уговоришь его дать тебе такое поручение, а поручение следователя для нас — закон, как бы я ни упирался. Вы с Костей одного поля ягоды, вас уже не переделать. Сроку тебе на все про все — неделя, больше не дам, и так работы много, а делать некому. Коротков, не смотри на меня с немой благодарностью, ты тут ни при чем. Пусть наша Диана-охотница сама копается, эта работка как раз для нее, а ты на эту неделю с дела Параскевича снимаешься. Уяснил? Сейчас пойдут новогодние пьяные разборки, дел будет невпроворот. Что-то гость наш молчит. Владислав Николаевич, что скажете?

— Как всегда, глупость, — улыбнулся Стасов. — Я просто подумал, что если подмена ребенка все-таки была, то это вполне может оказаться той тайной, угроза разоблачения которой является причиной убийства.

— Вот! — Гордеев поднял палец в назидательном жесте и вперился глазами в Настю. — Слушай, что опытный пенсионер говорит. Убить другого человека гораздо легче, чем убить самого себя. Поэтому в версию о самоубийстве надо верить только в самую последнюю очередь. В самую последнюю. А уж когда речь идет о двух самоубийствах — тем более. И поскольку в том, что Исиченко покончила с собой, у нас нет оснований сомневаться, то будем сомневаться в самоубийстве писателя. Все, дети мои, обсуждение закончено. Принимается новая рабочая версия о том, что Параскевич был все-таки убит в связи с опасностью разоблачения подмены ребенка. Между прочим, раз уж нам предстоит в это вникать, надо посмотреть, не сделал ли доктор Пригарин в свое время из этого регулярный источник обогащения. Может, не зря он так усердно занимался чревосечением, а? Даже когда в отпуске был, и то приезжал, чтобы операцию сделать. Владислав Николаевич, мы на вашу помощь можем рассчитывать? Или у вас в этом деле интереса нет?

— Интерес есть, — ответил Стасов.

— И в чем он состоит? Или это секрет?

— В любопытстве, Виктор Алексеевич, в обыкновенном сыщицком любопытстве. Мне же интересно, чем дело кончится. И потом, я недавно работал вместе с Настасьей и Юрой по убийству актрисы Вазнис, так что ваши ребята мне вроде как не чужие. Грех не помочь, если есть возможность.

— Значит, вы уверены, что с вашим делом о Досюкове все это никак не связано?

— Я не знаю, — признался Стасов. — Честное слово, не знаю. Просто я очень не люблю совпадений, хотя в данном случае это может оказаться действительно чистым совпадением.

— Ну, бог в помощь, — махнул рукой Гордеев, давая понять, что можно расходиться.

Из кабинета Гордеева они отправились к Насте. В ее кабинете было холодно и отчего-то сыро, и она сразу же кинулась включать кипятильник, чтобы сделать кофе.

— Как ты собираешься Новый год встречать? — спросил ее Стасов, оседлав стул возле окна и положив руки на горячую батарею.

— Не знаю, — пожала она плечами. — Наверное, вдвоем с Лешкой. Никуда идти не хочется. Можно, конечно, к моим родителям поехать или к брату, но скорее всего мы не соберемся. Мы какие-то другие стали, не такие, какими наши родители были. Я же помню, когда я была маленькой, к нам домой компании родительских друзей приходили, человек по пятнадцать-двадцать, елка обязательно была, стеклянный шар, от которого по всей комнате разноцветные огоньки бегали. Они умели быть веселыми, песни пели, танцевали. А наше поколение выросло скучным и некомпанейским.

— Пожалуй, — согласился Стасов. — У моих родителей на Новый год тоже всегда много друзей собиралось. А я теперь только и думаю о том, как бы провести дома тихий вечер и поменьше общаться.

— Один будешь в праздник?

— Татьяна завтра утром приедет. Моя бывшая благоверная в командировке, так что у меня Лиля живет. Хорошо бы она на Новый год у меня осталась. Но боюсь, Маргарита примчится из своей заграницы.

— Стало быть, на четыре выходных дня ты мне не помощник, — удрученно констатировала Настя, накладывая растворимый кофе в стаканы и бросая сахар. — Жаль, а я так рассчитывала на тебя.

— Ну, извини, — развел руками Владислав. — Войди в положение, я жену два месяца не видел.

— Ладно, молодожен, что с тебя взять. Бери кофе, только осторожно, стакан горячий.

— Да ты не расстраивайся, — сказал Коротков, который с трудом удерживался от смеха, глядя на ее огорченное лицо. — Если все дело в старой тайне, то за четыре дня она никуда не денется.

— Тайна-то, может, и старая, — возразила Настя, — а любопытство у меня новое, молодое и полное сил, и оно меня сгрызет до костей за эти четыре дня. Ладно, сама попробую.

Дверь приоткрылась, и в комнату заглянул Миша Доценко.

— Юра, тебя к телефону.

Коротков вышел, прихватив с собой стакан с горячим кофе.

— Слушай, что за странный малый? — удивленно повернулся к Насте Стасов. — Юрку на «ты» называет, а к тебе на «вы» обращается, да и ты к нему тоже, я заметил. Вы что, в конфликте?

— Да бог с тобой, — расхохоталась Настя. — У нашего Мишани какое-то преувеличенно трепетное отношение ко мне, уж не знаю почему. Он меня не только на «вы», а еще и по имени-отчеству называет. Который год бьюсь — ничего поделать не могу. Анастасия Павловна — и все тут, хоть умри. Поэтому и мне приходится к нему на «вы» обращаться, а то неудобно. Ребята над ним подшучивают из-за этого, а ему хоть бы что. Уперся — и ни в какую.

— Аристократ, — хмыкнул Стасов, отпивая кофе. — Неужели такие еще сохранились?

Настя курила, задумчиво глядя куда-то в потолок, и не ответила на вопрос Стасова, который, впрочем, ответа и не ждал, ибо вопрос задал чисто риторический.

— Ну-ка возьми сигарету большим и указательным пальцем, — внезапно попросил он.

Настя послушно выполнила просьбу и с недоумением глянула на него.

— Взяла, и что теперь?

— Ну и держи ее так.

— Но мне неудобно. Я так не привыкла.

— Ладно, извини, не обращай внимания. Отвезти тебя домой?

— Если это не сложно...

Она не успела договорить, потому что вернулся Коротков, и лицо у него было озадаченное.

— Саша Юлов звонил, — сообщил он, обращаясь к Насте, — по поводу убийства девочки. Помнишь, мы утром говорили, что надо бы еще раз побеседовать с учителем.

— Да-да, помню.

— Так вот ведь какая незадача, Асенька. Саша только что был у этого учителя. Там что-то странное. Сашка точно помнит, что два месяца назад этот Турин подробно и охотно рассказывал о всех своих учениках, в том числе и о Тане, и о Гене Варчуке. А за эти два месяца он, во-первых, чем-то заболел и уволился из школы, а во-вторых, не может рассказать о ребятах ничего вразумительного. Мнется, жмется... Черт-те что, одним словом. Не мог же он за два месяца все забыть.

— А чем он заболел?

— Сашка говорит, какое-то кожное заболевание. Турин побрит наголо, и вся голова в пятнах.

— Это бывает, — усмехнулся Стасов. — Кожные заболевания на нервной почве. Особенно часто случается с теми, у кого совесть нечиста.

— Что ты хочешь сказать? — насторожилась Настя.

— Ничего конкретного, я ведь не знаю, что именно вы обсуждаете. Просто говорю, что такое случается. Вы этого учителя ни в чем не подозреваете?

— Теперь подозреваем, — очень серьезно ответил Коротков.

* * *

С самого утра Наталья чувствовала себя плохо. Не то чтобы у нее что-то болело, нет, но на душе было так тяжело, как никогда раньше. Ночью ей приснился Евгений, такой одинокий и несчастный, что заныло сердце. Ей снилось, что она увидела его во сне больным и страдающим и помчалась в колонию. Перед тем административным зданием, в котором она недавно уже была, стояла толпа людей, и она сразу поняла, что с Женей что-то случилось. Тот начальник, с которым она разговаривала, стоял в самом центре толпы, одетый в костюм Деда Мороза, и раздавал подарки. Наталья поняла, что это были подарки, которые осужденные передавали своим родственникам на свободу. Люди брали пакеты и яркие коробки и расходились, и наконец она осталась одна.

— А мне? — спросила она начальника. — Я Наталья Досюкова. Разве мне нет подарка от мужа?

Начальник ничего не ответил и начал снимать маскарадный костюм. Наталья вдруг с ужасом увидела, что у него лицо Бориса Красавчикова.

— Подождите, не уходите, — взмолилась она. — Вы мне не дали подарка. Я Досюкова...

— Вам не полагается, — ответил начальник Красавчиков.

— Почему?

— Потому что вы приехали слишком поздно. Подарки выдают только тем, кто приехал вовремя.

— Но я же не знала, я вообще случайно приехала, мне никто не говорил, что нужно приезжать за подарками!

— Приезжать нужно не за подарками, а к мужу на свидание, — сердито ответил тот. — Кто приехал на свидание, тому и подарок.

— Но мне еще рано на свидание, — залепетала Наталья. — Я же была совсем недавно, разве вы меня не помните? У нас свидание только через три месяца, я случайно приехала, просто так... Ну хотя бы скажите, как там Женя.

Вдруг лицо у начальника снова изменилось, теперь это был не Боря Красавчиков, а Виктор Федорович.

— Какой еще Женя? — недовольно спросил он.

— Досюков, Евгений Досюков, статья сто третья, срок восемь лет.

— Нет такого, — грубо ответил начальник.

Он уже снял костюм Деда Мороза и теперь стоял перед ней в пальто, в точно таком же пальто, какое было надето на Жене, когда его арестовали.

«Он украл его пальто! — подумала Наталья. — С Женей случилась какая-то беда, и этот начальник украл его вещи».

— Но как же нет! — закричала она. — Я же была здесь месяц назад, у нас было свидание! Три часа! Он был здесь! Где Женя? Куда вы его дели? Его перевели в другую колонию?

— Я же вам сказал, его здесь нет. И вообще, Наталья Михайловна, вы приехали слишком поздно. Я все знаю о вас, а вы пытались меня обмануть. И Евгений все знает. Поэтому он больше не хочет вас видеть.

Тут она поняла, что это уже не Виктор Федорович, а правозащитник Поташов. Ее захлестнул такой ужас, что она даже потеряла способность дышать.

— Николай Григорьевич, — закричала она шепотом, потому что воздух отказывался проходить сквозь голосовые связки, — миленький, раз вы теперь все знаете, спасите Женю. Я все сделаю, я во всем признаюсь, я пойду в тюрьму, если надо, только верните мне его.

— Поздно, Наталья Михайловна, — сказал Поташов почему-то грустно и устало. — Жени больше нет. Он умер от горя, когда узнал, что вы наделали.

Она заплакала и проснулась. Лицо было мокрым от слез, сердце ныло под давящей на него гнетущей тяжестью.

Весь день она думала о Жене, о том, как он ждет от нее помощи, надеется на нее, верит в то, что она сумеет доказать его невиновность. Гордый, сильный, не падающий духом, властный. Что же она наделала!

К вечеру отчаяние стало непереносимым, и она позвонила Виктору Федоровичу.

— Что-нибудь случилось? Неприятности? — вежливо поинтересовался он.

— Нет-нет, ничего не случилось. Но мне нужно с вами поговорить.

— Ну, хорошо, — вздохнул тот. — Подъезжайте к тому же месту, где мы встречались в прошлый раз. Помните?

— Помню. Через пять минут выезжаю.

— Не берите машину, — посоветовал он. — Сегодня очень плохая дорога, гололедица и видимость отвратительная.

— Да, я поеду на метро.

Наталья быстро оделась и почти бегом помчалась к метро. Она так привыкла, что Виктор Федорович может решить любую проблему! Ей казалось, что вот сейчас она с ним поговорит и он поймет ее, поддержит и одобрит, подскажет, куда лучше пойти и к кому обратиться, чтобы как можно быстрее Женя оказался на свободе. Она летела вниз по эскалатору, потому что он двигался ужасающе медленно, а полторы минуты, которые ей пришлось простоять на платформе в ожидании поезда, длились по меньшей мере полтора часа. Наконец она оказалась на безлюдной аллее и увидела впереди знакомую фигуру Виктора Федоровича, неторопливо прогуливающегося взад и вперед.

— Виктор Федорович, — начала она прерывающимся голосом, — я больше не могу. Я не вынесу этого. Я не думала, что это так тяжело.

— Тише, голубушка, тише, успокойтесь, и давайте-ка все по порядку. Что случилось?

— Ничего не случилось, но я поняла, что больше не могу так жить. Женя там, за решеткой, а я здесь...

— Но ведь это было ясно с самого начала, — спокойно ответил он. — Так и планировалось. Он — за решеткой, а вы — здесь, свободная и богатая. Что же вас теперь не устраивает?

— Все! — в отчаянии воскликнула Наталья. — Меня все не устраивает. Я не хочу этого. Я не предполагала, что это будет так страшно.

— И чего же вы теперь хотите? Вы можете снова стать бедной, для этого нужно только развестись. Боюсь, что я перестал вас понимать, голубушка.

— Неужели нельзя ничего придумать, Виктор Федорович?

— История назад не ходит, как вам известно. Что сделано — то сделано. Вы сами этого хотели. Я считаю, что вам нужно успокоиться, отдохнуть. Пройдет всего несколько дней, и вы посмотрите на ситуацию совершенно другими глазами, уверяю вас. У вас самый обыкновенный нервный срыв, вы не выдержали перенапряжения. Стоит вам только взять себя в руки и вспомнить, сколько унижения вы претерпели за годы, проведенные рядом с Евгением, и вам сразу станет легче. Разве он достоин ваших страданий, голубушка? Вы же сами мне рассказывали, как грубо и жестоко он вел себя по отношению к вам, как выгонял из дома, когда вы проявляли излишнюю настойчивость и требовали узаконить ваши отношения. А теперь вы его пожалели?

— Я его люблю, — пробормотала она горько. — Я поняла, что я его действительно люблю. Что же мне делать? Может, мне все рассказать этому частному детективу, которого я наняла?

— И что? — вздернул брови Виктор Федорович. — На какой результат вы рассчитываете, позвольте спросить? Евгений окажется на свободе, а вы — в тюрьме. Вы к этому стремитесь?

— Мне все равно. Пусть тюрьма, пусть что угодно, только пусть его освободят. Он не должен там находиться, не должен, не должен!

— Тише! — Он взял ее под руку и не спеша повел к дальнему концу аллеи. — Не нужно кричать, голубушка. Я все понимаю, я понимаю ваше состояние, и если вы настроены так серьезно, то давайте это обсудим конструктивно, а не на эмоциях. Если ваши намерения тверды, то нам с вами нужно сесть и спокойно все обсудить, чтобы выработать оптимальную линию вашего поведения. Сейчас мы пойдем ко мне домой, я вас угощу хорошим чаем с мятой, и мы вместе подумаем, что и как вам нужно сделать, чтобы ваш муж оказался на свободе, а вы при этом пострадали минимально, а еще лучше — совсем не пострадали. В конце концов, это нормально, когда денежные интересы отступают перед любовью. Ведь так, голубушка?

— Да, — горячо сказала она, послушно идя рядом с ним.

Как хорошо, что Виктор Федорович ее понял! Она не сомневалась, что он поймет. И не сомневалась, что он обязательно найдет выход из положения. Ей стало спокойно и уютно. Она вдруг вспомнила, что в детстве очень боялась темноты, и если приходилось идти одной по темным улицам или неосвещенной лестнице, она обмирала от страха и шла на подгибающихся ногах. Зато когда приходила домой, испытывала ни с чем не сравнимое сладостное чувство покоя и защищенности и радость оттого, что опасность на этот раз миновала.

— Вот мы и пришли, — сказал Виктор Федорович, открывая перед ней дверь подъезда. — В этом доме я и живу. Вы ведь никогда не были у меня в гостях.

— А собака? — вдруг вспомнила Наталья.

Виктор Федорович много раз говорил ей, что его кавказская овчарка совершенно не переносит посторонних, бросается на них, лает и даже норовит укусить. «Ущерб колготкам и брюкам гарантирован», — смеялся он.

— Она сейчас на даче, жена ее сегодня увезла, мы же там проведем все праздники...

Глава 17

Если преступники в праздничные дни не могут не совершать преступлений, а работники милиции не могут позволить себе перестать их ловить, то точно так же больные в эти дни не перестают болеть, а беременные — рожать. Поэтому роддом в Чехове представлялся Насте Каменской вполне подходящим местом для работы, куда она и отправилась с самого утра 30 декабря. Вагон электрички был пустым и теплым, она уютно устроилась в уголке с книжкой и от всей души пожалела, когда пришлось выходить. Ехать бы и ехать еще!

Дежурный врач долго не могла взять в толк, зачем Настя приехала и что ей нужно.

— Вы поймите, — нетерпеливо говорила она, — архив в выходные дни не работает. Приезжайте в среду, третьего числа.

— Я не могу в среду, — упрямо твердила Настя. — Мне нужно сейчас. Вызовите, пожалуйста, заведующего архивом, я не займу много времени, я просто пересниму нужные мне документы и уеду.

Они препирались минут пятнадцать, после чего врач все-таки сдалась.

— Вот вам номер телефона, сами с ней объясняйтесь, — буркнула она. — Уж не знаю, сможете ли вы заставить ее прийти сюда.

Задача оказалась действительно непростой, но Настя вовремя сообразила, что есть мощный стимул, который может заставить даже самую сварливую и неуступчивую женщину бросить свои дела и прибежать на работу. Этот стимул — любопытство, особенно если речь идет о чьем-то проступке, а то и преступлении.

— Помните, мы с вами встречались несколько дней назад, — вкрадчиво говорила Настя. — Вы тогда нашли для меня карту почти тридцатилетней давности, и я в ней обнаружила кое-что интересное и непонятное. Но это не телефонный разговор...

Приманка сработала, и уже через полчаса архив роддома был открыт, благо жила завархивом совсем недалеко, что для маленького городка было, в общем-то, делом обычным.

— Вы давно работаете в этом роддоме? — спросила ее Настя.

— Да уж лет двадцать, — кивнула женщина. — В архиве работы немного, правда, и зарплата крошечная, но я всегда подрабатывала. Приду, все бумажки в порядок приведу, журналы заполню, папки подошью — и сижу себе, вяжу. В моих кофтах и платьях полгорода ходит. Особенно малыши, — принялась она охотно рассказывать. — Вы же понимаете, детки так быстро растут, что денег не напасешься им все время новую одежду покупать. А я свяжу, к примеру, костюмчик из голубой шерсти, маленький в нем полгода побегает, потом мамаша моточек серой или белой шерсти прикупит и мне вместе с костюмчиком принесет. Я его распущу, новой шерсти добавлю и быстренько перевяжу на размер побольше. Быстро и дешево. Но вы не думайте, что если я на рабочем месте вязала, так у меня в документах беспорядок. Можете проверить, ни одна бумажка не затерялась.

— Какой срок хранения архивных документов?

— Да бог его знает, — махнула руками архивариус. — Я инструкций-то не читала, зачем они мне? У меня свой порядок, зато всегда все можно найти, если нужно. Я когда пришла сюда в семьдесят пятом году, так все, что до меня скопилось, по листочку перебрала и в папочки подшила, опись сделала. Здесь ведь до того момента архивариуса лет десять не было, а то и больше. То есть номинально-то он был, числился на должности, но пьющий был — ужас! Ничего не делал, все запустил, учета никакого. А выгнать не могли — участник войны, инвалид, вся грудь в медалях. Попробуй тронь такого — сразу и райком партии, и совет ветеранов за него заступаться начинали.

— Но все-таки выгнали? — с улыбкой спросила Настя.

— Нет, рука не поднялась. Сам умер. Тогда, помню, муж мне сказал: Катя, мол, главный врач роддома хочет с тобой встретиться. Я так удивилась! Зачем, спрашиваю. А я в то время как раз уволилась из собеса, с новым начальником поцапалась, сидела дома и тужила, что у меня стаж прервется, а новой работы нет. Оказалось, у Виктора Федоровича мать как раз у меня пенсионные документы оформляла и рассказала ему, что в собесе есть такая молодая и толковая, это я, стало быть, и вежливая, и спокойная, и все бумажки у нее в порядке, и не теряется ничего. Вы же понимаете, городок у нас маленький, слухи быстро расходятся, ну и про мое увольнение Виктор Федорович прослышал.

— Виктор Федорович — это главный врач? — уточнила Настя.

— Ну да, Лощинин Виктор Федорович. Он много лет нашим роддомом командовал, года, наверное, с шестьдесят третьего. Пришла, значит, я к нему, и он мне говорит, что ценит мои деловые качества и очень просит взять на себя их архив, потому что он находится в очень запущенном состоянии, а документы этого не любят. И сразу мне сказал: зарплата у нас маленькая, но я знаю, что вы своим рукоделием весь Чехов одеваете, так что для этого у вас все условия будут, я препятствовать не стану. Конечно, мы оба понимали, что это незаконно, в те-то времена нужно было все через фининспекцию оформлять, в общем, сами понимаете... Так и договорились.

— А доктора Пригарина вы помните?

— Ну а как же! Его все помнят у нас. Замечательный врач, душой за дело болел, со своим временем не считался. Виктор Федорович очень его ценил.

— Они дружили?

— Да как сказать... Наверное, дружили. Но так, на работе только. Чтоб семьями друг к другу в гости ходить — такого, кажется, не замечалось. А почему вы про Владимира Петровича спросили?

— Просто любопытно стало, я так много о нем слышала от вашего нового главврача.

Екатерина Егоровна продолжала поддерживать разговор, ловко перебирая папки и журналы, расставленные в одной ей понятном порядке на полках.

— Вот, — сказала она, протягивая Насте три журнала. — Это то, что вы просили. С собой будете забирать?

Предложение было соблазнительным, но Настя вовремя остановилась. Она слишком хорошо знала, что порой случается с документами, изъятыми с нарушением правил. По правилам нужно было бы оформить выемку, но для этого следовало как минимум иметь при себе постановление следователя и приглашать понятых. Постановления у нее не было. А если из всего этого что-то получится и дело дойдет до адвоката, то из любого процессуального нарушения может вырасти огромный неповоротливый слон, вскочив на спину которого обвиняемый спокойненько переместится в категорию свидетелей. Придется переснимать, а если в записях обнаружится что-то интересное, вернуться сюда и забрать журналы с соблюдением всех процессуальных требований.

— Нет, — покачала она головой, — забирать не буду. Пересниму отдельные страницы. Я постараюсь не задерживать вас надолго. А журналы пусть пока у вас останутся, здесь они, как я понимаю, в надежных руках.

Екатерина Егоровна польщенно улыбнулась.

— Так, может, я пока чайку сделаю? Хотите?

— С удовольствием выпью.

Архивариус вышла в соседнюю комнатку, где у нее стояла плитка и хранились чайные принадлежности, а Настя открыла первый журнал и принялась за работу.

* * *

Войдя в квартиру, Настя сразу поняла, что Алексей чем-то встревожен.

— Асенька, у вас там что-то случилось, — сказал он, даже не дав ей раздеться. — Тебя искал сначала

344

Коротков, потом Гордеев. Просили сразу же позвонить, как только появишься.

Настя тут же разыскала Короткова.

— Гора трупов растет, — мрачно усмехнулся он. — Сегодня по сводке прошла мадам Досюкова. Если я мыслю примерно так же, как все, то сейчас уже вскрывают ее квартиру. Там обнаружат копию ее договора со Стасовым и начнут его дергать за нервные окончания.

— Вот черт! — в сердцах бросила она. — Может, это другая Досюкова?

— Та самая, Наталья Михайловна, проживает на улице Веснина. Где сейчас Стасов, не знаешь? Дома его нет.

— У него же сотовый телефон, — удивилась Настя. — Должен ответить.

— Не отвечает.

— Утром должна была приехать из Питера его жена. Может, они куда-то отправились, и он специально телефон не взял, чтобы его не нашли?

— Ага, или, наоборот, никуда не отправились, поскольку он вчера во всеуслышание заявил, что не видел Татьяну два месяца. Молодожен хренов. Надо бы его предупредить.

— А что с Досюковой-то?

— Лежит с удавкой на шее и не дышит. Нашли на лестнице жильцы дома. Никто ее не знает, во всяком случае, никто не признается, так что непонятно, к кому она в этом доме приходила и что вообще там делала. Поэтому и нужно срочно искать Стасова, он же с ней общался регулярно, так что вполне может знать, кто у нее в том районе живет. Ты позвони Колобку, он уже из-под себя выпрыгивает, ты ему зачем-то очень нужна. Подозреваю, он хочет тебя спросить, что делать с Досюковой.

— Ладно, позвоню. Только толку от меня...

Она положила трубку и задумалась. Почему все начинает раскручиваться одновременно? Вот всегда так: дело стоит на месте, тянется, как прошлогодняя жвачка у беззубого жирафа, а потом вдруг начинается молниеносная раскрутка, когда не хватает ни времени, ни рук, ни мозгов, чтобы все осмыслить, все сделать и все успеть и при этом ничего не проморгать. По хорошо известному закону сыщицкого счастья случается это, как правило, в праздничные и выходные дни и, что особенно приятно, совпадает со всплеском криминальной активности, когда на уголовный розыск начинают сыпаться «новые поступления».

Настя вздохнула и перезвонила начальнику.

— Я хочу понять, нужно нам дело Досюковой или нет, — сразу приступил к делу Виктор Алексеевич. — Для нас она не фигура, можем оставить ее в округе. Но если ты видишь какую-то связь, то я пойду к генералу. Только я должен знать, что ему говорить. И имей в виду, если ты никакой связи не видишь, а просто хочешь помочь своему приятелю Стасову, то номер у тебя не пройдет. У нас и без Досюковой дел выше крыши.

Легко сказать — связь! Черт ее знает, есть она или нет. Разве на чутье можно полагаться?

— А на чутье можно полагаться? — произнесла она вслух.

— На чье?

— На мое. Я ничего не могу сказать вразумительно. Но я чувствую.

— На твое — можно, — великодушно разрешил Гордеев. — Так что мне сказать генералу?

— Замкните Досюкову на Пригарина. Скажите, что Пригарин у нас в разработке, а по его свидетельским показаниям, муж Досюковой был осужден, и не исключено, что между ними имелись конфликтные отношения.

— Ты что, врать меня заставляешь? Они, как я понял со слов Стасова, даже знакомы не были.

— Ну, это вы поняли, а генералу понимать не обязательно.

— Ох, Анастасия, бить тебя некому. И где ты врать научилась? Такая была хорошая девочка, а что из тебя выросло?

— Виктор Алексеевич, вы отечественные детективы читаете? — засмеялась Настя.

— Вот еще, — буркнул полковник.

— И напрасно. Есть прекрасный писатель Николай Леонов, а у него совершенно замечательный герой, Лев Иванович Гуров. Так вот этот самый Гуров на вопросы вроде вашего всегда отвечает: что выросло — то выросло.

— Все шутишь, все тебе смешочки. Ты, между прочим, где болталась полдня?

— В роддоме, в Чехове. Наснимала кучу страниц, сейчас буду пристраивать пленку на проявку и печать. Между прочим, я вам кандидата в «Викторы» нашла.

— Кто такой?

— Бывший главный врач роддома, где работал Пригарин. Лощинин Виктор Федорович. И Виктор, и старый знакомец, и врач. Полный комплект.

— Ишь ты, — хмыкнул Гордеев. — Молодец, деточка. Полдня прожила не зря. Ты куда пленку-то пристраивать собираешься?

— Не знаю еще, я только вошла, даже поесть не успела. А кто из ребят сегодня на месте?

— Кто надо, тот и на месте. Давай-ка поешь быстренько — и сюда. А я пока твоего Лощинина поищу.

Алексей спокойно воспринял известие о том, что после обеда его милицейская супруга отбудет на службу. Ничего необычного в этом не было, Настя всегда работала столько, сколько было нужно, не оглядываясь ни на часы, ни на календарь. Да и сам Леша был точно таким же фанатиком, которому повезло превратить хобби в любимую работу и который готов был заниматься этой работой с утра до ночи.

— Тебя отвезти? — только и спросил он.

— Нет, лучше вечером забери меня, если сможешь, — попросила Настя. — Может, к родителям съездим? Мама вчера намекала на какой-то феерический плов.

— Давай, — охотно согласился Алексей. — Если ты не поздно освободишься. Плова в исполнении Надежды Ростиславовны я еще не пробовал.

— Ну да, — засмеялась она, — ты больше к папиным знаменитым цыплятам привык. А мама за то время, что в Швеции жила, совсем от кухни отвыкла, теперь форму набирает. Так что готовься к тому, что в течение нескольких месяцев она будет угощать нас, мягко говоря, странной едой.

— Что в подарок повезем?

— Не знаю. — Она беззаботно пожала плечами. — На ходу придумаем.

— Ася, нельзя же быть такой легкомысленной, — упрекнул ее муж. — Когда мы поедем, если вообще поедем, все магазины будут уже закрыты.

— Ой, ну ладно тебе, — досадливо отмахнулась Настя, — вечно ты со своей правильностью меня уедаешь. У меня голова трупами забита, а ты с глупостями пристаешь. Купим что-нибудь, не проблема.

Лешка обиженно умолк, с ожесточением распиливая ножом жареное мясо. Покончив с мясом, Настя налила себе кофе, закурила, задумчиво повертела сигарету в пальцах и взяла ее так, как просил за день до этого Стасов. Ей было неудобно, пальцы пришлось держать согнутыми в непривычном положении, а не свободно выпрямленными, как она привыкла.

— Ты что? — удивился Леша. — Откуда эти подзаборные жесты?

— Да так, — неопределенно ответила она. — Непонятный случай попался. Человек, который на людях держит сигарету так, как обычно и я ее держу, в момент, когда его никто не видит, держит ее совсем по-другому. Как ты думаешь, почему? Я проверяла, он никогда не сидел и даже не арестовывался. Так откуда у него взялась эта привычка?

— Асенька, я, наверное, не прав, но ты забыла свое славное физико-математическое прошлое.

— То есть?

— Представь себе, что ты проводишь серию экспериментов с пластинами из молибдена. В девяти первых случаях приборы ведут себя совершенно определенным образом, а в десятом — совсем по-другому. Какой вывод ты сделаешь?

— Или сломался прибор, или пластина оказалась из другого металла, — ответила она не задумываясь.

— Вот именно, что и требовалось доказать. В борьбе с живыми людьми ты утрачиваешь способность к чистой, не замутненной эмоциями логике.

Она резким жестом затушила окурок и залпом проглотила остатки кофе.

— Лешка, я — гений.

— Да ну? Свежая мысль. И в чем это выражается?

— Я правильно выбрала себе мужа. Из тысяч мужчин я выбрала единственного, а это дорогого стоит.

— Ну, положим, твоя гениальность, которая проявилась в выборе меня, несколько уступает моей настойчивости, с которой я тебя добивался. Так что не присваивай себе мои лавры. В конце концов, это был вопрос не твоей гениальности, а моего терпения и твоего упрямства. Так что с молибденом-то, я не понял?

— Зато я поняла. Все, солнышко, я помчалась. Обед был замечательным, но молибден все равно лучше!

* * *

Все случилось именно так, как предрекал прозорливый Коротков. Сотрудники милиции, занимавшиеся убийством Натальи Досюковой, первым делом поехали к ней домой, вскрыли квартиру и тщательно ее обыскали. И, конечно же, нашли экземпляр соглашения, заключенного ею с частным детективом Стасовым Владиславом Николаевичем. К тому моменту, когда Настя получила из фотолаборатории снимки со страницами из архивных журналов, Стасов уже сидел в кабинете следователя в окружном УВД и терпеливо отвечал на задаваемые вопросы. Нет, вчера он с Досюковой не разговаривал и не знает, куда она собиралась ехать вечером. Нет, она никогда не говорила ему о том, что в Бирюлеве живут ее знакомые. Нет, в ходе проведения частного расследования он не столкнулся ни с чем, что могло бы пролить свет на причину ее убийства. Нет... нет... нет...

А Настя тем временем занималась нудной и кропотливой работой — составляла список рожениц, находившихся в чеховском роддоме одновременно с Галиной Ивановной Параскевич. Список оказался не очень большим, но ведь придется найти всех этих женщин и их детей. Затем она нашла все упоминания о чревосечении в период, близкий к году рождения Леонида Параскевича, и сделала то же самое — выписала фамилии рожениц. Вопрос с Параскевичем — отдельная песня, но неплохо было бы выяснить, не превратил ли доктор Пригарин свою работу в преступный промысел.

Полковник Гордеев слово сдержал и получил у руководства разрешение забрать дело об убийстве Натальи Досюковой на Петровку. В округе с облегчением вздохнули и с готовностью отделались от предновогоднего трупа.

К восьми часам суета улеглась, списки были составлены, и Настя с чистой совестью позвонила домой и сказала Леше, что готова ехать в гости к родителям. Конечно, ей очень хотелось поговорить со Стасовым, но она не решилась ему звонить. У человека всего четыре дня для общения с любимой женой, а ему и так уже настроение испортили вызовом к следователю. «Ладно, потерплю, — мужественно решила она, собираясь уходить. — Пусть старая тайна состарится еще на четыре дня, от нее не убудет».

* * *

Старший лейтенант Юлов никак не мог взять в толк, что же такое приключилось с Андреем Георгиевичем Туриным. Как подменили человека. Неужели болезнь могла сказаться на его памяти? Да нет, не такая это болезнь, чтобы мозги отшибло, рассудил Александр, начиная думать о том, не причастен ли Турин к убийству пятнадцатилетней девочки. В любом случае за бывшим учителем надо было понаблюдать, но тот действительно никуда из дома не выходил. Юлов съездил в издательство, где последнее время работал Турин, и там ему сказали, что новый редактор — человек очень дисциплинированный и безупречно грамотный. Ничего более существенного они добавить не смогли.

Юлов выяснил, что Андрей Георгиевич был женат, но давно, еще в студенческие времена. Брак оказался непрочным и очень быстро распался, но Юлов все равно решил навестить бывшую жену Турина. Как знать, вдруг она знает о нем что-то такое...

350

Но и тут время оказалось потраченным зря. Бывшая супруга учителя Турина не могла сказать ничего плохого о своем давнишнем муже.

— Вы не думайте, — говорила она Саше со смущенной улыбкой, — мы развелись не по вине Андрея. Это была моя вина. Андрюша прекрасно ко мне относился, не обижал, был заботливым. А я сорвалась. Знаете, в двадцать лет в голове одни глупости, кокетничала, флиртовала, все хотела себя взрослой женщиной почувствовать. Он очень переживал, но старался не показывать этого. А потом я влюбилась, потеряла остатки рассудка и ушла от него. Как жалела потом, вы не представляте!

— Почему же вы не вернулись к Турину? Неужели он бы не простил вас?

— Да какое там! Простил бы, конечно, но я-то сдуру сразу на развод подала и замуж выскочила за своего возлюбленного. Ребенок родился, а потом и с новым мужем развелась. Не везет мне. — Она шутливо вздохнула. — Но я не горюю, какие мои годы? Все еще впереди.

— Скажите, вы не замечали у Андрея интереса к совсем молоденьким девушкам, почти подросткам? — спросил Юлов.

Женщина озадаченно посмотрела на него.

— Какой странный вопрос... Что, Андрюша кого-то изнасиловал? Да нет, не может быть, никогда не поверю.

— Не волнуйтесь, пожалуйста, мой вопрос связан с тем, что Андрей Георгиевич был учителем пятнадцатилетней девушки, и девушка эта найдена изнасилованной и убитой. Круг подозреваемых очень велик, и Турин попал в него только потому, что знал потерпевщую. Вы же понимаете, я должен проверить всех людей, попавших в этот круг, поэтому и задаю вам этот вопрос. Как раз вашего бывшего мужа никто по-настоящему не подозревает, но порядок есть порядок, сами понимаете.

— А, ну да, конечно, — успокоилась она. — Но за Андрюшей никогда ничего такого не замечалось. Наоборот, он всегда ценил в женщине скорее собеседника, друга, партнера. Я, знаете ли, даже удивлялась порой, что он обращает внимание на таких дурнушек, на которых никто и не посмотрел бы с интересом. Например, мы проводим вечер в большой компании, а когда возвращаемся домой, он говорит, что, мол, надо же, какая славная девушка там была, а никто из ребят за ней не ухаживал. У нее, дескать, такой необычный взгляд на экономические реформы. Представляете? Он с ней весь вечер танцевал и про реформы разговаривал! Если бы вы мне сказали, что Андрей влюбился в женщину старше себя лет на пятнадцать, вот тут я бы вам поверила, это может быть, если она умная и неординарная. А пятнадцатилетняя, простите, пеструшка — это нет. С ней же разговаривать не о чем.

— Простите, — мягко заметил Юлов, — но в данном случае речь идет не о разговорах, а об изнасиловании. Это немножко другой аспект, согласитесь.

— Да ничего не другой! — возмущенно откликнулась женщина. — Тот же самый аспект. Андрей никогда не был приверженцем тупого секса, если вы именно это имеете в виду. Он был в известном смысле совершенно несовременным, для него секс без глубокой эмоциональной привязанности вообще не существовал. Так что ни о каком изнасиловании и речи быть не может.

— А вы давно его не видели?

— Года два, наверное. Да, точно, как раз два года назад на Новый год. Наши общие знакомые решили попробовать нас помирить и позвали к себе в гости, не сказав о своем замысле ни мне, ни ему. Мы очень мило пообщались и разошлись. Ничего не получилось. Знаете, глупо как-то все вышло. Мы оба уже остыли, я ему не нужна, да и он мне, в общем-то, тоже.

— Как вам показалось, он сильно изменился за те годы, что вы в разводе?

— Ну... нет, пожалуй. Внешне только. Ему борода очень идет, он стал взрослее, мужественнее. А так... Как был романтиком-недотепой, так и остался. Ни кола ни двора, живет на зарплату, хорошо хоть квартиру получил, мужчины-учителя нынче в дефиците, так уж для них муниципальное начальство старается.

Романтик-недотепа... Такую характеристику с

делом об изнасиловании не очень-то свяжешь. И сомневаться в словах бывшей жены Турина оснований нет, она, похоже, говорила совершенно искренне. Но странные провалы в памяти Андрея Георгиевича почему-то совсем не нравились старшему лейтенанту Юлову.

Тридцать первого декабря Саша Юлов с мощным биноклем в руках занял свой пост в доме, из которого хорошо просматривались и подъезд того дома, где жил Турин, и окно лестничной клетки, на которую выходила дверь его квартиры. Чтобы не торчать целый день на лестнице, старший лейтенант познакомился с бабулькой, жившей в подходящей для его замысла квартире, представился ей по всей форме и был радостно приглашен войти и сидеть у окошка сколько надо, хоть неделю. Бабулька была старой и одинокой, и присутствие живого человека ее радовало. Хоть будет с кем про жизнь поговорить.

Около полудня в квартиру Турина позвонила женщина, приехавшая на стареньких «Жигулях». В руках у нее были большие пластиковые сумки, судя по всему, с продуктами. «Все нормально, — сказал про себя Александр, — Турин почти не выходит, его подружка принесла ему поесть, заботливая».

Часа через два женщина вышла из квартиры и уехала. Юлов был без машины, поэтому следом за ней не отправился. Еще когда она приехала, он записал номер ее машины и позвонил к себе в отделение с просьбой узнать в ГАИ имя владельца. Владельцем числился мужчина, а подружка Турина, по-видимому, была его женой или дочерью. Что ж, найти ее он всегда сможет.

Больше ничего интересного вокруг квартиры подозрительного бывшего учителя не происходило, часов в восемь вечера Саша Юлов распрощался с гостеприимной бабулей и отправился домой. Все-таки новогодняя ночь впереди, надо и честь знать, и без того жена все время жалуется, что он мало бывает дома и совсем не помогает с ребенком.

* * *

353

Когда до наступления Нового года осталось два часа, Ирина почувствовала, что напряжение достигло апогея. Еще чуть-чуть — и она сорвется и разрыдается. Неотвратимо наступали события, которых ей очень хотелось бы избежать, но избежать было нельзя. С самого утра она готовила праздничный стол, Сергей пригласил гостей, и ей предстояло играть роль любящей жены и домовитой хозяйки. С этим она вполне справится, но вот телефонные звонки с поздравлениями повергали ее в ужас.

А вдруг позвонят ее родители, дрожащим голосом спрашивала она Березина. Что тогда делать?

— Я скажу, что ты вышла к соседке, и передам им твои поздравления, — успокаивал ее Сергей Николаевич.

— А если они позвонят, когда здесь уже будут гости? Как же ты при них сможешь сказать, что меня нет?

— Ирочка, я прошу тебя, возьми себя в руки. В комнате будут люди, будет включен телевизор, все взбудоражены. Ну кто станет прислушиваться? Самое главное — не снимай трубку, жди, пока я сам подойду, вот и все.

Она находила все новые и новые причины для опасений и видела, что Сергей начинает раздражаться, но ничего не могла с собой поделать. После той ночи, когда попытка перейти к близости так бесславно провалилась, она постоянно чувствовала себя виноватой, хотя умом и понимала, что никакой ее вины в случившемся нет. Ведь она не обманывала его ни в чем, он прекрасно знал, кто она такая и чем занимается, когда предложил ей уйти от Рината и занять место его жены. Разве она виновата в том, что влюбилась в него? Разве есть ее вина в том, что и он испытывает к ней нежность и теплоту? Никто не мог знать, что так получится. Никто.

Гости должны были прийти к одиннадцати часам, а без четверти одиннадцать Ирина все еще не была одета. Она бесцельно и бестолково металась из кухни в комнату и обратно, что-то переставляя, убирая, унося и принося. Ей казалось, что, пока она ходит по квартире в домашней одежде, ничего плохого случиться не может, потому что опасное время еще не наступило. Как только она переоденётся, сразу наступит та полоса праздника, которая сулит ей столько неприятных неожиданностей. Ведь в Новый год порой звонят с поздравлениями и старые знакомые, о которых в обычное время не вспоминаешь. Или, что еще хуже, заходят в гости...

Она дотянула до последнего момента и судорожно ринулась в свою комнатку одеваться только тогда, когда раздался звонок в дверь и пришли первые гости. Из прихожей доносились голоса, которые показались ей незнакомыми, и Ирина внутренне сжалась. Ей бы хотелось, чтобы первыми пришли те, с кем она уже была знакома, так ей было бы проще и легче.

Новое платье, конечно же, длинное, стилизованное под девятнадцатый век, как нравилось Березину, оказалось на редкость непослушным и никак не хотело застегиваться. Ирина разнервничалась оттого, что маленькие пуговки упорно стремились проскочить мимо петель, ей казалось, что платье обтягивает ее грудь слишком туго и при малейшем неловком движении все застежки мигом отлетят. Наконец она справилась с платьем, но теперь начались проблемы с волосами. Пальцы дрожали, и пряди чистых блестящих волос выскальзывали из-под заколок.

— Ирочка! — послышался голос Сергея. — Мы тебя ждем.

— Иду, Сережа, — откликнулась она. — Еще минуточку.

Когда она появилась в гостиной, то сразу поняла, что неприятные сюрпризы уже начались. На диване сидел представительный седой мужчина в хорошо сшитом костюме и с высокомерной улыбкой на холеном лице, а рядом с ним восседала журналистка Олеся Мельниченко. Та самая Мельниченко, которая за несколько дней до выборов в Думу брала у Ирины интервью и настойчиво пыталась заставить ее говорить о первой жене Березина, Диане Львовне. На этот раз журналистка выглядела не столь богемно и воинственно, волосы были хорошо выкрашены и аккуратно подстрижены, хотя макияжа на лице было по-прежнему явно больше допустимой нормы.

— Добрый вечер, Ирина Андреевна, — лучезарно улыбнулась Олеся, но оскал ее больше напоминал плотоядную усмешку каннибала.

— Добрый вечер, рада снова вас видеть, — ответила Ирина в меру тепло, чтобы не нарушать образа гостеприимной хозяйки.

— Ирочка, позволь представить тебе Артура Дмитриевича Гущина, крупного специалиста в области экологии, одного из самых активных деятелей нашей партии.

Гущин встал и изобразил вежливый поклон, после чего немедленно уселся обратно, откинувшись на спинку дивана и закинув ногу на ногу. Ирине он сразу не понравился, хотя она и не понимала, какая опасность может от него исходить. Ну в самом деле, он же товарищ Сергея, в одной партии с ним. Но, с другой стороны, он привел с собой журналистку, а ведь она-то, несомненно, настроена против Ирины. Хотя как знать, успокоила себя Ирина, может быть, она и не имеет ничего против жены Березина, просто хочет собрать побольше «жареного» материала, наковырять скандальных фактов или даже просто неловких выражений и обмолвок, чтобы потом порезвиться на страницах своего журнала. С другой стороны, зачем Гущин сюда ее привел? Быть может, он заручился ее обещанием написать о семье лидера своей партии в самых радужных красках? Или, наоборот, он хочет сделать пакость Сергею?

К счастью, в этот момент вновь прозвенел звонок, и в течение ближайших пятнадцати минут Ирина и Сергей буквально не выходили из прихожей, встречая появляющихся один за другим гостей. Она была знакома почти со всеми, исключение составляли лишь высокомерный холеный Гущин и еще один симпатичный молодой человек по имени Николай, с открытым улыбчивым лицом, которого ей представили как сотрудника того банка, где прежде работал Сергей Николаевич.

За столом Ирина оказалась как раз между ними. Слева от нее сидел Гущин, справа — Николай. Сумев подавить очередной приступ страха, она подумала, что это, может быть, и к лучшему. Во всяком случае, если они начнут ставить ее в сложное положение, то с ними можно будет разговаривать достаточно тихо, и никто ее позора не услышит. Если же они будут далеко от нее, то их разговор станет достоянием многих. В конце концов, ей как хозяйке всегда можно извиниться и уйти на кухню, прервав неприятную беседу.

Но все шло как нельзя более мирно. Олеся Мельниченко заняла место рядом с Сергеем и, казалось, не обращала на Ирину ни малейшего внимания, опасный Гущин увлеченно беседовал с красивой брюнеткой, женой другого партийного деятеля, а Николай очень мило ухаживал за Ириной, развлекая ее свежими политическими анекдотами и рассказами о своих поездках за границу.

На экране включенного телевизора появилась заставка, подсказывающая, что пора открывать шампанское и ждать последнего удара курантов. Все сидящие за столом оживились, голоса стали громче.

— С Новым годом!
— С Новым годом!!
— С Новым годом!!!

Ирина залпом осушила бокал полусухого шампанского и почувствовала, как напряжение немного отпустило ее. Сейчас они начнут пить, подумала она, и чем быстрее напьются — тем лучше. Пьяный, конечно, опасен тем, что может громко ляпнуть что-нибудь ненужное, но зато и списать все можно на опьянение. Мол, какой с него спрос. Можно даже не обижаться и отношений не выяснять.

— Ирина Андреевна, а вы кто по образованию? — спросил Николай, подливая ей коньяк в рюмку.

— По образованию я никто, — с улыбкой ответила Ирина. — Когда мы познакомились с Сережей, мне было девятнадцать лет. Я влюбилась до такой степени, что бросила институт.

— Какой институт?

— Тогда он назывался историко-архивным, а сейчас как-то по-другому, я точно не знаю. Николай, не наливайте мне коньяк, не нужно.

— Почему же? Это очень хороший греческий коньяк. Разве вам не нравится?

— Я не смешиваю коньяк с шампанским.

— Разве? — Николай как-то странно посмотрел на нее. — А почему?

— Чтобы голова потом не болела. И вообще я не очень люблю коньяк.

— Разве? — снова повторил он. — Раньше любили.

— Раньше я была юная и глупая, — засмеялась Ирина, ощутив внутренний холодок. — Я никогда не любила коньяк, но всегда стремилась соответствовать. Вы понимаете, о чем я говорю? Мне казалось, что если я стала женой такого человека, как Сергей Березин, то должна быть светской дамой, зрелой и опытной, а не юной зеленой девчонкой, которая крепче пепси-колы ничего в рот не брала. Потому и пила все подряд.

— Но вы ведь и теперь еще очень молоды, — заметил Николай, не сводя с нее пристального взгляда широко расставленных светлых глаз. — Разве вы перестали ощущать себя юной?

— Наверное, — кивнула Ирина. — После аварии я вообще стала другой. Знаете, когда кажется, что твоя молодость будет длиться вечно, то мироощущение одно, а когда вдруг осознаешь, что не только молодость, но и жизнь может закончиться в одно мгновение, не испрашивая на то твоего согласия, мировосприятие становится совсем иным. Мне теперь совершенно безразлично, как меня будут воспринимать люди, понимаете? Мне теперь не стыдно признаться, что я не люблю не только коньяк, но и водку, что я вообще плохо переношу алкоголь и не умею быть светской дамой. Заглянув по ту сторону, я поняла, что для меня главное, а что пустое.

— И что же стало главным? — очень серьезно спросил он.

— Чтобы Сергей меня любил, чтобы мы жили вместе и растили детей. И если его друзья и коллеги будут говорить, что у Березина жена — деревенская простушка, не умеющая поддержать светскую беседу и пить наравне с мужчинами, то меня это ни капли не заденет. Пусть говорят.

— А раньше задевало?

— О, еще как. Каких только глупостей я не наделала в свое время, чтобы всем доказать, что я достойна называться женой крутого бизнесмена.

— Это верно, — кивнул Николай. — Вы в свое время порядочно наворочали. Но это все в прошлом, верно?

Ей стало не по себе. Такой невинный разговор оборачивался небезопасными воспоминаниями о чужом прошлом, о котором сама Ирина знала явно недостаточно. Она неторопливо поднялась.

— Пойду проверю мясо, кажется, его пора подавать.

Стараясь двигаться спокойно и расслабленно, чтобы не выдать напряжения, она вышла на кухню и плотно притворила за собой дверь. Шум голосов сразу стал заметно глуше. Как хорошо, что Сережа с Виктором Федоровичем придумали для нее автомобильную аварию и длительную болезнь. Теперь на нее все можно списать — и изменившийся стиль поведения, и не столь броскую, как раньше, внешность, и частые головные боли, из-за которых она не может подолгу находиться в шумном обществе.

Она проверила мясо в духовке, но вместо того, чтобы вернуться в комнату, села за стол и стала бессмысленно перебирать маленькие серебряные ложечки, приготовленные для десерта. Ей не хотелось идти к гостям, здесь, на кухне, она чувствовала себя более защищенной, чем среди чужих и еще неизвестно как настроенных людей.

— Ирина Андреевна!

Ирина подняла голову и увидела Николая.

— Простите, можно мне воспользоваться телефоном здесь, на кухне? А то в комнате такой гвалт стоит.

— Да, пожалуйста, — кивнула она, показывая на висящий на стенке аппарат.

Николай уселся за стол напротив нее и снял трубку.

— Алло! Мама? Поздравляю тебя с Новым годом! Как вы там?..

Ирина встала и стала что-то деловито изучать в холодильнике, чтобы Николай не заметил, что она сидит на кухне просто так, без всякого дела. Он быстро закончил разговор, не ушел, а вытащил сигарету и зажигалку и протянул открытую пачку Ирине.

— Позвольте вас угостить.

— Я не курю, — покачала она головой. — Даже дыма не выношу.

— Неужели смогли бросить? — удивился Николай. — Вы молодец. Это не многим удается. Может, поделитесь секретом?

— Никакого секрета. Я же сказала вам, я многое делала только для вида, чтобы казаться старше, взрослее. В том числе и курила поэтому. А теперь необходимость отпала.

Он немедленно загасил сигарету и виновато улыбнулся.

— Простите, я не знал, что вам дым неприятен.

«Мне ты сам неприятен, а не дым», — мелькнуло в голове у Ирины, и она даже удивилась, откуда взялась эта мысль. Николай пока что не сделал ей ничего плохого.

— Курите, не стесняйтесь, я уже иду в комнату, — сказала она, подходя к двери.

— Ирина Андреевна, мне нужно с вами поговорить.

«Ну вот, — подумала она, — вот и началось. Хорошо, если он начнет просить меня повлиять на Сергея в каком-нибудь вопросе, в этом случае я с ним легко справлюсь. А если что-то другое?»

— Я вас слушаю, — спокойно произнесла она, возвращаясь и снова усаживаясь за стол.

— Мне нужна пленка, Ирина Андреевна.

Она молчала. Случилось самое худшее, что только можно было предположить. Речь идет о чем-то таком, о чем она совсем не знает, но обязательно должна знать. И скорее всего Сергей тоже не знает, иначе он бы предупредил ее, так что помощи ждать неоткуда.

— Проясните, пожалуйста, свою позицию, — холодно ответила Ирина. — Я, конечно, не светская львица, но я очень не люблю, когда ко мне приходят далеко не самые близкие мне люди и говорят: мне нужно. Мне тоже много чего нужно, но в основе моих требований всегда лежат какие-то разумные доводы. Так я вас слушаю.

Если Николай и растерялся от неожиданного отпора, то виду не показал. Видно, удар держать умел.

— Хорошо, я поясню. Как вам известно, в связи с избранием вашего мужа в Думу в нашем банке идут существенные кадровые перестановки, и мне нужен инструмент, при помощи которого я мог бы на эти перестановки повлиять. То, что записано на пленке, может быть использовано в качестве такого инструмента. С ее помощью я смогу помешать назначению ряда лиц и добиться назначения других. Это в моих интересах.

— Да, я поняла, что пленка вам действительно нужна, — улыбнулась Ирина.

— Вот видите, как хорошо, что вы поняли меня с первого слова. Дайте мне кассету, и вернемся за стол.

— Но я не поняла, почему я должна вам ее отдать, — продолжала она, будто не слыша его слов.

— Потому что...

Вот теперь Николай действительно растерялся.

— Потому что вы должны.

— Это не аргумент.

— А это? — Он вытащил из кармана конверт. — Взгляните, может, это покажется вам более убедительным? Вы не просто вели себя как последняя шлюха, вы еще и тесно общались с чеченской мафией, продавая ей коммерческие секреты своего мужа.

В конверте лежали фотографии, причем некоторые — абсолютно порнографического толка, но каждая имела обозначение даты и времени съемки. На них была изображена жена Сергея Березина Ирина с тремя разными мужчинами. Судя по выражению лица, она была не только в экстазе, но и пьяна в стельку. И вдруг сердце ее заколотилось: на одной из фотографий Ирина узнала себя. Да, совершенно точно, это не жена Сергея в непристойно короткой мини-юбке выходила из машины вместе с ярким кавказцем, а она сама, Ира Новикова. Она хорошо помнила и эту машину, и этого кавказца, одного, кстати, из очень немногих, кого она вспоминала без омерзения. Кавказец был спокойным, щедрым и без глупостей в голове, не мучил ее разными изысками, больше напоминавшими извращения, а просто отдыхал, расслаблялся в обществе красивой блондинки. Он снял ее у Рината на трое суток и трахнул за эти дни только два раза, быстренько и без напряга, а все остальное время ездил с ней по ресторанам, где они то обедали, то ужинали в обществе разных «крутых» и «деловых», где велись переговоры и заключались сделки. Правда, ночевали у нее на квартире, за это клиент платил дополнительно, и она тогда еще поняла, что кавказец просто-напросто от кого-то скрывался и почему-то не мог ночевать там, где обычно. И снял он ее вовсе не для сексуальных забав, а именно для безопасной ночевки, но не хотел, чтобы об этом знали. Надо же, оказывается, он из чеченской мафии!

Ирина молча швырнула фотографии обратно на стол и окатила Николая ледяным взглядом.

— Вы не первый, кто попался на эту удочку. И просто из хорошего отношения к вам я вас предупреждаю, чтобы вы не совались никуда с этими снимками. Вы выставите сами себя на посмешище.

— Что вы хотите сказать? Что мне никто не поверит? Уверяю вас, множество людей своими глазами наблюдали ваши алкогольно-любовные похождения, так что эти фотографии ни у кого не вызовут удивления. Особенно если будут подкреплены соответствующими интервью.

— Вы ошибаетесь, — мягко сказала Ирина, глядя на него сочувственно и почти ласково. — Да, я не могу отрицать, что мое поведение в прошлом было далеко не безупречным. Это действительно было, и глупо было бы с моей стороны пытаться это опровергнуть. Но слова, сказанные кем-то в недоброжелательном интервью, — это одно, а фотографии — это совсем другое. Слова опровергать можно, снимки — нет, а вместе они составляют поистине убойное сочетание. Но зато без снимков ваш шантаж теряет смысл, потому что без снимков слова ничего не стоят. Ведь верно?

— Допустим, — осторожно согласился Николай.

— Так вот, друг мой, цена вашим снимкам — вода из-под вареных яиц. Вы сами их делали?

— Какое это имеет значение?

— Имеет. Сейчас узнаете.

— Нет, снимки делал не я. И что с того?

— А то, что вас или примитивно надули, или ваш фотограф ошибся. Но снимал он не меня, и, если вы попытаетесь эти снимки опубликовать, я подам на вас в суд и с легкостью это докажу. А чтобы вы не тратили зря время и нервы и не думали, что я вас запугиваю и блефую, я докажу вам это прямо сейчас.

Дверь в кухню приоткрылась, заглянул Березин.

— Ирочка, куда вы пропали с Николаем? На ваш счет уже начали подшучивать.

— Это приятно. — Она улыбнулась мужу. — У меня голова разболелась, я решила немного посидеть в тишине, а Николай очень любезно составляет мне компанию. Скажи, пожалуйста, что я караулю мясо и через десять минут подам горячее. Николай мне поможет.

Березин бросил на нее встревоженный взгляд, но, увидев полную безмятежность на лице Ирины, успокоился и вышел.

— Продолжим, — сказала она, когда за Березиным закрылась дверь. — Вам не повезло, Николай, потому что в Москве жила девушка, удивительно похожая на меня. Просто одно лицо. И звали ее Ириной. Правда, узнала я об этом не так давно. Так вот, эта Ирина Новикова работала в массажном кабинете под названием «Атлант». На самом деле это был обычный бордель с девушками по вызову. Я, собственно, и узнала-то об этом только тогда, когда какой-то ретивый молодой человек обознался и принял меня за эту Ирину, стал приставать, напоминать о наших прошлых встречах и требовать от меня любви и внимания. Пришлось прибегнуть к помощи милиции, они навели справки о той женщине, именем которой он меня называл, и выяснилось, что он обознался. Сходство действительно потрясающее, но отличить нас, конечно, можно и по голосу, и по манерам, нужно только хорошо знать нас обеих. Вы, кстати, можете обратиться в то отделение милиции, где все это произошло, вам все расскажут, если вы мне не верите. А чтобы вы уж совсем не сомневались, я просто покажу вам фотографию того периода, когда меня видели с этим кавказцем. Это его вы имели в виду, когда говорили о моих связях с чеченской мафией? Подождите минуту, я сейчас вернусь.

Она быстро прошла в спальню и через короткое время вернулась с фотоальбомом в руках.

— Вот, взгляните, юный шантажист. Фотография с чеченцем сделана в мае девяносто четвертого года, двадцать шестого числа, верно? Да вы не на меня смотрите, а на фотографию. Верно или нет?

— Да, двадцать шестого, — подтвердил Николай, ничего не понимая.

— А теперь смотрите сюда. Эти фотографии мы делали с Сережей в Каире в середине мая девяносто четвертого. В Каир мы прилетели из Израиля, где гостили у его друзей с середины апреля. Девятнадцатого мая мы вернулись в Москву. Вы видите, какой у меня загар? Я целый месяц провела в Израиле и Египте, я же была почти черная. А у женщины, которую сфотографировали вместе с чеченским мафиози, кожа совершенно белая. И прическа совсем другая. Вы смотрите, смотрите как следует. У нее же волосы намного длиннее, чем были у меня тогда, и вообще я в то время носила совсем другую прическу. Кстати, и цвет волос у этой проститутки темнее, чем у меня, потому что мои волосы за месяц сильно выгорели. Смотрите и сравнивайте. А мне пора заняться горячим.

Николай молчал, переводя глаза с одной фотографии на другую. Ирина выключила духовку, достала противень с запеченным мясом и стала выкладывать аппетитные куски на большое круглое блюдо. Ловко нарезала помидоры и огурцы фигурными пластинками и стала украшать края блюда.

— Теперь я готова выслушать вас еще раз, — сказала она, не поворачивая головы. — Объясните мне снова, почему я должна отдать вам пленку. Может быть, для второго раза у вас найдутся более приемлемые аргументы? И откройте мне дверь.

Она подхватила блюдо и выплыла из кухни к веселящимся гостям. Первое, на что она наткнулась в комнате, был пристальный взгляд Олеси Мельниченко.

— О, Ирина Андреевна, а мы уж стали беспокоиться, что вы нас покинули ради прекрасных глаз юного банкира, — громко сказала она, перекрывая шум и смех.

Все вмиг умолкли и уставились на Ирину, которая еще не успела дойти до стола. Блюдо с мясом вдруг показалось ей весящим целую тонну, и она с трудом преодолела искушение позволить ему упасть на пол. Она поставила блюдо на журнальный столик возле двери и стала собирать грязные тарелки. Красивая брюнетка, сидевшая рядом с Гущиным, тут же вскочила и кинулась помогать. Острый момент был сглажен, но Ирина поняла, что Мельниченко настроена по-боевому и без своего «жареного» куска отсюда не уберется.

— Сейчас, когда мы будем пить первую рюмку под горячее, — сказала супруга Березина, водружая красивое блюдо на середину стола, — я попрошу слово. Хочу сказать тост.

— А где Николай? — спросил кто-то из гостей. — Ирочка, куда вы его дели? Он пал бездыханным, сраженный стрелою Амура.

Ирина снова поймала взгляд Мельниченко. «Все, хватит, — подумала она. — Надо с этим покончить раз и навсегда. Мое терпение истощилось».

— Ваш юный банкир еще не настолько опытен, чтобы понимать, на чем можно делать деньги, а на чем — нет, — сказала Ирина, поднимая бокал шампанского. — Вот, собственно, об этом я и хотела произнести тост. Все, кто здесь присутствует, или почти все, знают нашу семью давно и хорошо. В каждом доме есть свой скелет в шкафу, эта истина давно известна. Есть такой скелет и у каждого из нас. Вопрос только в том, есть на нем бирочка, свидетельствующая о том, что этот скелет куплен в магазине наглядных пособий для занятий по анатомии, или такой бирочки на нем нет. Потому что если бирочки нет, значит — скелет настоящий, то есть раньше это был живой человек, труп которого истлел в шкафу. Я полагаю, что все присутствующие здесь понимают всю важность своевременного приобретения бирки. Это, конечно, аллегория и, может быть, не очень удачная, но зато смешная, как раз под стать новогоднему веселью. — Ирина улыбнулась и подняла бокал еще выше. — Я хочу предложить вам выпить за то, чтобы в новом году самые большие неприятности, которые кажутся нам ужасными, катастрофическими и угрожающими нашему благополучию и нашей жизни, вдруг оборачивались смешными и глупыми недоразумениями, которые так легко разрешить, потому что вы вовремя вспомните, что где-то в комоде у вас завалялась бирочка от скелета.

Все расхохотались, кроме Березина. Даже опасная Мельниченко смеялась, даже высокомерный Гущин кривил губы в едва сдерживаемой улыбке. Ирина поняла, что каждый из них примерил ее слова на себя и нет за этим столом ни одного человека, который бы их не понял, потому что слова эти подошли каждому, как умело сшитое платье.

Место справа от нее по-прежнему пустовало, и спустя некоторое время Ирина снова вышла на кухню. Николая нигде не было, он ушел, воспользовавшись суматохой. На кухонном столе лежала записка:

«Уважаемые Сергей Николаевич и Ирина Андреевна! Прошу извинить меня за то, что покидаю ваш праздник, не попрощавшись. Но моя дама проявила неожиданную обидчивость, и после телефонного разговора с ней я понял, что должен мчаться искупать свою вину перед ней за то, что оставил ее в новогоднюю ночь. С праздником вас и всего вам самого доброго. Николай».

«Что ж, парень не на шутку расстроился, раз сбежал, — подумала Ирина. — Но и лицо держит. Молодец».

Следом за ней из комнаты вышел Березин.

— Ира, что происходит? Где Николай?

— Ушел. — Она усмехнулась. — Вернее, сбежал. Сережа, он требовал у меня какую-то пленку. Почему ты меня не предупредил об этом? Почему я ничего не знаю об этой пленке? Почему ты ставишь меня в положение, когда я вынуждена на голову становиться, чтобы никто ничего не заметил? Почему?

Она сама не заметила, как стала повышать голос. Чувство вины, угнетавшее ее все последние дни, в один миг обернулось злостью, как только она почувствовала, что можно в чем-то упрекнуть не только ее саму, но и Сергея.

Березин шагнул к ней и крепко схватил за руки.

— Тихо! Не кричи. Он объяснил тебе, что это за пленка?

— Нет. Предполагалось, что я и так все знаю. Другой вопрос, знаешь ли ты сам. Он требовал у меня пленку и шантажировал фотографиями твоей шлюхи-жены, к которой ты, однако, не брезговал прикасаться. Разумеется, она была во всем лучше меня, даже сравнивать нечего. Она записала на пленку какой-то разговор, который компрометирует руководителей твоего банка и, вероятно, тебя самого. Она шантажировала тебя? Ну, скажи! Где эта проклятая пленка? Я хочу сама послушать, из-за чего весь сыр-бор, из-за чего я должна проявлять чудеса сообразительности и хладнокровия, умирать от страха каждые десять секунд и расходовать нервные клетки, вместо того чтобы спокойно сидеть за столом. А ты сидишь там, пьешь водку со своими друзьями и даже не считаешь нужным ни о чем меня предупредить. Да еще позволяешь приводить сюда эту стерву Мельниченко. Как будто не знаешь, что она из себя представляет. Я что, по-твоему, робот? Игрушка? Вещь без нервов, без чувств, без страха? Ты что, думаешь, что я не живая? Ты думаешь, раз меня убили, то меня больше нет?

— Ира!

Он сильно встряхнул ее, потом крепко обнял, прижал ее голову к своему плечу, положив ладонь на ее затылок.

— Ирочка, прости меня, прости, родная. Я не думал, не предполагал, что тебе так тяжело. Ты так хорошо всегда держалась, не жаловалась, не ныла, и я решил, что все в порядке. Я очень виноват перед тобой, милая моя. Я должен был сказать тебе все заранее, но я был уверен, что про эту пленку никто не знает, кроме меня. Да, ты права, она меня шантажировала, она требовала денег, много денег, угрожая обнародовать запись. Сначала я отдал ей все свои сбережения, она поехала за границу с любовником и там все промотала. Вернулась и снова потребовала денег. Она требовала все больше и больше, и я начал перекачивать деньги с чужих счетов, обманывать компаньонов. Но долго это продолжаться не могло, а аппетиты ее все росли и росли. Но я был уверен, что про пленку знали только мы двое — она и я.

Березин взял ее лицо в ладони и осторожно поцеловал в лоб, в щеки, в губы. И снова горячая волна нежности захлестнула его. Но какой-то островок сознания, не поддающийся этой жаркой, расплавляющей все вокруг волне, твердил ему, что ничего не получится.

— Какая идиллия! — раздался у него за спиной ядовитый голос.

Ирина резко вырвалась, Березин обернулся. На пороге кухни стояла Олеся Мельниченко собственной персоной.

— Сергей Николаевич, поделитесь секретом столь долговечной любви.

Ирина поняла, что журналистка как следует набралась. Ее слегка покачивало, и ехидства в голосе было явно больше, чем позволяли даже очень либеральные приличия.

Сергей мило отшутился и, взяв настырную журналистку под руку, пошел к гостям. Ирина тихонько скользнула в свою комнату, чтобы подкрасить губы и поправить прическу. На туалетном столике рядом с зеркалом стояла в серебряном паспарту фотография молодой красивой женщины, обнимающей смеющегося и счастливого Сергея Березина.

«Ирина Березина, — мысленно произнесла Ирина, глядя на фотографию, — ты мне надоела. Если бы только знала, как ты мне надоела!»

Глава 18

К собственному удивлению, Настя Каменская впервые за все годы работы в уголовном розыске с удовольствием подумала о том, что впереди еще один выходной день. Конечно, это не означало, что он действительно будет выходным, поскольку в жизни оперативников вообще нет такого понятия: завтра — выходной. Есть всяческие приблизительные определения типа «завтра день, когда я имею право не бежать на работу к десяти часам, если, конечно, ничего не случится». Ну и, разумеется, это проклятущее «что-нибудь» непременно случается.

31 декабря и 1 января Настя крутила и вертела сведения, привезенные из чеховского роддома, складывала из них разные мозаичные картинки, вводила имена и даты в компьютер и придумывала самые разнообразные варианты программ, при помощи которых эти сведения можно было комбинировать. Лешка ворчал, потому что сам рассчитывал поработать на компьютере и хотел за четыре праздничных дня написать доклад, с которым ему предстояло в конце января выступать в Стокгольме.

— Из-за твоих дегенеративных убийц моя научная карьера полетит под откос, — ныл он, поглядывая из-за ее плеча на экран монитора. — Давай я тебе помогу, а то ты никогда не закончишь.

— Уйди, Чистяков, не стой над душой, — умоляюще говорила Настя, ласково прижимая его ладонь к своей щеке. — Сама справлюсь.

Новогоднюю ночь они провели вдвоем, накрыв праздничный стол и уютно устроившись на диване в комнате. Телевизор включали только один раз, ближе к полуночи, чтобы не пропустить торжественный момент, а потом сразу же выключили его, забрались на диван с ногами и, пристроив тарелки с закусками на коленях, проболтали часов до трех, после чего быстро убрали посуду и улеглись спать с чистой совестью и сознанием того, что Новый год встретили вполне достойно.

Следующий день Настя проспала до полудня и потом до позднего вечера занималась именами и фамилиями женщин, рожавших своих детишек в родильном доме подмосковного города Чехова. Часам к одиннадцати вечера она выключила компьютер и сладко потянулась, выгибая затекшую спину.

— Все, мировое светило, завтра будешь творить свой бессмертный доклад. Я освобождаю тебе машину.

— Всех убийц повыловила? — насмешливо спросил Алексей.

— Пока ни одного. Завтра еще думать буду. Хорошо, что еще один спокойный день есть. Может быть, будет, — добавила она, спохватившись.

2 января позвонил Константин Михайлович Ольшанский и сказал, что только что разговаривал по телефону с академиком Зафреном.

— Старик уверен, что рука одна и та же, — сообщил он. — Заключение в полном объеме будет готово через два дня, в том смысле, что он его напишет.

— Неужели действительно Светлана оказалась талантливой писательницей?

— Похоже, что так. Значит, у Параскевича могли быть реальные причины если не для самоубийства, то по крайней мере для глубокой депрессии. Между прочим, мне начальник следственной части одно дело сует и на твоего Колобка ссылается. Вы что там, на Петровке, с ума все посходили? Других следователей во всей горпрокуратуре нет?

— Какое дело, Константин Михайлович?

— Григорьеву, восьмидесятого года рождения. Труп на Котельнической. Что твоему шефу прибило мне эту девочку подсунуть, не знаешь?

— Не знаю, честное слово. Может, потому, что ею Юра Коротков занимается?

— А ты?

— Ну и я тоже, куда ж я денусь. Вы же знаете, я всеми делами нашего отдела занимаюсь, одними больше, другими меньше, но обязательно всеми. Но вообще-то я догадываюсь, откуда ноги растут. У нас ведь в последние четыре года количество зарегистрированных изнасилований все время снижается, особенно подростковых. Сексуальная свобода и распространение порнухи свое дело сделали, девочки теперь намного охотнее идут навстречу нескромным желаниям мальчиков и потом не предъявляют никаких претензий. Но классические случаи все равно остались, они связаны с психопатологией, там механизмы совсем другие, и такие преступники на сексуальную революцию не очень-то реагируют, у них своя программа в голове. Поэтому каждый случай изнасилования, сопряженный с убийством, особенно если речь идет о несовершеннолетней девочке, может расцениваться как сигнал о том, что появился очередной псих со своей программой. Каждый такой случай сразу же берется под строгий контроль. Ну и вполне понятно, что Колобок хочет сделать этот подарок именно вам, потому как любит вас безмерно и доверяет вашему профессионализму. А если вы этим обстоятельством недовольны, то лучше оторвите голову мне. Это будет справедливо.

— Почему? Это ты его попросила навязать мне дело?

— Нет, это он сам, — засмеялась Настя. — Моя вина в том, что в прошлом году я ему написала мощную аналитическую справку об изнасилованиях и насильниках, особенно серийных. И в выводах как раз и ляпнула ту гениальную мысль, которую только что вам изложила. Но честное слово, Константин Михайлович, у меня были веские основания для таких выводов. Я же огромную кучу фактуры перелопатила, со специалистами консультировалась. Между прочим, если вам интересно, могу сказать, что в нашем ВНИИ группа ученых специально занимается серийными сексуальными преступлениями. Я и им свою справку показывала, они ее одобрили, так что если вы чем-то недовольны, то претензии не только ко мне.

В ответ следователь пробурчал что-то невразумительное.

Весь день Настя куда-то звонила, наводила справки, что-то диктовала, что-то записывала, извинялась за беспокойство в праздничный день, просила, сердилась, убеждала, и даже два раза чуть ли не кричала. Чтобы не мешать мужу писать доклад, она устроилась вместе с телефоном на кухне, закрыв плотнее дверь, каждые полчаса наливала себе чашку кофе и периодически прикидывала, хватит ли оставшихся после новогодней ночи продуктов на сегодняшний день и можно ли не готовить обед. То ей казалось, что можно, то вдруг ее начинала мучить совесть за то, что она почти ничего не делает по дому. «Надо, наверное, заставить себя встать со стула и приготовить хотя бы суп, чтобы обозначить хозяйственное рвение, — уговаривала она себя. — Лешке будет приятно». После чего она снимала телефонную трубку, делала очередной звонок, вносила в блокнот очередную запись, наливала себе очередную чашку кофе, закуривала очередную сигарету и в очередной раз забывала о своих благих порывах.

* * *

У Юры Короткова все было сложнее. Во-первых, даже в те редкие дни, которые действительно получались выходными, он не мог спокойно отдыхать дома, потому что жил в маленькой двухкомнатной квартире с женой, сыном и парализованной тещей. Во-вторых, его любимая женщина Люся предупредила, что, вполне возможно, сумеет освободиться от жесткого супружеского надзора и провести с Юрой несколько часов. Она обещала позвонить, как только сможет вырваться, и Юра, разумеется, тут же помчался на работу, чтобы без опаски и оглядки терпеливо ждать ее звонка.

Поэтому 2 января Саша Юлов, которому в этот день выпало дежурить по отделению, нашел Короткова не дома, а в кабинете на Петровке.

— Что нового по Турину? — спросил Коротков, с трудом скрывая разочарование оттого, что в трубке послышался голос не Люси, а молодого оперативника.

— Практически ничего. Он действительно никуда не ходит и почти ни с кем не общается. Я встречался с его бывшей женой, она характеризует Андрея как романтика-недотепу. Она считает, что он ни в коем случае не мог совершить насилие над женщиной, а тем более над девочкой.

— Ну, что там она говорит и считает, это дело десятое. Я таких аргументов не принимаю. Не может совершить традиционного изнасилования только тот мужчина, у которого отсутствует половой член. Все остальные могут, и всех остальных можно подозревать, — жестко ответил Юрий, который за много лет работы в розыске так и не привык к убитым и изнасилованным детям и каждый раз делался слепым и глухим от ярости и ненависти к преступнику. — А что ты имел в виду, когда сказал, что Турин почти ни с кем не общается?

— Я наблюдал за его квартирой два дня подряд. Он ни разу не вышел на улицу, но к нему приходила женщина. Она приезжала на машине, поэтому я ее легко установил.

— Кто такая?

— Параскевич Светлана Игоревна, прописана в Москве, шестьдесят седьмого года рождения. Алло! Юра, ты куда делся? Алло! Разъединилось, что ли? Алло!

— Я здесь, — ответил Коротков. — Повтори еще раз.

— Параскевич Светлана Игоревна. Что будем делать? Начнем ее разрабатывать или переключимся на Гену Варчука?

— А ты по Варчуку что-нибудь успел сделать?

— Я собрал сведения о его друзьях по месту жительства и по дому на Котельнической. Оказалось, что Гена раньше подолгу жил у деда, потому что дед у него в прошлом какой-то крупный деятель и у него квартира огромная, а там, где Гена жил с родителями, было тесновато, они вообще ютились в коммуналке, пока кооперативную квартиру не построили. Поэтому на Котельниках у Варчука полно приятелей. Но ребят я пока не трогал без твоей команды.

— Правильно сделал. Значит, так, Саня, команду ты от меня, считай, получил, начинай заниматься друзьями Варчука. А Светлану Игоревну не трогай.

— Почему? Ты с ней знаком и уверен, что она ни при чем?

— Ну, к изнасилованию-то она точно отношения не имеет, — усмехнулся Коротков. — А то, что она про Турина может рассказать много интересного, это наверняка. Но ведь и Турин может кое-что о ней рассказать, коль они знакомы. Вот это как раз мне и надо. Ну-ка давай еще разочек с подробностями, где и когда ты ее засек.

Юлов терпеливо пересказал со всеми деталями ту сцену, которую увидел из окна квартиры одинокой бабульки, и назвал Короткову номер машины.

— В чем она была одета?

— Короткая шубка, голубоватая такая, черные брюки, узенькие. Шапки на ней не было, голова непокрытая. А чего она натворила-то?

— Да бог ее знает, может, и ничего. Только когда неутешная вдова начинает слишком быстро утешаться с другим мужчиной, это всегда наводит на разные мысли.

— А она что, вдова? — удивился Юлов. — Она же молодая совсем.

— Так у нее и муж был молодой, они ровесники. Мы как раз его убийством занимаемся.

— Ах вон что...

После разговора с Юловым Коротков попытался дозвониться до Анастасии, но в этом трудном деле не преуспел. Ее домашний телефон был занят намертво. Он предпринял уже около десяти попыток, когда позвонила Люся и сказала, что может выходить из дома. Разумеется, Коротков тут же сорвался с места, мысленно наказав себе не забыть дозвониться до Каменской хотя бы из уличного автомата. Но, поскольку возможность встретиться с Люсей выпадала не так уж часто, цена такому наказу была, честно говоря, невелика.

***

Конечно, опасения Стасова оправдались, Маргарита успела вернуться из своей заграничной поездки до праздника и тут же забрала Лилю. Новый год он встретил вдвоем с Татьяной, но сам факт встречи можно было считать чисто условным. Минут за двадцать до наступления торжественного момента они вдруг ни с того ни с сего занялись любовью, телевизор, правда, при этом оставался включенным, и, когда начали бить куранты, Татьяна испуганно воскликнула:

— Ой, Димка, а Новый год-то!

Они выскочили из постели, оба голые, Стасов быстро открыл бутылку шампанского, они торопливо чокнулись, проглотили залпом зеленовато-золотистую жидкость и нырнули обратно под одеяло. Примерно через полчаса они накинули теплые халаты, с завидным аппетитом поели и снова улеглись в постель, разговаривая и одним глазом поглядывая в телевизор, где по всем программам им предлагали современную интерпретацию старых песен.

— Знаешь, — рассказывал жене Стасов, — у меня такое странное чувство появилось... Я стал думать, что, может, зря ушел со службы.

— Откуда такие мысли? — удивилась Татьяна. — Полгода еще не прошло с тех пор, как ты с пеной у рта мне доказывал, что ты ненавидишь свою службу.

— Мне поручили частное расследование обстоятельств осуждения одного бизнесмена, совершившего убийство. Он хочет доказать свою невиновность и добиться пересмотра дела и оправдательного приговора. Но убийством этим занимались мои бывшие коллеги, ребята из моего главка. И вот, понимаешь ли, Танюша, какая штука: чтобы отработать свой гонорар и доказать невиновность этого Досюкова, я должен найти следы явной недобросовестности своих ребят, может быть, просто ошибки и недоработки, а может быть, и улики, говорящие о том, что они преднамеренно вели дело к обвинению и осуждению Досюкова. Но чем больше я копаюсь в этом деле, тем больше убеждаюсь, что наши ребята сработали на совесть. То есть я доверия клиента не оправдываю, я не смогу помочь ему доказать его невиновность, но меня это, черт возьми, радует. Понимаешь? Радует! Мне приятно, что мои коллеги не ударили лицом в грязь, что они честно и добросовестно отрабатывают свою зарплату. Эдакое чувство корпоративной гордости.

— А что клиент? Он действительно невиновен, как тебе кажется? Или просто блефует?

— Трудно сказать. Все говорит о том, что он виновен. А он упирается, и меня это как-то... настораживает, что ли. На что может рассчитывать человек, когда против него такой набор доказательств? Должен же у него быть элементарный здравый смысл! Я никак не могу понять, что за всем этим стоит — его безмерная наглость или его истинная невиновность.

— Странно, — согласилась Татьяна. — У меня частенько попадаются такие подследственные, которые до последнего пытаются меня гипнотизировать своей уверенностью в торжестве справедливости. Грозят всеми карами небесными за привлечение к ответственности невиновного, обещают, что «я еще увижу» и «еще пойму», как была не права, когда не верила такому хорошему и порядочному человеку. Но это только до зоны. Как попали в зону — так все, как отрезает. Там они еще некоторое время пытаются гипнотизировать администрацию, но в колонии ведь люди совсем не такие, как в следственных аппаратах. Это мы с тобой, Стасов, с равной частотой сталкиваемся и с истинными виновниками, и с ошибочно подозреваемыми, а у них в зоне свой взгляд на жизнь. Раз приговор суда вступил в законную силу, значит, виновен, и разговаривать тут больше не о чем. Поэтому на работников колонии такой гипноз не больно-то действует. Их сомневаться не заставишь, они из другого теста сделаны. Так что если у твоего клиента и наличествует безмерная наглость, то она должна быть уж слишком безмерной. Или он действительно невиновен. Дырки-то есть в системе доказательств?

— Есть одна. То есть даже две. Во-первых, он своей вины не признал и вообще на следствии отказывался давать показания, когда понял, что ему не верят. А во-вторых, у меня большие сомнения вызывает один из свидетелей. То есть... ой, нет, Танюшка, я излагаю сегодня косноязычно донельзя. Я вообще начинаю плохо соображать, когда мы с тобой под одним одеялом...

* * *

3 января Настя помчалась на работу ни свет ни заря, хотя вообще-то была большой любительницей поспать. Ей необходимо было поговорить с полковником Гордеевым до начала оперативного совещания, и она попросила принять ее в восемь утра.

— Неймется тебе, — проворчал Виктор Алексеевич, но в голосе его не было раздражения. Он слишком хорошо знал Анастасию и не сомневался: раз у нее пожар, значит, дело того стоит.

Настя влетела в его кабинет в пять минут девятого и тут же принялась раскладывать на длинном столе для совещаний какие-то листы, чертежи и схемы.

— Виктор Алексеевич, все получилось очень громоздко, но вам придется меня выслушать с самого начала, ладно? Я постараюсь вас не мучить датами и фамилиями, но они важны и их много. Это скучно, я понимаю, но иначе вы ничего не поймете.

— Ну, ты дурака-то из меня не делай, — усмехнулся Колобок. — Уж как-нибудь.

— Вот данные о том, когда и кому в чеховском роддоме делалось чревосечение в период с 1963 по 1973 год. С 1963 года главным врачом роддома был Виктор Федорович Лощинин, поэтому более ранний период я не брала.

— А почему только до 1973-го? Ты же говорила, он только недавно ушел на пенсию, а до этого бессменно работал в Чехове.

— У меня сил не хватило проверять все годы. Если то, что я накопала, правильно, то можно все тридцать лет проверить, это уже не будет проблемой.

— Ладно, продолжай.

— Вы, конечно, понимаете, что молодые мамочки находятся в роддоме примерно с неделю и всю эту неделю их надо кормить и поить. Правильно?

— Ну, наверное, правильно. Не помирать же им с голоду, — хмыкнул полковник.

— Вот здесь документы по пищеблоку. По ним можно отследить, сколько человек в каждый конкретный день стояло на довольствии. А вот это журнал учета справок о рождении ребенка. Такие справки выписывает старшая медсестра молодым мамам, и на основании этой справки им в загсе выдают свидетельство о рождении ребенка. И по журналу тоже можно отследить, сколько таких справок выдавалось в каждый конкретный день. Дальше идет расчет по специальной формуле, вам это неинтересно, это чистая математика из теории массового обслуживания. А вот на этой таблице — итог. Ну, Виктор Алексеевич, чего вы смеетесь-то?

— Господи, ты бы видела себя со стороны, деточка! — залился басовитым хохотом Гордеев. — Мечешься вокруг стола, глаза горят, голос звенит. Прямо взбесившаяся кошка, и хвост трубой. Откуда в тебе столько энергии взялось? Ты же почесаться лишний раз ленишься. Ладно, ладно, Диана-охотница, не дуйся, рассказывай дальше свои формулы.

— А дальше получается, что в некоторых случаях у меня пропадает одна роженица. Причем пропадает бесследно. Если вы будете продолжать надо мной хихикать, я вам никогда не расскажу, что это за фокус. Пусть вы умрете от любопытства.

— Да нет уж, я еще пожить хочу. Валяй дальше.

— Так вот. Рассчитанное по специальной формуле количество рожениц, получающих еду из роддомовского пищеблока, всегда должно совпадать с количеством выписанных справок о рождении ребенка. И оно совпадает. Но не всегда. Иногда количество потребляющих пищу женщин вдруг делается на единицу меньше, чем количество выданных справок. То есть, проще говоря, роженица еду не ела, питье не пила, неделю святым духом питалась, а справку получила. Ага, Виктор Алексеевич, я тоже об этом подумала: вы хотите сказать, что ребенок умер и она сразу ушла из роддома? Так ведь роженица все равно остается в роддоме хотя бы несколько дней. Даже в этом трагическом случае ее сразу домой не отпускают. Я проверяла, вы не думайте. Теперь смотрите вот на эту таблицу. Таинственная роженица, умеющая жить без еды и питья, появляется только тогда, когда доктор Пригарин делает чревосечение. Но тоже не во всех случаях. Кесарево сечение делается достаточно часто, ничего необычного в нем нет, но вот на этой табличке вы видите перечень только тех операций, в период проведения которых в роддоме появлялась некая бесплотная мамочка. Вот в этой колонке дата и фамилия роженицы, которой делали операцию, а вот в этой — фамилии мамочек, которым в этот же период выписывали справочки о рождении дитяти. Вот наша с вами горячо любимая Галина Ивановна Параскевич, рожавшая в 1967 году, а вот фамилии женщин, которые примерно одновременно с ней получили справку о рождении ребенка. К ним я еще вернусь. А вот еще одна мамочка, которую оперировали в 1964 году. Фамилия у нее ничем не примечательная, звали ее Надежда Острикова, но зато одновременно с ней в роддоме получила справку о рождении ребенка... Знаете кто?

— Ну кто?

— Три попытки, Виктор Алексеевич. Попробуйте.

— Да ну тебя, Настасья, чего ты мне, старому человеку, голову-то морочишь? Говори, а то подойду и сам прочту.

— Читайте.

Она протянула ему большой белый лист, на котором некоторые слова были выделены разноцветными маркерами. Гордеев прочитал и растерянно глянул на Настю.

— Ничего себе, однако, — протянул он. — Ну и шуточки у тебя, деточка.

— Какие уж тут шуточки, гражданин начальник. Тут за голову хвататься впору. Вы лучше сядьте, я вам сейчас такое скажу — на ногах не устоите.

— Господи, ты меня пугаешь, Настасья. Ну, сел.

— Так вот, Виктор Алексеевич, одновременно с Галиной Ивановной Параскевич в роддоме получила справку о рождении ребенка некая Зоя Васильевна Яковлева, которая примерно через два года вышла замуж за Георгия Семеновича Турина и взяла его фамилию. Турин усыновил сынишку Яковлевой Андрюшу, и мальчик с тех пор имел документы на имя Андрея Георгиевича Турина. Турин, Виктор Алексеевич, закончил педагогический институт, получил диплом учителя русского языка и литературы и до недавнего времени работал в школе. А вскоре после того, как исчезла его ученица Таня Григорьева, заболел тяжелым дерматологическим заболеванием и из школы уволился. Но это, гражданин начальник, еще не все.

— Ну, валяй, добивай старика.

— С Туриным знакома и даже встречается Светлана Параскевич.

— Наповал, — выдохнул Гордеев. — Я тебя переведу на особый режим, будешь работать дома. Когда ты работаешь дома, от тебя толку раз в десять больше. Я могу перевести дыхание, или у тебя за пазухой еще какая-то гадость припасена?

— Припасена, а как же, — улыбнулась Настя. —

Сын Надежды Остриковой, Валентин, хорошо известен в определенных кругах под кличками Лечо и Пластилин. Дважды судим, в первый раз по малолетке, проживает в Московской области, все в том же Чехове, где и родиться изволил. С деньгами всегда было напряженно, а вот год назад он разбогател. Не миллионером, конечно, стал, но заметно было, что деньги появились, и деньги эти у него есть до сих пор. А это о чем говорит? Ведь люди типа Валентина Острикова копейки в руках удержать не могут, у них зуд начинается, как только в кармане зашуршит. Спускают все, до последнего гроша. Поэтому, если деньги, по оперативным данным, у него до сих пор есть, значит, кто-то ему их регулярно дает. Местный участковый за ним приглядывает в последнее время, он мужик тертый и понимает, что когда у дважды судимого дурака и бездельника вдруг появляются деньги, то он их не в лесу нашел. Как только у Острикова год назад впервые денежки засветились, так участковый глаз с него и его дружков не спускает. И, представьте себе, ничего нет. Деньги периодически появляются, а никаких примет преступной активности. Интересно, да? Но и это, Виктор Алексеевич, еще не все. Я ведь за вчерашний день пол-России обзвонила, мне счета, наверное, придут размером с мою зарплату. Но зато я навела справки почти обо всех мамочках вот из этого списка. — Она ткнула шариковой ручкой в испещренный цветными пометками лист. — И обнаружила еще одну любопытную деталь. В каждой группе обязательно находится женщина, менявшая место жительства как раз в момент родов. В группе Галины Ивановны Параскевич такой женщиной оказалась как раз Зоя Яковлева. В группе Надежды Остриковой — Лидия Досюкова. Ну и так далее. Теперь прошу вас обратить внимание вот на эту группу фамилий, мы с вами подходим к самому, может быть, неприятному. В 1968 году доктор Пригарин делает чревосечение роженице Шестопаловой, одновременно с ней справку о рождении ребенка получает некто Мария Новикова. В загсе Новикова регистрирует девочку под именем Ирина. Весной минувшего года Ирина Новикова, двадцати семи лет от роду, умирает.

Причина смерти — самоповешение, в крови обнаружена ударная доза наркотиков, а на столе предсмертная записка, написанная, вне всякого сомнения, самой Ириной Новиковой, у экспертов не было ни малейшего повода колебаться. Ладно, умерла Новикова, повесилась. А что же с Шестопаловой? А у Шестопаловой тоже родилась девочка, и назвали ее тоже Ирочкой, и Ирочка эта — ныне жена лидера одной из победивших партий Сергея Березина. Но вот ведь какая неприятность, Виктор Алексеевич. Ирина Новикова была профессиональной проституткой, работала в массажном кабинете «Атлант», и совсем недавно оперативнику, обслуживающему территорию, на которой находится «Атлант», звонили из другого отделения милиции и интересовались этой Новиковой. Что же оказалось? А оказалось, что какой-то прохиндей обознался, принял приличную женщину за проститутку и начал к ней приставать. Женщина, натурально, обиделась и позвала милиционеров. Вот тут-то и выяснилось, что жена депутата Березина — вылитая проститутка Ира Новикова. Ну просто одно лицо. Нравится?

— Так.

Гордеев резко сорвал с носа очки и швырнул их на стол.

— Я так и знал, что мы обязательно вляпаемся в какое-нибудь политическое дерьмо. Я так и чувствовал. Господи, я так радовался, когда выборы прошли без особых эксцессов и нас не втянули ни в какие политические игрища. И на тебе, пожалуйста! Ты что, Стасенька, смерти моей хочешь?

— Но я же не нарочно, Виктор Алексеевич. Оно само так сделалось. Не я же это придумала.

— Сделалось, сделалось, — проворчал Гордеев уже спокойнее. — Вот только отпусти тебя домой — и обязательно ты мне какую-нибудь пакость сообразишь. Будешь здесь сидеть, на Петровке. Безвылазно. Поняла? Теперь ответь мне: где похоронены Новикова и Параскевич?

— В корень зрите, — улыбнулась Настя. — Нигде. Они кремированы. Так что на эксгумацию рассчитывать не приходится.

— Значит, остается парочка Досюков — Остриков. Ну, этих-то мы быстро раскрутим, никуда не денутся. Но Стасов твой — молодец, так ему и передай. Надо же, за сигарету уцепился...

* * *

С арестом Лощинина решили не спешить, он вел себя спокойно, и никаких признаков тревоги с его стороны не наблюдалось. Сведения о нем собрали очень быстро, ибо вся жизнь Виктора Федоровича прошла на виду, он ни от кого никогда не прятался. Его можно было бы считать весьма и весьма благополучным пенсионером, если бы не сын. У сына были долги, и долги огромные, ибо к коммерческому делу он оказался полностью непригоден, а заработать, как и многие в наше время, хотел очень много и очень быстро. Отдавать долги было не с чего, а процент рос с каждым днем, и Лощинин-младший был на грани отчаяния.

Невестка Виктора Федоровича невзлюбила свекра с первых же дней знакомства, а когда родился внук Сашенька, Лощинин с горечью понял, что его общение с внуком будет строго ограничено невесткой. Сын не перечил ей и не настаивал на защите прав любящего деда, потому что неудачная коммерческая деятельность и растущие день ото дня долги заботили его несоизмеримо больше. В последнее время, однако, положение выправилось, Лощинин-младший начал долги возвращать и воспрял духом, хотя откуда у него взялись деньги, никто из его друзей и партнеров по бизнесу не знал. По версии же постоянно сердитой супруги Лощинина, деньги дал свекор, Виктор Федорович.

Валентина Острикова задержали под каким-то ерундовым предлогом, и Стасов увидел, что он действительно как две капли воды похож на Евгения Досюкова. Разумеется, когда он открывал рот и начинал говорить и жестикулировать, про сходство все тут же забывали, потому что братья-близнецы, выросшие и воспитанные в разных семьях и в разных условиях,

382

были, конечно же, очень разными. Но при желании скрыть различия и подчеркнуть сходство одного из них вполне можно было принять за другого. Остриков упирался отчаянно, но недолго, потому что против тандема Стасов — Каменская шансов у него было явно недостаточно. Он, конечно, ничего не рассказывал, что он, враг себе, что ли? Но когда парочка из милиции в деталях обрисовала ему всю картинку, он заметно скис.

— Когда ты поднялся в квартиру Досюкова, — говорила Настя, — Наталья открыла тебе дверь и дала одежду Евгения, ключи от его машины и его пистолет. В это время внизу хлопнула дверь и послышался скулеж собаки. Наталья сказала тебе, что соседа-собачника зовут Игорем, а кличка собаки — Лорд. Чья была идея это использовать, твоя или ее?

Остриков молчал, но Настю это не особо волновало.

— Не имеет значения. Ты надел куртку Досюкова, его брюки и обувь, спустился вниз, обменялся с Игорем парой слов, сел в машину и поехал убивать Бориса Красавчикова. Застрелил Бориса, вернулся на улицу Веснина, постоял в подъезде, докуривая сигарету, потом поднялся к Наталье, отдал ей вещи Евгения, переоделся в свою одежду и отбыл. Тебе хоть сказали, зачем это все нужно было?

— Она замуж за него хотела сильно, — вяло промямлил Остриков. — Он богатый был, как сука, а жениться не хотел. А ей хотелось все к рукам прибрать. Вот и решили подловить его, когда он в камере вшей кормить начнет да баландой пару раз траванется. Так и вышло. Только учтите, граждане начальники, я это вам так просто говорю, не под протокол. А подписывать я ничего не буду, и не надейтесь. Считайте, я в несознанке.

— Да нужен ты мне, — презрительно фыркнула Настя. — Если б я ваших добровольных признаний дожидалась, я бы вообще ни одного преступления не раскрыла. Ты пойми, Остриков, нам ваши признания для чего нужны? Для того чтобы понять, где какие доказательства искать. Вот и все, больше ваши признания ни для чего и не нужны. Мы же доказательства вины все равно ищем, просто с признанием дело быстрее идет, а без него — медленнее. Но оно же все равно идет, не останавливается. Доказательства я и так уже все нашла, можешь теперь молчать в тряпочку до полного посинения. А для обвинительного приговора твое признание вообще не нужно, и судьба твоего родного брата — яркий тому пример. Уяснил?

* * *

Он рано узнал, что природа наделила его ценным и редким по тем временам даром. Сегодня словами «экстрасенс» и «мануальная терапия» никого не удивишь, а тогда, в конце пятидесятых — начале шестидесятых, удивительные способности молодого доктора Виктора Лощинина приписывались исключительно его таланту и трудолюбию и никак не связывались с природными феноменами. Лощинин умел, проводя руками вдоль тела больного, точно находить очаг заболевания и определять размеры пораженной области. Его считали превосходным диагностом.

Занявшись гинекологией, он довольно скоро узнал, что может на четвертом-пятом месяце беременности определять двойню. В то время про ультразвук если и слышали, то использовать в диагностике еще не умели, и Виктор Лощинин понял, что благодаря своим необыкновенным способностям он становится обладателем ценнейшей информации, доступной только ему одному. Было бы глупо не попробовать сделать на этом деньги. Хорошие деньги. Но для этого нужно было стать главным врачом роддома, и он, коренной москвич, сделал все возможное и невозможное, чтобы добиться этого. Плохо, конечно, что Чехов — город небольшой, но зато от Москвы близко.

Для осуществления своего замысла ему нужна была информация о бездетных парах, долгие годы стоящих в очереди на усыновление младенца. Он познакомился с сотрудницей Дома ребенка в Москве. Она оказалась весьма полезной особой, ибо многие, очень многие бездетные женщины обращались прямо к ней, норовя сунуть подарок или деньги за то, чтобы получить ребеночка поскорее. Но очередь была огромная, на много лет. К счастью, у этой дамы оказалось среднее медицинское образование, и Лощинин пригласил ее в свой роддом на должность старшей медсестры, посулив приличный заработок. Дама высокими моральными принципами не отличалась и согласие дала.

Лощинин занялся поисками толкового и не обремененного чрезмерно идеализированными этическими представлениями хирурга. Для того чтобы забрать у роженицы одного из близнецов, нужно держать ее под общим наркозом. Самостоятельно рожающую женщину обмануть невозможно. Следовательно, как только появится беременная, у которой Лощинин «почувствует» двойню, ее нужно будет морально готовить к тому, что придется делать кесарево сечение. Причин для этого сколько угодно — и сердечная недостаточность, и повышенное давление, и сильная близорукость, и склонность к астме, и даже геморрой. Годится любое заболевание, для которого вредны учащенное дыхание, усиленное сердцебиение и нагрузка на сосуды.

Хирурга он тоже нашел, Володьку Пригарина, приятеля по ординатуре. Володька всегда был странноватым малым, бескорыстным и удивительно нерасчетливым, поглощенным без остатка проблемами продолжения рода. Он зачитывался какими-то восточными философами, которых в те времена в России никто не понимал и не признавал, мог часами что-то горячо рассказывать про ауру, магнетизм, биоэнергетику и омоложение. Окружающие считали Пригарина слегка чокнутым, но очень милым и совершенно безвредным. К сожалению, так считали не все окружающие Пригарина люди, а только его друзья-приятели по ординатуре и молодежным компаниям. Более ответственные товарищи, начиная с заведующего отделением и кончая главным врачом клиники, где работал Пригарин, считали его увлечения вредными, антипартийными и немарксистскими. Володя долго не мог взять в толк, чего от него хотят и почему он не должен рассказывать своим пациенткам о пользе беременности для омоложения организма. Ему пригрозили, что, если он не перестанет заниматься своими опасными глупостями, его исключат из комсомола. В этот радостный момент его и нашел Виктор Лощинин, который предложил Володе перебраться в Чехов.

— Конечно, это не Москва, но зато ты будешь заниматься своим любимым делом и ни на кого не оглядываться. Я, как ты понимаешь, из комсомола тебя исключать не собираюсь. Пару раз в году ты окажешь мне услугу, которая будет хорошо оплачена, а все остальное время будешь делать то, что сочтешь нужным.

Пригарин по простоте душевной решил в тот момент, что речь идет о производстве тайных абортов с хорошим наркозом, и согласился не раздумывая. Он не был наивным дурачком, не понимавшим, на что идет. Но он был настолько увлечен своими биологическими изысканиями, что все остальное просто не имело для него значения. Аборты — так аборты, думал он, соглашаясь на предложение Лощинина. Близнецы — так близнецы, думал он несколько позже, когда узнал, какая именно услуга будет требоваться от него два-три раза в год.

Лощинину оставалось решить последнюю проблему. Беременную двойней женщину должен наблюдать он сам. Кроме того, речь не может идти об усыновлении, так как для оформления усыновления нужны бумаги, объясняющие, откуда взялся ребенок. Либо найден милицией брошенным, либо оставлен в роддоме непутевой матерью, собственноручно написавшей заявление об отказе от ребенка. Причин появления крошечных сирот множество, но все они имеют документальное подтверждение. И потом, на усыновление всюду очередь, и ведает этой очередью соответствующий государственный орган. Так что с усыновлением мы возиться не будем, сказал себе Виктор Федорович Лощинин, а займемся мы оформлением нормального материнства.

И Лощинин взял полставки врача в женской консультации при роддоме. Как только в поле его зрения попадала будущая мамочка близнецов, он тут же связывался с бездетной женщиной, готовой заплатить, не скупясь, за счастье иметь ребенка. Женщина, замужняя или одинокая, приезжала в Чехов и устраивалась на какую-нибудь не очень заметную работу, а Виктор Федорович тут же заводил на нее карту беременной и регулярно вносил в эту карту данные о плановых осмотрах и результаты анализов. Когда женщина, носящая двойню, поступала в роддом, ей делали операцию, собирая возле операционного стола только «своих» — Пригарина и двух медсестер. Ассистировал Пригарину сам Виктор Федорович, что, впрочем, вызывало удивление только в первые несколько раз, а потом все привыкли. Медсестры были их любовницами и рот держали, естественно, на замке.

Липовую мамочку нельзя было класть в стационар, потому что любой врач, который придет ее осматривать, немедленно обнаружит, что она не рожала. Поэтому ребенка потихонечку отдавали ей на другой день после операции, когда заканчивалась смена «своих». Старшая медсестра, бывшая сотрудница Дома ребенка, поставлявшая Лощинину клиентов, выписывала справку о рождении ребенка, и любой, кому пришло бы в голову усомниться, мог бы убедиться, что женщина на протяжении значительной части беременности наблюдалась в женской консультации, вот и записи все есть, и анализы. Самое главное — возвращаться с ребенком не туда, где тебя еще вчера видели стройной и подтянутой, а туда, где тебя не видели уже давно или вообще не знают. Эту проблему бездетные мамочки решали сами, либо возвращаясь туда, откуда приехали в Чехов, либо уезжая туда, где раньше и не жили. Но на каждая из них на пристрастный вопрос о том, почему же она, будучи беременной, вдруг сменила место жительства и работу, уехала в другой город, а потом вернулась, могла бы ответить, что слава о прекрасном диагносте Лощинине и великом хирурге Пригарине заставила ее двинуться в путь. Давно хотела ребенка, да все не получалось, и вдруг судьба послала беременность — такое счастье! Можно ли рисковать? Да нет, конечно, она решила поехать туда, где наблюдают беременных и принимают роды известные врачи, чтобы, не дай бог, не потерять долгожданного младенца. У кого хватит цинизма усомниться в этих словах? У кого достанет душевной черствости не поверить женщине?

Лощинин и Пригарин постепенно решили свои жилищные и автомобильно-гаражные проблемы, отстроили хорошие теплые дачи. Потом, в конце семидесятых, появилась медицинская аппаратура, позволяющая определять двойню на ранних сроках беременности, и они свою деятельность свернули. Продолжали спокойно заниматься родовспоможением, потихонечку подрабатывая блатными абортами. В России, как известно, все, что связано с абортами, всегда было на государственном уровне самого низкого качества, а посему спрос на не государственную, но зато квалифицированную медицинскую помощь был постоянным и достаточно высоким. Заплатив Лощинину, женщина могла рассчитывать на то, что придет к восьми утра, получит хороший наркоз, при котором ничего не почувствует, через три часа проснется, а к пяти вечера будет дома. И никто, в том числе муж, ничего не узнает.

Они почти одновременно вышли на пенсию и снова перебрались в Москву, благо деньги на это были. И ушло бы в темное и безвозвратное прошлое все то, что они натворили в те годы, если бы не сын Лощинина, если бы не его долги и не стерва жена. Виктор Федорович не мог видеть, как страдает его мальчик, и не мог жить, не видя внука. Он понял, что должен достать эти проклятые деньги для сына. Должен. Чтобы мальчик перестал вздрагивать от любого шороха за спиной, опасаясь, что пришли выколачивать долг. И чтобы невестка поняла, что без свекра, без Виктора Федоровича, они не обойдутся. Чтобы была благодарна ему за помощь.

Лощинин стал думать, как можно еще раз заработать на том, что уже однажды принесло ему доход, и немалый. Он поднял свои записи и стал разъезжать в поисках разлученных близнецов. Всего их было девятнадцать пар, но только три оказались перспективными с точки зрения его замысла. В паре обязательно должен быть хотя бы один подонок, рассуждал Виктор Федорович. Хорошо бы оба, но один — обязательно. И должна быть возможность выколотить деньги из факта их сходства. И, разумеется, близнецы должны быть однополыми и однояйцевыми, иначе вся затея теряет смысл.

Первой парой оказались приличный бизнесмен Евгений Досюков и дважды судимый придурок Валька Остриков. Валька готов был зарабатывать на чем угодно, и с ним проблем не было. А у Досюкова была прелестная любовница Наташенька, которую он держал в черном теле и никак не хотел на ней жениться. Девица оказалась хваткой, цепкой, она и не скрывала от Лощинина, что не испытывает к Досюкову никакой нежности, не говоря уж о любви, но ей очень нравятся комфорт и достаток, которыми он себя окружил, и ей очень хочется во всем этом поучаствовать на законных основаниях и быть уверенной, что завтра ее от кормушки не отлучат. План был разработан быстро и нацелен на то, чтобы морально сломить неподатливого Досюкова и вынудить его жениться на Наташе в период нахождения под следствием.

— Что будет дальше — значения не имеет, — говорил ей Виктор Федорович. — Если подброшенных нами улик окажется недостаточно, его оправдают, но все равно вы уже будете женаты и он никогда не забудет, что вы согласились вступить с ним в брак в самый сложный момент его жизни. Если же его осудят — тем лучше. Он будет сидеть, а вы спустя некоторое время подаете на развод. Совершение мужем тяжкого преступления — вполне уважительная причина, и при отсутствии детей вас разведут в мгновение ока. Самое главное — получить документы на право распоряжаться его имуществом.

В сооружаемой ими цепи улик должен был быть свидетель, который увидит Досюкова уходящим из дома незадолго до убийства или возвращающимся домой после совершения преступления. На роль свидетеля вполне подошел Пригарин — кадр проверенный и надежный. Сосед с нижнего этажа подвернулся удачно, но это был слепой случай, удача, на которую нельзя было рассчитывать. Виктор Федорович, Валька Остриков и сам Пригарин находились в боевой готовности в течение нескольких дней, пока не стало точно известно, что выбранная ими жертва — Борис

Красавчиков — намеревается провести вечер и часть ночи в ресторане. Наталья как по нотам разыграла сцену отчаяния и негодования по поводу Красавчикова, демонстративно выпила на глазах у Евгения четыре таблетки, вытряхнутые на ладонь из флакона с надписью «нозепам», в который вчера еще пересыпала что-то совершенно безобидное. А в чай Евгению бросила солидную дозу лекарства, благо оно совершенно безвкусное.

Остриков, как и договаривались, приехал между половиной второго и двумя часами ночи, когда Досюков уже крепко спал. Наталья стояла возле двери и сразу услышала осторожные шаги на лестничной площадке. Отдала ему одежду Досюкова, оружие и ключи от машины. Похвалила стрижку — за неделю до этого она передала ему через Виктора Федоровича фотографию Жени, чтобы Валентин сделал такую же прическу.

Все прошло отлично. Досюкова арестовали, Лощинин получил первую часть денег и принялся за реализацию второго плана.

Второй парой, представлявшей для него интерес, были сестры Березина и Новикова. Особенно воодушевило Виктора Федоровича то обстоятельство, что у них были одинаковые имена. Ирочка Новикова явно тяготилась своим образом жизни, но для того, чтобы бороться с мафией, контролирующей проституцию в Москве, силенок у нее было маловато. Лощинину достаточно было один раз взглянуть на Рината Вильданова, ее хозяина, чтобы понять, что девочка увязла всерьез и надолго и вырвать ее из цепких лап сутенера может только смерть.

Примерно то же самое, хотя и с несколько другими акцентами, думал о своей законной супруге видный политик Сергей Николаевич Березин. Его жена Ирина Березина, в девичестве Шестопалова, из прелестной невинной девушки в один миг превратилась в расчетливую глупую сучку, сладу с которой не было ну просто никакого. К тому моменту, как Березина нашел Виктор Федорович, политик уже был на грани отчаяния, потому что жена превратилась не только в наркоманку и шлюху, но и шантажировала его такими вещами, огласка которых наверняка сломает его политическую карьеру. Разводиться с ней нельзя, иначе она по глупости и злобе будет орать о подслушанных секретах на всех углах, но и жить вместе невозможно. Заменить одну Ирину на другую — вот и все решение проблемы.

Справиться с Ириной Березиной было нетрудно. Дождавшись, когда она в очередной раз уколется и впадет в транс, Березин и Виктор Федорович отвезли ее в Бутово, на квартиру к Ире Новиковой. Там добавили еще пару ампул в вену и повесили, не оставляя на послушном, как тряпичная кукла, теле ни малейших следов насилия. Ира написала предсмертную записку, и поскольку должно было считаться, что это именно она умерла, то все сошло наилучшим образом. Виктор Федорович посоветовал Сергею объявить всем, что его жена Ирина Березина попала в автокатастрофу. У него были обширные связи в медицинском мире, и он надежно спрятал Ирину Новикову в хорошей клинике, из которой ее перевели в санаторий. Домой она вернулась накануне выборов и стала Ириной Березиной, слегка подурневшей и притихшей после долгой болезни и оставившей дурные привычки.

Березин тоже выплатил первую часть оговоренной суммы, но денег все равно еще не хватало, чтобы полностью покрыть растущий день ото дня долг сына, и Виктор Федорович взялся за третью пару. Здесь фантазия и изобретательность ему изменили. Пара была хорошей во всех отношениях — оба москвичи, у одного из них родителей нет, умерли, и жены тоже не было. Сходство было достаточно большим, чтобы заморочить голову посторонним, правда, один из них, учитель, носил окладистую бороду и пышную прическу, а второй, писатель, коротко стригся и гладко брился. Виктор Федорович познакомился с женой писателя, она показалась ему редкостной умницей, и он, словно ненароком, обмолвился, что есть в Москве человек необыкновенно похожий лицом на Леонида. Если бы Леонид Владимирович отпустил бороду и перестал коротко стричься, то их было бы не отличить — и ростом похожи, и сложением, и возраст подходящий. Светлана тогда ничего не сказала, а через некоторое время позвонила и пригласила Лощинина в гости.

Оказалось, что появление двойника могло бы решить множество проблем в семье модного писателя Параскевича. Неправильно сложившиеся отношения с издателями, которые у него не хватало сил сломать. Сумасшедшая поклонница, которая преследует его и Светлану, заставляя их обоих жить в постоянном страхе. Навязчивый контроль со стороны матери, которая ненавидит невестку и нависает над сыном, не давая ему свободно дышать. Избавиться от всех, решить одним махом все проблемы и начать все сначала, убив двойника и выдав его труп за свой собственный. Виктор Федорович попытался было предложить свой вариант, но вынужден был умолкнуть, признав, что фантазия, изощренность и цинизм Параскевича намного превосходят все то, что может придумать скромный врач-пенсионер. Перед литературным гением Лощинину пришлось отступить.

— Мы все сделаем сами, — говорил ему Леонид. — Ваша задача — дать мне адрес моего двойника. За это вы будете должным образом вознаграждены.

Писатель стал отращивать бороду и волосы, чтобы стать похожим на учителя Турина. В качестве исполнителя он решил использовать ту самую сумасшедшую поклонницу, на которую имел неограниченное влияние. Самое сложное было заманить Турина в свой дом в нужное время, но это взяла на себя Светлана. Она познакомилась с Андреем, они стали встречаться. Светлана не скрывала, что она замужем, но обещала со временем проблему решить. Андрей действительно был романтиком-недотепой, какие в нынешнее время встречаются крайне редко, и на постельной близости не настаивал. Когда борода у Леонида стала достаточно густой, а волосы достаточно пышными, Светлана настояла на том, чтобы Андрей бросил работу в школе. Наврав ему с три короба, она обещала ему другую, более высокооплачиваемую и более интересную работу, тоже преподавательскую, как он и хотел, но с одаренными детьми, в особо престижном лицее.

— Ты должен немедленно подать заявление об уходе и оформиться в лицей. Нужно торопиться, потому что желающих на это место много, как бы тебя не опередили.

— Но как же я смогу уйти из школы посреди полугодия? — сопротивлялся Андрей. — Меня никто не отпустит.

— Я достану тебе справку, что ты болен чем-нибудь таким, что несовместимо с работой в школе.

Он спорил, доказывал, но в конце концов сдался, потому что очень хотел работать с одаренными детьми и очень не хотел огорчать Светлану.

Ей было важно, чтобы его заявление об уходе из школы было написано им самим. Почерк у братьев был совсем разным, да и нельзя было допускать, чтобы увольнением занимался Леонид — подмену моментально раскрыли бы. По замыслу, Турин должен был уволиться, сказав про тяжелое кожное заболевание, и погибнуть, а на новую работу, только не в лицей, а в редакцию, придет уже другой Турин, и кожное заболевание станет для него хорошим щитом, за которым можно прятаться от ненужных контактов и которым можно оправдать отсутствие растительности на голове и лице. И никто не скажет, что этот выбритый наголо, покрытый пятнами лечебной мази человек похож на Леонида Параскевича. Такое даже в голову никому не придет. Ну просто ничего общего! Со временем они со Светланой поменяют жилье, зарегистрируют брак, обрастут новыми знакомыми, создадут новый круг общения, и никто не узнает, что покойный Леонид Параскевич жив и здоров, а учителя Турина давно нет на свете, он сгорел в печи крематория, оплаканный родными и близкими Леонида.

Тот сценарий, который придумал Леонид, больше напоминал фантасмагорию и выходил за пределы понимания четко и приземленно мыслящего Лощинина. Он не мог взять в толк, зачем писатель издевается над своей матерью, зачем пользуется сумасшествием Людмилы и изображает привидение, открывая дверь ключами в тот момент, когда она оглушена музыкой, льющейся из четырех колонок. И вообще Виктор Федорович его не понимал. И боялся. Он чутьем много прожившего человека, обладающего к тому же экстрасенсорными способностями, угадывал в Леониде Параскевиче невероятные глубины душевной мерзости и порока, цинизма и равнодушия. Лощинин не обольщался насчет собственного нравственного облика, он ни секунды не сомневался, что содеянное им много лет назад и теперь — плохо, порицаемо и преступно. Но скрываемое за обаятельным фасадом автора женских романов, исполненных нежности и страсти, намного превосходило то, что носил в себе Виктор Федорович.

Уж как там Светлане удалось сделать так, что Турин вошел в подъезд и поднялся на ее этаж через минуту после того, как к дому подъедет машина Леонида, Лощинин не знал, да ему это было и неинтересно. Сделала — и сделала. Обманула, стало быть, навешала лапшу на уши. И заманила парня прямо под пулю сумасшедшей Людмилы. А потом выскочила и стала кричать, что ее мужа убили. Да кому же придет в голову сомневаться, если человек лежит чуть ли не на пороге своей квартиры, в лицо его все узнают, а жена кричит, что это он и есть? Никто и не усомнился.

Самое главное было не допустить захоронения. На всякий случай. Мало ли что? А прах — он и есть прах, с него взятки гладки. С Ириной вопрос решился сам собой, родственников у нее не было, мать и бабка умерли, заниматься похоронами никто не хотел, да и платить за них тоже, поэтому Ирину кремировали сразу же после окончания судебно-медицинской экспертизы. Сначала этот подонок Ринат Вильданов пытался было сделать морду ящиком и оставить ее тело в морге невостребованным, но Виктор Федорович предусмотрительно подумал о том, что невостребованное тело могут в случае чего отправить на экспертизу еще раз. Начнут, например, использовать его в качестве наглядного пособия для студентов-медиков, а там и обнаружится какая-нибудь редкостная патология или особенность. Все сразу налетят посмотреть, а кто-нибудь и вспомнит, что такая патология была у Ирины Березиной. Шанс микроскопический, но Виктор Федорович привык все просчитывать заранее. Поэтому он позвонил Ринату и жестким голосом сказал, что если он не организует немедленного кремирования тела Иры Новиковой, то ему грозят крупные неприятности по части его нелегального бизнеса. Лощинин умел, когда нужно, быть весьма и весьма убедительным, и Ринат сделал так, как ему велели.

Что же касается Леонида Параскевича, то здесь первую скрипку играла Светлана. Она твердо стояла на том, что Леночка неоднократно говорил: «Если со мной что-нибудь случится, пусть меня кремируют, не хочу лежать в земле и быть обглоданным червями. Погребение — некрасивая и грязная процедура, особенно если идет снег или дождь. А кремация по крайней мере не вызывает отвращения. Просто и благородно». Галина Ивановна пыталась настаивать на погребении, но Светлана была несгибаема. Она ссылалась на слова Леонида, и Галине Ивановне противопоставить этому было нечего.

Не обошлось и без осложнений. Как говорится, человек предполагает, а располагает все-таки кто-то другой. Светочка поняла, какое чудовище прячется под личиной ее любимого мужа. Но хода назад нет, будет терпеть, бедняжка. Виктору Федоровичу было ее искренне жаль, Светлана ему нравилась, и он ей сочувствовал.

У Сергея и Ирочки все, наоборот, пошло даже лучше, чем рассчитывалось сначала. Они прониклись друг к другу чем-то вроде взаимной симпатии. Ну, как говорится, дай им бог.

Хуже всего получилось с Наташей. Не поймешь этих женщин! Любит она, видите ли, своего Женю! Он там невинно страдает, а она хочет восстановить справедливость! Но Виктор Федорович достаточно давно был знаком с Натальей, чтобы понимать: она — женщина твердая и решительная. Желая выйти замуж за Досюкова, она не остановилась ни перед чем, вплоть до убийства ни в чем не повинного Красавчикова, она хладнокровно засадила Евгения в тюрьму, наняла по его просьбе частного детектива и изображала из себя порядочную, объясняя этому детективу, что Женя на самом деле вполне может быть виновен. А почувствовав, что любит Евгения, она точно так же не остановится ни перед чем, чтобы его спасти. Вот это уже опасно. С Наташей вопрос решать пришлось радикально. Хорошо, что Виктор Федорович никогда не приглашал ее к себе, встречался с ней всегда на улице, подальше от района, где жил. Завел в заранее подысканный подъезд, где темно и народ не шляется почем зря, да и накинул удавку ей на шею...

Да, Лощинин мог гордиться своей предусмотрительностью. Все прошло бы благополучно, без сучка без задоринки, если бы не Валька Остриков со своей блатной манерой держать сигарету. Но кто же мог подумать... Конечно, Виктор Федорович, не искушенный в блатных привычках и не имевший дела с уголовниками, предвидеть этого прокола не мог. А Стасов, который всю жизнь только и общался что с уголовниками, именно за это и зацепился. Ничего другого-то в деле Евгения Досюкова не было.

* * *

Сергея Березина даже допросить не успели. Вместе с группой других политиков он сразу после новогодних праздников вылетел в Чечню для участия в миротворческой миссии, но, как только произошел захват заложников в Кизляре, он выехал туда из Грозного и по примеру некоторых видных деятелей предложил себя в заложники вместо женщин и детей. Его кандидатура была презрительно отвергнута террористами, но Березин последовал за колонной в селение Первомайское и через четверо суток был ранен. Он умирал страшно, долго и тяжело, брошенный в подвале дома без помощи, медикаментов и воды с огнестрельной раной в живот. И единственное, о чем он думал, то и дело впадая то в забытье, то в бред, это о том, каким дураком он был и как глупо вел себя с Ириной. Сейчас, в этом сыром холодном подвале, слушая грохот орудий где-то снаружи и корчась от невыносимой боли в гноящейся ране, он понимал, все, что когда-то мешало ему быть счастливым, является на самом деле таким ничтожным и не имеющим никакого значения...

Ирина Новикова, которую следователь Ольшанский допрашивал в кабинете у полковника Гордеева на Петровке, спокойно отвечала на все вопросы, ничего не скрывая. В какой-то момент она вдруг закрыла глаза, и по щеке скатилось две слезы.

— Сережа умер, — прошептала она. — Теперь уже все равно.

Труп депутата Березина был найден только спустя неделю, когда боевые действия в Первомайском закончились. Услышав об этом в телевизионных новостях, Ольшанский вздрогнул, вспомнив слова подследственной Новиковой. Неужели она еще тогда почувствовала? «Надо же, — подумал он, — какая разная бывает любовь. Вот и такая бывает. На чужих костях, на чужой крови замешанная, а такая нежная».

Литературно-художественное издание

Маринина Александра Борисовна
ЧУЖАЯ МАСКА

Редактор *Е. Барсук*
Художественные редакторы *А. Стариков, Д. Сазонов*
Художник *С. Лях*
Технические редакторы *Н. Носова, Л. Панина*
Корректор *Е. Дмитриева*

ООО «Издательство «Эксмо»
127299, Москва, ул. Клары Цеткин, д. 18/5. Тел.: 411-68-86, 956-39-21.
Home page: www.eksmo.ru   E-mail: Info@ eksmo.ru

Оптовая торговля книгами «Эксмо» и товарами «Эксмо-канц»:
ООО «ТД «Эксмо». 142700, Московская обл., Ленинский р-н, г. Видное,
Белокаменное ш., д. 1, многоканальный тел. 411-50-74.
E-mail: reception@eksmo-sale.ru

Полный ассортимент книг издательства «Эксмо» для оптовых покупателей:
В Санкт-Петербурге: ООО СЗКО, пр-т Обуховской Обороны, д. 84Е.
Тел. отдела реализации (812) 365-46-03/04.
В Нижнем Новгороде: ООО ТД «Эксмо НН», ул. Маршала Воронова, д. 3.
Тел. (8312) 72-36-70.
В Казани: ООО «НКП Казань», ул. Фрезерная, д. 5. Тел. (8435) 70-40-45/46.
В Самаре: ООО «РДЦ-Самара», пр-т Кирова, д. 75/1, литера «Е». Тел. (846) 269-66-70.
В Екатеринбурге: ООО «РДЦ-Екатеринбург», ул. Прибалтийская, д. 24а.
Тел. (343) 378-49-45.
В Киеве: ООО ДЦ «Эксмо-Украина», ул. Луговая, д. 9. Тел./факс: (044) 537-35-52.
Во Львове: Торговое Представительство ООО ДЦ «Эксмо-Украина»,
ул. Бузкова, д. 2. Тел./факс: (032) 245-00-19.

Мелкооптовая торговля книгами «Эксмо» и товарами «Эксмо-канц»:
117192, Москва, Мичуринский пр-т, д. 12/1. Тел./факс: (495) 411-50-76.
127254, Москва, ул. Добролюбова, д. 2. Тел.: (495) 745-89-15, 780-58-34.

Полный ассортимент продукции издательства «Эксмо»:
В Москве в сети магазинов «Новый книжный»:
Центральный магазин — Москва, Сухаревская пл., 12. Тел.: 937-85-81, 780-58-81.
Волгоградский пр-т, д. 78, тел. 177-22-11; ул. Братиславская, д. 12, тел. 346-99-95.
В Санкт-Петербурге в сети магазинов «Буквоед»:
«Магазин на Невском», д. 13. Тел. (812) 310-22-44.

Подписано в печать с готовых монтажей 19.10.2006.
Формат 70×90 $^{1}/_{32}$. Гарнитура «Таймс».
Печать офсетная. Усл. печ. л. 14,63. Уч.-изд. л. 19,56.
Доп. тираж III 6100 экз. Заказ № 303.

Отпечатано в полном соответствии
с качеством предоставленных диапозитивов
в ОАО «Можайский полиграфический комбинат».
143200, г. Можайск, ул. Мира, 93.

издательство "Эксмо" представляет

МАРИНИНА
АЛЕКСАНДРА

Новое дело Каменской

Маринина
против МВД?

Без комментариев

А. Маринина

www.marinina.ru
www.eksmo.ru

АРИНА ХОЛИНА

Новый яркий автор издательства

www.eksmo.ru

Кто она – современная ведьма?
Мифическая колдунья?
Независимая, уверенная в себе бизнесвумен?
А может, обычная стерва?

Читай об этом, а также о самых интимных
тайнах жительниц большого города
в новом «глянцевом» романе–бестселлере
Арины Холиной

«Магия на каждый день».